如临大敌

刘猛 著

军事作品

北京联合出版公司
Beijing United Publishing Co.,Ltd.

图书在版编目（CIP）数据

如临大敌 / 刘猛著. -- 北京：北京联合出版公司，
2015.4（2019.3重印）
（铁血系列）
ISBN 978-7-5502-3853-4

Ⅰ. ①如… Ⅱ. ①刘… Ⅲ. ①长篇小说－中国－当代
Ⅳ. ①I247.5

中国版本图书馆CIP数据核字(2014)第254446号

如临大敌

出版统筹：新华先锋
责任编辑：牛炜征　徐秀琴
封面设计：易珂琳
版式设计：朱明月

北京联合出版公司出版
（北京市西城区德外大街83号楼9层　100088）
三河市龙大印装有限公司印刷　新华书店经销
字数239千字　787毫米×1092毫米　1/16　19印张
2019年3月第2版　2019年3月第5次印刷
ISBN 978-7-5502-3853-4
定价：59.00元

谨以本书
献给中国人民解放军陆军特种部队
以及
我永远的大哥 James

James——福建人，生于1963年，80年代末期出国加入法国外籍兵团。他是法国外籍兵团第一个华裔狙击手，也是第一个华裔军士长。退役后加入EO（南非战略资源公司），转战世界各地。他参加过两次海湾战争、波黑维和、阿富汗战争等一系列行动，是出色的狙击手、指挥官和军事教官。

2004年他为联合国刚果维持和平行动服务，同年3月10日，他所乘坐的运输机被反政府游击队防空导弹击落，以身殉职。

第一章

★

1

孙守江永远也忘不了 1996 年那个夏日的夜晚。

伴随着山谷中传来的一声巨响，黑暗的山谷瞬间变得如同白昼。剧烈的爆炸顷刻间颠覆了整个山谷，被引爆的数吨炸药和弹药如礼花般绽放，恐怖分子深埋在地底的秘密军火库在不到五秒钟的时间里彻底飞上了天。一股浓重的硝烟味混合着泥土粉尘的味道扑面而来。

孙守江迷彩脸上的瞳孔瞬间被放大，以至于他在之后的三秒钟里什么都看不清楚，眼前只是一片耀眼的白光。

"他妈的，怎么提前引爆了？"带队的干部是很年轻的上尉林锐，传说中逃兵出身的特种兵军官，狙击手集训的主办单位"狼牙"特种大队的连长，也是集训队的队长。据说他执行过多次秘密任务，有很丰富的战斗经验，所以第一个反应过来脱口爆骂。

负责爆破的是"猎豹"大队来的一个排长，军校刚刚毕业还没正式授衔，所以也就没戴他的红色学员肩章。小排长握着引爆器，都快吓哭了："我太紧张了，我太紧张了！手心出汗打滑了！"

"妈的！"林锐一脚踹上去，"你这个熊样子，就别丢狙击手的人了！——准备火力掩护！把他们接应回来！"

孙守江和身边的集训队员们这才反应过来，哗啦啦一起举起手里的 85 狙击步枪，在荒芜的山头上准备射击。火力支援小组不是集训队的队员，都是"狼牙"大队的老兵，其中小一半是参战过的老志愿兵，二话不说就架起了轻机枪和 40 火箭筒，准备开打。

爆炸掀开了山谷，也掀开了战斗的序幕。

军火库在谷底，营区却在山腰。没被炸死的恐怖分子基本被炸蒙，无头苍蝇一样跑出简易窝棚，一边叫喊一边四处乱开枪。他们都是使用的 56 冲锋枪，所以火力是很猛烈的，跟崩豆一样的枪声就响起来。

孙守江觉得自己腿肚子有点转筋，好像全身都不听使唤。子弹很近地从钢盔上面飞过去，也落在自己面前的石头上，火花乱溅。他把身体趴得很低，抱着85狙击步枪，恨不得干脆钻进石头缝里面去。作为士兵出身的特种作战排排长，他已经习惯了枪声，但是这一次——不是靶场，不是演习场，而是……实打实的战场！

"听我命令再开枪！谁也不许再给我瞎紧张——"

林锐怒吼。

集训队员们就抱着狙击步枪卧在各自的射击位置上，纹丝不动。按照孙守江的理解，一半是命令，另外一半是给吓的。参加集训的队员都是没有实战经验的，虽然都是骨干，甚至不少是排长连长，还有一个是副营长，但是都是正经的和平兵。估计跟自己一样，除了打靶就没打过实弹，更没体验过子弹从头顶耳边唰唰过去的滋味。

虽然大家脸上都是黄黑相间的迷彩，但是肯定都是煞白煞白的。

林锐倒是十分冷静，他拿着望远镜观察下面的动静。乱打的子弹就从他身边头顶耳边擦过，他仿佛一点感觉都没有，倚着大石头继续观察着。

爆炸还在继续，但已经是余威了。

两个敏捷的黑影出现在他的望远镜里面。

林锐一下子瞪大眼。

两个手持81-1自动步枪的黑影敏捷地在弹雨当中奔跑着跳跃着，飞速往这边跑来。后面，恐怖分子已经稳定了阵脚，发现了他们俩，开始追着射击。他们的枪声很有章法，都是点射，好在四周已经黑暗下来，所以要打这两个显然身手非凡的黑影不是那么容易。

十几个恐怖分子已经开始追赶，就在他们身后不到一百米的地方。

林锐放下望远镜："他们回来了！狙击手准备！给我注意了啊——他妈的看清楚了，拿81的是自己人！谁他妈的手再瞎哆嗦，伤了自己人——我毙了谁！"

这话显然不是开玩笑，集训队员们都感觉到了他的杀气。于是纷纷操起狙击步枪，通过夜视瞄准镜开始进行瞄准。孙守江手忙脚乱出枪，右眼贴在瞄准镜上，就看见那俩兵跟兔子一样飞奔过来。

跑在头里的高个子兵靠在山腰的石头上，对下射击。矮个子兵就紧跑几步，找到自己的射击依托物对下射击。高个子兵就起身往山头跑，周而复始。俩人都很冷静，显然没有把腿吓软。两人的交替掩护撤退天衣无缝，身后就是十几名荷枪实弹的恐怖分子，他们却跟做军事表演一样控制着场上的战斗节奏。

"哈！我发现俩打仗天才！"

林锐笑了，举起手里的狙击步枪："听我枪声——把这帮兔崽子干掉！"

集训队员们举起狙击步枪。

高个子兵和矮个子兵要通过最后的一片开阔地，他们在石头后面会合。

林锐举起狙击步枪，扣动扳机。

跑在最头里的一个恐怖分子跟沙袋一样栽倒，滚下山坡。

身边的枪手们劈劈啪啪开始射击，都是各个部队的神枪手，就算没打过仗，也是子弹喂出来的。所以这一阵射击过去，追兵没活的了。两个兵就起身飞奔，跑上山头。

"妈的——"矮个子兵痛心疾首，"差点儿要了老子的命！谁干的？！为什么提前引爆——"

高个子兵就拉他："什么时候？吵这些有什么用？！"

矮个子兵就把话咽回去，捡起自己放在阵地上的狙击步枪上膛。高个子兵不是个兵，是个少尉，他对着林锐："队长，我们回来了！"

林锐就笑："回来好！回来好！没伤着吧？"

少尉："没有！"

天边打起红色信号弹，接着是隆隆的马达声。

林锐："武警马上要来清场了，我们撤！"

火力支援小组的四零火箭筒和轻机枪一阵猛干，打得下面落花流水。集训队员们按照预案分组交替掩护撤退，陆续离开狙击阵地。大家都经历了第一次战斗的兴奋和紧张，都是全神贯注。

马达轰鸣，步兵战车队伍从山谷两端开进。埋伏好的边防武警跟从地下冒出来一样，开始对山谷进行最后的冲锋。

这个盘踞上百名恐怖分子的边境秘密营地，终于等到了自己的灭顶之灾。西部边防武警部队进行这种围剿战斗是轻车熟路，他们跟陆军特种部队狙击手集训队的弟兄擦肩而过，都是脸色冷酷。跟还带着初战的兴奋和紧张的陆军兄弟相比，反而显得更职业化了。有没有战斗经验，真的是一目了然。

陆航的直升机已经在空地等待，螺旋桨还在转动。孙守江跟着弟兄们上了直升机，自己觉得腿都是软的。林锐开始点名，这个时候他不能大意，这帮队员是他带来的，他得带回去。他点到最后那俩兵：

"韩光！蔡晓春！"

少尉和那个矮个子下士同时高喊："到！"

林锐拍拍他俩的肩膀："好样的！你们安放炸弹位置准确，时间比规定的还提前了一分钟！好险！好样的！这要是战争，我给你们请功！"韩光和蔡晓春笑了，迷彩脸上露出一嘴整齐的白牙。

"队长，是晓春的功劳。"韩光就笑，"他负责警戒，看时间。"

蔡晓春就笑："别别别，是排长指挥得好！是排长指挥得好！"

孙守江看着韩光，韩光笑着望向了他。

孙守江眨巴眨巴眼："你就是韩光？"

韩光笑："是，'山鹰'特种大队一营二连一排，韩光。"

孙守江笑着伸出右手，一嘴东北话："'黑虎'特种大队三营一连一排，孙守江！老早就知道你了，你老出名了！我在军报上看过你的报道！你是全国青运会射击冠军，放弃入选国家队的机会上军校！我当兵的时候就知道你，我们指导员还让我们全连学习你献身国防的精神呢！我正经写了八百字的学习心得呢！"

"那是记者瞎写的。"韩光苦笑。

"我们排长不光是枪打得好，各项训练都响当当！"蔡晓春在旁边笑着说。

"别拿我开涮了，刚下连的时候你不是差点把我给收拾了吗？"韩光说。

蔡晓春一本正经："是啊，本来我们这群老兵准备给你弄个下马威，没想到——被你给收拾了！"

直升机在大漠的上空飞翔，带着这群刚刚经历过实战考验的士兵们飞过西部的高原荒漠，飞向遥远的拂晓天边。他们虽然号称是中国陆军精锐中的精锐，特种部队中的佼佼者，神枪手，骨干狙击手……

——但是，这却是他们第一次开枪打人。

也就是说，第一次杀人。

2

天亮的时候，集训队的队员们都觉得恍如隔世。昨天晚上还穿着土黄沙漠迷彩服卧在西北的戈壁滩上朝着 200 米内的人头开枪，今天早晨就换了丛林迷彩服卧在靶场上朝着 800 米的胸环靶开枪。

枪还是一样的枪，人还是一样的人，子弹也是一样的子弹，但总是觉得有什么东西变得不一样了。到底是什么东西不一样了，谁都说不清楚。

韩光和蔡晓春排在孙守江身边，都是一人一杆 85 狙击步枪，全身迷彩满脸迷彩，老老实实在打胸环靶。这是来到狙击手集训队的第三天，第一天大家还没熟悉，就被连夜拉到一个空军机场，搭乘军用运输机运到西北实战去了。第三天 5 点半一起来，连话都没多说一句就开始训练了。什么都没说，一人一箱子弹，1500 发开造。

林锐站在他们身后的一辆伞兵突击车上，拿着高倍望远镜观察他们的射击弹着点，不时在本子上记着什么。他面前趴着的三十多个集训队员可谓是中国陆军特种部队神枪手当中的神枪手，人人拉出去都可以是射击教官。但是到了他手下，要检查的是最简单的胸环靶卧姿射击。对于狙击手来说，800 米的距离可不算远，所以枪枪中靶是肯定的，所不同的是弹着点的散布不一样。这跟个人习惯有关系，也跟温度、湿度、风速等有关系。

这是位于东南沿海的狼牙特种大队基地。1991 年东南战区组建特种部队以来，这里经过数年的发展已经初具规模。最早这里驻扎的部队是一个炮兵教导团，1985 年在百万大裁军当中撤编了，所以遗留下很大的一块炮兵靶场。狼牙特种大队组建以后，原来的炮兵靶场就被分割为各个不同的轻武器射击训练场和特种战术训练场，穿着迷彩服的战士们远远看去跟迷彩色的蚂蚁一样跳上跳下，枪声和爆炸声此起彼伏，间或有直升机降落或者起飞，搞得很是热闹。

海湾战争以后，中国军队开始转换战略思维，从准备第三次世界大战转换成为应对未来高科技局部战争。特种部队在越南战争时期的崛起，到以后越战后时代的辉煌，成为中国陆军精兵战略的研究和建设方向。正规建制的特种部队相继在各个军区建立起来，但是毫无疑问狼牙特种大队是全军特种大队的榜样。服气也罢不服气也罢，狼牙特种大队的飞速发展在兄弟部队当中是有目共睹的。因此总部和军区首长也非常重视，每年都会送一批青年军官出国到国际著名特种部队受训，逐次回来的青年军官成为特种部队现代化建设的种子。狼牙特种大队也逐渐成为不挂名的特种部队培训学校，各种先进的训练设施也建立起来。

狙击手集训队是总部组织的第一次针对战略和战术狙击的骨干培训，林锐比很多受训骨干都要年轻，却是当仁不让的集训队长。在狼牙大队的青年军官当中，他的素质最全面，实战经验丰富，也是公认的军政双优。

狙击专业教官严林中校懒洋洋地坐在车下的草地上，跟几个兵玩斗地主，耳朵听着枪声的节奏。

林锐下车，把望远镜递给他。

严林摇头："不用看了，谁用心打枪，我听得出来。"

"有那么神吗？"林锐笑。

严林诡异地笑："山人自有妙计——枪在真正的狙击手手里，不是一件武器，而是一件乐器。他的心里有节奏，所以枪声也会有节奏——左手第七个，是这里枪感最好的。他的靶子，我敢说弹着散布点最小。"

林锐看看。

第七个是韩光，他的枪声确实是有节奏的。

林锐拿起望远镜，韩光的靶子上，弹着点在 10 环和 9 环，是一个分布均匀的圆圈。

"他在根据风速调整射击，我们现在给他们用的不是狙击步枪专用子弹，很容易受到风速和地心引力影响。"严林边说边出牌，"我如果没猜错的话，他在借助射击点和靶子之间的杂草做参照物。"

"他原来是射击运动员。"林锐说。

"我原来也是——但是射击队教不了这个，男子步枪项目没有 800 米的靶子可以打。"严林说，"我们现在的部队训练也没这些内容，他是自学的。"

"他的综合素质表现也不错。"

"一个职业狙击手，需要具备的军事素质很多，这是个好苗子。"严林出牌，"他旁边的左手第八个，枪法很好，但是心态浮躁。"

林锐看过去，是蔡晓春。

"他的散布点也很小，但是不均匀。"严林说，"他心里没节奏，是个神枪手，但是不算优秀的狙击手。"

蔡晓春还在瞄准射击。

"他跟韩光是一个排的。"林锐说。

严林笑笑，抬头："所以他在比——他不是在用心打枪，他的心都用在了赢上。有韩光这样的排长，他的枪法好也是正常的。因为他骨子里面不服输，我看过他的资料——自从参军以来，他就是神枪手。虽然他俩是战友，但是这种比也很正常，比比提高得快。不过他的心态不稳定，不适合做第一狙击手。"

"严教，你是最近改半仙了？"林锐纳闷儿，"怎么跟算命似的？"

"这是天分，你没那个天分。"严林笑着指自己的脑袋，"所以你是天生的突击队员，不是天生的狙击手。"

"严教，你要是转业就去当算命先生得了。"林锐笑骂，"从国外受训回来，就整天神神道道的。是不是被哪个中东大妹子给搞晕了？"

严林笑："我可是有孩子的人啊！别胡说！"

林锐："起来起来，该集合了。"

严林起身，狙击教学助理田小牛少尉跑步上去吹哨子："集合！"

集训队员们立即利索地退膛，提着狙击步枪起身跑步集合。

林锐看着眼前的小方阵："感觉怎么样？"

队员们都不说话。

孙守江："报告！"

林锐："讲。"

孙守江大声说："感觉很枯燥。我以为狙击手集训队的训练内容，会跟我们部队的不一样。没想到，都一样。"

林锐点点头："嗯，你说了实话——不过我问的不是你们今天上午跟那儿浪费子弹的感觉，是问你们——对比的感觉。"

大家都一愣。

"什么对比？"林锐笑笑，"就是杀敌和打靶的对比，我以为你们经历过那次开门红，好歹也得长点记性。今天上午能跟那儿自己琢磨一下，没想到一个个都跟那儿休养呢。听着！给你们争取到参加实战的机会，就是告诉你们——狙击手，打靶的目的不是表演，是杀敌！"

大家都一震。

林锐的笑容消失了："本来这次行动用不着我们出面，是边防武警的活儿。为什么我们要死皮赖脸争取来？为了让你们都尝尝子弹打着活人的滋味！你们是全军特种部队的骨干狙击手，枪法练得再好，干吗用？我常常听兄弟部队的人开玩笑——说是现在你们特种部队有两大功能。"

大家都看他。

"哪两大功能？——第一，自己锻炼；第二，给领导看！"

林锐厉声说："我的回答是——不对！特种部队只有一个功能，那就是——杀敌！有的同志说了，现在不是和平年代吗？我忠告你们各位，在这儿别跟我扯什么和平年代的淡！作为一个军人，一口一个和平年代，是他妈的军人的耻辱！所以我要让你们一进集训队，就先尝尝战斗的滋味！以前有人告我，说我拿兄弟部队参加集训的队员生命开玩笑——废话，怕战死你还当什么兵啊？"

这批本来心里乱七八糟的骨干们全明白了，都看着这个年轻上尉。

林锐淡淡一笑："当然，作为特种兵，战死也不是光彩的。特种兵要能在任何情况下活着，继续战斗！只要有一口气在，敌人就别想睡好觉！狙击手更是如此！——你们现在算得上是神枪手，但是是特种部队的狙击手吗？——送你们俩字，垃圾。看你们昨天战斗的熊样子，一个个都跟被拍晕了的老鼠似的。怕什么？你们都是特种部队的尖兵，这是你们的本行工作！腿软手酸的，能当狙击手吗？——告诉我答案。"

"不能……"有气无力。

林锐怒吼："我要答案！"

"不能——"

"这还差不多，有点骨干的意思了。"林锐把望远镜丢给严林，"他是你们的严林副队长，也是狙击专业教员。昨天他刚刚从国外讲学回来，没赶上战斗。今天开始，他教你们狙击战略和战术。"

严林挎好望远镜，敬礼。

大家注视个子不高的严林。

严林笑笑："我没更多可说的，你们的训练由我来安排。今天下午，你们是观摩，没那么累。都好好收拾收拾——记住，穿迷彩服，不戴军衔臂章。"

大家都蒙了。

"出去观摩，所以你们都不能暴露身份。"严林笑道，说得很轻松。"去吧，午休以后，到楼下集合上车。不许带相机，只能带眼睛，当然——嘴巴也不许带。解散。"

大家都有点蒙。

孙守江斗胆问了一句："副队长，我们去哪儿观摩啊？"

"啊？去地方，公安和武警有个大活动，这也是我们争取来的。别好奇了，下午你们就知道了。"严林笑笑，转身走向那几个兵。"来来来，我们继续玩牌。"

"这都给我们安排的什么训练啊？"蔡晓春有点纳闷儿，"先是莫明其妙地打一仗，然后是跟新兵似的卧姿射击，接着要出去观摩公安和武警活动？这都什么乱七八糟的？"

韩光舔舔嘴唇，没说话。

孙守江苦笑："去观摩警察大练兵吧？我高中同学是警察，现在全国警察都忙这个大练兵。"

"警察的大练兵有什么好看的？"蔡晓春抱怨，"真拿我们当新兵蛋子了。"

韩光好像意识到什么，还是没说。

"排长，这到底怎么回事啊？"蔡晓春说，"你倒是分析分析啊？"

韩光看看他俩，又看看打牌的严林："我希望我猜错了……"

"那你倒是说啊？"蔡晓春问。

"总不能是让我们去学习特警的狙击手训练吧？"孙守江也纳闷儿，"我们部队驻地的公安特警狙击手还是我带的呢？"

韩光苦笑一下："我说了，希望我猜错了……"

3

韩光到最后都没有说自己猜的答案，蔡晓春问了几次未果，觉得他故弄玄虚，吃完饭自己就午休了。没几秒钟，蔡晓春踏实的呼噜声就从韩光上铺传来。

孙守江睡不着，他觉得韩光肯定猜到了什么不好的事情，但是不想说。这种感觉让他饭也吃得不怎么香，虽然中午食堂做的是他最爱吃的红烧肘子，还一人来了一碗豆腐脑。夏天的热带丛林山地，午饭居然有北方的豆腐脑吃，这让很多来自北方的集训队员在感叹南方人跟自己思维不一样之外，一口气吃掉了红红白白的豆腐脑。孙守江注意到韩光没有吃豆腐脑，别人问他，他说自己吃不习惯，就送给别的

008

队员了。

红烧肘子他也没怎么吃，只是挑了点蔬菜。在特种部队，吃素的兵基本是绝种的。蔡晓春的饭量大，就直接嘿嘿一笑把排长的红烧肘子端走吃掉。孙守江本来不是这么磨叽的兵，可看着韩光在想心事，自己也觉得心神不定。

不知道为什么，他总觉得韩光的忧郁眼神里面有东西。他佩服这个不好说话的韩光，不光因为他的枪法确实好，还因为他的沉稳冷峻。这在习惯咋呼的年轻军人里面是不多见的。孙守江是部队子弟，父亲就是部队干部，他记得父亲偶尔跟探亲的他提起手下的干部，总是会说一句："内敛之人，必成大器。"

孙守江记得这句话是因为老爹一再告诫他要改掉中学时代咋咋呼呼的坏毛病，他心里不服气——内敛怎么跟士兵打成一片？自己是排长了，要有自己的带兵方法。何况现在的兵脑子都活，自己不打成一片还不被兵给玩儿了？

但是在他注意到韩光的眼神的时候，他就意识到自己的想法或许错了。

一个不爱说话的排长，未必得不到士兵的尊重。孙守江是从战士提干的，所以他了解战士的思维。韩光的眼神里面一直有一种东西，让人敬畏。虽然都是二十出头的年轻少尉，但是每次看见韩光，他总觉得自愧不如。他明白，这种眼神虽然不会让士兵们主动去接近他，但是跟着他去出生入死你会觉得踏实。

因为，他的眼神从不游离，带着一种坚毅，和一丝看不懂的冷峻。

韩光躺在床上一直想着心事，安静得像个计时器。倒是对头的孙守江不断辗转反侧，终于耐不住了，起身对盯着上铺床板发呆的韩光问："老韩，你到底猜到什么了？"

韩光眨巴眨巴眼，想想："我现在只是希望我是错的。"

"对错你也跟我说一声啊？"孙守江问，"你闷在心里不难受啊？"

韩光笑笑："不难受，挺有意思的。"

"八锥子扎不出来你一个屁来！"孙守江盘腿坐在床上很无奈。

"别问了，越晚知道越好。"韩光突然冒出来一句。

孙守江一愣："什么意思？"

"真的，越晚知道越好。"韩光的语音很诚恳，"你像我，猜到了，还不知道对不对——我就睡不着了，我心里不踏实。"

孙守江很意外："你也有不踏实的时候？"

"是人都有恐惧心理，我也一样。"韩光的声音很飘，"只是我不表现出来罢了。别问了，相信我。"

孙守江看看还在发呆的韩光，又看看周围吃饱喝足的队友们都在睡觉，郁闷得恨不得撞墙："你这不诚心的吗？我哪儿还睡得着啊？你想什么呢？"

韩光笑笑："我在想，小时候躺在老家的房顶看星星。那些星星，都很亮。我就是那个时候，跟奶奶学会认星星辨方向的。一直到现在，我都还在用这个辨别方向，我信不过所有的仪器……"

"我都快被你憋死了，你跟那儿看星星？"孙守江哭笑不得。

哨子响起来，田小牛在外面喊："狙击手集训队的，集合了！"

大家一下子就起身，飞速穿迷彩服军靴往外跑，都光着头。按照严林的吩咐，都把军衔臂章摘了，所以帽子也没办法戴了。大家跑出去在楼前站队，孙守江是今天的值班员，按照条例很标准地跟严林汇报。严林和田小牛也穿着没有军衔臂章的迷彩服，光脑袋，大家今天都是平级待遇。

严林还是那么不紧不慢地一笑："走吧，上车——不要喊番号了，别的单位还在午休。"

大家就悄没声地跟着田小牛往大轿车那走。

蔡晓春就纳闷儿："哎？怎么不是军车啊？"

大家仔细一看，果然不是军队牌照，是地方牌照。严林就对着他笑，还是不紧不慢："啊，说过了，这是为了保密。我们的身份不能暴露，这个机会是好不容易争取来的。警方提出的前提就是——不能让任何人知道，我们去观摩了。"

韩光始终没说话，跟着大家一起上了车。大轿车开了，韩光的眼神更加忧郁，他仿佛预感到自己不得不面对这一切。孙守江在前排回头："到底你想到什么了？说啊？"

韩光看看他，没说话。

孙守江叹息："唉，不说我也不问了，马上就知道谜底了。"

大轿车拉着三十多个集训队员出了部队大门，径直开上高速公路，开往省城的方向。大家都是议论纷纷，严林总是笑而不答。韩光则还是一言不发，只是眼神有了一丝以往从未出现的焦虑。

蔡晓春纳闷儿："你到底咋了，排长？想什么呢？从未见你这样过？"

韩光看着他，无声叹息："我们没有选择。"

蔡晓春："什么？"

韩光："因为我们已经做出了选择。"

蔡晓春伸手去摸他的额头，凉得吓人："你怎么了？！"

韩光淡淡一笑，却很苦涩："我们都会变成冷血动物。"

孙守江看着窗外，已经接近市区。公路多了一些巡逻的警车。还有武警在交通要道跟交警一起把守，武警还是荷枪实弹的。他本能抬头看楼顶，居然发现了分布严密的武警狙击手。他很纳闷儿："怎么了？出事了？"

严林还是那样淡淡一笑，不紧不慢："我告诉过你们了，是大活动。"

随着车进入市区，警察越来越多，而且今天都是戴着钢盔腰里带家伙，甚至胸前还挎着长枪。都是戴着白手套，神色严肃，站得笔直跟钉子一样。武警这样不稀奇，公安也个顶个儿都是站得笔直确实少见。

"我们去体育场，还是直接去目的地？"田小牛回头问。

"去目的地，体育场开会有啥好看的？"严林说。

司机就开车，径直穿越整个城区。大家都看着外面的戒备森严，都感觉到一种无穷的压力。部队与世隔绝，他们是不知道到底怎么回事的，谁也没心情看当地的报纸。虽然三天前的日报就登出了今天的大活动，而且是系列报道，但是谁有时间和心情去看报纸啊？

韩光长出一口气，苦笑。

孙守江是城市参军的，他看着外面的阵势逐渐意识到了什么。他的脸开始变白，回头看韩光。

韩光只是点点头，孙守江一下子觉得胃口开始反了。

4

持枪武警仔细查看了严林手里的介绍信，核对了一下人头，把介绍信还给严林下车了。他挥挥手，大轿车继续往前开。这里已经是城市的北郊山区，山路上还是一样的戒备严密，很多队员还在议论到底是什么规格的汇报演习。严林只是笑而不答，大家就觉得更神秘了。有的就煞有介事地推测是不是中央头几号首长要出席？要不干吗不让带相机，只能带眼睛？大家就笑，有的就说军委主席来了最好，咱们问问什么时候去解放台湾啊。

大家哄笑。

孙守江却根本笑不出来了，只是觉得心虚得厉害，胃口在反。他压抑着自己，千万别吐出来！

韩光没有任何表情，他的眼神逐渐恢复了往日的宁静。他从小就内向，喜怒不形于色。极强的自我控制力，让他可以在旅程当中彻底压抑住自己剧烈的心理活动。他开始数天上的星星，虽然现在是白天，但是他想着的是躺在奶奶怀里的幸福夜晚。那时候的农村，星星很亮……

蔡晓春不安分，走到车前越过田小牛的肩膀往外看。

"哎呀——"

蔡晓春的惊呼让这些精悍的特种兵们瞬间做出了本能的职业反应，不少人伸手到腰里摸枪。

蔡晓春回头，脸白了，额头开始冒汗。

严林只是淡淡的一笑，好像什么事情都没发生过。

大家都起来，往前面看，于是脸都白了。

孙守江没看，他已经知道答案。

韩光更没看，他早就不需要看。

蔡晓春看着目瞪口呆的队员们，说出俩字：

"刑场……"

5

今天是省城大出红差的日子，严林说得没错，确实是公安和武警的联合大活动，而且也是空前的联合大行动。由于执行枪决的人犯当中有在境内抓获的跨国黑社会组织头目，有线报说黑社会出重金请了境外的雇佣兵，准备救他出去，所以警方真的是如临大敌，出动了比平时行刑多两倍的警力。

严林带着自己的集训队队员在一个山坡前站着，武警在他们身后已经排开了警戒线。没有围观群众，没有媒体记者，只有公安和武警自己的摄影摄像在忙活着，准备留下资料。法医在警戒线外面等待，然后就是准备运尸体的几辆救护车。

严林还是不紧不慢，面对自己的队员："你们面前五米的白线，就是枪击行刑手的位置。所以你们会很清楚看见子弹击中死囚后脑的场景。我的要求是——不许闭眼，不许叫喊，只能默默地看。"

队员们一片肃穆。

韩光的眼在注视着群山绿水，突然说了一句："风景真美，谁能想到，这里是人的生命的终点……"

孙守江苦笑，想说话但是胃在反，还是算了，咬紧牙关。

其余的队员表情各异，但是显然都被现场的肃杀气氛震撼了。呼吸都变得很急促，很多队员额头都在冒汗。而蔡晓春则有着一丝兴奋，他压低声音："我还真没这么近见过爆人头，这次集训还真的长见识了。"

这话不仅队员们听见了，严林也听见了。他的眼唰地盯着蔡晓春，跟以往的皮笑肉不笑相比非常严肃，甚至是严厉。蔡晓春满不在乎地笑笑："严教，放心，我不会眨眼的。"

严林看了他半天，没吭声，挪开了自己的眼。

韩光眯缝着眼，看着远处的一个山头。严林走到他的面前："你在看什么？"

"反光。"韩光没挪开眼。

"什么反光？"严林纳闷儿。

"狙击步枪瞄准镜的反光，没什么。"韩光说，"估计是武警在那布置了狙击手，不过我很纳闷儿，为什么枪口对着这里？那是个最佳的狙击位置，不是防御位置。"

严林立即转脸看去。

500米开外的树林里面，一个穿着吉利伪装服的枪手在往枪袋里面放自己的苏联制SVD。他脸上都是迷彩，看不清楚容颜，却可以看出来他很紧张。他身边的观察手在收拾观察仪器，都很匆忙。狙击手对着耳麦低声用英语说："我被发现了——马上撤离！大陆武警要来搜山了！"

他侧面的山头，树林里面的灌木丛开始晃动。几个穿着迷彩服的身影悄然滑落到下面的洼地，然后转身提着自己的武器装备迅速撤离，动作都很轻。

严林没有看见反光，纳闷儿："你确定？"

韩光："我确定。"

严林立即走向现场的武警中校，说了几句。武警中校急忙挥挥手，命令一个班的武警战士跑步上山。

集训队队员们都看过去，严林看看上面，又转向队员："安静。我们只是来观摩的，无论发生什么事情，都听我的命令。"

树林里面，观察手背上了自己的M4A1卡宾枪跟着前面的狙击手在匆匆小跑："蝎子，我们放弃了吗？大陆武警没有多少战斗力，我们可以拼一下。"

"撤吧，这个单我不能做了，双倍退钱——我见到了一个熟人。"狙击手摘下吉利服的帽子在快步撤离，露出一张抹满迷彩油的亚洲人的脸。他嘴唇很厚，牙齿很白，眼窝深陷。狙击手叹息："是跟我打过交道的一个狙击手，他是高手当中的高手。中国有句古话，既然世界上有了诸葛亮，何必再生出来周瑜……没想到10年后，我和他又见面了，还是在这种场合。"

"蝎子，你一枪击毙他不就得了？"观察手很纳闷儿。

"他不是武警，他是中国陆军特种部队的教官。他身边那些没军衔标志的小伙子，也不会是武警，应该是他培训的特种部队队员。"狙击手蝎子感叹，"一旦真的打起来，除非我有把握把他们三十多个人全部一下子爆头，否则，我们占不到便宜。这是内陆，一旦纠缠起来，我们会死无葬身之地！"

观察手苦笑："难道大陆警方知道我们今天要动作？专门请了他们来震场子？"

蝎子摇头："不会……他们应该是来观摩枪决死刑犯的，这更验证了我的判断——这是三十多个特种部队的狙击手，我们不能下去。"他到了树林的边沿，拿起匕首在树上刻着什么，转身跑了。

武警班长匆匆下山："什么都没发现！"

武警中校："你确定？"

武警班长："我确定，我在上面布置了观察哨。"

武警中校点点头："好的，你去吧，我再派两个班上去。"他转向严林："上面没有狙击手。"

严林笑笑："也许是我太紧张了。"

"有备无患，你倒是提醒我了。"武警中校又派人上去了。这时候一个参谋跑过来："总指挥问，可以进场了吗？"

武警中校转向严林："你还有什么建议吗？"

严林摆摆手："没有，这是你的活儿。"

武警中校："进场！"

等待在外面的车队鱼贯而入。

集训队员们都睁大了眼，看着几个死囚站在卡车上，脖子后面插着白牌子，名字上都打着叉。大部分都是男人，也有一个女人，甚至可以说是女孩儿，睁着惊恐的眼。今天死囚都穿着自己的衣服，但是裤腿都被扎紧，是为了防止大小便失禁。两个武警押着一个往这边走，甚至可以说是拖，因为死囚的腿都软了，在地上是被拖着走的。押送武警除了穿着迷彩服戴着钢盔，还戴着墨镜和口罩，手上是白线手套。所以看上去挺吓人的，其实是为了防止被辨认出来相貌，遭到死囚同伙的报复。

集训队员们默默看着这五个死囚被拖到白线边跪下。那个女孩跪不下去，腿都僵了。一个武警在后面踹了一脚她的膝盖弯，她跪下了，脸色苍白，想喊但是脖子被绳子勒住，喊不出来。押他们的武警把他们稳定住，身子都往外靠。

"那么年轻就被判死刑？"严林感叹。

"贩毒。"武警中校说，"还是个大学生，在学校贩毒，刚满二十岁。"

严林点点头。

集训队队员们都看着现场，表情各异，但是显然都不是很舒服。唯一例外的是蔡晓春，他的眼里带着一丝兴奋。严林观察着他们的表情，在韩光脸上定住了。韩光没有表情，跟面前什么都没有一样，还是那种冷冷的沉默。

五个行刑的法警提着56半自动步枪跑步过来。他们也戴着墨镜和面罩，手上也戴着手套。他们跟任何人都没交流，直接跑到死囚背后一一对位，然后提起手里的步枪利索地上膛，紧接着一个弓步出枪，枪口准确地对在死囚的后脑位置。

集训队员们没有说话，但是呼吸都很急促。

现场指挥的法警警官在一边高喊："好！"

几乎在一瞬间，五个法警同时开枪，死囚头部中弹。7.62毫米的步枪子弹威力很大，于是有一个死囚的头盖骨被掀开了，大脑一下子露出来，白花花的脑浆也一下子喷出来。两边押着人犯的武警一下子放手，于是死囚就倒下了。

行刑完毕的法警几乎同时丢掉手里的步枪，摘下白手套丢掉，走向等待在外围的一辆面包车。最后一个法警上去，面包车就开走了，门还是在开动的时候关的。

五个死囚倒在那里，白花花的脑浆在黄土地上格外醒目。

孙守江一下忍不住了，哇地吐出来。

其余的集训队员也跟着吐了出来。

只有两个人没吐，一个是韩光，因为他压根儿没吃什么东西；另外一个是蔡晓春，他看着这些没有恐惧，相反是一种孩子般的新奇。

严林都看在了眼里。

6

回到部队的集训队员晚上肯定吃不下饭，只有两个人动了筷子。一个是韩光，他还是吃得很少，还是蔬菜。蔡晓春吃得跟往常一样，也没什么情绪的变化。严林坐在桌子边看着那些没动筷子的队员们："吃啊？怎么了？特种兵的伙食标准是每天22块，都不吃，饿瘦了回去你们单位领导肯定说我们大队克扣你们的伙食费。"

孙守江拿起筷子夹起一块肉就往嘴里放，但是肉进去他就反胃了，跑出去就在门口开始吐，都来不及跑到厕所。其余的队员都没动筷子，但是也有两个跑出去吐了。

严林还是皮笑肉不笑，继续吃饭，慢条斯理的。围着圆桌坐着的队员们都没动，好像吃饭不是享受，成了一种折磨。严林吃着："既然都不想吃，那就运动运动——出发，10公里武装越野。"

蔡晓春已经吃完了，起来抹了一把嘴掉头就跑。韩光也放下筷子出去了，其余的队员慢吞吞地站起来，都还难受着呢。严林一声厉喝："快点！磨磨蹭蹭的，还想吃豆腐脑？！"

于是都跟兔子一样跑出去了。枪都是在身上挎着的，背囊都整齐放在食堂门口。他们飞快地跑出去背上背囊，一溜烟儿地就都跑远了。

严林继续吃饭。林锐带着两个警察走进来，纳闷儿："嗯？怎么吃饭时间跑越野？"

"这帮少爷兵不都没吃吗？"严林笑笑，"既然不想吃，我就让他们运动运动——这二位是？"

警察敬礼："我是省厅刑侦总队的，我们总队长让我们来找您，严教官。我们是刚调来的，所以第一次见面。温总让我们跟您问好，说下次请你喝酒。"

"老温又有什么摆不平的事儿了？"严林一点也不意外，拿起餐巾纸抹抹嘴起身，"等一下，我去拿我的枪。你们那枪不好使，还是自己的用着顺手。"

"不是的，严教官。"警察赶紧说，"没有人质劫持事件。"

严林纳闷儿："没人被劫持，找我干什么？找我难道帮忙查案？"

"对，是帮忙分析一条线索。"警察说。

"这倒奇怪了？"严林看他俩，"说吧，什么事儿？"

"我们在刑场500米外的树林里面发现了这个。"警察拿出一组照片递给严林，"技术部门鉴定，是下午新留的。"

严林接过照片，是刻在树上的一行文字，下面是个蝎子的图形。

"是越南话。"警察说。

"Bô của chay lây người。"严林随口就念出来，"溜之大吉。"

警察几乎是崇拜地看着他："您一下子就认出来了啊？我们找了很多专家，都不认识越南话，最后电传到公安部才解决的。早知道直接来找您了！"

"没什么，战争逼的。"严林看着蝎子图形。

"这个图形，您知道是什么意思吗？"警察小心地问，"公安部的专家说，这个蝎子该是一个什么人或者部落的签名图形……我们查不出来是谁，温总说来找您试试看，您在前线打过仗，多少了解点越南。"

"蝎子，是一个人的绰号。"严林看着照片，"这个人，我很熟悉。曾经有一段时间，我跟他熟悉到连对方的呼吸都能清晰地感觉到的程度。"

警察纳闷儿，看着他。"阮文雄，越南特工队狙击手，当时的军衔是少尉。"严林还给他照片，"他在苏联特种部队受训，学的是狙击手专业，曾经作为优秀学员去阿富汗战场实习。由于他狡诈凶狠，一起参战的苏联阿尔法特种部队队员，都叫这个亚洲小个子狙击手——蝎子。"

"越南特工队渗透到内陆了？战争都结束那么多年了啊？"警察脱口而出。

严林淡淡苦笑："两国关系正常化以后，他脱掉军装转业了，去了欧洲。大概在1993年的时候，他到中国来过一趟，还专门找我叙旧。我跟大队长汇报过，得到允许前去赴宴。在酒桌上，他除了跟我畅谈和我互相瞄着脑袋的往事，还邀请我去他所在的公司工作。我当然没答应，因为我是中国军人。"

"什么公司？"林锐很好奇。

"非洲战略资源公司。"严林说。

林锐点点头："我明白了。"

"那是什么公司？"警察没明白。

"African Executive Outcomes——非洲战略资源公司，简称 AO。是一个老牌的国际雇佣兵公司，"严林说，"一群为钱卖命的雇佣兵，大部分是各国退役的特种部队老兵。"

"看来我们事先得到的线报是准确的！"警察反应过来，"谢谢你啊，严教官！我们马上布置追捕，封锁各个出入境口岸！"

"没用了，他已经走了。"严林说。

"那我们也得试试看。"警察转身跑了。

林锐看着严林："有一件事情我没搞明白——当年在战场上，蝎子怎么能逃过的你的枪口呢？"

严林长叹一口气："因为他也在拿枪口对着我的脑袋。"

7

跑完 10 公里的集训队员们都气喘吁吁，在兵楼前列队。严林站在兵楼前等着他们，只是脸上没有了那种皮笑肉不笑，变得很严肃。队员们都感觉到一种无形的压力，谁也不敢说话，都是自动站好。严林注视着他们："草包！"

都沉默。

"一个草包，我还能容忍，因为军队很大，个把草包滥竽充数还是可以理解的。"严林厉声说，"一群草包，我不知道怎么容忍？！你们以为可恶的战争距离你们很远吗？以为现在是当和平兵少爷兵的时候吗？是可以刀枪入库马放南山的悠闲时光吗？——不是！就在今天下午，就在我们观摩死刑的刑场上，几乎要爆发一场袭击作战！"

队员们都睁大眼，韩光也有一点意外。

"一群全副武装的雇佣兵，从境外渗透，潜伏到刑场附近的山上，准备劫法场！"严林厉声说，"你们都是特种部队骨干，该知道保密纪律——我告诉你们，不是当作喝酒的谈资！也不是让你们当作搞对象的时候，吹牛的本钱！我是想拷问你们，拷问你们每一个人——作为中国陆军特种部队的骨干狙击手，你们做好准备了吗？！"

队员们都不说话，真的是在流汗。

"如果这群雇佣兵没有悬崖勒马，及时改变主意，撤离现场，一旦袭击发生，你们——这些中国陆军特种兵，军中精锐，三百万人民解放军的佼佼者——有信心有把握，跟武装到牙齿的境外雇佣兵来一场血战吗？！"

还是沉默。

"报告！"

蔡晓春高喊。

"讲！"

蔡晓春出列，敬礼："报告严教！如果这群雇佣兵真的敢袭击，我一定给他们点颜色看！我要让他们知道，咱们不是吃素的！"

"对，不是吃素的，是吃肉的！"严林说，"吃完了就吐的！滚回队列！"

"是！"蔡晓春敬礼，入列。

严林怒视他们："幸亏袭击没有发生，否则中国陆军特种部队的脸，都会被你们丢光了！——在这里，我要表扬韩光。"

韩光苦笑一下，没吭声。

"虽然他跟你们一样草包，但是他还是发现了潜伏在山上 500 米外的狙击手。"严林说，"这说明什么？说明他懂得观察周围环境，懂得作为一个狙击手，在任何时候都要有敌情观念！要去观察——发现，但是韩光为什么也是草包？因为他不会判断！他没判断出来对方是敌是友，没有及时向我报告！"

"是，严教批评得对。"韩光心悦诚服，"我以为是武警的狙击手。"

"你们现在明白了没有？为什么我要让你们去刑场看杀人？看子弹爆头？"严林说，"因为战争虽然没有爆发，但是战斗是随时都可能发生的！作为特种部队，要随时准备投入这种战斗！如果雇佣兵真的发动袭击，要靠公安，靠武警去跟他们干吗？——不可能！特种部队，就是国家武装力量的第一道防线和最后一道防线！当战争没有爆发的时候，特种部队要和其余的国家机器一起，将对国家安全的类似威胁扼杀在摇篮当中；当战争爆发以后，当敌军在我境内进攻和袭击的时候，当城市被占领百姓被踩躏的时候，特种部队就要和敌军周旋到底！血战到底！"

队员们看着严林，眼睛都很亮。

"一个爆头，就让你们恶心得吃不下饭，还说什么共和国武装力量的第一道防线和最后一道防线？！交给你们，老百姓能安心睡觉吗？"

严林今天的话很多，也很毒辣。

"狙击手是干什么的？狙击手就是爆头的，就是要看着子弹从自己枪口出来，然后打爆目标的脑袋的！你们没做好准备，敌人做好准备了！保家卫国，你们胆子都破了，还保家卫国？玩球去吧！——你们要时刻拷问自己，做好准备了吗？！明白了吗？！"

"明白了！"队员们怒吼。

"把你们洗干净，去简报室集合！我不想简报室里面都是你们的臭汗味！我给你们上课，明天开始战术狙击训练！解散！"严林说完就上了伞兵突击车走了。

队员们留在原地，互相看看。

田小牛看着他们："五分钟，开始计时。现在还有 4 分 55 秒……"

队员们立即风一样冲进兵楼，一片脚步声。步枪和背囊被整齐放在门口的床铺上，接着都拿起脸盆冲向水房，边跑边脱迷彩服。冲进水房就开始按照预定好的方案轮流接水，拿起脸盆就往身上冲。他们的肌体都很强健，浑身都是黝黑的腱子肉，跟剥皮的田鸡腿一样，但是肯定不会引起食欲，倒是很能引发女人性欲。

三十多个光头小伙子们在三分钟内冲洗完毕，接着就拿着衣服和迷彩服冲向宿舍。一片混乱以后，都穿着新迷彩服和擦得反光的军靴跑向楼下。田小牛一个一个检查他们的军容。按照特种部队的夏季着装规定，迷彩服的袖子必须挽到肘部以上两厘米，迷彩面朝外；领口第一颗扣子不扣，翻领朝外整齐，里面是黑色 T 恤；黑色贝雷帽必须左三右四戴好……这些必须在剩下的不到一分钟完成，骨干就是骨干，所以军容是挑不出来毛病的。

田小牛挨个儿看完了："出发！"

队员们就走向简报室，但是没喊番号，因为都觉得脸上无光。都是在原来部队拔尖的人才，被这么海训一顿肯定是脸上无光。严教训得也真的不过分，如果问现在的中国军人——面对战斗，你做好准备了吗？

有几个敢说——时刻准备着？

灰溜溜但是很整齐走进简报室，发现严教穿的迷彩服跟自己的有点不一样。仔细一看原来没军衔，是一套边境战争时期的侦察兵迷彩服，带风帽的丛林迷彩。看样子是有年头了，但是谁也不知道严教今天穿这个干什么，他敢公然违反部队日常着装规定？严林看着他们进来站好："坐下！"

唰——都坐下。

韩光看着严林，眨巴眨巴眼，好像明白了什么。

严林的桌子上摆着一把 85 狙击步枪，模样并不出新，不过狙击步枪的枪身上缠着麻袋剪成的伪装布。

"这是我当年用的枪。"严林拿起来，唰地拉开枪栓，保养得很好。

大家都看，还没明白。

"我拿着这把枪，在战场上一共打了 150 发子弹，战果是 149 个半敌人。"严林的声音很冷峻，"那半个是打在小脑上，居然没死，命大，成了植物人。"

一股寒意油然而生，年轻的狙击手们都看着严林手里的枪，好像在看刽子手的绞架。

"我今天要给你们看这些，不是想跟你们显摆我的什么狗屁辉煌战绩！"严林放下枪，"而是要告诉你们——第一百五十一颗子弹，我没有打！"他又拿出一颗子弹，举起来："这颗子弹，我保管了多年！它本来要钻进敌人的眉心，但是我没有扣动扳机——因为，他的枪口也在对着我的眉心！"

队员们睁大了眼。

严林放下枪和子弹："这是我的狙击手生涯当中，唯一的一个遗憾，也是一个终生的耻辱……"

8

"那是战争的最后一年，也是我们十二侦察大队上前线的第三个年头。战争已经接近尾声，但是双方的侦察袭扰作战还在继续，而冷枪作战，则是两个东方民族的军队都很擅长的。我作为西线战场的骨干狙击手，成为敌人眼中的一颗钉子……"

"小严！小严！"

大队参谋雷克明钻进帐篷，手里还拿着什么东西。

"到！"

睡眼惺忪的严林一下子精神起来，爬起身站好："雷参谋，有任务？！"

旁边的观察手也起来，两人都快中午才返回驻地。

雷参谋递给他一堆传单："这是情报部门送来的，敌人给咱们阵地打了传单。"

"传单？"严林还没明白过来，"什么玩意儿？"

"你自己看看。"

严林拿过来就吓一跳，传单上是自己穿军装的标准照，士兵证上的。旁边是越南话，他仔细看看："老天！我的脑袋这么值钱了？"

"对啊，敌人这次可花血本儿了！你的脑袋值二十万人民币！"雷克明笑道，"陈勇刚才还不乐意呢，你现在身价跟他一样了！"

严林笑："一班长比我值钱……"

"你不知道，你上个礼拜打死的是敌人一个军区副参谋长，是个将军！"雷克明说，"怕你骄傲，就没告诉你。没想到这次闹到敌人国防部了，他们下了血本儿准备搞你！"

"就这事儿啊？"严林说，"雷参谋，没任务我睡觉了，困死了……"

"有个情报，你得知道。"雷克明严肃起来，"我们的情报部门搞到的，非常确凿的情报！"

严林也严肃起来："又有什么重要人物要来前线视察？"

"一个少尉。"

严林苦笑："雷参谋，一个少尉，至于让你这个副营干部这么紧张吗？"

"他是在苏联特种部队学习的少尉，阮文雄。"雷克明递给他文件夹，"刚从阿富汗战场调回来，是因为你调回来的——他也是狙击手。这是我们的情报部门得到的资料，你仔细看看。"

严林打开文件夹，看他的照片。是穿着苏联特种部队土黄色制服的阮文雄，他很年轻，抱着一杆 SVD 狙击步枪，背景是阿富汗的群山。

"你别小看他，他在苏联特种部队的名声很响。"雷克明补充，"他十三岁就参军了，枪法超群，是作为优秀骨干送到苏联阿尔法特种部队学习的。他的成绩并不比你差，也有 100 多的战果——狡诈凶残，都叫他蝎子。"

严林翻看资料："都是俄文的？"

"情报部门刚送来的，前指正在组织翻译。"雷克明说，"小严，你真的遇到对手了——要好好对待！"

严林看着照片，照片上的阮文雄和他一样年轻，但是充满了傲气。

侦察大队提高了警惕，严林是战功显赫的战斗英雄，要是出了事，脸上确实不好看。加上即将撤离战区，所以也压缩了严林的狙击任务，变相让他提前停战了。严林每天都待在驻地，郁闷得要命。但是命令就是命令，没有命令他也只能待着。后来命令来了，但不是去执行狙击任务，而是参加英模报告团。严林一下子就泄气了，坐在床上发呆。

本来严林觉得，这次真的是离开战争了。收拾好自己的行装，准备去参加报告团。战斗还在继续，自己却要去参加报告团，好像怕了那个什么"蝎子"似的。这让严林非常不服气，却又不能不服从命令。就在第二天凌晨，他正要上车的时候，新的命令又来了。

这次来宣布命令的居然是前指副参谋长，严林一下子紧张起来。他走进大队部的帐篷，副参谋长穿着没戴肩章的 85 军装，戴着别着军徽的解放帽，目光炯炯地看着他："你就是严林？"

"是，首长。"严林说。

"名气不小啊！"副参谋长苦笑，"敌人这次，看来是非得要逼你出来不可了！而我们，也只能派你上去了！"

严林不明白。

何志军把一堆资料打开，摆在他面前："自己看吧。"

严林一看，都是被狙杀的我军官兵照片。

"短短五天，我们有十七名官兵牺牲在同一名狙击手的枪下。"副参谋长说，"其中级别最高的，是步兵团的副团长，年龄最小的，是一个刚刚十七岁的战士。'蝎子'

在疯狂狙杀，他在逼你出去。"

严林把照片放下，抬头看何志军。

"你有把握吗？"何志军问。

严林咬住嘴唇："我上！"

当天晚上，严林和观察手小周仔细分析了作战地图和沙盘，将"蝎子"所有的狙击案例进行了分析，寻找他的狙击习惯和狙击阵地的设置。等到忙完天色已经大亮，严林意识到自己遇到了强劲的对手，其中有三起狙击案例，他都无法确定狙击地点，虽然有几个考虑，但是……无法确定敌人狙击手的位置，这是多么可怕的事情？

第二天，他俩睡了一天。当天擦黑的时候，他们起床准备出发。换上迷彩服，给狙击步枪和冲锋枪裹上了麻袋片，并缠上密密麻麻的枝叶，检查开枪和换弹匣是否方便，对着镜子一道一道画好迷彩油，然后开始披挂自己土造的伪装服——用212指挥车的伪装网剪成的伪装衣，随后战友们在他俩身上插上密密麻麻的枝叶。乍一看上去就跟俩灌木人似的。

一切收拾妥当，两人便准备登车出发了。严林笑着跟战友们道别："等我好消息！"其实自己心里面也没太大的底气，战友们都神色凝重，"蝎子"的情报已经传达给了他们。严林还是笑笑，坐在大屁股吉普车上远去了。

到达指定位置后，俩人开始爬山。在事先找好的位置设置了狙击阵地。正在深夜，严林的动作格外小心翼翼。他按照自己理解的"蝎子"活动规律设置了这个阵地。要在平时他是不会设置在这里的，但是狙击手都明白对方的思维，所以他必须设置在自己都想不到的地方。

他和小周潜伏的位置是一片碎石山头的山腰，这里断断续续长着灌木丛。两人潜伏在碎石之间，这次的潜伏不好受，因为身子下面都是石头。但是严林必须潜伏在这里，正因为这里难受，所以狙击手不会长期潜伏在这里——所以，"蝎子是不会想到他会潜伏在这里的。"

就看谁能先发现谁了，因为彼此都是绝顶的神枪手。

严林凑在狙击步枪的瞄准镜边，开始了漫长的等待。

拂晓时分，边境地区开始了鸟叫。从严林的位置看上去，面前是一片开阔的丛林。他把面前分割成网格状，开始让小周一个一个排除，自己保持随时开枪的姿势。但是小周没有发现目标，严林更紧张了。他开始自己一格一格搜索，搜索得很慢，希望可以找到痕迹。

他的瞄准镜慢慢滑过1000米开外的一片杂草，突然，他挪了回去！

在一瞬间，他全身的血液都凝固了！

对方的狙击步枪也在对着自己！

阮文雄也是刚刚发现严林，两人就这样，枪口对着枪口，相隔1000米。

安静得要命，只有风声。

严林平稳地呼吸着，瞄准了阮文雄。

阮文雄也平稳地呼吸着，瞄准了严林。

两人就这样，僵持着，谁都不敢动。

严林的鼻尖儿开始冒汗，这是他第一次感受到死亡的威胁。

阮文雄跟他的情况差不了多少。

双方就这样僵持着，谁都没有动作，一直到天黑……

在80年代，双方的军队都没有装备单兵夜视仪，所以天黑就意味着远程狙击作战的结束。

严林带着小周撤离了狙击阵地，对方显然也撤离了，因为第二天再也没有狙击手狙杀我军目标的坏消息。而战争，也很快结束了……

9

"我承认，我怕了。"严林带着几分酸楚地说。

队员们默默地看着他。

"在我的狙击作战生涯里面，那是第一次被对方的狙击手抓住了目标——我相信，对于他来说，也是第一次。我们都怕了，因为我们都第一次被狙击步枪对准了眉心，感受到死亡的威胁。"

严林缓缓地说："我相信对于他来说，也是一生难忘的经历。我回到驻地，向大队领导和前指首长做了汇报。前指首长经过考虑，命令我不要再上去了，因为他已经知道马上要停战，而我们当时是不知道的。我们的情报部门得知，阮文雄回去以后也向上级做了详细的汇报，他的上级也命令他不要再上去。其实双方的领导都是一个考虑——战争即将结束了，没有必要再让战士这样流血，因为战后的军队需要参战的老兵作为种子……这是我一生的遗憾，也是我一生的耻辱——因为，我被他抓住了。"

队员们都是听得惊心动魄。

严林说："为什么今天我跟你们讲这些，是因为今天下午在刑场出现的雇佣兵——就是阮文雄，'蝎子'。"

投影上出现蝎子的留言。

"你们还说什么和平年代吗？——我们随时面临着各种威胁，我们不仅是为未来战争在训练，也是为了应对现实的威胁！"严林说，"在你们恶心呕吐的时候，蝎子这样强劲的对手就出现在你们身边不足 500 米的地方！他在拿狙击步枪对着你们，你们做好战斗准备了吗？"

队员们被问得很惭愧。

"你们都很年轻，都自认为自己是硬汉，是战士，是无敌的特种兵。"严林淡淡地说，"其实你们还差得远，太远太远……你们来参加狙击手训练，为的是成为优秀的狙击手。你们渴望成为优秀的狙击手，但是你们还不知道狙击手要面对什么。孤独？疲劳？——那些都是皮毛，真正要面对的是死亡。死亡的威胁，当你们潜伏在狙击阵地，随时面对的都是死亡。因为你们往往要深入敌后，没有退路，一旦被发现，只有一个归宿——死亡。"

严林注视他们："记住我的话——并且刻在脑子里面。下面我给大家介绍这次狙击手集训的主要内容……"

队员们都认真听着，做着笔记。这次那些刚来的时候桀骜不驯的特种部队骨干们都老实了，因为严教的故事，他们在任何军校的课本和教室里面，都不曾听到过。

第二章

★

1

第二天一大早，还是在5点半，集训队开始喧闹起来。大家都在五分钟内起床洗漱整理内务完毕，接着就在30秒内取枪上背囊跑出兵楼。照例先来了一个五公里武装越野，终点是狙击战术训练场，严林已经等在那里，吃完了早饭的最后一个包子，随手就把塑料袋往边上一丢。集训队员们站在他跟前，脸上还流着汗。白色塑料袋就从他们面前飞过去。

韩光看着白色塑料袋飞过去，若有所思。

蔡晓春："排长，看啥呢？"

"别说我没提醒你俩——严教马上要问风速了。"韩光压低声音。

孙守江看着白色塑料袋飞过去，苦笑："问我，我还真的不知道怎么测算……"

果然，严林下一句就是："谁能告诉我，现在的风速？"

队员们不吭声，因为没学过。

严林看韩光："你也不会吗？"

"报告，根据我的目测，风速大约每秒4米，风向东南。"韩光说。

严林点点头："有点意思，你在哪儿学的？"

"在体校射击队的时候，看过教练的一本书。"

"什么书？"

"*Marine Sniper*，Charles W. Henderson 著作。"韩光说。

"国内没有正式出版，你在哪儿看见翻译版本的？"严林有点意外。

"报告，是教练出国时候，在美国书店买的。"韩光说，"没有翻译版本，我看的是原版。"

严林愣了一下："你看得懂原版？"

"是。"韩光还是很低调，他不习惯被人注视。但是这次他低调不起来了，所有队员都在看他。

"你在哪儿学的外语？"严林纳闷儿，"原版使用了大量美军的术语，一般的高校外语老师都看不明白。"

"报告，我祖父毕业于清华大学，在美国留学，1949年回国参军。1951年参加抗美援朝，一直在作战部队，后来抽调去做了板门店谈判代表团的翻译，他退休以前从事军事外交工作。"韩光说，"我看不懂，请教了他。当时他刚退休，有时间辅导我。"

严林点点头："我还以为泄密了呢，这本书总参组织专家翻译，只在极小范围内进行了普及。以后你们每人都会有一堆类似的情报资料，会专门给你们组织学习，入列。"

韩光入列，站好。

"我看了你们打枪，说实话——一群垃圾。"严林说，"800米的目标，没有超过狙击步枪的极限射程，你们打的靶子跟狗啃的一样。这也不能怪你们，因为责任不在你们，在你们所在的部队。我们的军队打赢了任何一场对外战争，但是有一个习惯非常不好——狗熊掰棒子，捡起来一个丢一个，非得等到再打仗的时候，才知道捡起以前的经验临阵磨枪。就拿狙击战术来说，抗美援朝时期就有张桃芳——我不客气地问，你们几个人知道张桃芳——韩光你不用回答。"

韩光不吭声。

其余队员还真的不知道。

蔡晓春眨巴眨巴眼："狙击兵岭。"

严林看着蔡晓春："看来你知道，说说你知道的。"

蔡晓春出列："报告！张桃芳，志愿军24军战士，曾经在金化郡上甘岭狙击战中歼敌214名，创造了朝鲜前线我军冷枪杀敌的最高纪录。美军将当地称之为狙击兵岭，表示对他的敬畏。"

严林点点头："你也算有点意思的，什么时候知道的？"

"报告，我初中的时候，在图书馆看的。"蔡晓春说，"也就是从那天起，我立志成为狙击手！"

"入列吧。"严林说。

蔡晓春入列。

"看来你们还不都是糊涂蛋，这次我很意外。"严林说，"不过也很可悲，因为他们两个都不是在部队服役的时候知道这些作为狙击手要知道的基本常识的，全靠自学。这说明，我们部队的军事训练确实有问题……"

"报告！"孙守江有点听不下去了。

"讲。"

孙守江跨前一步："我也知道一个解放军的狙击手！"

"是吗？"严林问，"你是在哪儿自学的？"

"报告，我不是自学！"孙守江说，"我是在解放军服役的时候，接受军事训练的时候知道的！"

严林点点头："看来我又有一个新的意外，说说看，他是谁？"

孙守江一本正经："严林，陆军中校，中国陆军狼牙特种大队狙击战术专业教官。他的辉煌战绩是，150发子弹，149个半敌人；他的一生遗憾是，第151个敌人跟他同时发现对方，于是那颗子弹到最后也没打出去，成了纪念品。"

队员们忍不住扑哧乐了。

严林的嘴也咧了一下，但是没笑出来。

孙守江还是一本正经："我的回答完毕，严教！"

"入列。"严林挥挥手，"他没说错，这是部队教给你们的。都别笑了，严肃点。"

队员们绷住笑。

严林笑笑："你的脑子也算活的——作为狙击手，最有力的武器是你的大脑。保持好你的头脑灵活，这样可以让你以后送命的概率小点。"

"是，严教！"

严林转向队员们："你们是各个单位选送来的狙击手骨干，回到原来单位还承担着以点带面的种子教官的任务。所以从你们开始，要改掉这个坏毛病！作为军人，该知道的一定要知道，不能比社会上的军事爱好者知道的还少——这就是耻辱了。我不管别人怎么样，凡是在我手下出去的狙击手骨干，个个都要精通本专业！把心思用在训练和作战上，用在实践和理论上——你们，都要成为真正的职业军人，职业狙击手！你们只有一个月的时间，所以我要对你们进行强化训练！——我先要告诉你们，狙击手在面对目标的时候，都要考虑什么？"

队员们看着他。

"韩光，你说。"严林说。

韩光没办法，只好出列："报告！地心引力，风速风向，瞄准镜的光学曲率，当地气候、温度、湿度等多个方面，都在考虑范围内。"

严林点点头："那是书本上教给你的，不完全，不过总还是知道点。你们都听见了，要考虑的包括这些方面。所以狙击手致命的一枪，不是光靠感觉，要学会动脑子。你们要在最短时间内，学会这些常识，有一大堆数学公式要背，并且要在各种复杂环境下进行射击体验，你们的时间只有这么多，所以别打算每天休息够……"

2

阮文雄的日子也并不好过，但是他很坦然。面对 AO 的几乎所有高级主管，他保持着冷静。此刻他没有穿迷彩服，而是合身的西服，还打着领带，只是目光还依然冷峻。现在他不在丛林或者荒漠，而是在繁华的巴黎市区，写字楼的会议室里面。

这里是 AO 的欧洲总部，号称"非洲战略资源公司"的雇佣兵公司其实不在非洲，只是在南非开普敦有个办事处和培训基地。之所以叫非洲战略资源公司，原因有二：第一，创始人是布冯上校，他曾经在隆美尔的非洲军团服役，对非洲情有独钟，最早组成公司的也大多是非洲军团的老兵，有意思的是参与者当中也有退役的英军突击队员，当时他们在战场上可是敌人，战后却成了同事；第二，虽然 AO 在全球都有业务，但是主要业务范围还是在非洲，不过近年来随着国际战争和恐怖事件的迅猛发展，亚洲甚至欧洲的巴尔干半岛也成为 AO 活跃的新领域。

AO 和世界上其他的雇佣兵公司一样，童叟无欺，拿钱办事，比较喜欢独裁政府和民族内乱。当然由于现实和意识形态的原因，AO 不与西方国家为敌，否则连落脚的地方都没了。西方国家的军情单位也对 AO 这类公司睁一只眼闭一只眼，因为那里不仅有自己昔日的熟人战友，而且在很多军队和情报单位不便出面的事务上，AO 这样的雇佣兵公司就成为马前卒，可以做很多军队和情报单位不能去做的脏活儿。随着国际战争事业越来越呈现出局部战争和游击反游击战争的常规形态，西方国家的军情单位就越来越重视跟 AO 这类雇佣兵公司的秘密往来。西方国家的民众很看重战士的生命，往往因为战场伤亡群起而攻之，搞的政府下不了台，所以很多危险的活儿政府不愿意派军队，更愿意花钱找 AO 这样的公司。他们就得了一个名字"承包商"，跟国内的包工头不同，他们承包的不是工程，而是战争。

阮文雄 1989 年离开越南人民军，加入 AO，从最底层的卒子干起，现在已经是 AO 秘密行动业务处副主管。他的酬金很高，AO 对于这样优秀的人才从来不吝惜金钱。作为一个第三世界国家来的亚洲人，在白人为王的 AO 能混到今天这个位置，除了本身素质和战斗经验确实很出色，还有一个原因，是他面前这群高级主管当中的一个人在帮助他。俗话说朝中有人好做官，雇佣兵公司也不例外，有高层的欣赏还是非常重要的。

这个人就是他在苏联特种部队时期的狙击教官——利特维年科上校，现在是

AO战争事务部总监。

利特维年科上校是个独眼龙，他的左眼永远留在了阿富汗。他是梁赞空降兵学校（梁赞空降兵学校，是以马尔戈罗夫大将命名的苏联空降兵学校。苏联和今俄罗斯著名军事院校，苏联和俄罗斯伞兵部队和特种部队的军官摇篮，在苏联和俄罗斯军队地位很高，也是国际著名军事院校之一——作者注）的高才生，在伟大的苏联红军服役多年，去过古巴、越南、巴勒斯坦、民主德国等许多国家，在全世界和美帝国主义作战，并且传授社会主义小兄弟们游击战技能，用来抵抗美帝国主义；然后随着伟大的苏联土崩瓦解，苏联红军也四分五裂，利特维年科上校就被当年的敌人——血腥的西方雇佣兵招募走了，彻底告别了共产主义理想。

阮文雄是他的学生之一，也是他最欣赏的学生。他毫不掩饰自己对他的欣赏，并且将自己的看家本领如数教授。狙击手是需要天分的，阮文雄毫无疑问非常有天分。利特维年科上校不远万里，跑到越南去跟自己的学生谈话，终于说服他告别了越南人民军，跟着自己当了承包商。一起投入到如火如荼的国际战争事业当中，献身于被赶出故土的独裁者、某些第三世界国家政府、西方军情单位以及财团的金钱。

阮文雄从未失手过，但是这次他失手了。

利特维年科上校早就听完了他的汇报，还是表示理解的。但是公司其余高层未必能够理解，作为一个现代化企业制度的跨国公司，开个听证会还是很有必要的。会前，利特维年科上校叮嘱阮文雄，不要反驳，不要动怒，因为公司高层都是一些猪头。但是阮文雄还是没想到，会遇到这样弱智的猪头。

"蝎子，你刚才说——因为一群没有武装的中国特种兵，你放弃了营救袭击？"

一个董事不客气地问。

"是，长官。"阮文雄回答。

"为什么？"

"因为这不在我们的预案当中，我们没有应对措施，长官。"

"难道战斗都是你事先能设计好的吗？"

阮文雄看了他一眼："报告长官，敌后营救作战的每一个环节，必须按照预案进行。稍微一个疏忽，都会导致行动的失败。我们身处中国内陆，没有救援，没有支援，一旦纠缠在战斗当中，会全军覆没。"

"但是你想过没有，你一枪没开就撤离，这会对公司声誉造成什么样子的影响？"一个中年女董事问。

"如果行动失败，公司声誉的损失会更大，长官。"

"但是那是很小的损失！而且公司以往的业绩和以后的业绩都可以将这些弥补！"女董事厉声说，"撤出战斗，我们要按照双倍赔付客户——这是多大的一笔数字，你想过没有？如果战斗爆发，失败，我们只需要偿还一半的酬金。"

阮文雄看她："但是我们会全军覆没，长官。"

"你们的家人会得到合同规定的抚恤金。"女董事说。

阮文雄的呼吸开始急促。

"好了，你出去吧，我们研究一下关于这次行动的处理决定。"利特维年科上校打岔，"你在下面酒吧等我，我去宣布处理决定。"

阮文雄把运好的气压回去，转身走了。

酒吧里面，他的队员们都在等待。看他进来，都起立。阮文雄挥挥手，示意他们都坐下。他们坐在角落里面，人高马大的黑人白人们围着这个身材矮小的黄皮肤队长，都是忐忑不安。这十一个部下来自不同的国家，有着不同的部队经历和战斗经历，可以说是精锐当中的精锐。而阮文雄能在他们当中占据领导地位，并且得到大家的服从和尊重，那是有相当的能力的，也经过了一个漫长的过程。

阮文雄坐在那里，一瓶伏特加已经给他准备好。他拿起来，却没喝："你们看着我干什么？"

"我们会被开除吗？"他的观察手、退伍兵 Alex 小心翼翼地问。

"蝎子，我不能被开除！"黑人机枪手 Brown 着急地说，"我的房子贷款有两个月没还了，我会被赶出去的！"

"我也需要钱……"一向幽默诙谐的 Simon 今天变得特别低沉，显得忧心忡忡。小伙子仪表堂堂而且出身贵族家庭，却为了自己的梦想跑去当了 SAS，后来又当了雇佣兵，也彻底被自己的贵族家庭扫地出门了。传说他在法国跟前女友有一个私生女，但是他从来不承认。大家也都没追问，因为做这个行当是需要冒险的，能够保护家人是最好的……

"我老婆刚刚看上的新车……."来自前南斯拉夫人民军特种部队的 Wairado 叹息道，"这次完了……"

阮文雄看着他们："你们别担心，所有的责任我一个人承担！"他举起伏特加，"来，喝酒！我们撤出任务区以后，还没有庆祝过——为了活着回来！"

"为了活着回来！"

大家碰杯，一饮而尽。

阮文雄觉得今天的伏特加特别地辣。

利特维年科上校走进酒吧的时候，阮文雄已经喝得有点高了。其余的战士都在跟女人跳舞，或者去勾引女人了。阮文雄一个人坐在桌前，看着面前的灯红酒绿男男女女，拿着伏特加在喝闷酒。他从不找女人，好像亚洲僧侣一样过着清教徒似的生活，也不知道挣钱都干吗去了。

利特维年科上校走过去，坐在他的身边。

阮文雄看着酒吧里面，用俄语说："我在想，我这样做值得不值得。"

"值得，你保全了这些战士的生命。"利特维年科上校把手放在他的肩上，"你不能要求公司的董事，他们只是投资人，不是战士。"

"我是在想，我为什么要离开自己的军队！"阮文雄的声音很苦涩，"那时候虽然我没钱，我穷得要死，但是我有信仰！虽然这个信仰是谎言，但是总比没有好！我为了国家战斗，为了军旗战斗，为了光荣的人民军战斗！"

"会过去的，你还年轻。"利特维年科上校说。

阮文雄奇怪地笑："你要告诉我——让我滚蛋吗？"

"不是。"利特维年科上校说，"我说服了董事会，他们同意留下你，但是你不再是主管。你的薪金也降低一半，蝎子，其余的人没有处理。"

阮文雄笑笑："没有意义了，我打算离开。"

"离开？"

"是的，离开，离开这个血腥的雇佣兵行业。"阮文雄说，"我挣的钱虽然不算多，但是在我们老家也能过上安稳的生活了。我离开，回去，回越南……"

"你无路可退，蝎子。"利特维年科上校说，"你的名字，已经在越南情报单位的黑名单上。"

阮文雄奇怪地笑："那我去泰国，去缅甸，也可以去柬埔寨……"

"没有用，蝎子。"利特维年科上校苦笑，"到哪里都一样，他们不会想到你退出，只会想到你在伪装身份进行行动前期准备。你会被监控，然后到了发现你没有任何价值的时候，会抓你。"

"他们抓得住我吗？"阮文雄高傲地问。

"结果还不是一样？你被东南亚情报单位追杀，你不得不再回来。"

阮文雄被问住了。

"蝎子，我相信我的判断——你不会适应安稳的生活的，你是战士！天生的战士，最好的狙击手！"利特维年科上校动情地说，"这是战士最好的生涯，因为你在不断战斗！当你身边真的没有枪声，没有爆炸，没有直升机的轰鸣时，你会活不下去的。"

阮文雄在沉思。

"为了一文不值的信仰战斗，和为了自己的战士理想而战斗——这两种行为，哪一个更值得？哪一个不值得？"利特维年科上校说。

"你不是说你喜欢高尔基吗？什么时候改莎士比亚了？"

利特维年科上校拿起一瓶新的伏特加："都一样，都是他妈的狗屁文人，却写出了人生的哲理。我不再跟你废话了，蝎子，你自己知道你走不开的。"

酒吧的音乐换了，是蓝调，乐队在演奏。

一个穿着白衣的金发女孩在台上摇摆，拿着麦克，准备唱歌。

阮文雄的眼中有泪花隐约闪动。

"我们都是战士，我们的归宿只有战争。"利特维年科上校喝酒，"我们为了战争生，也会为了战争亡——学会享受活着的时光吧，去找这个女人，蝎子。"

阮文雄的泪水夺眶而出，他的眼前浮现出那个穿着白色衣服的京族女孩儿……

利特维年科上校看着他："怎么了？我第一次见你流泪。"

阮文雄没有说话，泪水在不断地流。

女孩儿正要唱歌，却听见嘶哑的声音在角落响起来，乐队也愣了。

阮文雄用他嘶哑的喉咙在唱歌：

"Đêm đông lao xao, đêm đông nhớ ai?

Đêm đông cô đơn vắng ai?

Cơn mưa lao xao, cơn mưa nhớ ai?

Ôi, hạt mưa rơi khóc thầm!

Anh đang nơi đâu? Anh thương nhớ ai?"

（中文大意：嘈杂的夜晚，在一个冬天的夜晚我想念你，

这个冬天夜晚我好孤独，没有你。

绵绵的细雨，却看不见你，

哦，雨在哭泣。

你去了哪里，你在哪里？）

这是一首越南歌曲，从这个男人的喉咙里唱出，带着无尽的苍凉。

乐队也停止了演奏，都听傻了。

阮文雄闭上眼……

安宁祥和的越南村庄，水田，水牛……

穿着白衣的少女被一个男孩儿追逐着，嬉笑着，她跑到丛林里面……

美军 UH-1 直升机群铺天盖地……

A4 天鹰攻击机从天而降，丢下凝固汽油弹……

丛林里升腾起一片火幕，所有的一切都化为乌有……

男孩儿被震飞起来，而他面前的丛林已经是一团火海……

阮文雄嘶哑喉咙，几乎是在喊，如同一条绝望的孤狼：

"Bao đêm cô đơn vắng anh

Mong cho đôi ta, bên nhau mãi thôi!

Cho hạt mưa rơi hết buồn

Tình yêu như cánh chim trời vụt bay theo gió mãi trôi!

Để bao thương nhớ âm thầm, thiết tha vô bờ

Đèn khuya có thấu hay chăng, lẻ loi tôi đang ngóng trông

Thì mây mưa cứ trôi hoài, khát khao chờ mong

Chợt nghe chư tiếng em cười, cỏ cây như muốn níu chân

Nhẹ nâng câu hát ban đầu, dấu xưa tuyệt vời

Một mai anh sẽ quay về, bờ môi mang bao thiết tha

Bài ca in mãi trong lòng, sẽ không nhạt phai!"

（中文大意：爱像鸟的翅膀，与风一起飞走，

对渴望的你，永远是爱。

孤单的夜晚，你知道吗？

独自地，我正在希望，

雨仍然一直的下，我在渴望和等候。

突然，带着你的笑，草和树想要黏紧，

轻轻地唱起歌，美好的记忆，

有一天，你将回来，那充满热情的爱，

那首在我的心中烙印了的歌，永不消失……）

泪水从他的脸上滑落，滑过他脸上的伤疤，也滑过他的脖子，那片褐色的斑驳，是烧伤的印记。

3

"广义的狙击手的历史，可以上溯到数千年前。"严林拿着一把85狙击步枪说，"当天下无敌的阿卡琉斯在特洛伊城门前耀武扬威的时候，城墙上不知哪个角落里射出了一支冷箭，射中了他的脚踝命门！这位古希腊传说中的头号英雄就这样凄惨地死去了！——这是关于狙击手最早的记载，知道这是哪个作家的哪部著作吗？"

他面前的集训队员们坐在草地上，都抱着自己的狙击步枪一脸茫然。他笑笑，

这个结果不意外，他看韩光："你说。"

"报告，古希腊《荷马史诗》，描述的是神箭手帕里斯。"韩光起立说。

严林点点头："坐下吧。我今天开始让你们学习狙击手的历史，有什么意义呢？——是为了培养你们作为狙击手的信念感和自豪感。要成为一名真正的狙击手，不光是枪要打得好，还要具备狙击手的文化，有着坚强的信念和自豪感——为什么？因为你们要面对的是无止境的孤独、寂寞、疲劳、恐惧、寒冷、炎热，要面对的是内心深处杀人后的巨大折磨，因为我们虽然是国家机器，但是我们也是活人，活人是有思想的——你们见到枪决爆头以后，是什么感觉呢？而你们未来作为特种部队的狙击手，其中主要任务就是去爆人头，或者射击心脏等要害部位。你们靠什么去战胜这些？——靠信念，靠信仰，靠狙击手自身的荣誉感和自豪感。这就是狙击手的文化，而我将中国特种部队狙击手的文化概括为——'刺客'。"

队员们静静地听着。

"什么是'刺客'？司马迁在《史记》当中专门写了一部《刺客列传》——'刺客'的精神实质是什么？'侠之大者，谓之刺客'！为了一句承诺，可以赴汤蹈火，付出性命亦在所不惜！仅仅一句承诺，就要披荆斩棘，一往无前！——忠诚、勇敢、顽强！并且具有侠义之心，决不滥杀无辜！有着坚不可摧的信念和使命感，这样的精神足以战胜一切困难，去完成自己的承诺！"

严林的声音变得高昂："所以，只有最好的狙击手——才能称之为'刺客'！"

韩光目光炯炯，大家眼里也闪耀着光芒。

"刺客——这就是这次狙击手集训队的代号，也会是历年狙击手集训队的代号。"严林说，"我们已经报请上级批准，从这次集训开始，我军特种部队的狙击手分为三个等级——'刺客'、'响箭'和'鸣镝'。至于评选的标准，你们以后会逐渐接触到。但是我可以告诉你们，比例非常小——在你们三十二个人当中，能够赢得'刺客'资格的，只会有一个人！"

蔡晓春跃跃欲试。

严林把枪丢给田小牛："今天上午——进行狙击战术小组基础训练，先给他们普及一下。你来组织。"

"是！"田小牛跑步到集训队员跟前，"我先简单给大家介绍一下。所谓的狙击手小组，一般由2~3人组成，分为第一狙击手、观察手也就是第二狙击手，特别情况下还会有火力支援手也就是第三狙击手。狙击手的任务，可以简单概括为：指定猎杀，随队侦察，火力支援，巡航游猎，定点清除，非硬性目标控制和破坏……"

严林在一边坐在伞兵突击车上，看着这些年轻的集训队员们开始编组。

未来的狙击手们开始进行专业基础训练，等待他们的会是严峻的考验，但是他们已经不在乎，因为本来就是硬汉，更何况还有一个梦想，在召唤他们。

那就是——"刺客"。

4

凌晨两点，穿着吉利服戴着单兵夜视仪的孙守江如同一个绿色的毛毛熊一样从树林里面钻出来，在齐腰深的草丛当中小心前行。他的手里不是狙击步枪，是伪装过的81-1自动步枪，这次他的职责是观察手。当他感觉周围安全的时候，半蹲挥挥手，于是后面又钻出来一只绿色毛毛熊。

这是手持85狙击步枪的韩光，他的枪身上裹着专用狙击手伪装枪衣。

他们两人采取的是一种在常规部队从未见过的低姿前进方式，在狙击手训练当中，这叫作"猴子跃进"前行法。

狙击手的术语当中，将双手分为"强手"和"弱手"。所谓"强手"，就是用来扣扳机的手，一般情况下是右手；另外一只手自然就是弱手了。中国武器设计思路跟西方国家相比欠缺人性化思维，大多数西方国家的现代轻武器都可以左右开弓，只需要转换抛壳导向板就可以满足右手和左手的射击需要；但是中国武器不行，抛壳窗是固定的，无法进行方向转换，所以无法满足左撇子的需要。（笔者注：其实至今中国国产轻武器都没解决这个问题，95步枪和88狙击步枪也不能供左撇子使用，可见在武器设计思路上落后了不是一年两年的。）

"猴子跃进"前进法，是狙击手隐蔽移动的方法之一，也是严林教授给他们的，主要是用来通过这种齐腰深的灌木丛。用"强手"握持步枪，以比较低的高度平行于地面，另一只手触碰地面配合两脚移动。完成动作特点是：配合移动的手不能离开地面——这关键是为了限制狙击手运动姿态的高度，只要手不离开地面，那就能保证狙击兵不会在不经意间抬起上半身来。这个姿态是用在植被比较高的地方，如灌木丛和长草地等地形上。移动速度比较快，视野全面，灵活。用"强手"持枪，一方面避免手受伤，另一方面发现情况出枪也快，便于快速反应。

跟严林以前在前线相比，他们的条件好多了，有了专业的狙击手吉利服。吉利服是对于狙击手专用伪装服英文名称的音译，聪明的中国人希望这个译名能够带给狙击手好运。GHILLIE这个名词源自苏格兰土语，原读音为Gah-Hee-Lee，经演变为现在的GHILLIE SUITS。而GHILLIE SUITS在第一次世界大战中以用于战场上，逐渐演变成为今天在电影上经常可以见到的狙击手伪装服，穿上跟各种颜色的毛毛熊一样。由于中国特种部队所需批量太小，国内军工厂没有生产，是用从国外进口的。

每件都有 1.8 公斤重，加上身上的背囊、武器弹药、水袋、电台、观察设备、攀登设备等，他们的单兵负荷超过了 30 公斤。这就要求狙击手具有非常强健的体魄和惊人的耐力，不仅能够负重还得有很强的越野能力。

这些对于狙击手集训队的队员来说都不缺乏，因为他们可以说是中国陆军特种部队的精英，都是精选出来的骨干，底子很好。用严林的话说，就是傻大黑粗，别的没有就是有一把子蛮力。这是半开玩笑的话，其实严林也知道他们的脑子都不算差的，参加集训的第一天就测试过智商，还算说得过去，毕竟这是选出来准备回去当狙击手教员的。按照总部首长的说法，集训队就等于不挂名的狙击手学校，以点带面普及全军特种部队。既然各个部队都是本着教员的标准推荐的，所以都得选点文化水平差不多的，即便是不多的类似蔡晓春这样的士兵，也都是文化程度不低预备提干的对象。

韩光在孙守江的引导下安全通过了开阔地，进入了另外一片丛林，两人潜伏下来歇息片刻。孙守江拿起 85 激光测距仪，缓慢搜索。韩光潜伏在他身后 5 米的树下，反方向跪姿用狙击步枪瞄准镜搜索。

今天的科目是"巡航游猎"，目标是敌人的狙击手。

参加训练的有 22 名队员，分为蓝队和红队。20 对 2，按照中国军队的习惯，20人假想敌队自然是蓝队，两人就是红队。10 组狙击手抓这一组狙击手，谁也不知道对方潜伏在哪里，就在这方圆 10 公里的范围内自由潜伏，自由搜索，自由射击。一方全部阵亡，游戏结束；如果在 24 小时内，红队还幸存，蓝队就宣告失败。整个训练类似于刚刚流行起来的电脑游戏《三角洲突击队》，只是双方的力量对比过于悬殊。

规矩对于红队来说非常不公平。蓝队不仅人数众多，还有一架直升机和三辆伞兵突击车作为交通工具，他们只能地下跑路。这是没办法的事情，因为狙击手小组深入敌后，注定面对这样的绝境，谁让自己选择了呢？

这 10 公里的地形地貌非常复杂，其中有山地丛林，也有沼泽湖泊，还有步兵攻防阵地，甚至还有一个废弃的炮弹销毁厂残骸，里面有各种建筑物，平常用来训练巷战。也就是说，蓝队狙击手几乎在任何地方都可能布防，而红队则基本上跟跑猪一样是活靶子。

按照抽签，韩光跟孙守江成为今天的跑猪。两人默默地领取了装备，换好了吉利伪装服。自己抽签决定谁是狙击手，谁是观察手。孙守江都没抽签，就毫不犹豫把狙击步枪递给韩光："我给你做观察手。"

韩光只是看了他一眼，接过狙击步枪检查，连一句客套话也没有。按照孙守江以前在部队的脾气，早就翻脸了，但是在韩光跟前他不会这样。韩光检查完毕狙击步枪，领取了空包弹弹匣，这是训练不是实战，只能使用空包弹。枪上都安装了精确的激光对抗演习模拟器，误差几乎等于 0，是严林自己改装过的。除此以外，韩光身上还带着一把54手枪，作为近战武器；至于手榴弹等标准装备也是齐全的，背囊里面还带了TNT炸药块和雷管引信等。

孙守江的武器则是一把81-1自动步枪，5个弹匣；一把54手枪，2个弹匣；两颗防步兵地雷等。加起来分量都不轻，穿上吉利伪装服也并不舒服，动作不方便。两个人全副披挂好，满满囊囊走出去，蓝队的20个敌人已经在那里列队准备出发，也是差不多一样的绿色毛毛熊。只是红队和蓝队分别穿了颜色略有差异的吉利服，红队的偏绿，蓝队的偏黄，这是唯一可以进行敌我识别的地方，其余的武器装备等都一样。所以说训练起来，蓝队也不轻松，要时时刻刻小心误伤，红队则没有这些担心，发现目标就可以开火。

蔡晓春对韩光笑笑，他抽签拿到了狙击手："排长，这次咱俩分开了，你可得小心我啊！"

韩光笑笑，竖起大拇指："我希望最后一个狙杀你。"

蔡晓春竖起大拇指："我在战场等你！"

随后红队先出发，上了直升机。一切都按照游戏规则来，在午夜12点准时出发，超低空进入山谷，然后悄悄放下红队两名狙击手。直升机撤离以后，剩下的就靠他们自己了。起飞后的飞行员的通报带着一点幽默："跑猪入场，准备狩猎。完毕。"

孙守江还在看着黑暗中消失的直升机发蒙，韩光已经拉了他一把："走！离开这儿，蓝队知道我们的机降位置！他们马上就能到！"

两人手持武器背着背囊快速穿越开阔地，投入黑暗的树林当中。只要进了林子，蓝队一时半会儿还拿他们没办法。10分钟以后，两个蓝队队员开着一辆伞兵突击车高速驶来，车上的机关枪也是压满空包弹带着激光模拟器的。狙击手站起来抱住重机枪，对着黑暗当中的丛林一阵乱扫。

司机是观察手，就笑："肯定是没用的，因为谁也不会傻到还待在附近，早就溜走了。"

"蓝3，是你在开枪吗？询问是否发现红队？完毕。"电台里面传出来蔡晓春的询问。

"蓝5，蓝3回话，没有发现目标，我在驱赶目标。完毕。"狙击手回话。

"蓝3，红队狙击手相当狡猾，开枪会暴露你的位置，小心点。完毕。"

"收到，完毕。"狙击手放下电台，不屑地笑："一个下士，也来教训我？"接着又操起重机枪，对着丛林一阵扫射，火光当中弹壳飞溅。整个伞兵突击车和他们俩的影子都在火光当中辉映出来，他盲目地转动机枪四处扫射。

就在50米外的丛林当中，韩光和孙守江都趴在腐烂的枝叶里面埋着脑袋，恨不得钻进泥地里面去。守候在这里的主意是孙守江出的，他认为可以在这里打蓝队个措手不及。韩光经过简单思考，立即同意了。他们找到一处洼地，把自己用枝叶掩埋起来，只是露出枪口和双眼。没想到这个山炮上来就是一阵狂扫，他们只好压低身子，别被真的扫到，那就亏大了。

蓝3狙击手扫射完了，爽快地出了一口恶气："妈的！"

"走吧，"观察手说，"别跟这儿发泄了，我们搜一下东南方向。"

蓝3狙击手又接上一条弹链："等等，我再扫完这一梭子！"

嗒嗒嗒嗒……又开始扫射。

这次韩光抬起头来了，举起狙击步枪瞄准了转动重机枪扫射的蓝3狙击手头部："红2，你打观察手。"

"明白。"孙守江举起81自动步枪，瞄准开车的观察手。

50米，真的是太近了，韩光什么都不用计算，甚至瞄准镜都是多余的。至于孙守江，也是连考虑都不带考虑的，50米对于他这样的特种部队特等射手算什么呢？

"射击！"

韩光压抑的怒吼，随即两人手里的武器都开火了。

在车载12.7重机枪的扫射当中，85狙击步枪和81自动步枪的枪声一点都听不见。

狙击手头上的激光感应器却开始冒烟了。观察手还没反应过来，头上也冒烟了。

黄色烟雾，在黑暗当中很醒目，何况有重机枪火焰的辉映。

等到这个弹链打完了，两人才发现对方头上在冒烟。观察手看狙击手，狙击手看观察手，都是一头冷汗。

狙击手："妈的，你不是说他们都没影儿了吗？"

观察手："你自己他妈的在这里胡扫，还说我呢？"

两人还在吵，红队的两个黑影已经钻出丛林，从他们身边大摇大摆地走过去。还真事儿似的保持搜索前进，对车上这两人视若无物。狙击手喊："哥们，你们怎么胆子那么大？居然在这儿等我们？"

韩光没搭理他，孙守江也没搭理他。

"哎——说话啊？"

孙守江回头笑笑："我们不和死人说话，待着吧。"

韩光想起来什么，摘下孙守江身上的地雷，转身走过去。他把地雷放在了伞兵突击车的车轮下面，拔掉保险，再用杂草盖上。

"操！真黑啊！还布饵雷！"狙击手苦笑。

"够意思了，没在你们身上安饵雷。"孙守江笑笑，转身跟韩光撤离了。

"我们都挂了，还不给个全尸？"狙击手没脾气了，跟观察手傻在车上，看着他们俩离去，转入密林消失了。蓝队刚开战就挂了一组，力量对比变成18比2了。不过红队的压力还是很大，因为蓝队的狙击手密度还是很高，除非变成10比2，否则等到天亮以后，10公里范围内，9组狙击手取得该地区的战术主导权易如反掌。

韩光和孙守江渗透到炮弹销毁厂附近，都没敢进去，趴在了墙根下面的杂草里面。都能想到里面复杂的建筑物废墟，绝对是狙击手潜伏的好地方。蓝队在里面难说是不是只有一组狙击手，但有是确凿无疑的。现在天黑，也是进去的最佳时机。韩光把狙击步枪背在身上，拔出手枪。孙守江贴在他的耳边："枪声会暴露我们的位置。"

韩光笑笑，从背囊侧口袋取出毛巾，用水袋里面的水浇湿。

"这是干什么？"孙守江不明白。

韩光把湿毛巾裹在枪口上，拿出急救包的绷带缠上："这样可以掩盖枪口的火光，而且枪声也不会传太远。如果吸引蓝队过来，我们凭险据守，未必会败。但是这里不清除，天亮以后绝对是个祸害。这是战略要地，周围3公里的开阔地都在观察范围内。"

孙守江也拿出自己的毛巾，却犹豫着："水就这么多，用了太可惜了。"

韩光："不用水浸透，没有消光消音作用。"

孙守江解开自己的裤腰带就是一泡尿："刚才憋坏了。"

韩光笑笑："真有你的。"

孙守江把被尿浸透的毛巾裹在手枪的枪口上，照样用绷带裹好。

两人都拆下背囊放在杂草里面掩蔽好，只背着武器，双手持枪。韩光仔细注视厂房围墙，有个缺口："从那儿进去。"

孙守江在前，韩光在后，小心翼翼地从草丛渗透到墙根边上，都是贴着墙根走。

孙守江一脚跨入缺口，突然站住了。

韩光停住了。

孙守江双手持枪，一动不动。

韩光往他的脚下看去，他的左脚停在原地使劲踩着。韩光蹲下，慢慢拨开草丛，靴跟下面的浮土拨开后是一颗步兵压发雷。孙守江一动不动，韩光伸手，准备插入他的靴根和地雷的间隙。孙守江慢慢抬腿，韩光的左手平伸进去，压住了地雷。孙守江转身，韩光："你走，拿走我的狙击步枪，我们不能都挂在这儿。"

孙守江拿起韩光的狙击步枪，走到拐角处蹲下探头看韩光排雷。韩光小心地排除地雷，慢慢松开双手，地雷安然无恙。他松了一口气，走过去："蓝队的人放的。"

韩光点点头，又把地雷重新布置好："得给他们自己尝尝了。"

两人起身，通过了缺口。

厂房里面一片废墟，不知道被历年训练的部队炸多少次了，搞得跟斯大林格勒保卫战似的。两人躲在角落，观察着整个厂区。夜视仪里面，绿油油的画面慢慢经过两人的眼睛。这里随处都可能埋伏狙击手，所以真的是危机四伏。

韩光的目光经过高处，突然他开始摘下手枪上的绷带，迅速缠绕到狙击步枪的枪口上。

"怎么了？"孙守江问。

"烟筒！"韩光的动作非常麻利，狙击步枪已经在手里。

孙守江看过去，高达数十米的烟筒上什么都看不见："烟筒上有什么？"

"我也没看见。"韩光在举枪瞄准，"如果有人，他也拿瓦砾盖着自己！"

"那你怎么断定上面有人？"

"如果我要进来，第一个就是占据这个制高点！"

韩光跪姿瞄准烟筒，均匀散布对整个烟筒进行了三次射击。枪口没有火光，枪声很闷，离远了根本听不出来是枪声。孙守江刚想说瞎打，就看见夜视仪里面的烟筒冒出来一团烟。接着上面的瓦砾动了一下，伸出一个冒烟的人头左顾右盼。

"观察手在他附近！"韩光还在寻找。

孙守江也拆下手枪上的毛巾，一手尿味也顾不得了，赶紧换在步枪上举起来搜索。

"我找到了！"韩光低声说，随即已经开枪了。

烟筒 100 米外的屋顶，开始冒烟，一个观察手拿着 81 狙击步枪站起来四处张望："妈的！鬼影子都没看见，地雷也没炸！小史你就是头猪啊？！你出的什么烂主意？"

"嫌烂你别听啊，你他妈的也没主意！"烟筒上远远传出来喊声。

"我们上那个制高点？"孙守江问，"那是很好的狙击位置。"

"不能上去，没有退路。"韩光思索着，"换了蔡晓春进来，他第一个也得对着烟筒射击。那虽然控制范围广，但是逃都没地方逃，等于在那挨打。"

孙守江观察四周："里面还有人吗？"

韩光思索着，眼一亮："有！他们在报信！"

孙守江看他。

"他们挂了，不能使用对讲机报警！所以只能喊话，这是约定好的信号，在给潜伏的其余蓝队小组报警！"韩光分析，"其余的小组在看不见他们的地方，否则就不需要报警了！"

"在楼里。"孙守江看那片破旧的建筑物。

"没办法，挨屋搜索。"

韩光和孙守江都开始把毛巾重新缠在手枪枪口上，背着长枪小心翼翼到了楼边。肯定不敢走门，观察着没有玻璃的窗户，黑洞洞的跟鬼屋似的。孙守江起身爬进窗户，落地的时候不小心踩到了碎石头，一声清脆的响声。韩光立即隐蔽起来，孙守江也闪身到了屋内角落，双手持枪隐蔽在黑暗当中。

几乎屏住呼吸的孙守江看见门口出现了一个枪口的影子。接着可以辨认出来是 81-1 自动步枪，然后是一个毛毛熊的影子。影子停在门口，没进来。孙守江举枪的手都发酸了，食指在扳机上准备加力射击。

毛毛熊没进来，却丢进来一颗东西。

噗噗冒烟——手榴弹！

孙守江一愣，随即起身冲向门口，一下子闪身出去。手榴弹在身后闷响，他身上的激光模拟器没冒烟，说明没炸到。但是结局比较悲惨，他扑在地上抬头，顶住了一个硬东西。那个观察手嘿嘿笑着："哥们，被我抓活的了？"

孙守江气得想骂。

"起来起来，你被俘虏了，国军也优待俘虏。"观察手嘿嘿笑着。

孙守江只好起身，垂下手枪。

"举起手来，跟太君走着。"观察手是个北京兵，一嘴京油子。

突然他的眼前一道寒光闪过，一把匕首横在他的脖子前。他一下子傻了："哥们哥们，这是开刃的！"

"我心里有数。"韩光放下匕首，"你挂了。"

观察手无奈地放下步枪，韩光推开他。孙守江突然对着韩光举起手枪，韩光也没害怕，就是那么站着。孙守江抢先开枪，连续三枪。韩光背后，一个毛毛熊开始冒烟。狙击手沮丧地放下手枪："我要是早开枪就好了，就想抓你们活的。"

孙守江笑笑："这就是贪心的代价，边儿去。"

两人摘下挂了的小组队员的背囊，他们的背囊都丢在外面了，这是标准化的装备都一样。

"好歹给我们丢个干粮和水袋吧？"狙击手说，"要跟这儿等天亮呢！"

"死人用得着吗？"孙守江没搭理他。

韩光还是把一个水袋和两袋干粮都丢给他们："省着点儿。"

"谢了，哥们。"狙击手晃晃水袋。

韩光跟孙守江上了楼，找到顶楼的一个破旧的房间布置狙击阵地。地雷埋在外面楼道拐角的瓦砾堆里面，隔着一米埋了一颗，保证没有死角。两人在阴影里面布置好狙击阵地，趴在破旧的席梦思垫子上。韩光从背囊拿出一双旧军用袜子，孙守江瞪大眼："你带这个干什么？"

韩光没回答，抓起泥土往一只袜子里面放，等到装满了把袜子的口扎好。

孙守江虽然老说自己是山炮，但是毕竟是个特等射手。他看着看着就明白了，拿起另外一只旧袜子："你脚不臭吧？"

"你可以自己闻闻。"韩光笑了一下。

孙守江哪里会闻？他也把袜子里面装满了泥土，然后垫在步枪枪口前面，下面垫着两块砖头——这就是一个简易的射击沙袋。

韩光的狙击步枪已经垫在这个袜子沙袋上面，聚精会神地看着前方。

"你都从哪儿学的？"孙守江感叹。

"外军资料……很多资料不仅是经验之谈，也是狙击手的鲜血凝结的教训……"

韩光调整着狙击步枪的焦距，对着外面的开阔地。这里是进入厂区的必经之路，也是良好的狙击位置。

"我们在这儿等到上午10点，如果没有人就转移到那边的车间。"韩光说，"如果有人，就在这里周旋。这里朝西方向，10点以前是顺光。天亮以后对面很难看见反光，我们可以看见对面的光学仪器反光。"

"跟你还真的能学到点东西。"孙守江感叹。

"都一样是学生，来学的。"韩光调整瞄准镜焦距，"说实话，别的队员我都不是太担心。我们真正应该提防的是蔡晓春……他跟我一直在一起，我们互相都了解对方。"

"他现在能在哪儿呢？"孙守江问。

"问题就是我还没想到。"韩光在观察，"所以我要等他来。"

"他知道你在这儿？"孙守江惊讶。

"现在还不知道，但是天亮他肯定就想到了。"韩光说，"我故意在这里布置阵地的，我相信他会来找我。"

"那就是说——这里是死地？"

"置之死地而后生。"韩光全神贯注地观察，"不在这里等他，10公里的范围，我很难找到他。"

孙守江看看表："快4点了，天快亮了。"

"你休息到4点半，我叫你。"

"那你呢？我们轮流休息？"

"我不能休息。"韩光说，"蔡晓春一定在到处找我，他不知道什么时候会出现。"

"14比2，我们还有14个人要对付。"孙守江计算着。

"在我眼里只有一个——蔡晓春，他才是真正的威胁。"韩光的声音很忧郁，"他太了解我了，也太想赢我了。只是我是他的排长，他找不到机会。这次——是他等了一年的机会。"

5

蔡晓春并没有隐藏起来，他和他的观察手搭乘在小羚羊直升机上，巡航整个训练区。飞行员对他说："已经是第三圈了，到底要在哪里降落？"

蔡晓春放下望远镜："不降落，继续飞。"

飞行员看了他一眼，但是自己接到的命令就是配合蓝队搜索，这也不算过分，于是就继续飞。蔡晓春重新拿起望远镜，观察下面的动静。观察手是个中尉，已经很不乐意了："我们这样到底要在天上转到什么时候？下面已经乱成一锅粥了！"

蔡晓春没说话，还在继续看着。

他知道下面已经乱成一锅粥了。天亮以前挂了三组狙击手，天亮时分，第四组狙击手发现了伞兵突击车，也发现了挂了的狙击手，当那俩笨蛋准备开车离开的时候，触动地雷都完蛋了；第五组狙击手在厂区外的缺口触雷身亡，还是蓝队安的；第六组狙击手在厂区附近的时候被远程狙杀，到挂也没找到红队的位置；第七组狙击手挂得更冤枉，被自己人给狙了。

也就是说，在十二个小时内，14人已经出局，力量对比变成6对2。而更可恨的是，居然还不知道红队藏在什么地方。3组狙击手在10公里范围内找红队，难度不亚于大海捞针。现在场上优势转到红队手里，到午夜12点如果还没有找到红队，蓝队就宣告失败。剩下的两组狙击手还在地面艰难搜索，蔡晓春选择在空中搜索。而身边这个笨蛋还在叫嚣，要下去跟红队面对面的干。

"面对面？"蔡晓春冷冷地说，"恐怕你找不到跟他面对面的机会就挂了。"

"你什么意思？"中尉观察手有点脸上挂不住，"下士，你胆子够大的啊？"

"按照我们的训练规定，狙击手是狙击小组组长，所以现在军衔不管用。"蔡晓春看都不看他一眼，"他是我的排长，我们相处一年，我了解他。你不是他的对手。"

观察手白了他一眼："你就是他的对手？"

蔡晓春没回答，嘴角抽搐了一下。

他自己也在等待这个答案，而且已经等待了一年。

从初中开始，他就立志成为张桃芳那样的狙击手。为此他缠着爸爸买了气枪，每天练习打麻雀，当然也少不了打路灯。父亲车祸去世以后，母亲改嫁，继父对他不好，还砸了他的气枪。他一气之下离家出走，在街头跟小兄弟们混过一段时间。后来这帮小兄弟因为在迪厅斗殴把人给打死了。

要不说这就是人的命呢，蔡晓春打架被砍过十多刀都活得好好的，那人就被打了几巴掌就被打死了。但是蔡晓春恰恰在起冲突之前去洗手间了，回来人已经挂了，警察很快就来了。在派出所关了两天，审查清楚警察准备放他，其余的孩子都被批捕。派出所长即将退休，人老了看见这些十几岁的孩子就很惋惜，就跟蔡晓春谈话，了解他的情况。蔡晓春就说了，还说到了自己想当张桃芳的梦想。老所长就更惋惜，跟他谈心，鼓励他好好学习，以后去当解放军。

蔡晓春无家可归，老所长的儿子在国外，就给他带回自己家住。两人情同父子，蔡晓春也开始学习上进了，高考的时候填的都是提前录取的军校，别的压根就没填。

但是落榜了，他也没想别的就报名参军了。已经退休的老所长送他去了车站，依依惜别，就去法国跟儿子团聚了。

蔡晓春又是一个人开始面对自己的未来，只是这个时候他已经成熟了，目标明确——成为狙击手！他没命地练习射击，而且他的枪法也确实非常出色，加上优异的身体素质，新兵连——侦察连——特种大队几乎一路绿灯，并且在"山鹰"特种大队当了班长，也如愿以偿地成为特种部队的狙击手。他的提干也被提到大队常委的日程上，排里没排长，他代理半年排长，没想到突然韩光来了……一切被打乱了。

虽然蔡晓春心里不舒服，但是作为军人，他还是能接受新排长的到来的。这也就罢了，自己大不了等等再提干，或者调到别的排去当排长。万万没想到，韩光是个绝顶出色的枪手。他在靶场的第一次亮相，就震惊了整个大队。那是几个老兵故意难为新排长，拿了一把做过手脚的81-1自动步枪，要看新排长打靶。韩光的第一把火也确实烧得漂亮，手起枪落，300米外的一排钢板靶咣咣全掉。拿做过手脚的步枪难为刚来的小红牌学员，是"山鹰"特种大队的一个惯例。当兵的都知道，做过手脚的步枪要打准300米的目标是个什么概念？所以全大队的官兵都被震了。蔡晓春意识到，自己遇到了从未遇到过的天生狙击手……

韩光的内敛性格，有坏处也有好处。坏处是他很少和兵交心，所以兵们跟他也保持距离；好处是正因为如此，他令行禁止，从不重复第二次。加上韩光的第一把火烧的全大队官兵眼球都差点掉一地，所以这群桀骜不驯的特种兵们还是服气的。蔡晓春感觉到一种深深的失落，因为他不再是最好的枪手了。

是的，最好的……从新兵连到特种大队，他都是最好的枪手。而韩光来了，他不是了。

他只能压抑在内心深处，两人的关系也算不错，甚至是从不多话的韩光跟自己有时候还说笑。也许韩光意识到了什么，但是从未点破过。一个排长，一个班长，两人保持着微妙的上下级和战友关系。一起训练，一起生活，一起参加演习……这次又来一起参加"刺客"狙击手集训队。

他想赢。

因为，他从来都是最好的枪手。

蔡晓春观察着下面的动静，旁边的观察手已经耐不住了："到底怎么着啊？小——组长，我们下去还是不下去？"

蔡晓春看着厂区："下去，电台呼叫蓝17，蓝19，我们在A12点会合。"

"怎么？三个狙击小组凑到一起？"观察手纳闷儿。

"对，现在我们只有六个人了，力量不能再分散。组成六人狙击手小队，全力搜索厂区。"蔡晓春打定了主意，"他一定在厂区里面，这是唯一可以在白天和我们周旋的地方。其余的地方太开阔，没有回旋的余地。"

"你是我的小——组长，但是你可不是大家的小——队长！"观察手一脸不屑，"人家凭什么听你的？"

蔡晓春的眼一下子盯着他的眼。

中尉观察手吓了一跳，这是一股杀人的寒气："你看什么？"

蔡晓春的手枪已经顶住了他的脖子，一字一句地："你给我听着！现在我是这个小组的头儿，不要抗命！演习就是战争，别逼我收拾你！"

"你知道你在跟谁说话？"中尉观察手眯缝起眼。

"知道——你想明着来，暗着来，都随你！"蔡晓春的声音很冷淡，"但是现在我是头儿，你得按照我说的去做！否则，我一把把你推下去！"

中尉观察手被他的手枪往外顶了一下，脸发白："别别别，你别激动！我听你的，马上电台呼叫他们。"

蔡晓春收起手枪，冷冷看着他。

中尉观察手开始呼叫："蓝17，蓝19，这里是蓝5，我们在A12点会合。完毕。"

"收到，完毕。"

"收到，完毕。"

蔡晓春拿起自己的狙击步枪，开始做着陆准备。

"这事儿不算完，小子！"中尉观察手恶狠狠地说，"训练完了，我跟你算账！"

蔡晓春淡淡一笑："如果你觉得自己命够长，随你。"

直升机开始着陆了。

6

均匀的呼吸，控制内心的节奏……

韩光默默告诉自己，好像凝固的雕塑一样，潜伏在另外一个房间里面。到现在为止，他已经换了三个房间了。他没有离开这楼，因为离开了无处可去。天色大亮，好得出奇，视野非常开阔。在外面一旦被发现，就是死路一条，在这个厂区里面还能据险防守。在敌众我寡的情况下，巷战是最好的战斗方式。否则冀中平原也不会挖地道了，还不是因为没有隐蔽。

孙守江跟他分开了，在西部200米的楼上构成交叉狙击视野。他们现在都是一把狙击步枪，一把81-1自动步枪，还有充足的弹药。这是从那些挂了的狙击小组身上缴获的，这样就有了远近作战的武器。还剩下六个蓝队狙击手，蔡晓春还在外面活动，他不能掉以轻心。

小羚羊直升机在上空转过三次了，韩光还是没有射击。如果不能射中油箱，直升机的激光模拟器是不会冒烟的。而直升机飞行员显然很有经验，速度很快，角度很刁，切入之后从不停留，除非你带着一枚毒刺，否则很难用狙击步枪打下来。而且开火很容易暴露目标，也许直升机的目的就是吸引红队狙击手开火。

"红2，稳住，蓝队很快就会过来。完毕。"韩光对着耳麦说。

"红2收到，明白。完毕。"孙守江回答。

韩光控制自己的情绪，这个时候最需要集中的是注意力。

在外面两公里外的A12点，小羚羊直升机在缓慢降落。两辆伞兵突击车高速开来，跟直升机会合。蔡晓春下了直升机，另外两组狙击手就围拢过来。四个人三个是少尉，一个是上士，所以都看跟在蔡晓春下来的中尉。按照严林的要求，他们把军衔挂在了吉利服的右胸口，作为战场识别方式。

中尉观察手苦笑："看我干什么？他是我的小组长，是他要召集你们的。"

他们就看蔡晓春，不知道这个下士要做什么。

"听着，我们现在面临严峻的局面。"蔡晓春的声音很果断，"红队的狙击手是韩光，我了解他，你们也应该对他有深刻的印象。我推断他在厂区里面，已经设置了狙击阵地，等着我们过去。现在已经有七组狙击手挂了，剩下只有我们六个人了。我们不能再分开，要集结在一起组成狙击手分队作战！"

四个狙击手都看他，不知道这个下士是疯了还是怎么的。

蔡晓春接着说："我跟他一起训练一起生活一起演习，一年了！没有人比我更了解他的心理和战术！"

中尉观察手苦笑："我说了吧？你是我的组长，不是大家的队长。散了散了，都干自己的事儿去吧！"

蔡晓春一把抓住他的脖领子给他撞到了车头上，手枪已经拔出来顶在他的太阳穴："我跟你说过了！不许抗命！"

"你他妈的别玩儿大了！"中尉怒吼，"把枪放下！"

蔡晓春怒吼："我研究了一年！一年！我就是在研究他！我告诉你，我们六个人分开，你们没有一个能活着出去！我活着，但是任务失败了！我不能失败，明白吗？我不能失败！"

"算了算了。"其余人急忙上来劝，"没必要这样，没必要这样。"

蔡晓春控制自己的情绪，放下了手枪："你们自己做决定，一起，还是分开。"

中尉观察手拿起自己的步枪上车："我自己走！我就不信，死了张屠夫，我就吃带毛猪了！"

他开着伞兵突击车扬长而去。

蔡晓春冷冷转向剩下的狙击手："你们的决定呢？"

四个狙击手互相看看，其中一个少尉说："现在也没别的更好的办法，希望你可以把他抓住。"

剩下三个狙击手也同意了："我们跟你一起走。"

蔡晓春长出一口气："谢谢。"

韩光的视野里出现了一辆伞兵突击车，径直开向厂区大门。他把眼凑在瞄准镜上，车上只有一个人。他急忙观察周围，没有发现动静。什么路子？直线开着就冲过来，干脆在自己脑门上画个十环算了？

"红1，我抓住目标了，请求射击。完毕。"孙守江的声音在颤抖。

"再等等，这难保不是阴谋。"韩光回话，"他可能是来吸引火力的，其余的狙击手在我们附近。完毕。"

"红2收到，继续观察。完毕。"

韩光注视着伞兵突击车开进厂区，停在开阔地上。那个中尉站起来，站在车头上怒吼："出来——"

两个红队狙击手都看着他发飙。

中尉端着81自动步枪怒吼："出来——跟我火拼！妈的一天到晚偷偷摸摸，我都憋疯了！来啊，跟我真刀真枪地干！"

孙守江的射击位置太好了，他控制自己的情绪："红1，红2请求射击。完毕。"

韩光仔细观察周围："红2，红1同意射击。射击完毕后立即离开现有狙击阵地，转移。完毕。"

"红2收到，完毕。"

那个中尉对着周围的楼射击，嗒嗒嗒嗒……

孙守江瞄准他的头部，扣动扳机。

噗！黄烟从他头盔上冒出来。

正在换弹匣的中尉傻眼了。

孙守江打完这枪，立即撤下自己的狙击阵地跑进楼道。他快步通过破损的楼道，上了另外一层楼的备用狙击阵地："红1，红2转移。完毕。"

"红1收到，准备迎接蓝队。完毕。"韩光还是不紧不慢。

中尉抱着81自动步枪傻眼了，他对着远处怒吼："我不要当狙击手了，我要回去带兵——我憋疯了——"

狙击手训练中心宽敞明亮的多媒体监控室内，严林苦笑着在名单上画掉他的名字："你还是去当突击队员吧。"

监视器上，那个中尉头上冒烟，还在嘶哑地喊："我快憋死了，我不要当狙击手了——"

狙击阵地上的韩光则不为所动,他操心的只有一件事情——蔡晓春呢?蔡晓春在哪里?

7

两辆伞兵突击车高速开来,掀起一片尘土。在下午三点左右的开阔草地,五公里外不用望远镜都可以看见异常,何况对于高倍光学侦察仪器在手的狙击手?韩光却没有瞄准来车,而是开始在附近紧张搜索:"红 2 注意,监控来车,不要射击,这可能是诱饵。完毕。"

"红 2 收到,完毕。"孙守江嘴里含着压缩饼干拿起激光测距仪,含糊不清地说,"妈的,饭都不让老子吃好!"

两辆车速度非常快,都是挂了五挡油门到底,直接就插入厂区。韩光没有找到潜伏的狙击手,这时候他发现两辆车上五个狙击手都是齐全的。他急忙掉转枪口,但是两辆车瞬间就滑过他的射击视角,看不见了,只能听见马达的轰鸣声。

"什么路子?"韩光纳闷儿。

两辆伞兵突击车从厂区径直穿过,没有减速,也没有停车的意思。在经过一片废墟的时候,蔡晓春一个侧滚翻下车。速度太快了,他的滚避动作虽然标准,但是还是把肘给碰破了。他顾不上那么多,滚翻起身一个箭步鱼跃进入废墟。他拆去了身上所有的装备,只携带了武器、电台和一个水袋,所以动作变得轻巧很多。进入废墟以后,他潜伏下来,没有露头,平稳自己的呼吸。

这是一招险棋,他并不敢确定这里是韩光的射击死角,但是也只能赌一把了。严格来说,他不觉得自己比韩光的枪法差,但是韩光在暗,他在明,只怕还没有接近就会被一枪爆头。要跟韩光对决,他就必须也在暗处。现在他进入了厂区,这里的废墟会掩护自己,可以静下来慢慢寻找韩光。

"蓝 5,我们已经脱离红队狙击手的射程。你是否准备好?完毕。"那个少尉的声音传来。

"蓝 17,我已经准备好,完毕。"蔡晓春低声说。他在废墟里面穿越到水塔中间卧倒,借助碎砖的掩护卧倒,伸出自己的狙击步枪开始寻找。这里可以看见两侧的办公楼,蔡晓春断定他们起码有一个人要藏在里面。

"蓝 5,我准备进去了,希望你可以抓住他。完毕。"

蔡晓春寻找着:"蓝 17,收到。祝你好运。完毕。"

一个观察手的身影出现在厂区里面，他的动作很灵巧，小心翼翼地借助各种隐蔽前进。他逐渐接近厂区中心花园的位置，这里的喷泉早就不冒了，只有一潭臭水。他的速度加快，一个箭步冲到了水池旁边卧倒，藏在雕像后面。

　　孙守江在瞄准着他露出来的屁股："红1，我已经抓住目标。请求射击。完毕。"

　　韩光还在寻找潜伏的狙击手："红2，不要射击，这是诱饵。完毕。"

　　"红1，我的射击角度非常好，请求射击。完毕。"孙守江瞄着那兵的屁股，露出坏笑。

　　韩光找不到狙击手，想了想，咬牙说："红1，射击后立即转移，完毕。"

　　"收到，完毕。"孙守江虎口加力。

　　那个观察手拿着85测距仪在观察，突然一声闷闷的枪声，他的头上开始冒烟。

　　孙守江射击完毕立即捂住瞄准镜防止反光，起身抱着枪转身跑进楼道。打一枪换个地方，是韩光对他的要求，所以他在这楼里面准备了六个狙击阵地。韩光那边是准备了十个，狡兔三窟都不够了，所以当狙击手确实是需要点阴谋诡计的角色。

　　蔡晓春在急速寻找着，他找到了开枪的位置："蓝6，在我九点钟方向，二楼左手第四个窗户，是一个狙击阵地。不是韩光，他不会上当。你去想办法清场，完毕。"

　　"蓝6收到，完毕。"

　　蔡晓春带着微微的笑容，转向跟那个窗户交叉射击点的窗户："我知道，你就在这儿。"

　　韩光的感觉特别不好，他在阴影里面在想着什么。

　　一辆伞兵突击车高速开来，掠过站在花园喷泉边的观察手。车在楼前急刹车，车头都撞在了墙上。狙击手不管不顾飞身下车，两步就鱼跃进楼。他冲进楼道靠在墙上急促呼吸着，背好狙击步枪，拔出手枪上膛，开始挨屋搜索。

　　"蓝17，你一定要小心饵雷。完毕。"蔡晓春的声音传来。

　　"蓝17收到，完毕。"狙击手贴着墙根，小心前进，绕开地上所有的砖头瓦砾。

　　蔡晓春此刻借助隐蔽物，已经进了对面的楼。他拔出手枪小心前进："我知道，你就在这儿……"

　　那边，孙守江在新的狙击阵地趴下，重新瞄准外面。突然，耳边轻微的脚步声，让他一个激灵。他抽枪起身，一把手枪对准他的鼻子。

　　对面的黄色毛毛熊怒吼："浑蛋！你完了！"

　　孙守江犹豫都没犹豫，直接枪托上去，砸在他的下巴。黄色毛毛熊手枪脱手，仰面倒地。孙守江举起狙击步枪对准他，黄色毛毛熊直接抱住了狙击步枪的枪管。孙守江连连扣动扳机，枪管被他抱住，枪口在身体外侧，根本没打着。

　　"我跟你拼了——"黄色毛毛熊一看就是个山炮，直接抱着孙守江的枪就把他往窗户推。孙守江被顶在窗户上，黄色毛毛熊丢开枪抱住了他，孙守江也抱住他，两人扭打在一起。

黄色毛毛熊个子比较高，所以出拳在狭窄空间内不是很方便。孙守江的出拳速度就很快了，从头到脚连肘带膝，整个就是一个泰拳玩儿命打法。中泰特种部队联合反恐怖演习在孙守江所在的特种大队举行，双方也互派队员进行训练。孙守江又去泰国特种部队学过半年，所以他的泰拳也算是得了真传的。黄色毛毛熊被绿色毛毛熊一串凶狠毒辣的泰拳干到了角落，鼻青脸肿倒在地上，可以说被打废了。

孙守江站在他的跟前，拿起自己的狙击步枪准备走人。

噗——

孙守江站住了，回头。

一颗手榴弹丢在他跟黄色毛毛熊的中间，他还没反应过来，一声闷响，白色烟雾起来。两人都开始冒烟。

黄色毛毛熊就笑："妈的，你也完了。"

孙守江苦笑："你这是流氓作风，要是真打仗，我早给你干死了！"他沮丧地丢掉狙击步枪，伸手拉起来黄色毛毛熊。

黄色毛毛熊擦擦鼻子的血："回头你教教我，你这是什么拳法？"

"王八拳。"孙守江开玩笑。

"王八拳？"黄色毛毛熊发傻，随即双手抱拳武林中人的范儿出来了，"我自幼习武，我爹是武校校长，擅长形意拳。我学过螳螂拳，狗拳，鹤拳……王八拳是什么拳？敢问仁兄是哪路门派？可是武学已经失传？"

"嘿！"孙守江苦笑："又一个山炮。"

那边，蔡晓春已经逐渐紧接房间门口。他的脚步很轻，真正的落地无声。他慢慢把手枪举起来，站在门口倾听。里面没有动静，蔡晓春下定决心，闪身出去。

果然里面卧着一个背对他的绿色毛毛熊！蔡晓春连连开枪，一个弹匣都打完了。

对方却没有冒烟。蔡晓春纳闷儿，走过去掀开吉利服的帽子。露出一张不认识的迷彩脸："妈的，你鞭尸啊？"是蓝队的昨天晚上挂了的狙击手。

蔡晓春："你怎么穿着红队的衣服？"

"他给我换上的，刚又让我卧在这儿。我是死尸，这得服从。"狙击手苦笑。

"妈的！"蔡晓春咬牙切齿，"他往哪个方向去了？"

"我是尸体，我不能说。"

蔡晓春突然意识到什么，转身就一个滚翻到了墙角。一声枪响。

"又鞭尸？"狙击手苦笑。

蔡晓春知道是韩光的枪，他握住狙击步枪躲在墙角不动。这是外面对里面的射击观察死角，但是……

他知道，韩光已经发现他了。

第三章

★

1

"蓝5，我们是否进去，回话？完毕。"

"蓝17，不要进来，等待天黑。完毕。"

蔡晓春靠在墙角，汗水都湿透了衣服，声音嘶哑。他知道韩光在某个高处，拿着狙击步枪对准这里。自己动弹不得，只要稍微有动作，都可能会被狙中。这里距离门口太远，压根儿不存在快速逃离的可能性。

他只能选择不动,等待天黑。佩戴单兵夜视仪的狙击手,视野是受到很大限制的,光是绿油油的一片就够受的了。要在这个情况下，找到同样装束的毛毛熊，难度是很大的。对于韩光有难度，对于自己也有难度。

但是，自己这边还有三个人。

3比1，胜算还是很大的……

多媒体监控中心。严林坐在桌子前，一边玩着手里的扑克牌，一边笑眯眯地看着监视器："好戏就要开场了。"

田小牛出牌："严教，你说谁会赢？"

严林笑眯眯出牌："该赢的会赢。"

"知道你看好韩光。"田小牛说，"但是那个蔡晓春，也不是软蛋。"

"我不跟你打赌，犯纪律。"严林还是笑眯眯，"我就喜欢队员内斗，这样多好啊，竞争着前进。要是只有一个高手，那就没劲了。就好像……"

"就好像林锐跟张雷，如果只有一个，狼牙大队就没有今天嗷嗷叫的一连和二连了。"田小牛接上。

"哟，你倒是学得挺快啊？"严林也不生气，出牌。

"从我当兵起就开始听你说这个，你啥时候能换点新鲜的啊？"田小牛苦笑。

"那好,我换个说法。"严林笑着看他,"就好像田小牛和林锐,如果只有一个……"

下首打牌的兵一下子扑哧乐了。

田小牛紧张起身，苦笑："严教，我没得罪你啊？"

下首的兵急忙伸着脖子看田小牛手里的牌，给严林打手语。

"你都赢我们几把了，还没得罪我？"严林笑出牌，"炸弹——剩下一张3，出了。你完了。"

2

"这是护理室，主要是训练受伤的战士恢复的。重伤直接送军区总院，一般小伤小病就在这儿。"

穿着迷彩服的军医刘芳芳中尉推开门，里面三张病床，一个人也没有。两个新来的女学员穿着常服好奇地看着，都是探头探脑。她们是刚从军医大学毕业的，被军区直属队分到了特种大队，第一天来报到。刘芳芳笑："你们俩，那么小心干什么？里面没人！"

"我还没见过特种兵呢！"扎着小辫的女兵苏雅有点儿害怕地说，"真不知道什么样？"

"送你们的车进门的时候，门口不就是特种兵吗？"刘芳芳笑。

"那是站岗的，不算！"短发女兵赵百合就说，"电影上的特种兵，那都是满脸花花绿绿的，浑身鼓鼓囊囊的！门口的跟我们军医大学站岗的有啥区别！"

刘芳芳笑笑："等你们待的时间长了就知道了。你们的服装和装备都给你们领好了，在你们宿舍。去把衣服换了，在咱们特种大队，常服除了外出就没什么用，挂起来吧。以后你们也得是满脸花花绿绿的，浑身鼓鼓囊囊的。"

"我们卫生兵——也得训练吗？"苏雅小心地问。

"标准不一样，不过也得训练。"刘芳芳说，"大队长有句话，特种大队的老鼠也得起来跑五公里——咱们女兵不用，三公里就可以了，不过也得是武装越野。你们在军医大学可能懒散习惯了，到这儿来……"她笑笑，"做好思想准备吧。"

苏雅嘴唇都哆嗦："完了，完了，谁跟我说女兵到了基层舒服得都跟公主似的？你见过跑武装越野的公主啊？"

"情况大概就是这样的，你们刚来，可以随便转转，熟悉熟悉情况——注意，训练场不要随便进去啊！你们想看可以到训练场外的塔楼上去，带着望远镜。"刘芳芳叮嘱，"要小心万一遇到爆破训练什么的，那帮兵坏着呢！他们可喜欢趁你们路过的时候引爆炸药，吓得你们乱喊。"

"没事儿，我从小在矿山长大，这点爆炸可吓不了我。"赵百合笑，"刘医生，我们住哪儿啊？"

"走，我带你们去宿舍。"

宿舍在卫生所二楼，是个刚刚收拾出来的房间，放着两张单人床。赵百合和苏雅把行李提进去，就开始新鲜地试穿特种大队的迷彩服和贝雷帽。刘芳芳帮她们戴好黑色贝雷帽，挽起来袖子："这是咱们大队的标准夏季着装要求，你们自己都记住了。"

"这帽子戴上就是有点不一样啊？"苏雅照着镜子。

"那是特种兵至高无上的荣誉。"刘芳芳笑笑，"那帮男兵为了能戴这个黑色贝雷帽，能把命都拼出去。咱们后勤系统的，就没那么麻烦了。"

赵百合别上自己的胸条和臂章："那我们不上班的时间，可以穿裙子吗？"

刘芳芳诧异地看着她："穿裙子？"

"是啊？穿军装总是热啊！"

"连常服你们都没机会穿，还想着穿裙子？"刘芳芳苦笑，"在这儿，千万别把自己当女人——特种大队的女人，是男人。"

"那特种大队的男人呢？"赵百合问。

"是牲口。"

15分钟以后，特种大队营区差点炸窝了。两个穿着迷彩服戴着黑色贝雷帽蹬着军靴的女兵并肩走在营区的路上，一队光着膀子穿着迷彩裤蹬着军靴扛着原木的光头特种兵迎面跑来，差点没把原木砸身上，苏雅和赵百合笑得前仰后合。兵楼上伸出无数脑袋，都在看西洋景。情报一瞬间传达到全大队各个以班为单位的基层连队，让单身青年军官们都为之一振。

铁丝网拦阻了俩女孩的道路，上面挂着警告牌："训练区域，注意安全！"

"这就是特种大队的训练场了啊？"赵百合看着里面，"没什么稀奇的啊？"

"咱们回去吧？"苏雅小心地说，"天都快黑了。"

"没事儿，进去看看。"赵百合说，"我还真的没见过那样的特种兵呢！"

"以后不有的是机会吗？"苏雅说。

"这不是新鲜吗？走吧！"

两个女孩就走进训练场的大门。突然一声爆炸，紧靠脚边的土堆一下子炸开了。两个女孩一起尖叫瘫在地上。不远处的杂草堆里面站起来一群兵，都是满脸花花绿绿满身鼓鼓囊囊。带队的中尉就说："看见没有？演习的炸点就是这样布置的！既响又好看，还伤不了人。"

"是，知道了！"兵们笑着说。

赵百合白了他们一眼："流氓！走！"

俩女兵转身走了，继续往里。

"你家不是矿山的吗？"苏雅拍着心口问，"你怎么也害怕了？"

"谁想到距离那么近啊？"赵百合说，"这帮坏蛋！"

"还往里面走啊？"苏雅说，"咱们回去吧？你不是见到特种兵了吗？"

"没事，进去看看！"赵百合说，"——那儿有辆车？"

远处的山坡下停着一辆迷彩色的伞兵突击车，车上没人。

"那车还真的没见过啊？不是213？"苏雅说，"上面还有机枪呢！"

"走！看看去！"

好奇心战胜了恐惧感，两个女孩跑过去了。苏雅跳上车，站在机枪旁把住重机枪："怎么样？可惜没带照相机！"

赵百合已经坐在驾驶座位上，车上还有钥匙。她熟练地发动汽车："坐好啊！我们也摩托化行军了！"

"啊，你行不行啊？"

"什么行不行？老司机了！"赵百合踩下离合挂挡起步，苏雅跳到副驾驶的座位上："前进——占领莫斯科！"伞兵突击车一溜烟儿开跑了。

山头上，蓝队的最后一组狙击手正在观察厂区。狙击手全神贯注，观察手听到声音回头："哎？"

狙击手："怎么了？"

观察手纳闷儿："谁把咱们车偷走了？"

狙击手也回头看，伞兵突击车掀起尘土一溜烟儿在坎坷的路面上颠簸蹦跳。

"是啊？这谁把车给偷走了？！"

3

天色已经逐渐暗下来，能见度降低，但是还没有到需要佩戴单兵夜视仪的地步。蔡晓春躲在墙角的窗户下面，纹丝不动。他知道枪口在窥视自己，他也不怀疑韩光的耐心，所以并不指望老虎会打盹儿。他也有足够的耐心，等待天彻底黑下来。

在他的脑子里面，已经大致勾画出来韩光的狙击位置。所以只要蓝17和蓝18进来，韩光就不得不挪开枪口。这样两支狙击步枪加上一把自动步枪构成的交叉火力网，足够压制韩光，并且可以让观察手抵近进行射击和投弹。

现在他的姿势并不舒服，是左腿半跪，右腿蜷缩，但是他不敢动，也不敢换姿势。这个隐蔽角落太小，他只要稍微动一下，就会暴露自己肢体的某个部位。对于韩光这样的狙击手来说，一个手指头都可以让他准确射击。蔡晓春不敢冒险挪动身体让自己舒服一点，所以只能保持这样难受的姿势。全身都麻了，但是他还是在继续忍耐。

狙击和反狙击作战，根本就没有什么惊天动地，只是无尽的孤独和寂寞，等待和忍耐。

随着夜色的降临，无数蚊子笼罩了蔡晓春的脸。附近的沼泽地是滋生蚊子的最好温床，现在到了蚊子晚餐的时间了。蔡晓春全身都被吉利服覆盖着，但是脸部和半截脖子暴露在外，半指战术手套平时觉得挺方便，现在知道为什么老外的资料里面只要是野外作战都用全指战术手套了，因为此刻蔡晓春露出来的半截手指和自己的脸一样，被无数蚊子招呼着。

蔡晓春一动不动，仿佛雕塑一样。所以他的脸上、脖子上和露出来的半截手指上，蚊子轮番轰炸。他还是一动不动，依靠顽强的意志力在忍耐。他知道，韩光不比自己好多少，虽然韩光肯定是卧姿，但是时间长了一样会血液流通不畅，加上这些蚊子，也是在艰难地熬着。

炎热的热带丛林气候，到了擦黑时间变得更加闷热，空气仿佛都是凝固的。蔡晓春的嘴唇干涸，水袋的吸管就在耳边，但是他不敢偏头去够。身体开始出现脱水的迹象，汗水已经不再流，身上的内衣迷彩服都没那么湿了，耗干了。

蔡晓春还是在忍耐，等待天彻底黑下来。

狙击手的生命，绝大多数，都耗在了等待上。

伞兵突击车的灯光和马达声打破了厂区死一样的宁静，车在接近厂区。

蔡晓春觉得奇怪，怎么进来了？他对着耳麦嘶哑声音："蓝17，你们怎么回事？开车进来了？完毕。"

"蓝17回话，蓝5，我们的车被偷了。完毕。"

"被偷了？"蔡晓春纳闷儿，"蓝17，谁偷车？完毕。"

"蓝5，不确定，不过不是狙击手。完毕。"

蔡晓春苦笑，是，不是狙击手。因为如果是韩光，他不会偷车，他会直接上山拿出匕首给这两个笨蛋抹脖子。问题是——那是谁来了？严教？不可能，训练还没结束。别的训练单位？也不可能，因为狙击训练划定的范围是严禁别的单位进入的，除非是需要他们扮演假想敌。那会是谁呢？还大摇大摆地开着车？

不光是他纳闷儿，韩光也在纳闷儿。此刻，韩光没有在高处，而是在低处。

他已经转移了狙击阵地，选择了蔡晓春永远不可能想到的一个地方——水池。

他的全身潜伏在长满绿藻的脏水里面，贴着喷泉中央的那个火炮炮弹的喷水雕塑，只露出鼻子，狙击步枪对着蔡晓春藏身的办公楼。他已经脱光了上身，只是穿着迷彩裤和军靴，整个儿浸泡在水里已经两个小时。他的计划很简单，蔡晓春会在天黑以后呼叫另外一组狙击手进来参加清场。他们不会想到自己在水池，在最短时间内，自己可以狙掉另外一组狙击手。然后依靠灵活迅猛的速度冲入建筑物，或者是贴身近战，或者是重新隐蔽，再寻找机会。

但是这辆伞兵突击车突然闯入，他的计划被打乱了。

他深呼吸，全身潜入脏水，消失得无影无踪。

伞兵突击车开到厂区的中央花园停下，就在水池边上。苏雅害怕地问："这是哪儿啊？怎么跟鬼片儿似的？"

赵百合的脸色也发白："别怕，这也是训练场，说不好有人。"她在车上站起来对着四周高喊："有人吗——"

蔡晓春一愣，怎么是女人？

韩光慢慢从水里探出眼，睁开，看着不远处的两个女兵。

"有人吗？"赵百合高喊，"我们是卫生队新来的，迷路了！能不能带我们回去啊？"

蔡晓春不吭声。

韩光也不吭声。

苏雅被吓哭了："有人吗——我们害怕——"

赵百合也心慌："别哭，别哭！我们总是会回去的，要不我们再出去找找路？"

"都是你，瞎玩儿！"苏雅哭着说，"这回好了，迷路了！非要偷车！"

赵百合发动伞兵突击车，却打不着火。

"怎么了？"苏雅害怕地问。

赵百合又尝试了几次，泄气地说："没油了！"

"啊？！"苏雅着急地喊道，"那怎么办？"

赵百合想想，起身跳到后面抓起重机枪："我们打枪试试看，也许有人能听到枪声呢！"

"能行吗？我们还不被处分了？"苏雅问。

"没事，我一个人担着！"赵百合略为生疏地上枪栓，"反正处分我是跑不了了！你捂住耳朵！"

苏雅捂住耳朵。

赵百合对着天空扣动扳机，重机枪沉闷地鸣叫起来，嗒嗒……

狙击手训练中心的多媒体观察室内。田小牛看着监视器苦笑，拿起自己的贝雷帽戴上要出去。严林很严厉："干吗去？"

"接人啊？"田小牛说，"那俩女兵迷路了。"

"现在那是战场，你能进入战场吗？"严林问。

"我就接她俩出来就得，也不干扰他们对战。"

"不行，待着，现在不是英雄救美的时候。"严林厉声说。

"可是她们也干扰咱们的训练啊？"田小牛说。

严林看着监视器屏幕："战场上什么事情都可能发生，如果有人闯入战场，战斗就不继续了？对于他们俩来说，这是一次难得的考验。看看他们的应变能力，如何处理这个突发事件——传我的命令，任何人不得去接人！这个消息也要对大队封锁，他们肯定在疯狂找人，知道了她俩的下落，肯定会中止我们的训练去接人的。"

田小牛苦笑："那刘大夫以后知道，还不把我给活吃了？这是她的兵。"

"你就不怕我把你给活吃了吗？！"严林厉声问他，"你是我的兵！"

田小牛急忙坐在监视器前摘下贝雷帽放好，不敢再说话。

嗒嗒……

赵百合的手都酸了，重机枪的后坐力巨大。

苏雅哭着说："别打了，别打了……不会有人来的……"

赵百合松开重机枪，揉着手看着四周，真的跟鬼片儿似的，到处都是黑暗中的废墟。

"这儿不会有狼吧？"苏雅说。

"不会，这儿每天训练，哪儿有什么狼？"

嗖嗖——两只大田鼠从废墟上追逐跳出，哗地从车头上经过。

"啊——"苏雅尖叫着跳下车，脚下被喷泉的边绊了一下，咣当落入水池。

"苏雅！苏雅！"赵百合急忙跳下车。

苏雅从脏水里面爬起来，抹掉脸色的绿藻扭曲着脸："这是个什么鬼地方？我要回家——"

赵百合伸手去拉她："没事没事，快出来！是老鼠……"

她突然呆住了。

一个黑洞洞的人头，那双睁开的眼睛在刚刚升起的月光下特别的明亮。

赵百合惊恐地张嘴大叫："啊——"

4

"鬼啊——"

听到女兵的这声惊呼，蔡晓春立即醒悟过来——韩光在下面！他顾不上身上的酸痛，一下子站起来举起狙击步枪瞄准伞兵突击车的方向迅速寻找。快快快！看谁先找到谁！

赵百合和苏雅抱在一起，一个水里一个岸上尖叫着，不得不伸出鼻子唤气的韩光被发现了。他没有别的办法，挺身跃出水池提起狙击步枪背着81自动步枪就飞奔向废墟。

蔡晓春抓住韩光的身影，急忙开枪。

砰砰砰——连续三枪。

韩光的动作非常快，提着狙击步枪迈开长腿一个跨栏动作就跳入最近的废墟躺倒。枪没有打中他，因为他腰带上的激光模拟器没有冒烟。他躺着急促呼吸着，胳膊上已经爬了几条蚂蟥。他不敢动，此时形势扭转过来了，他被蔡晓春盯住了。

蔡晓春举着狙击步枪瞄准韩光跃入的废墟窗户。

两个女兵抱着尖叫够了。苏雅吓哭得不成样子了，赵百合最先反应过来，她看见旁边的楼里站着一个人影还举着狙击步枪，浑身跟毛毛熊似的，明白过来是特种部队在训练。她起身高喊："喂？！刚才怎么不理我们？！专门吓唬我们的啊？！"

蔡晓春举着狙击步枪对准韩光藏身的位置，不吭声。

"跟你说话呢——喂——"赵百合捡起一块砖头就扔过去，"你聋了啊？"

蔡晓春急忙躲开砖头。

韩光趁着这个机会，起身就飞奔到废墟里面消失了。

蔡晓春再次举起狙击步枪，听到脚步声明白了："妈的！蓝17，迅速进场！快速搜索！完毕！"他提着狙击步枪纵身从窗户跳下去，落在一辆报废的客车顶上作为缓冲，接着跳下地面冲向韩光藏身的地方。

赵百合一把拉住蔡晓春，拽住了他的吉利服："喂——"

蔡晓春的力度多大？赵百合一下子被带倒了："你野蛮人啊？跟你说话呢！"

蔡晓春眼睛都冒火了，掉转枪口顶住赵百合的脑袋怒吼："再废话我毙了你！松手！"

"什么东西啊？！"赵百合急了，"有种你开枪啊？！"

蔡晓春刚想说话，突然眼角余光看见被月光照亮的地面出现了一个影子。他来不及多想急忙后倒。枪声果然响起，也是连续三枪。蔡晓春快速蜷缩身体到墙角，赵百合抓掉了一堆吉利服的伪装带。

蔡晓春怒吼："滚出去！这里在训练！"

"你凶什么凶啊？！没看见我们迷路了吗？"赵百合也不是好惹的。

蔡晓春顾不上搭理她，转身起身举枪。

屋顶上黑影闪过，他急忙开枪，连续三枪。

没有打中，黑影已经跳到另外一个屋顶上隐蔽起来。

蔡晓春不敢犹豫，快速冲入楼里。枪声再次响起，还是连续三枪。蔡晓春急促呼吸着："蓝17，快速进场！目标已经被赶出隐蔽地点了，我们不能让他藏起来！完毕！"随即闪身快速瞄准，又是黑影闪过。

蔡晓春抓不住目标，急忙冲出楼去。

赵百合高喊："我们到底往哪儿回去啊？！"

蔡晓春根本不理她，跑向韩光消失的方向。他看见前面黑影闪身出来，急忙前仆倒地，已经破了的肘部咣当直接磕在砖头上。蔡晓春倒吸一口冷气的同时已经翻滚，这次不是连续三枪了，而是自动步枪清脆的鸣叫，连续三次点射。

蔡晓春躲在断墙后面，握紧狙击步枪："蓝17，你们在哪里？！"

"我们进来了，在控制制高点！完毕。"

"别管他妈的什么制高点了，到我这里来，到打枪的地方来！不能让他藏起来！"

"收到，正在路上！"

蔡晓春一把扯开吉利服脱掉，让自己的动作可以敏捷。他捡起狙击步枪，闪身出去，快速变换自己的战位和角度寻找目标。但是韩光已经消失了，到处都是黑暗。蔡晓春躲闪在一边急促呼吸，他知道韩光肯定预备了很多的狙击阵地，现在不过是在按照预案变化阵地。

"妈的！"他骂了一句，转身再次试图快速通过开阔地。

"喂！"赵百合堵在门口，"能不能跟我说句话——我们怎么回去啊？！"

"滚！"蔡晓春反手挥起枪托，狙击步枪的枪托直接就砸在赵百合的下巴上。赵百合仰面栽倒，晕倒了。蔡晓春飞一样快速冲过开阔地，苏雅高喊："百合——"

监控中心里田小牛着急了："他动手打人了？！"

"别管，死不了！"严林看着监视器说，"我们接着看，好戏！越来越热闹了，没想到会有这样的好戏看！"

田小牛就又坐下，苦笑："刘大夫得活吃我两次……"

严林笑眯眯地："啊？我经常说，林锐和田小牛……"

"严教，我错了我错了！"田小牛痛心疾首，"你别把我跟连长相提并论行不行？"

厂区里面，苏雅抱着赵百合高喊："百合！百合！"

蓝17小组快速飞奔过来，苏雅起身高喊："救人啊——"

少尉狙击手犹豫一下："去看看！"

两人就跑过去，少尉高喊："怎么回事？你们跑这里来干什么？"

苏雅哭着说："他打人……"

"谁啊？"少尉刚说话，一声枪响，自己已经冒烟了。

观察手急忙隐蔽，但是来不及了，又是一声枪响，自己也冒烟了。

"妈的——"少尉痛心疾首。

5

少尉没办法了，摘下自己的吉利服帽子："把她抬到车上去吧。"

"蓝17，收到回答。完毕。"是严林的声音。

"蓝 17 收到，请讲。完毕。"少尉回答。

"你们是死人，明白吗？完毕。"

少尉看看苏雅和赵百合，苦笑："明白，完毕。"

观察手刚刚抬起赵百合的上身，少尉就说："放手吧，别管了。我们是死人，严教命令我们别管。"

"她晕了啊？"观察手不明白。

"严教命令我们别管，"少尉明白过来了，"看来他是嫌这里不够热闹。我们走吧。"

观察手看看赵百合，又看看苏雅，苦笑："对不起了，我们不能管。"慢慢放下赵百合，起身跟着狙击手走了。

"哎——哎——"苏雅着急地喊，"你们怎么能这样啊？你们去哪儿啊？"

少尉转身扔过来水袋和干粮："你们别害怕，这里很安全。等我们训练完了，就接你们出去。"

"你们什么时候训练完啊？"

少尉看看四周，一片寂静，苦笑："看这个架势，闹不好要 12 点了。"

"啊？！ 12 点？！"

"有水有吃的，你们俩熬会儿吧，她没受伤。走了。"少尉带着观察手走了。

"哎——哎——这是什么鬼地方啊？！"苏雅哭喊，"怎么都是野蛮人啊？！没有一个绅士吗？！谁来帮我们一把啊——"

少尉和观察手没回头，消失在拐角。

苏雅看着黑暗中的厂区，恐怖地高喊："救命啊——救命啊——"

凄惨的女人哭叫声，让这里更显得阴森恐怖。

废墟的地下室里面，韩光戴上了单兵夜视仪，眼前立刻绿油油一片。他背着狙击步枪，手持 81 自动步枪，小心地顺着即将倒塌的楼梯上去。

蔡晓春还在另外一个废墟里面，双手持手枪在快速搜索。他也戴上了单兵夜视仪，在室内近战狙击步枪是用不上的，背在肩上。他远离窗户和门，尽量在外面看不到的死角运动。现在只有他一个了，他不得不加倍小心。

苏雅喊累了，抱着赵百合在哭。赵百合脸色苍白，嘴角还在流血。

一只手从苏雅背后伸过来，一把捂住了她的嘴。苏雅吓坏了，呜呜着。韩光贴着她的耳朵："嘘——"

苏雅不敢说话，瞪着眼。

韩光压低声音："你们需要帮助吗？不要喊，不要喊，明白吗？"

苏雅频频点头。

韩光慢慢松开手。苏雅回头，看见一个戴着单兵夜视仪的光头，吓得刚刚要喊。

韩光的手敏捷地捂住她的嘴："不要喊，不要喊——我是来帮你们的，嘘——"

苏雅控制住自己，点头。

韩光松开手，迅速扛起来赵百合，快步冲入旁边的废墟。苏雅跟进来，蹲在赵百合身边压抑地哭着："百合……"

"不要喊，嘘——"韩光又捂住她的嘴，"我说过了，不要喊。"他慢慢松开手，接着把手伸在赵百合的脖子上，又拿起她的手腕把脉。

苏雅看他的动作很熟练，纳闷儿地小声问："你懂医？"

"我妈是医生。"韩光放下赵百合的手腕，"她的心律不齐，可能有心脏病。"

"不会吧？我们都是体检过的啊？"苏雅纳闷儿。

"我说了，是可能。而且即便有，也不是很严重。"韩光说，"你是卫生队的，该知道急救措施。把她的脚后跟垫起来，等待救援。我还要训练，你照顾好她。"他对着耳麦压抑声音："总部，红1呼叫，这里可能有心脏病人，需要救援。完毕。"

"总部收到，红1继续训练，我们马上组织救援。完毕。"严林回答。

苏雅欣慰地："这个鬼地方可算有一个绅士了……"

韩光笑笑，提起自己的自动步枪出去了。他要去最后一个设计好的狙击阵地，视野开阔。

当然，暴露目标的概率也非常大。

监控中心，严林看着监视器若有所思。

田小牛正在准备出去："严教，你想什么呢？还有什么吩咐？"

"侠之大者，谓之刺客。"

严林自言自语。

"你是说韩光？"

严林点点头："我没想到他在这个时候还会去救人，不顾自己的训练可能失败。在战场上，他也会为了救人牺牲自己的。战斗还没结束，但是高下已经出来了。蔡晓春为了赢，不惜打人；而韩光，则为了救人不怕输，去冒险。这两个，哪一个是真正的刺客？"

"我们还是得看以后的表现吧？"田小牛说，"狙击手集训队的训练还不到一半，现在就决定谁是刺客太早点了吧？也不利于队员继续训练。"

"我没有现在宣布，还是要看所有的综合分数的。"严林说，"我只是在思考，我们到底应该培养什么样的人去做狙击手？仅仅是枪法好吗？"

"枪法不好，那不是送死吗？"田小牛笑，"上哪儿找那么多武功又好，心地善良的大侠去？咱们是部队，要的就是打赢战争，其余的考虑不了太多。我走了，严教。"转身出去了。

严林叹了口气，继续看着。

6

伞兵突击车高速开到狙击手训练中心。刘芳芳飞身下车动作敏捷,对着冲出来的田小牛高喊:"田小牛——"

"到!"田小牛急忙一个立正,"刘大夫……"

"我的人呢?在哪儿?"刘芳芳着急地问。

"在训练场……"田小牛硬着头皮说,"我带你过去,直升机马上就到。"

"为什么不早告诉我?你们不是安了无数监视器吗?"刘芳芳问。

"严教说,训练就是战争……"

"狗屁!出了事,你们都吃不了兜着走!"

米171直升机在空中盘旋,缓慢降落。田小牛和刘芳芳急忙上了直升机,里面是24小时待命的战地救援特别小队。这倒不是为了狼牙特种大队的训练救援,而是随时准备开赴各种复杂地域甚至境外进行救援的真正战地救援队。里面的卫生员是刘芳芳培训过的,见了她点点头,迷彩脸上露出一嘴白牙:"刘大夫,你也来了?"

"起飞起飞!"刘芳芳高喊。

直升机起飞了。机舱里面的战地救援队员属于狼牙特种大队应急作战准备的一部分,随时可以提供军警进行军事、治安、海上等搜救工作,除了训练有素的卫生员以外,其余的都是战斗队员,而且也是全副武装,真正的荷枪实弹。

"注意——我们去的是训练场,把保险都关上!"田小牛高喊,"不要误伤训练队员!"

"明白!"救援队长转向自己的队员们:"关上保险!枪上肩!"

哗啦啦一片关保险枪上肩的声音,两名队员在打开折叠担架。刘芳芳心急如焚,戴上田小牛递过来的单兵夜视仪看着外面黑暗当中的训练场。这两个初来乍到的女兵,简直就是无法无天了!什么地方都敢去?

蔡晓春悄然爬行上楼梯,进入废墟的房间。这里三面残垣断壁,可以看清楚大半个厂区。他借助阴影的掩护慢慢爬行到自己理想的狙击位置,将枪放在身前,凑在瞄准镜上观察。偌大的厂区在夜视仪里面绿油油的,这个时候就看谁先发现谁了。蔡晓春藏的地方是一个阴影,对方也不能轻易发现自己,同样他相信韩光也藏在阴影里面,也不好找到。

他的瞄准镜缓慢地滑过整个厂区,也滑过屋顶、窗户……还有烟筒。

烟筒当然是很合理的制高点,但是太明显,韩光不会藏在那里。也许韩光要出其不意?!蔡晓春一头冷汗,抬起自己的枪口。烟筒上方,一个趴着的人影,穿着吉利服。蔡晓春急忙连续三枪,但是对方没有冒烟——又鞭尸了。

蔡晓春苦笑一下，继续搜索整个厂区。

韩光，你在哪儿？

韩光同样在寻找蔡晓春，他听到了枪声，但是没有看见火光。他趴在已经挂了的狙击手身上，下面的狙击手艰难地说："哥们，你丫够沉的？"

韩光没搭理他，慢慢从他的肩膀探出脑袋。

他趴在烟筒上挂了的蓝队狙击手身上，伸出了步枪在寻找。他很清楚，这个狙击手的"尸体"帮他挡住了蔡晓春的激光模拟器发射线，这也是他计划好的。

真正的出其不意。

但是没有看见蔡晓春，他在哪儿？

韩光耐心地仔细寻找着。

直升机的马达轰鸣声远远传来，飞到了厂区上空。直升机的探照灯打开着，在向着整个厂区搜索寻找。

高音喇叭里面，刘芳芳着急地在喊："苏雅？赵百合？你们在哪儿？"

苏雅急忙从废墟里面跳出来："哎——我在这儿——"

探照灯在转动着，射向苏雅。就在这探照灯转动的瞬间，烟筒上伸出挂掉的蓝队狙击手身体的脑袋、枪口出现了清晰的身影。

蔡晓春急忙举起步枪，但是探照灯一下子扫过来，他的眼什么都看不见了！

韩光早就摘下了单兵夜视仪，借助探照灯的灯光在寻找着。阴影当中的蔡晓春一下子暴露在探照灯的光圈里面，韩光毫不犹豫，果断射击。

砰——

蔡晓春刚刚套住韩光的脑袋，自己的头上开始冒烟了。

韩光注视着冒烟的蔡晓春，对着耳麦："红1报告，游戏结束。完毕。"

蔡晓春目瞪口呆，看着烟筒上的韩光站起来。

韩光单手拿着狙击步枪朝天，光着膀子，胳膊和胸口还有几条蚂蟥在爬。

直升机在降落，刘芳芳和救援队员们冲出去，将苏雅和赵百合接上了直升机重新起飞。而蔡晓春还看着韩光，韩光也在看着他。

蔡晓春慢慢站起来，丢掉手里的枪，眼泪滴落。他的声音嘶哑："我输了……"

7

训练总结在第二天上午进行，蔡晓春一直一言不发，韩光也是一言不发。两人并排坐着，黑色贝雷帽下面都是沉默的脸。严林在挂出来的大幅地图上，标出蓝队各个小组狙击手挂掉的位置，然后标出红队的潜伏渗透路线和隐藏地点，最后在厂区的地图上画出了复杂的路线图，红蓝铅笔画的厂区乱七八糟，一般人还真看不明白。

严林把整个的攻防渗透路线讲解完了，然后说："综上所述，红队在这次对抗训练当中确实技高一筹。蓝队整体混乱，虽然有战斗意识，但是没有战斗思维，不动脑子。"

孙守江扬扬得意，韩光不动声色。

蔡晓春不服气："报告！"

严林看他："讲。"

蔡晓春起立："报告，我有话说。"

"我说了，讲。"

"严教，如果不是那俩女兵突然闯入训练区域，红队不会得手的！"蔡晓春说，"我对事不对人，红1是借助突发因素得手，不说明红1比我们蓝队就技高一筹。我希望，再次进行对抗训练！我的话完了。"

严林点点头："你坐下吧。"

蔡晓春坐下。

严林看着不服气的蓝队队员们："你们是不是都这么想？"

沉默。

严林笑笑，问："作为狙击手，深入敌后，长途渗透是家常便饭。也就是说，你们不是打阵地战的步兵，你们所在的区域，不一定都是剑拔弩张的战区前沿。在敌后活动，遇到的偶然因素太多了，什么事情都可能发生，什么人都可能出现。如果你们在和敌人的狙击手紧张对峙，出现平民怎么办？难道你们就不作战了吗？你们可以跟敌人说，等等，有偶然因素，一会儿再打？可能吗？——这还是最简单的对抗训练，出现的也不过是我们部队的两个女兵。如果我把对抗训练安排在城市呢？你们要遇到多少偶然因素？到处都是人，你们就不打了吗？——应对突发情况，本来就是狙击手的基本功。所以你们有什么不服气的？真的是当和平少爷兵习惯了，非得一切都按照预案来才觉得是训练？"

蔡晓春是明白人，知道自己错了，低下了头。

"你们啊，到底什么时候才能进入状态呢？"严林皱眉说，"你们是什么兵？你们不是步兵不是装甲兵不是炮兵，不是说只有两国开战才进入战斗的；你们是特种兵，还是特种部队的狙击手，你们要比任何部队都早投入战斗，甚至在开战以前你们都可能在敌国的首都活动了！定点清除，斩首行动——这不是狙击手该干的事儿吗？你们这种观念能去清除和斩首吗？能混迹在复杂的城市街道当中潜伏在狙击地点不被发现吗？恐怕脑袋都被敌人给砍了，还斩首行动？"

"还在那儿不服气呢？有什么不服的？打起仗来，第一个死的就是你！"

蔡晓春起立："是，严教，我知道错了。"

"坐下吧。"严林缓和语气，"其实不该我说你们，也轮不到我说你们。你们都是不同部队的，我不是你们的上级。但是这种观念一定要扭转过来！教给你们狙击手的技能倒是次要的，首先要培养你们狙击手的观念！"他指着自己的脑子，"要用脑子！当你们孤零零深入敌后，光靠枪打得好路跑得快，活不过三个小时！"

队员们都看着他。

"今天开始，你们进入狙击手小组综合战术训练。"严林看着他们，"包括观察计算与射击移动目标、不同地形地貌狙击阵地的选择和伪装、城市反恐应用射击、复杂气候射击、对车辆和直升机飞机等的非硬性目标破坏等十多个科目，每一个都需要你们用脑子来完成，然后每一个都会有类似的对抗性训练。你们所有的训练成绩都会在最后的总评范围内，最后的第一名——就是'刺客'。明白了吗？"

"明白了！"队员们怒吼……

——教室里，挂着人体骨骼和肌肉详细图。

集训队员们在下面听讲，写着笔记。

刘芳芳军医拿着教鞭对着讲台上立着的一个骷髅讲解，冷若冰霜：

"这是一个成年男性的骨骼标本，由 206 块骨骼组成。这是头骨，也是你们未来作战当中要射击的主要部位。你们在日常训练通常射击的是胸环靶，但实战当中射击胸部并不能使目标确凿无疑的瞬间死亡。所以为什么执行死刑时，会射击死囚头部而不是心脏部位。因为心脏中枪者仍可存活 8~12 秒的时间，而且极少数的人心脏不在左边，而在右边。

"人体只有一个地方被破坏才会在瞬间即时死亡，那就是大脑的运动反射神经区——就是头骨的这个部位。人的头部虽然直径大约有 20~25 厘米，但能够真正使得瞬间即时死亡的部分非常小，脑部控制运动反射神经的地方位于眼睛后面，其大小不足 6 厘米。也就是说要想一枪瞬间毙命，实际所能瞄准的目标只有 6 厘米……

——400 米处一根钢丝悬挂着一排直径 6 厘米的圆形钢板靶，枪声连连，只有子弹准确撞击上才会打响靶子。

400 米外的射击地线上，趴着一排集训队员，抱着狙击步枪在进行卧姿射击。他们都很小心翼翼，平稳自己的呼吸，射击速度很慢。

"你们现在是在舒服地打靶，但是在实战当中你们压根儿不会这么舒服。"严林走过他们的后面，"目标不可能戳在那里让你们瞄准，你们瞄准的时间可能只有 3 秒钟甚至更短。在这 3 秒钟甚至更短的时间内，你们要考虑并且计算好抛物线弹道、高度及湿度、地球自转偏向力、风向以及风速、子弹弹道系数等。现在不过 400 米的静止目标，还只是自动步枪的有效射程，你们就打成这个鬼样子？你们觉得实战当中，目标会在 400 米以内戳着让你们打吗？可能是 1000 米甚至更远，目标可能乘车甚至在直升机上——打成这个样子，你们干脆不要带着狙击枪去执行任务了，一人一挺轻机枪算了，直接扫射多过瘾啊……"

——草地上，严林拿起测风仪和狙击步枪瞄准镜："1 分钟角度 = 1/60 度，也等于瞄准镜刻度的 1/20，大概是每 100 米 20 毫米的偏差，狙击手利用分钟角度去调节瞄准的角度，当知道风速及风向后狙击手便要立即将这些资料转换成分钟角度。方程式为射程（米）/100× 风速（公里每小时）=分钟角度……"

队员们认真做着笔记。

"把这些计算方法背下来，刻在你们的脑子里面。"严林指着挂出来的公式图讽刺地说，"你们从观察手那里获得情报到分析判断，最后得出结论直至最后射击的整个过程不会超过 3 秒；由于你们脑子不够数，所以我允许你们现在记笔记。然后等到实战的时候，拿出来笔记对着算，然后就是被敌人的狙击手一枪爆头。你们就完满了。"

——反坦克训练场的地面上，摆着一排形态各异的狙击步枪，队员们都看得眼花缭乱。

田小牛在讲解："从左到右分别为美国 M82A1 巴雷特 12.7 毫米反器材 / 狙击步枪，法国 PGM 赫卡忒 Ⅱ 12.7 毫米反器材 / 狙击步枪，克罗地亚 RT-20 型 20 毫米反器材 / 狙击步枪，南非 NTW-20 型 20 毫米反器材 / 狙击步枪……这些反器材 / 狙击步枪最主要的用途不是打人，是进行非硬性目标的控制和破坏——当然，也可以用来打人，后果就是非常严重了。"

孙守江好奇地问："打人会出现什么后果？"

田小牛看了他一眼，拿起一把巴雷特和一颗子弹，熟练地卧倒上膛瞄准了 1000 米处的一辆弹痕累累的破装甲车。

队员们都屏住呼吸。

田小牛均匀加力，扣动扳机。

砰———一声巨大的枪响。

高爆弹打在装甲车的侧面，瞬间出现一个巨大的爆裂口，而不是弹洞。

队员们瞠目结舌。

田小牛站起来，转向孙守江："还有问题吗？"

"没有了，没有了。"孙守江连连说。

"反器材／狙击步枪的主要目标是高价值的军事目标，如停机坪上的飞机、盘旋的直升机、轻型装甲车辆、通信车、指挥车等。一个装备反器材／狙击步枪的狙击小组，可以控制整个野战机场，导致战斗机无法起飞，人员不敢运动……"

——一辆 59 坦克在训练场行驶。

严林指着行驶的坦克："这是什么？"

"坦克。"孙守江说。

"知道怎么打坦克吗？"

"40 火！"孙守江跟上。

严林看他，孙守江赶紧不吭声了。

严林继续跟学生们说："这是一辆行驶当中的主战坦克，注意——驾驶员的脑袋是在外面的。海湾战争中，曾经有一个美军狙击班困住一支伊拉克装甲部队，使其两天不能动弹，变相失去了战斗力。他们是怎么打的呢？——要想控制主战坦克，就把那露出来的龟头给打掉。"

队员们哄笑。

严林指点着图板上的画面："打击主战坦克这种重型装甲目标，首先要选择地形。开阔地是不能够作为狙击坦克的地形，那跟送死差不多。最好的地形是只能容纳一辆坦克行驶的狭窄山谷，或者是山地。如果打击单个坦克，通常狙击手可以选择打击：1. 车长。通常车长为了观察战场环境会半个身子露在外面，所以打掉车长，整车就会无人指挥。缺点是坦克成员马上就会发觉，因为在战斗舱还有炮长和装填手。2. 驾驶员。为了驾驶方便，驾驶员在低威胁的地区会伸出头。杀死驾驶员后，一般在 20 秒左右以后其他成员才会发觉，因为驾驶舱和战斗舱是隔离的。坦克也将无法行驶。3. 观瞄设备和通讯设备。引诱车组成员出舱修理，然后再狙杀。4. 使用大口径反器材／狙击步枪用穿甲燃烧弹打击发动机或者油箱……"

队员们认真地听着，看着严林图板上的讲解。

8

伪装网搭设成的凉棚下面，三十一名狙击手集训队员坐在弹药箱上，在擦拭各自的武器。每人面前都是一把 85 狙击步枪、一把 81 自动步枪、一把 54 手枪等，还有一把国产 JS 型 12.7 毫米反器材／狙击步枪，前面三把是自己带来的，最后一把是在狙击手集训队刚刚领取的。这是建设集团刚刚开发出来的大口径反器材／狙击步枪，还在试验改进阶段，配属给狙击手集训队，第一是填补以往没有国产大口径反器材／狙击步枪，特种部队需要进口武器进行训练和实战的空白，第二是该新型武器在特种部队训练和实战当中，不断进行改进，以便可以更好的定型正式装备部队。

跟车一样，一把枪的性能是否可靠，一半的功夫也在于平时保养。这些集训队员在各自部队都是带兵的行家，这个道理每个人都懂。狙击手集训队又是在各自复杂地域和天气进行训练，擦拭保养武器更是重中之重。

严林坐在凉棚里面最凉快的地方，在看一份内部资料，上面有武器的外形图和分解图。

田小牛坐在他的旁边，帮他擦枪，手很快眼也很贼："严教，那是什么枪？怎么看着跟法国的 FAMAS 似的？但是又不是 FAMAS？"

严林笑笑，用戴着战术手套的手指点点资料封面的俩字："机密"。

田小牛被噎住了，赶紧低头继续擦枪："我什么都没看到……"

严林把资料丢在他面前的桌子上："看吧。下周一拉枪的就回来了，马上就不是机密了——我们都要换枪了。"

"换枪？！"田小牛一下子喊出来。

队员们都抬头看这边。

"看什么看，继续擦枪！"田小牛黑着脸说。

大家就继续低头擦枪。

田小牛急忙丢掉手里的零件和擦枪布，在迷彩服上蹭蹭手，赶紧拿起资料。他打开一看，是很漂亮的一组轻武器外形，嘴里念着："国产 95 式 5.8 毫米口径枪族，国产 KUB88 式 5.8 毫米口径狙击步枪简介和结构分解图……严教，这是咱们要换的新枪？！真好看嘿！"

"对，不光是好看，性能上也有进一步提高。你翻页，还有手枪。"

"国产 QSZ-92 式 9 毫米手枪……手枪也换了？"田小牛高兴地说，"怎么步枪口径变小了？手枪口径变大了？这步枪的威力够吗？"

"没事儿，我可以拿你的脑袋做射击测试。"严林笑眯眯琢磨田小牛的脑门儿，"如果威力不够，我会打报告给总部。"

"那还是算了！"田小牛一身冷汗，"我的脑袋，还是自己留着吧！被你瞄上了，这个滋味可不好受。"

那边，蔡晓春闷不作声地擦枪，擦得很细致。

韩光也在擦枪，就在他的身边，但是也闷不作声。

孙守江凑到蔡晓春身边："我说，你跟你们排长就永远不说话了？"

蔡晓春没说话，还是擦枪。

孙守江又看韩光，韩光抬眼看看他，又看看蔡晓春。

孙守江："你们俩啊？多大点事儿啊？不就是训练吗？谁输了谁赢了，又不是谁真的一枪爆了谁的头？仇人啊？"

韩光看蔡晓春："擦枪入库以后，我在训练场等你。"

蔡晓春抬眼看他："嗯。"

半个小时后，把武器交到武器库的蔡晓春走到训练场。风声鹤唳，杂草当中站着韩光的背影。蔡晓春走过去，站在他面前："排长……"

韩光看他："现在我不是排长，你也不是一班长。我是韩光，你是蔡晓春——我们只是两个枪手。"

蔡晓春不说话。

韩光："我知道你一直想赢我。"

蔡晓春苦笑："现在想瞒也瞒不住了，我是想赢你，我研究你一年了。"

"其实我要感谢你，晓春。"韩光看着蔡晓春说。

"感谢我？"

"对，感谢你。"韩光说，"因为你一直在研究我，所以我不敢放松对自己的要求。因为我知道，你在心里把我当作敌人。人最可怕的不是有敌人，最可怕的是没有跟自己可以成为对手的敌人——你知道我从来不说假话，我是要感谢你。"

蔡晓春看他："因为你怕我超过你，所以你在不断努力。"

"嗯。"韩光点头，"每个人都会松懈，我也会，虽然你们都看不出来。但是我已经习惯了自己是最好的枪手，一直都是，在射击队是，在军校也是。因为我没有对手，所以我的水平其实停滞不前。我不夸张地说，我下连队时的射击水平，比我在射击队的成绩都差。为什么？因为射击队在不断参加比赛，我有对手——但是在军校，没有一个人可以成为我的对手，所以我松懈了，成绩也退步了。但是我遇到了你——你是我手底下的班长，是全大队公认的神枪手，你给我造成了巨大的压力，促使我猛醒过来。"

蔡晓春看着他，真诚地说："其实我也一样。"

韩光笑笑："一年来我们不断地在训练场较劲，你总是赢不了我，所以你也在不断地努力。你在研究我，其实我也在研究你。我们都很好胜，都不服输，所以我们今天都走入了狙击手集训队。"

蔡晓春："不管怎么说，我还是想赢你。你打开天窗说亮话，我也实话说了——我想超过你！成为最好的枪手！"

"我欢迎。"韩光的手放在蔡晓春的肩膀上，"没有值得过招的竞争对手是可怕的，无论多么优秀的枪手，最后都会被这种松懈废掉。我希望，我们永远都是值得竞争的对手！我很感谢你，你是一个非常强劲的对手！"

"我明白了。"蔡晓春说，"排长，我也得谢谢你。"

韩光笑笑："我希望，我们的竞争仅仅限于枪法，而不是影响到我们的个人关系。我们是一个连队一个排出来的，是战友，也是兄弟。一切都会成为浮云，但是战友和兄弟的感情——会永远！"

"嗯。"蔡晓春说，"枪法我不服你，但是做人——我服你！"

韩光举起自己的右拳："欢迎挑战！"

蔡晓春也举起自己的右拳："我定成功！"

两人的右拳撞击在一起，也拥抱在一起。

9

宿舍里，赵百合跟刘芳芳面对面坐着。赵百合穿着睡衣，显然还在休息。刘芳芳坐在她的对面很严肃："我得跟你谈谈。"

"嗯。"赵百合不敢说话。

"知道我想跟你谈什么吗？"

"知道。"赵百合低声说。

"那你说。"

"我违反纪律。"赵百合说。

"不完全是。"刘芳芳说，"我想知道，你是怎么混过军医大学的入伍检查的？"

"刘医生，我……"赵百合着急地说，"我没病！"

"军区总院给你做了检查，我也给你的老家矿务局武装部打了电话。"刘芳芳说，"你的母亲，你的外婆，都有先天性心脏病的病史，这是遗传的。"

"是，可是我没有啊！"赵百合着急地说，"总院胸外不是检查过了吗？我的心脏正常啊？再说军医大学的学习和训练，我都没问题的！刘医生，我没病！"

"那是你的症状不严重！"刘芳芳说，"你现在不是在一般的军医院，你是在特种部队的卫生所。你这样，能接受训练吗？能跟上部队的节奏吗？"

"特种部队也不是人人都要去打仗的。"赵百合低声说，"再说，一般的训练我也没问题。你看，我这不是好好儿的吗？要不是那个兵打晕了我，我不也没事吗？刘医生，我从小就想当兵，你别赶我走。我穿上军装不容易，我们老百姓的孩子，能当个女兵，进个军医大学，真的是很难……我跟你说实话，刘医生。为了过体检关，我家花了差不多所有的积蓄……我要是被退了，真的是……"

"说是这么说，但是全员全装随时准备投入战斗，是大队长的要求。"刘芳芳同情地看她，"我怎么跟大队长交代呢？我们卫生所有个心脏病护士？"

“那我又不是不能上班了。”赵百合眼巴巴地看着刘芳芳，“对吧？我好好工作，给大队官兵做好后勤保障工作，不也是给特种大队做贡献吗？……”说着就掉泪了。

刘芳芳看着她，叹气：“你啊，胡闹。再想当兵，也不能把自己的生命不当回事儿啊？你的这个秘密我帮你保守。这样，我跟你们军医大学领导说说，给你换个别的部队吧？”

“别别！”赵百合说，“来基层锻炼，去最艰苦的地方去，是我自己要求的……你跟军医大学说了，他们肯定以为我在基层犯错误了，不要我了……你把我赶走了，我肯定会被脱军装的……你不知道，我多想当兵……你就让我把军装穿几年吧……”

刘芳芳看着她，心软了：“好吧，那就等等。你的情况我替你保密，等到一个合适的机会，我帮你调动到合适的单位去。日常训练你还是要参加，战术训练可以先不参加了，我就说卫生所的日常工作比较忙，你是军医大学的毕业生第一名，我需要你多做工作。每天早晚的3公里武装越野没问题吧？”

“没问题没问题，5公里都没问题！”赵百合赶紧说。

刘芳芳苦笑，起身戴上贝雷帽：“记住，别勉强自己。我会注意你，你自己也要注意。有事你就赶紧给我说，我会想办法的。你今天下午就去上班吧，你的病例在我手里，不会有人看见的。”

“嗯，谢谢你啊，刘医生！”赵百合感激地说。

刘芳芳笑笑，出去了。苏雅马上进来：“怎么样怎么样？你没被赶走吧？”

“没有没有，看把你急的！”赵百合也笑。

“我能不急吗？”苏雅穿着迷彩服却抹眼泪，“这个野蛮地方我一天都不想待了，早上的3公里没给我跑废了！还背着那么重的武器和装具！你要是走了，我哭都不知道找谁哭去！你可千万不能走！”

“别哭了别哭了，我这不是没走吗？”赵百合给她擦泪，“我不会走的！咱俩一起来的，我不会丢下你。”

苏雅点头，抱住赵百合：“你最好了！”

楼下，韩光领着蔡晓春过来。路上兵来兵往，蔡晓春把手里的东西藏在身后在犹豫：“排长，真要去啊？”

“走吧，你把人打晕了，道歉也不过分。”韩光笑笑。

“我道歉没问题，这花儿就算了吧？”蔡晓春说。

“你拿着狙击步枪枪托砸她下巴的劲儿哪儿去了？”韩光说，“当时是训练，不能说你错。不过事后你还是得道歉，这是起码的礼貌。”

“那干吗还送花儿？”蔡晓春纳闷儿。

韩光笑笑：“我都说了，这是起码的礼貌。你去给人家女孩儿道歉，不送花儿像话吗？我侦察过了，她叫赵百合——送百合正好。这百合可是我托狼牙大队的军校同学去买的，你别浪费了啊！"

蔡晓春在卫生所跟前犹豫。

"走吧！"韩光推他进去。

苏雅在诊所里面看材料，门外有人探头探脑。她纳闷儿，起身一把拉开门。蔡晓春正好被韩光推进来，还抱着一束百合。苏雅吓了一跳："干吗啊？"

蔡晓春看都不看苏雅，伸出手："送给你。"

"给我？"苏雅纳闷儿，"你谁啊？"

"对不起，我把你打晕了，这是我的道歉。"蔡晓春低头举着百合说。

苏雅看他，又看旁边的韩光，眨巴眨巴眼："是你？"

韩光也看看她："赵百合同志，对不起。我是他的排长，当时我们在进行狙击和反狙击战术训练。在那种情况下，蔡晓春同志采取了非常措施，希望你不要介意。"

蔡晓春塞给苏雅那百合，退后一步，脚跟一碰一个标准的军礼："对不起！"

苏雅白了他一眼："野蛮人！"

"在战场上，我们就是野蛮人。"韩光说，"我把这当作你对我的兵的夸奖，告辞了。"

"等等等等，我不是赵百合！"苏雅乐不可支，"我是苏雅，你们这花儿给错了！"

"啊？！"好不容易道歉的蔡晓春傻眼了。

韩光也傻了："那赵百合同志呢？"

"在楼上呢！"苏雅说，"还歇着呢，下午才来上班。中午我值班——怎么，你不认识我了吗？"

韩光："你是？"

"就是被你捂住嘴的那个！"苏雅失望地说，"你脸上当时花花绿绿的，我都能认出来。没想到我这么不起眼啊？"

"当时我们在训练，我不可能注意。"韩光一本正经地说，"我也道歉，对不起。"

"排长那什么我道歉了我走了！"蔡晓春转身就走。

"回来！"韩光拽住他，"跟赵百合同志当面道歉，这不能算数。我们在战场上是野蛮人，下来不能是野蛮人。"

苏雅欣赏地看着韩光："嗯，你在战场上也不是野蛮人。"

韩光："能麻烦你请赵百合同志下来吗？"

"你们不如上去呢，我这哪儿敢离开啊？"苏雅说，"我值班呢！"

韩光看看上面，又看蔡晓春。

"排长，我们改日再来吧？"

"来都来了，花儿过了今天就没办法看了。"韩光说，"走吧，我陪你上去。"

苏雅看着韩光拉着蔡晓春出去，笑着问："哎——你叫什么啊？"

韩光回头："韩光。"

"嗯！"苏雅说，"记住——我叫苏雅！"

韩光点点自己的脑子："狙击手的脑子，是最好使的！"

蔡晓春想溜，韩光一把抓住他："走吧！"

"韩光？"苏雅琢磨着，"真酷！连笑都不笑！"

10

敲门声响起，赵百合走过去一把拉开门："你敲什么门啊？装斯文……"

一束百合花，两个兵站在门口傻眼了。

赵百合也傻眼了，穿着睡裙呢！

"你们怎么回事？"赵百合一把关上门。

蔡晓春还在傻眼，韩光也傻眼了。

"排长，咋办？"

韩光眨巴眨巴眼，也不知道说什么。

"你们是谁啊？干吗啊？"赵百合在门里问。

"哦，我们是狙击手集训队的，专门来给你道歉。"韩光礼貌地说，"那天我们在进行训练，我的兵出手打晕了你，也是迫不得已。希望你原谅他……"

蔡晓春："对对，我不是故意的……"

"既然你不方便，我们改日再来。"韩光说，"花儿我们给你放在门口了。"

"对对对，改日再来。"蔡晓春急忙把花放在门口。

门开了，已经穿着迷彩服的赵百合站在门口："进来吧。"

蔡晓春看韩光，韩光也看蔡晓春。

"进来吧，我不打你们。"赵百合说。

韩光看蔡晓春，拉着他进去了。

进了女兵宿舍，俩兵都非常不自在。韩光还好，蔡晓春已经满头是汗。赵百合看着他们俩："你们俩，谁打的我？"

蔡晓春硬着头皮："我。"

赵百合看看他，又看看韩光："你又是谁？"

"哦，我是他的排长。"韩光礼貌地说，"我的兵失手打你，也是迫不得已。我带他专程来向你道歉，希望你可以原谅他。当然，我也有责任。主要责任在我，我没有教育好他。希望你不要介意，我们把训练当作真正的实战。"

赵百合看着百合花："这是你们买的？"

"是他！"蔡晓春和韩光几乎同时指着对方。

赵百合笑："怎么打人的事你们争着担责任，买花的事你们争着推责任？——到底是谁买的？"

"是我们排长。"蔡晓春诚实地说，"他委托军校同学，出公差的时候带回来的。他知道你叫赵百合，专门买的百合花，要我向你道歉。他还说，不管怎么说，打一个无辜的女孩儿是不对的……"

赵百合看韩光："你倒是挺有绅士风度的啊？"

韩光笑了一下："特种兵在战场上是野蛮人，下来不能是野蛮人。以前我光顾抓训练，没有跟战士们讲明白这些道理。主要责任在我，希望你不要记恨我的一班长，他是个非常出色的军人。"

赵百合接过百合花："好了，我原谅你们了——哎，你们是狙击手？"

"对。"韩光说。

"电影里面那种冷面杀手？"赵百合兴奋地问，"躲起来，专门爆人头的？"

俩人都愣住了。

随即韩光苦笑："你觉得我们像冷面杀手吗？"

"他不像，你——像！"赵百合说，"真够冷的！"

"既然你原谅了我们，我们就走了。"韩光说，"下午还要训练，我们俩是趁午休时间跑出来的。万一被严教看见，我们还得挨收拾。告辞了。"

俩兵都退后一步，一个标准的军礼。

赵百合倒是傻眼了，赶紧抱着百合花还礼。

"向右转，齐步走！"韩光喊口令，俩兵都走了。

赵百合跑到窗户跟前，看着俩兵出来喊："哎——你们俩叫什么啊？"

俩兵回头，蔡晓春喊："蔡晓春！"

韩光仔细看着她，没说话。

"你呢？"

"韩光——走吧！"韩光拉着蔡晓春，"跑步，我们要赶时间了！"俩兵迈开腿跑远了，军靴在地面敲击出稳健的节奏。

赵百合点头："韩光？寒光？——倒是真的寒光闪闪，够酷！"

第四章

★

1

新枪发下来的时候全狙击手集训队都非常兴奋，严林通知去领枪，队员们跑得那叫一个整齐威武。第一批拉回来的枪只有300把，其中步枪100把，狙击步枪100把，手枪100把。狙击手集训队一下子就背走了40把，因为还有教官和助教的。剩下的60把步枪和狙击步枪给一连和二连平分，手枪给了大队司令部。

其余单位只能再等等，第二批枪得一周后才能运来。刚刚定型的武器，还没有正式进入量产，首批装备驻港部队和特种部队。驻港部队是军队的脸面，要优先满足，特种部队也得让让步。所以一人背着两支枪挎着一把手枪从军械库列队跑步出来的狙击手集训队受到一路的嫉妒和眼红，但是没办法——谁让这是总部首长挂在心尖儿上的种子教官集训队呢？

一路上唱着《打靶归来》，兴冲冲回到集训队驻地。田小牛高喊："先吃饭，枪入库！等到吃完饭再擦枪！"

结果没人想吃饭，都抱着新枪不撒手。

孙守江喊："田助教，就让我们先爽爽吧！完了再吃饭！"

大家都附和，田小牛也没办法，看严林，严林笑笑："通知炊事班，集训队午饭改晚饭一起吃。狙击手嘛，对枪有特殊的感情，可以理解——我批准了！"

队员们欢呼着，在兵楼前就列队，开始擦拭武器。新枪出厂时满枪都是枪油，为了保持机械构造的稳定，不擦是不能使的。大家都蹲下，开始擦枪，三把枪按照长短放好，严林伸手，田小牛纳闷儿："什么，严教？"

"我的枪呢？"严林问。

"不是我给你擦吗？"田小牛说。

"拿来吧，新枪我自己擦，你擦我不放心！"严林拿过他肩上背着的多出来的三把长短枪，在队列前面蹲下开始擦拭。

田小牛笑："哦——原来老枪手遇到新欢了！人都说情人都是老的好，这枪难道是新的好？"

"你怎么现在变得这么不朴实呢？"严林纳闷儿，"你刚来的时候不这样啊？"

"我们连长跟二连长总是对贫，我听都听会了！"田小牛也蹲下擦枪。

"难怪啊，原来林锐和田小牛……"

"严教！咱们这两天没打牌啊？"田小牛蒙了，"你就别埋汰我了……"

"怎么了？跟你们连长相提并论，觉得埋汰了？"

田小牛急忙起身头都不敢回："连长好！"

队员们都是一阵哄笑。

林锐走过来，看着田小牛笑眯眯："这几天不见，长本事了？"

"连长你就别笑话我了，我这是被严教损呢！"田小牛苦着脸说，"你就别埋汰我了，你知道我胆子小……"

严林起身满手枪油："你今天怎么有时间来了？"

林锐拍拍严林："走吧，进屋说。"

严林明白过来，跟着他进去了，回头喊："田小牛，把我枪擦干净了！"

"是，保证擦得一干二净！苍蝇爬上去都滑下来摔死！要摔个半死，你收拾我！"田小牛直立回答。

队员们又是一阵哄笑。

田小牛看俩干部进去了，看队员们："笑什么，笑什么？把枪擦干净了，苍蝇爬上去滑下来只能是摔个半死！摔死了，我收拾你们！"

2

几分钟后，严林在窗户喊："韩光蔡晓春孙守江——进来！"

三个人抬头，互相看看，然后起身放下武器，起身进去了。

办公室里面，林锐和严林都坐着，面色严肃。三人喊报告，严林："进来吧。"

三人进来，都跨立背手站好。

林锐看着他们："你们三个的资料我都看过，训练成绩也不错，是整个集训队的前三名。"三人都不说话，保持着跨立的军姿。

"现在给你们一个实践自己所学的机会。"林锐的声音平淡，但是三个人的眼一下子都睁大了。林锐接着说："你们不是我的兵，所以我不命令你们。实战是有危险的，你们可以选择去，还是不去。"

"报告！"蔡晓春立正，敬礼。

"讲。"林锐看着他。

"是！我随时准备投入战斗！"蔡晓春的脸由于激动被憋红了。

"稍息。"林锐说。

蔡晓春跨立。

"报告！作为一个军人，战斗就是存在的理由！"孙守江也高声说。

林锐看韩光："你呢？"

"报告。"韩光说，"他们说的就是我想说的。"

"好，收拾一下。"林锐说，"半个小时以后集合——他们这次用新枪老枪？"

严林想想："用新枪吧，检验一下新武器的实战效果。"

"他们得校枪。"

"一个小时足够了。"严林看看手表，"今天晚上才开始渗透，他们有一下午的时间可以做好准备。"

林锐点点头："你们去吧，收拾好自己的武器和装备，去靶场校枪。靶场会有干部带着子弹等着你们，你们有一个小时的时间校对自己携带的所有武器。然后去我大队直升机场简报室集合待命，会给你们做任务简报。注意，这次是丛林长途渗透狙击作战，带该带的装备，其余的都丢下。明白吗？"

"明白！"三人利索地回答。

"去吧。"林锐挥挥手。

三人立正，敬礼，转身出去。

"他们三个——没问题吧？"林锐问。

"没问题，有问题你回来找我。"严林眨巴眨巴眼。

"有问题脑袋都没了，回来找你球啊！"林锐笑骂，"我也得去校枪了，这次任务我亲自带队。我算对得住你了啊，严教。这些好事我都给狙击手集训队争取来了，连自己连队都没考虑！"

"你也是狙击手集训队的队长吗！"

"挂名的而已，我走了。"

严林在窗户看着三人擦拭好自己的武器，二话不说携带好就进了兵楼去收拾装备。他笑着摇摇头，对着外面喊："田小牛！"

"到！"田小牛急忙回头。

"我的枪呢？"

"擦好了！"田小牛急忙说。

"你擦好了我擦什么？我的枪是你的了，你的枪给我！"

3

宿舍里面，三人开始换衣服，并且整理自己的装备。每人都是一套西方进口的热带丛林吉利服，里面穿着丛林迷彩服和吸汗内衣，下面是轻便的迷彩帆布腰军靴。除了这些以外，背囊也经过了清理，只携带了高热能压缩干粮、维生素药片等必要的生存用品，还携带了几双结实的旧袜子——往这里面塞入泥沙可以做成依托射击的简易小沙袋，这倒不是韩光教给大家的，严林后来作为标准要求了所有队员。

其余的小装备也很多，需要细心整理好：无味驱蚊剂、多功能战术折刀（倒不是为了肉搏用的，用来在可能存在的玻璃上切割小口以便对外观察与狙击、修剪枪口和瞄准镜周围的枝叶等）、测风仪、温度计、指北针、枪管清洁工具和铜渣溶剂（枪管口接触地面，枪管里或许会沾上尘土，一支清洁长杆能大派用场，情况允许的话，每射击五发子弹就应该用溶剂把膛线上弹头残留的铜渣抹掉）、擦拭用的酒精（埋伏处的玻璃窗或许布满污迹和尘封已久，用酒精可以擦出一小块清晰面积有利于观察）、迷彩斗篷和伪装网、带气味的宠物胶骨头（关键时刻用来引开野生动物和狗的注意力）……

等把这些都分门别类地装好，10 分钟已经过去了。

接下来整理单兵电台设备、无线耳麦、水袋这些随身携带随时要用的装备，最后才是武器。他们把跟吉利服配套的枪衣套在 88 狙击步枪上，然后把手枪插入腿部的战术快枪套里，开刃的战术突击刀插在肋下的刀鞘。这个时候 5 分钟又过去了，韩光看着手表："走吧，要迟到了！"

三个人扛着狙击步枪和自动步枪，背着沉重的背囊，把卷起来的吉利服抱在怀里大步出了兵楼。其余的队员们擦拭好武器正在列队，看着他们三个人出来。他们跟谁都没交流，直接上了等在楼前的伞兵突击车。

司机开动突击车，高速开往狙击战术训练场。

林锐已经在那里校枪，身后没有枪工，他的装备都放在身边。狙击手都是自己校枪的，犹如伞兵的伞包必须是自己检查一样，不会交给任何人。三个人站在那里有点发傻，没想到林锐亲自带队。林锐抱着 88 狙击步枪开了三枪，拿起校枪镜观察 25 米外靶心子弹散布的位置，校对自己的狙击步枪。

这是狙击手的校枪方法，选择在 25 米进行校对是为了最快最准确地进行归零。非常近的距离可以使狙击手几乎完全不会脱靶并看见子弹打在哪里。在 25 米开始归零的另一个重要原因是校准风偏补偿。狙击手可以非常准确地找到中心位置，因为所谓风偏补偿的零点，是指在无风情况的中点。而25米的距离是如此之近，以至于任何横侧风都不会对弹道造成明显的影响。

在狙击手校枪归零的过程当中，狙击步枪瞄准镜的倍率要调到最大，并且一直这样直到归零校正完成。这是因为狙击手在实际作战时往往使用最大放大倍率，并且在其他倍率下零点可能有微小的移动。

在25米归零以后，要进行50米、100米、300米的射击试验，以便在更远的距离上检测横侧风的影响。但是在实战当中，还是会出现侧风的影响。因此狙击手的一弹一命，可不仅仅是只要会用十字环套住目标的脑袋就足够了。狙击手在很多情况下的瞄准位置并不一定是电影里面那样，复杂的侧风、地心引力、温度、湿度等都要进行综合考虑。

"看来，这事儿不简单。"孙守江嘀咕。

"越危险，越刺激。"蔡晓春舔着嘴唇跃跃欲试。

"校枪吧，我们只有一个小时。"韩光放下自己的装备，接过一个战士递来的押好的弹匣。

三人在林锐身边趴下，对着靶子开始校对自己的狙击步枪。新出厂的枪已经经过校对，误差不会太大。但是对于狙击手来说，必须是0误差。世界上没有绝对的事情，本来是哲学定理。不过如果狙击手的狙击步枪不是绝对准确，后果就非常严重了。

一个小时后，四个人都已经校对完了自己的武器。林锐站起来背上自己的狙击步枪，看着他们。

三个队员也看着他。

林锐露出笑容："有信心跟我并肩作战吗？"

"有！"三人齐声怒吼。

林锐伸出右拳："同生共死！"

三人伸出右拳，跟他相碰，齐声怒吼："同生共死！"

伞兵突击车开来，林锐背着枪抱着装备跳入副驾驶的位置，三人跳入后面。还没坐稳，突击车已经窜出去了，在坎坷的山地一路越野，掀起来一路尘土。

4

简报室就设在直升机场的塔台一楼。为了保密，这是个封闭的空间，没有窗户，所以必须开着空调。日光灯很亮，所以光线还是很充足的。四名狙击手把自己的武器和装备放在身边，穿着迷彩服戴着黑色贝雷帽坐在椅子上等待。外面隐约可以听见直升机的起降声，这是代号"天狼"的直升机中队在进行例行训练。

"起立！"林锐喊。四人起立，都是表情严肃。

一名戴着眼镜的上校军官跟一名警官走入简报室，表面看上去弱不禁风、文质彬彬的上校却是鼎鼎大名的雷克明大队长。

林锐高喊："敬礼！"四人敬礼。

雷大队和警官还礼。

雷大队："坐下。"四人坐下，都是目不斜视。

雷大队："你们都是最好的狙击手吗？"

"是！大队长！"

雷大队笑笑："如果你们不是最好的，我就把你们发给空降兵了！因为空降兵永远不是最好的，他们只是背上伞包的步兵！"

四人一阵哄笑，气氛缓和了。

雷大队严肃起来："你们这次的任务是——定点清除。这是省公安厅的温总队长，由他来给你们做简报。"

四人看着温总队，他是个四十多岁的中年警官。

温总队："这都是老严的学生？"

"对，老严有关节炎，身体顶不住这样的长途丛林渗透。"雷大队说，"一连长林锐你见过，这三个据老严说是他最好的学生——至于是不是吹牛，还得看战果。"

温总队点点头："我就说你们可以知道的——金海地区，是我省乃至全国的重要黄金产地。该地位于亚热带丛林山地，交通不便，只有一条公路。当地有大小金矿一百多个，其中中国营三个，属于我省重点企业。这是金海地区地图，从这里你们可以看到，所有地区和矿区全部位于山区。"

四人看着投影上的地图。

温总队："从1991年起，当地温岭乡出现一股带有黑社会性质的犯罪集团，在当地为非作歹。他们利用企业获得合法身份，在金海地区成为一霸。他们的老大林海生，是对越作战时期的侦察连长，具有非常丰富的丛林山地实战经验，还是二等功功臣。他在某部担任后勤股长时期，因为贪污受到军法处理，出狱后怀恨在心。他到金海谋生，承包金矿，跟当地黑帮发生冲突。当地黑帮对他的金矿进行骚扰，没想到反而都被他收拾，于是这些无赖流氓都成为他的部下。"

四人看着投影上的林海生各个时期照片，从迷彩服到西服。

"林海生有钱，有功夫，还不怕死，胆大妄为，所以很快在金海地区成为霸主。他在当地为非作歹，我们得到准确线报，他还跟境外黑社会取得联系，进行制毒和贩毒以及军火走私活动。他有军事经验，加上有钱，因此其手下的喽啰也都得到了山地丛林作战的系统训练，并且装备了大量武器，甚至包括一辆装甲车。"

投影上出现在矿区耀武扬威的装甲车。

"林海生收买当地党政官员，在黑白两道都吃得开。他的部下开着装甲车到处招摇过市，到各个金矿收保护费，强迫矿主转让金矿，否则就采取暴力行动。据我们得到的情报，已经有十二条人命在这个犯罪集团手上，其中包括我们的两名卧底警官，可以说林海生集团罪行累累，罄竹难书！"

温总队看着他们："我们现在已经获得了林海生集团的大量犯罪证据，但是由于其军事背景和这支准军事力量，加上他用钱在公安系统内部收买了大量眼线，有的我们知道，有的我们不知道。林海生极其狡猾凶残，平时身边都有武装卫队，压根儿就不出金海山区。警方等待半年，都没有找到可以采取抓捕行动的时机。我们经过上报省委和省政法委批准，决定对林海生采取定点清除的果断措施！定点清除林海生以后，警方会对该地区进行清场，一举铲除该犯罪集团！"

投影上出现的是林海生的照片。

雷大队："你们要把这当作战争来对待！他们不是乌合之众，是受到正规训练的武装力量！林海生也不是简单人物，我跟他认识，他当年是别的侦察大队的连长。他的手下有不少亡命徒，据说还有来自境外的部分雇佣兵。你们该知道，这个任务是非常艰巨和危险的，你们有没有信心完成？！"

四人起立："有！"

温总队点点头："我相信你们！"

雷大队挥挥手："出发！"

四个人提起自己的武器，背上背囊抱着装备陆续走出简报室。

机场的五星红旗下面，一架军用直升机已经在那里等待，螺旋桨在转动。四个人把装备丢到直升机上，然后提着武器上了直升机。直升机拔地而起，飞往遥远的天边。飞往——狙击手的战场。

5

阮文雄的心情不是太好，换了谁都不可能太好。本来是秘密行动的负责人，现在成了最低级的雇佣兵，而且不能接触作战行动，只能给非冲突地区的第三世界国家政府军和贩毒组织做做军事教官。这是他手下任何一个作战雇佣兵都不屑做的杂事，而他则必须去做，否则就退出 AO。这真的是一个严厉的惩罚，阮文雄不是没想过离开 AO。但是离开了还不是一样，你早晚还要回来。这就是一条不归路，因为你已经习惯了战斗。

林海生的心情却很好，看着楼外穿着中国 87 迷彩服的阮文雄，有一种说不出的快感。妈的，谁说老子不爱国？老子现在不是把那个跟咱们打过仗的越南特工狙击手给弄来训保镖了吗？见了老子就得客客气气的，一口一个海老板，多长志气！据说还是苏联特种部队训出来的，过瘾啊！

穿着 87 迷彩服的十几个保镖在别墅外的林地训练射击，教官就是同样装束的阮文雄。他自己也感觉怪怪的，因为在给以前打过仗的中国侦察兵服务。林海生现在生意大了，有钱了，委托人找到 AO 要请一个军事教官培训保镖。阮文雄是亚洲人，而且懂中国话，说得还很不错，混迹于内陆看不出来，加上熟悉东南亚的武器装备和训练手段，理所当然被 AO 选中，扔到这边来培训贩毒集团头目的保镖。林海生有将近一百人的卫队，他整编成一个警卫连，其中十五个打枪还说得过去的组成狙击手队，由自己进行指导训练。在山地丛林和城镇警卫当中，狙击手队的作用不可小视。

一周的训练，好歹他们能掌握一些狙击手的基本技能了。武器当然是黑市走私的 SVD 狙击步枪，价格便宜量又足，阮文雄也喜欢用。其中有一个当过兵的学生还说得过去，那个黄毛在部队是校枪员，退伍以后跟人干架打死人，跑到金海，枪法都是很有基础的，而且脑子比较聪明，一点就会。阮文雄也就教得多一点。

除此以外，阮文雄还费了好大劲儿让这个原来涣散的卫队变成了说得过去的警卫连。三个排，一个担任外围武装警卫，两个机动警卫。入山口原有的那个当作前哨的马路饭店配属了电台，又新在饭店对面的加油站安插了两个员工作为卧底。这样整个防御计划变得完整起来，林海生自己也带出来一批贴身保镖，都是他的死党。他有的是钱，所以防弹背心、防弹轿车也是不缺的，别墅的玻璃也是防弹的。基本上警察是拿林海生没办法了，这也是阮文雄的任务之一。

但是阮文雄还是隐约意识到，林海生这样还是要出事。为什么？因为他了解中国政府，也了解中国警察和军队，这样胆大妄为，真的是不是不报，时候未到。所以阮文雄自从来到这里，就开始勘查周围地形，给自己选择好了几条退路，能够直到海边的。他花钱在海边雇了一个渔民，把他的渔船改装成大马力的快艇。这样，一旦出事，自己还能逃命。这个为期一年的合同，他可没打算执行到期，因为很明显到期不了。

阮文雄在这里还有个女人，还真的是个越南女人。是林海生送给他的，这是被卖到山里的越南媳妇，林海生看上了就给霸占了，男人是个村民哪里敢出声？林海生有一种畸形的变态心理，他把这个越南女人阿红带回自己的别墅，给下属肆意糟蹋。阮文雄来这里的第一天不得不喝酒，喝多了，回到房间就见到个女人。

女人穿着裸露，浓妆艳抹，阮文雄一看就恶心。他打开门："滚。"

女人急忙从床上坐起来："先生，我……"

她的中国话不流利，阮文雄也没多想，这一带山民都这样。他看都不看这个女人，自己去洗脸，说了一句："gái điếm（妓女）！"

没想到正在出门的女人呆住了，转脸愣愣地看着他。

阮文雄没好气："你怎么还不滚？"

女人看着他："Việt Nam（越南）？！"

这次轮到阮文雄呆住了，他已经很久没听到人说越南话了，尤其是女人。他傻傻地看着这个女人，用越语问："你是越南人？"

眼泪从这个女人的脸上滑落。

两个越南人在异国他乡，就这样面对面看着。

一个是雇佣兵，一个是婊子。

许久，阮文雄关住了门："坐下吧。"

女人没有坐下，却蹲在地上捂着脸哭起来。

阮文雄站在她的跟前，却不知道该怎么安慰她。因为他不知道这到底是怎么回事，他只好拿着毛巾，等这个女人哭累了，才递给她："别哭了，遇到越南人，总是件好事情。"

"你带我走，带我走吧！"女人突然跪下来抱住他的腿，"我活不下去了！"

阮文雄傻傻看着她，不知道她到底怎么了。

"我不是妓女，我是村里的媳妇！"女人哭着说，"是给了一万块人民币的彩礼，从越南嫁到这边来的！我是好人家的姑娘！我不是妓女！我是被抢来的！我是村里的媳妇啊，是林海生抢我来的！你救救我——"

阮文雄开始明白了。

女人抬头看他："你带我走，带我回越南……"

阮文雄的嘴角颤抖了一下，但是脸色变得很冷酷。他又有什么办法？他自己都回不了越南，在这里也只是个雇佣兵而已。他掰开女人的双手："我帮不了你，你走吧。"

女人看着他，突然一把撕开了自己的衣服，乳房就跳出来。

阮文雄急忙转身："你别这样。"

"你看看——你看看，这都是他们打的——"女人哭着喊。

阮文雄回头，看见女人的乳房上伤痕累累，还有烟头烫伤的痕迹……女人起身，也顾不上害臊了，脱去裙子："这里，这里还有——你看看，好人，你看看……你救救我……"

阮文雄的怒火在升腾，他脖子上的青筋暴起。

这是他想杀人的前兆。

"你带我回越南，我什么都给你……"女人重新跪下，"我给你当牛做马……"

阮文雄的牙齿咬得咯咯作响，鼻翼翕动急促呼吸着……

但是，他的双拳却慢慢松开了。是啊，林海生是他的雇主啊？他能怎么样呢？

阮文雄闭上眼，一滴眼泪流下来。断肠人，何止是在天涯？他不能给她报仇，因为他是雇佣兵，而他是自己的雇主。

他睁眼，慢慢扶着那个女人站起来："你叫什么？"

"阿红。"女人怯生生地说。

阮文雄开始脱自己的迷彩服上衣。

阿红眼巴巴看着他，没有害怕。

阮文雄却没有继续脱衣服，而是把迷彩服裹在她的身上："阿红，从今天起，你是我的女人！"

阿红幸福得想晕倒。

"没有一个人再敢碰你，否则我要他的命！"阮文雄恶狠狠地说。

阿红哭了，抱住了阮文雄："你是好人……"

阮文雄却推开她："你休息吧，去床上。"

"我在床上等你？"阿红说，"要不我跟你一起洗澡吧？"

阮文雄摇头："我去客厅沙发睡，你别管我了。"

阿红愣愣看着阮文雄出去，门关上了。她重新开始哭，觉得自己这次真的遇到好人了，还是越南人。

深夜，阮文雄躺在沙发上，穿着衣服睡着了。卧室的门慢慢开了，阿红裹着毛巾被出来，走到阮文雄的面前。她松开毛巾被，赤裸的身体一下子暴露在月光下。客观说，她真的是个很有魅力的女人，身材娇小却有着傲人的乳房和臀部。她慢慢跪下，在阮文雄的沙发前，伸出手去触摸他额头上的伤疤。

手指头距离阮文雄还有 1 毫米的时候，他一下子睁开眼，同时放在头下的 M1911A1 手枪已经拔出来对准阿红的脑门。这是上膛的手枪，他因为被恐惧惊醒而急促呼吸着："你要干什么？"

阿红被吓坏了："我，我……我……"

阮文雄持枪对着她，看见她的裸体，明白过来。他收起手枪坐起来："你回去睡觉。"

"不——"阿红抱住了他，"你不要我？"

"我说了，你是我的女人。"阮文雄的声音很平静。

"那你不要你的女人？"阿红说，"你嫌我脏？"

阮文雄看着她的眼，她的眼很明亮，带着眼泪。他低下头，把手枪的保险关上。又抬起头，看着天空的吊扇。片刻，他问："你多大？"

"22。"

"你家在哪里？"

"谅山。"

"我家在西贡，也就是后来的胡志明市。"阮文雄说，"你经历过战争吗？"

"没有亲眼见过……战争爆发的时候我家人带我去了河内，我还很小，什么都不记得了。"

"我经历过。"阮文雄说，"我14岁的时候，我父母在爷爷家过暑假。那是越南南方的一个村庄，很漂亮。村里有个女孩儿，叫阿妹，她那时候15岁……是我的初恋。当地有南方游击队活动，打死了一个美军，美军开始报复。因为游击队曾经在这个村庄住过一晚，仅仅一个晚上！他们派了战斗机，直升机，派了步兵，派了坦克，包围了这个村子……我爷爷是族长，跟别的老百姓一样，都被美军的机枪扫射死在河滩上，还有我的父母……后来还焚尸灭迹。我跟阿妹去村外的山里玩，躲过了屠杀……美军不敢进丛林，就派出战斗机空投凝固汽油弹……阿妹……"

阮文雄的眼中涌出泪花。

阿红张开嘴，看着阮文雄。

阮文雄稳定一下自己："阿妹死了，我受伤了……游击队回来掩埋乡亲们的尸体，发现了我。他们带我走，我就这样参加了人民军……从此以后，我再没对任何女人产生过任何的想法。因为阿妹就死在我的眼前，化作了一团火焰……我想，这是我的命。"

阿红的眼泪流下来。

"太惨了，阿妹……什么都没有留下……"阮文雄说，"阿红，我不能接受任何别的女人。希望你可以理解我，我是为了保护你，不让你再受到那帮畜生的欺负。我是孤独的蝎子，丛林里的蝎子，永远都是……"

阿红忍住眼泪，点点头："我懂了，谢谢你……"

阮文雄看着她赤身裸体走回卧室，门没有关。然后传出女人在被子里面压抑的哭声，阮文雄长出一口气，双手捂住自己的脸，眼泪慢慢从指缝滑落。

外面，天色已经渐渐亮了。

林海生倒是非常爽快："一个女人，给你了！你留着，愿意要就要，不愿意要就扔！想要，我这里有的是！"

阮文雄恨不得一刀扎死他，却还是笑笑："谢谢海先生。"

从此，阿红就成为阮文雄的女人，没有人再敢碰她。因为所有人都知道，阮文雄的身手不是吹的。阿红帮阮文雄洗衣，做饭，真的成了阮文雄屋里的女人，脸上也有了笑容。

只有他们两个人知道，晚上一个人睡床上，一个人睡沙发。他们从来没有亲热过，自从阮文雄告诉阿红自己的故事以后，阿红就再也没有"骚扰"过阮文雄。

6

热带丛林枝繁叶茂，到处都是腐烂的气息。阳光被厚厚的交叉在一起的树冠遮挡，只从缝隙里面射进道道光芒，穿透雾气的笼罩，仿佛死神的利剑。蔡晓春穿着吉利服，头上裹着迷彩汗巾，帽子耷拉在脑后，迷彩斑驳的脸上汗水大滴大滴地滚落下来。他艰难地行进在丛林密布的热带雨林，时不时地挥舞着开山刀砍掉错综复杂的枝条藤蔓，希望能在这密不透风的丛林里开辟出一条通道来。这是一片无人穿越过的原始森林，所以也是最不会暴露痕迹的道路。

韩光跟在他的后面，抱着狙击步枪，枪上上了刺刀用来挑开藤条或者枝蔓。后面是手持上刺刀95自动步枪的孙守江，再后面是背着一把狙击步枪，手里提着85微声冲锋枪的林锐，他是指挥员，也负责压阵。

蔡晓春的军靴踏过腐烂的落叶，一刀劈空了，前面的枝蔓是虚搭在树干上的。再往前是一个空地，长满了杂草，却难得有阳光照射进来。蔡晓春走到空地上，抬头眯缝眼晒太阳，好像周身都是潮湿的："这个鬼地方，几百年没人来过了。"

"休息半小时。"林锐抬起手腕，掀开手表上的遮光迷彩罩看看时间。

蔡晓春丢掉开山刀，把背囊解下来，接着就把自己的身躯扔到杂草上四仰八叉，全身已经被汗水湿透好几次了。韩光坐在他的身边，解开背囊，手里的狙击步枪却保持准备射击姿势，目光警惕。

蔡晓春摘下自己右手的战术手套，整个右手都是血疱："你那么警惕干什么？这个地方，除了野兽和蚊子，什么都没有！"

孙守江背囊都懒得脱，直接就靠在树干上坐下了，挂着自动步枪喘息。

林锐解开背囊，右手持枪，左手食指一点孙守江。孙守江立即不顾疲惫起身，抱起自动步枪走到自己该在的警戒位置上，解开背囊作为掩体卧倒担任前方警戒。林锐又一点蔡晓春，蔡晓春也爬起来，摘下自己身上的自动步枪，架在背囊上担任后方警戒。

"我让你们休息，不是让你们变猪。"林锐很严肃地说，"这是在敌后，一切都按照敌后作战原则来！"

"林队，咱们这还是在境内，又没有打仗！就是一帮毛贼，他们不会到这儿来的。"孙守江注视前方，疲惫地说。

"少给我废话！"林锐捡起地上的一块小石头就准确砸在孙守江的头上，"早知道你这种思想，就不带你来了！听着，所有的任务，都必须按照战争来对待！不管对方是毛贼还是军队，都不许放松！"

"是！"孙守江咽下一口唾沫。

四个人分别注视不同的方向，组成环形防御警戒阵地，开始休息。说是休息，眼睛却从未放松，只是不用走路了。这对于刚刚连续走了十个小时压根儿没有路的山地丛林的特种兵来说，基本上等于是天堂了。

这是一个标准的四人狙击小队，由两个狙击小组组成。林锐和孙守江是 A 组，韩光和蔡晓春是 B 组，携带了可以支撑一周生存的装备，每个人都带了足够的弹药。除了标准装备以外，林锐和韩光两个狙击手还携带了微声冲锋枪作为近战武器。这不是严林教的，而是林锐自己的经验——当狙击手在潜伏时候，对付无意中接近自己的野兽或者敌人，微声冲锋枪是不会暴露狙击阵地的最好武器。执行这种定点清除任务，对于林锐来说不是第一次，他们三个人都是第一次，所以林锐要加倍小心。

昨天下午，他们搭乘大队的直升机到达警方的秘密前进基地。基地设在金海地区邻近城市武警支队，为了严格保密，温总队只跟省武警总队的参谋长带着贴身警卫和参谋人员进驻。他们下了直升机，就直接到了临时简报室，进一步熟悉情况，受领任务。黑色贝雷帽和军衔臂章都已经收好，他们只穿着迷彩服和军靴，武器都装入枪袋，没有人知道他们的确凿身份。

为什么需要两个狙击小组？因为他们有两个不同的目标。

省厅刑侦总队情报支队的支队长是个老特情干部,他给狙击小队介绍了情况:"我们在林海生集团的内线,在给我们不断提供最新情报。这是一个新的情况——外号'蝎子'的外籍雇佣兵,已经进入林海生集团担任保镖的教官。"

偷拍的蝎子照片丢在了桌上。

"蝎子？"四个人都愣了一下。

"对，就是你们严教打过交道的那个蝎子。"温总队说，"他又来中国了。"

"为什么不告诉严教？"林锐问。

"情感会考验他的理智，"温总队说，"老严是我的好朋友，好兄弟。我不希望他因为这种考验而出事，何况他的年龄和身体都不再适合执行这样的任务。"

"这是一个空前强劲的对手。"林锐说，"任务的难度加大了，如果狙击两个目标的话，必须同时进行。否则另外一个目标就会消失，这需要非常合适的机会。只有两个人在一起，我们才能动手。"

韩光拿起蝎子的照片："照片在很近距离利用谍报相机偷拍，这个内线打入林海生集团很深，并且得到信任。他会给我们这两个目标在一起的机会，对吗？"

温总队点点头："你很聪明，我们在做这方面的努力。"

韩光把蝎子的照片递给孙守江和蔡晓春，自己在琢磨着。

"我来对付蝎子，你对付林海生。"林锐说。

"林队，我想我来对付蝎子。"韩光想了半天说。

"你？"林锐看他，"你有把握吗？"

"有。"韩光自信地说。

林锐看他，思索片刻："好，我对付林海生。"

"狙击进行以后，不管成功失败，你们必须快速撤离。"温总队说，"我们的力量不能靠得太近，否则会泄露情报。所以你们要在半个小时内自己穿越丛林到达接应地点，直升机会等你们。在这半个小时以内，无论发生什么情况，你们没有支援，全都要依靠自己。"

林锐点点头："我们做好这方面的准备了。"

"我们和内线怎么联系？"韩光问。

"你们不能和内线直接联系。"情报支队支队长说，"她的身份是严格保密的，而且说实话——我们也没有直接联系的途径。我们都是依靠交通去死信箱取情报，下达指令……这是最原始的情报交接方式。她已经知道我们的想法，也给我们拟订了详细的狙击计划。我一会给你们计划，你们按照这个计划进行。"

"这不符合我们的作战原则。"林锐说，"我们不能直接得到第一手情报，甚至连狙击计划都是内线拟订的？——我们在被这个内线牵着鼻子走啊？你们怎么确定，这个内线不会出卖我们呢？"

"这个内线，我们已经经营了一年多，一直都是可靠的。"情报支队支队长说。

韩光摇头："不作数，人是会变的。尤其是在这样复杂的环境里面，变了也很正常。"

"她跟林海生有深仇大恨。"情报支队支队长强调。

"什么深仇大恨？"蔡晓春问。

"我不能告诉你们——总之，这个计划无论周密也好，疏忽也好，我们没有别的办法了。"情报支队支队长说，"哪怕是赌博，我们也只能这样去赌一把。这是我所能做到的最大限度了，林海生很狡猾，现在又多了这个蝎子，我们不能再冒别的险。"

"如果陆军的同志不能执行这个任务，我会派我的狙击手进去。"武警总队参谋长半天没说话，现在开口了。

林锐看看他："参谋长，我不是很清楚武警狙击手的训练水平，但是穿山越岭上百公里去狙杀目标，确实不是武警的强项——我没有害怕的意思，我只是希望一切都能够科学化地进行，能够有详细的预案和备案。进行狙杀的是我和我的部下，我带他们活着进去，我也要带他们活着出来——温总队，执行这次狙杀任务危险性你比我清楚。我只想知道，我们在多大程度上可以信任这个内线？值得我们去冒这样的危险？"

温总队看看林锐，看着情报支队支队长："你告诉他吧，毕竟是他们要出生入死。"

情报支队支队长点头："是——内线代号'西贡玫瑰'。"

"西贡玫瑰？"韩光纳闷儿。

"对，西贡玫瑰。"情报支队支队长说，"她叫阿红，越南人，是被跨国人贩子拐卖到金海山村的当地媳妇。两年前，她被林海生霸占，并且遭到轮奸和虐待，生不如死。我们的侦察员在卧底时候发展了她，后来这名侦察员不幸被发现牺牲，到死都没有出卖她。西贡玫瑰使用死信箱和我们保持联系，我们根据她的情报破获了林海生集团在内地的外围组织，并且国际刑警也根据西贡玫瑰的情报，破获了林海生跟国际贩毒集团的几笔总价达到数千万美元的交易。我们一开始也不信任她，是在不断的合作过程当中了解了她，熟悉了她。我们跟越南警方已经取得联系，行动结束以后，会送她回国。"

"要我们去信任一个越南女人？"蔡晓春觉得有点不可思议。

"我们只有这个办法，而且就我个人来说——我信任她。"情报支队支队长说。

"请问，你们怎么肯定那个被发现的侦察员，一定受得住严刑拷打，没有出卖西贡玫瑰呢？"韩光追问，"你们没有在现场，不可能知道全部的准确情报。"

"因为，"情报支队支队长的嘴唇在颤抖，"他是我的儿子！"

肃静。

片刻，林锐把材料放在桌上："我没有问题了。"

"我也没有了。"韩光也把照片放下。

情报支队支队长摘下眼镜，在擦眼泪。片刻，他恢复了往日的宁静："如果没有问题，我开始阐述行动计划……"

午夜时分，一辆白色面包车开出武警支队的营区。挂着地方牌照的面包车开到距离金海地区100多公里的山间公路停下，四个装束好的狙击手在指定地点下车，纵身穿插进入丛林。他们要在明天午夜时分，穿越100公里人迹罕至的原始森林，到达金海地区林海生集团的据点外围进行隐蔽，等待时机出现。

此时，刚刚走了一半。除了林锐，谁也没有在这样的原始森林进行这样长时间行军的经验，所以三名队员的表现并不出乎林锐的意料。在战争还没爆发的时候，中国陆军特种部队依靠这样的方式来进行实战练兵，以便部队保持旺盛的战斗力并且获得实战经验。林锐完全可以挑选三名有类似经验的特种兵，但是他没有，因为他深知类似行动的意义。三名队员来自不同的大队，回去以后这些宝贵的实战经验会得到传授，在未来战争当中，中国陆军才会少死人。

在简单的休息以后，补充了维生素和水分，他们再次起身进入丛林。还有50公里的原始森林要穿越，这不是轻松的活。这次孙守江拿着开山刀在前面开路，林锐跟在后面，蔡晓春第三，韩光压阵。按照林锐的要求，所有队员都保持着真正战争的警惕，一切都按照实战标准进行。

天近黄昏的时候，轮换开路的韩光看见了豁然开朗的山谷。四人小队停下，林锐拿起望远镜："金海镇。"

一个畸形繁荣的小镇出现在他们的面前，霓虹灯已经开始闪烁，小姐在招徕生意。

韩光拿着望远镜观察着两公里外的镇子，没有说话。

"走。"林锐放下望远镜，"游戏开始了。"

7

闷热的黄昏，阮文雄最后检查了一次防御情况，回到自己的"家"里。他一向四海漂泊，到哪里都是一把枪一把刀一个背囊，简单躺下就算休息。可是现在跟以前不太一样，这个"家"有点像真正的家了。也许那句话说得没错——有女人，才是家。阿红把屋里收拾得很干净，很温馨，每次回去都让阮文雄心里涌现出一丝久违的柔情。阿红也不再穿那些暴露的衣服，甚至衣着都变得很贤淑，脸上没有那些浓妆。她本色的清秀展现出来，好像热带丛林的小树苗一样健康，带着娇嫩的水气。她本来就是一个很秀气的京族女孩嘛！

阮文雄克制自己，克制自己的柔情，其实也在克制自己的性欲。他的心肠早就变得很硬，硬的好像百炼成钢。这让他可以面对所有的危险，面对所有的千钧一发，在枪林弹雨当中如同幽灵一般来来去去，从不皱眉。而在现在，阿妹死去以后，再未出现过的柔情浮现在内心深处，好像竹笋一般坚强地生根发芽。这让阮文雄觉得恐惧——因为，他的心在开始变软。

克制自己的性欲，不需要解释什么。阮文雄至今为止，没有碰过一个女人，除了阿妹……也没有真正发生关系，那时候还太小。

应该说能做到这一点的男人非常不简单，阮文雄恰恰就是那种不简单的男人。这些年来，他南征北战，却从未沾染过任何一个女人。是他不想吗？是个男人就会想，这没什么丢人的。但是他却克制自己，实在克制不住就去擦枪，细致地擦枪，擦拭子弹，给子弹装药，火药味会让他回忆起那团升腾的烈焰……于是所有的性欲一下子都没了，取而代之的是愧疚。他会在暗夜里面对阿妹忏悔，对她的在天之灵。

阮文雄这一生当中，从未和一个女人这样长时间和这样近距离的生活过。

回到家里，可以吃到地道的越南饭菜，可以闻到温馨芬芳的女人香味，甚至有时候还看见晾着的女人内裤……自己换下来的衣服，都会被阿红细致洗干净，晒好叠好，还喷了香水。阮文雄确实面临着比战斗更严峻的考验，他还是靠惊人的自制力克制自己，哪怕晚上睡觉阿红从来不关卧室的门。甚至洗澡的时候，还会喊他去帮自己拿浴巾，推开门可以看见白皙丰满的女人身体，他也从不多看。

阿红没有主动挑逗和诱惑自己，相反，是自己越来越能感受到那强大的吸引。

男人和女人之间，本来就存在着巨大的吸引。

阮文雄在一半是痛快一半是幸福的感觉当中度过，今天回来又感觉到不一样。门推开，他看见桌上丰盛的饭菜，也看到了穿着京族传统服装的阿红。阮文雄愣了一下，阿红在擦眼泪，看见他回来起身笑："你回来了？"

阮文雄呆呆地看着她。

"我去镇上的裁缝那里，自己做的。"阿红的眼中不断流出眼泪，"我想穿给你看……"

阮文雄摘下自己身上的狙击步枪和手枪，丢在沙发上："这里不是越南。"

"看见你，我就像看见了越南。"阿红忍不住哭出声来，"我想……抱着你……"

阮文雄没说话，阿红扑上来抱住了阮文雄。丰腴的乳房一下子贴在阮文雄的胸膛上，阮文雄抬起头闭上眼，克制自己。阿红抱紧了阮文雄，流着眼泪在吻他的脖子："好人，让我补偿你吧……让我补偿你吧……"

阮文雄神经深处什么东西在逐渐破裂，他闭着眼急促呼吸着。

阿红的眼泪流在自己的脖子上，流进了胸膛。阮文雄僵硬地伸手，慢慢推开阿红："阿红，我告诉过你了，我不能忘记……"

还没说完，阿红的嘴唇一下子堵上来。阮文雄这次真的遇到从未遇到过的进攻，他傻了。阿红的舌头跟小鹿一样灵巧，一下子顶开阮文雄并不紧闭的牙缝，在里面搅动寻找着。阮文雄的身体僵硬，酥麻的快感仿佛霹雳一般劈开了他的全身，让他坚持多年的信念一下子变成了两半，然后在舌头的搅动当中，仿佛陷入搅拌机一般荡然无存。

阿红的手伸进了他的迷彩服上衣，抚摸他胸膛的烧伤伤疤。阮文雄心中的野性被唤起来，发出一声低沉的怒吼，一把把阿红按在沙发上，撕开了她的衣服。裙子被他轻而易举地撕裂，阿红没有穿内衣，整个身体都暴露在他的面前。

阮文雄还在斗争着，血红的眼，急促的呼吸。

阿红一把抱住了他："好人！来占领我吧……"

阮文雄再也受不了，怒吼一声扑在了阿红的身上。但是他却是笨拙的，阿红闭着眼对他敞开了自己，阮文雄却找不到合适的占领方式。他像野兽一样咆哮着，阿红抱着他："别着急，别着急……我帮你……"

慌乱当中，阿红抓住他的武器，一下子送入湿润的城池。阮文雄发出一声从未有过的畅快淋漓的吼叫，阿红哭着抱住了他，紧紧的……阮文雄被阿红抱紧，从沙发上滚下来，阿红趴在他的身上，吻他的伤疤，然后覆盖了他的所有伤痛…….

阮文雄上了另外一个战场，男人占领女人的战场。

在这个战场上，他不是强者，阿红是。阿红占据了所有的主导权，一次又一次把阮文雄带入巅峰，也带入谷底。阮文雄被阿红带着眼泪吻遍全身，仿佛一个孩子一样……当都筋疲力尽，阮文雄被阿红抱在怀里，他贴着阿红的乳房，安详地呼吸着。

阮文雄的左臂上刻着一个文身，是一把黑色的毒蛇缠绕的利剑，利剑两边写着两个字母：AO。这是 AO 的标志，阮文雄从越南人民军出来，就把 AO 当作了自己的第二个家，并且忠诚于它。

阿红却还在流泪，无声的。

眼泪滴答在阮文雄的脸上，嘴唇上，咸咸的。他内疚地抬头："对不起，我去沙发上睡……我不是故意的……"

"我是故意的！"阿红抱住了他，哭得稀里哗啦，"对不起！对不起！是我对不起你！对不起……对不起……"

阮文雄纳闷儿地看着她："怎么了？"

"别问我，别问我……"阿红嘶哑地哭着，"对不起，我说一万个对不起，也补偿不了你……来吧，和我做爱，让我再多一点补偿你……"

阮文雄却坐了起来，双手有力地抓住阿红的胳膊："你怎么了？"

"对不起，对不起……"阿红哭着。

阮文雄擦去她的眼泪："我没有怪你，是我自己的问题，不是你的问题。我……"

"不——"阿红抱住了阮文雄，"是我对不起……"

阮文雄被阿红抱着亲吻，眼泪和口水一起涂抹在自己的身上。黑暗当中，他已经恢复了往日的冷峻。

8

"B1，报告你们的准备情况。完毕。"

林锐潜伏在灌木丛里面，对着耳麦低声说。

"A1，我们已经在一号阵地就位。完毕。"

韩光的声音在耳麦传出来。

"提高警惕，我们要在这里坚持到中午。完毕。"林锐说。

"B1 明白。完毕。"

林锐长出一口气，注视着山下的动静。孙守江在他身边 1 米外，也是潜伏在灌木丛当中，戴着夜视仪在观察，手里是一把 95 自动步枪。他们的阵地设在奶头山的左边奶头，韩光小组的阵地自然就在奶头山的右边奶头了。这是良好的狙击位置，交叉视野，覆盖了山下金海镇。

而林海生的据点是一个独立别墅，带着大院子，就靠近他们的狙击位置。夜视仪里面，可以看见巡逻的枪手在抽烟，巡逻。从哨兵的散布情况看，也是有军事高人指点过的，当然哨兵的警惕性是可以忽略不计的，估计枪法也是可以忽略不计的，他们只是乌合之众。阮文雄就是瓦西里再世，在这样短的时间内，也根本不可能将他们训练成为精锐之军。

"不堪一击，林队。"孙守江转向林锐。

"还是注意吧。"林锐的目光没有离开山下，"蝎子是我们从未遇见过的对手……能从严教的枪口下逃脱，不会是简单人物。"

"他只有一个人，我们有四个人。"孙守江自信地说，"我们占据了先机，他出头只有被狙。"

"我们要打的是两个目标，这是难上之难。"林锐说，"注意观察，小心巡逻的。"

"是。"孙守江不再多嘴。

林锐观察山下的动静，看看自己的手表。刚刚凌晨两点，距离预定好的射击时间还有十个小时。要在距离目标不到 1000 米的地方，再潜伏十个小时，关键的就是绝对不能暴露位置。

对面山上的韩光也在拿枪搜索着山下的目标，观察警戒情况。蔡晓春在他身体右侧，报告着哨兵的位置："九点钟方向，890 米，AK47 枪手两名；十一点方向，900 米，AK47 枪手一名……"

韩光："他们的射程到不了这里，找找有没有狙击手。"

"他们会有狙击手吗？"蔡晓春问着，还是在观察。

"会，因为他们的教官是蝎子。"韩光还在搜索，"一旦作战开始，我们必须打掉他们的狙击手。"

"找到了，八点方向，920 米，狙击手。"蔡晓春停住自己的激光测距仪。

韩光的枪口挪到别墅对面的修车厂楼顶。这是一个伪装好的狙击阵地，枪手藏在楼顶的水塔边上，拿碎瓦砾遮蔽好阵地。枪手在做规律性的运动，如果不是运动，倒是很难发现目标。

"他在干什么？做俯卧撑？"蔡晓春纳闷儿。

韩光仔细看看，苦笑："有两个人。"

"狙击手在观察手的身上做俯卧撑？"蔡晓春更纳闷儿了，"难道在锻炼体能？"

"是妓女。"韩光说，"这是蝎子无能为力的事。"

修车厂楼顶，黄毛在一个妓女的身上呼哧带喘。妓女抱着他："快，再快点……啊，啊……"

黄毛全神贯注，完全不知道狙击步枪在锁定他的位置。

"不会只有一个。"韩光挪开枪口，"蝎子布置了狙击手火力网。"

"找找看，我通知A1。"蔡晓春说，"A1，蝎子布置了狙击手，在修车厂楼顶。我们在寻找其余的狙击手，完毕。"

"第二个狙击手在你们十点钟方向，加油站顶部。"林锐的声音传来，"B1B2，提高警惕，我们正在搜索。对方还不知道有几名狙击手，但是他们的分布情况值得关注。完毕。"

"B2收到，完毕。"蔡晓春拿起激光测距仪，"蝎子是想在这里跟我们打狙击和反狙击战了。"

"这是蝎子的习惯，他的学生们未必争气。"韩光还在搜索，"可惜了这么好的对手，他手里只有这些乌合之众。再给他半个月时间，我们不一定能这么顺利地穿插进来。"

"现在他完了，排长。"蔡晓春还在观察，"他遇到了我们。"

韩光没说话，带着隐约的担忧，继续搜索观察。十个小时的潜伏时间，不知道会发生什么情况。蝎子在哪里？现在不知道。内线能否按照计划，把蝎子和林海生一起引到狙击位置？更不知道。内线要是出了问题，就全完了。但是他们只能按照警方拟订好的计划进行，因为狙击手是执行者，而不是指挥者；他们可以提出建议和意见，却无法改变行动指令和作战计划。

好在到现在为止，还没有发现下面有什么异常。再等待十个小时，就可以完成狙击任务了。现在最关键的是要沉着，再沉着，等待，再等待……

蔡晓春的面前放着两把枪，一把是95自动步枪，他出发的时候自作主张把弹匣换成了轻机枪的弹鼓。没人反对，要作战的战士，首先要考虑是否顺手。所以他的步枪就有了75发的超大子弹容量，其余的备用弹匣都在胸前插着，随时可以更换。85微声冲锋枪放在旁边，这是为了对付贸然闯入警戒地域的野兽和枪手的。阵地周围撒了一圈催泪瓦斯粉，这样一般的野兽就不会靠近，狗鼻子也会失灵。

韩光在狙击步枪前面铺了一块迷彩布。这块布的意义是为了防止枪口的冲击波掀起来尘土，暴露狙击位置。狙击作战的每一个细节都必须考虑好，因为狙击手非常脆弱，只要暴露位置就可能死无葬身之地。在集训的时候，他们都开玩笑说用大口径狙击步枪进行狙击，是敢死队任务，因为多大一块布都无法抵消枪口的巨大冲击波。大口径狙击步枪的射击造成的动静，不会亚于40火发射的瞬间。所以严林反复叮嘱他们："用这个玩意儿，打了就赶紧跑！跑得越快越好，枪不要了！你拖着枪就是死路一条！"其实不用他说都知道，都是兵油子——如果在战争当中，对付大口径狙击步枪的狙击手，只要发现敌军通常的办法就是炮火覆盖，死无全尸。

而执行这种定点清除的任务，相对要好得多。暴露目标的机会小，对方也没有重武器。只要不被狙击手锁定，基本上还是能逃命的。当然要是乱枪扫射，被流弹招呼了，那就是你命衰，活该倒霉。

韩光的担心一点都没有消失，他最大的担心就是蝎子——十个小时，蝎子只要有一点预感，很容易就能判断出来狙击手潜伏的位置。接下来就成为混战了，任务注定无法完成。把希望寄托在对手的麻痹上，这是韩光非常不愿意做的事情。

但是还是那句话——他不是指挥者，他的队长也不是指挥者。

他们是执行者，或者说——是提前给这两个货色执行死刑的刽子手。

刽子手，是不能有思想的。

9

阮文雄抱着阿红，坐在房间的角落里面。这里远离窗户，也是外面观察的死角。阿红还在哭泣，趴在他的胸前："对不起……"

阮文雄的脸色铁青，没有任何表情。他已经知道了警方的全部计划，也知道狙击手已经渗透进来，准备明天中午十二点开始狙击，目标有两个人——林海生，还有他自己。他不用动脑子都能想到，执行这样的山地丛林狙击作战，警察和武警的狙击手根本胜任不了。他们只有从没有路的原始森林穿越，才能到达金海镇的外围潜伏下来。开玩笑，警察或者武警做得到吗？他们的训练科目里面有野外生存和山地穿越吗？他们能够忍受这样长时间的孤独、疲惫、寂寞和恐惧吗？——只有军队的狙击手，还得是特种部队的狙击手，才能胜任。

严林……他的脑子当中闪过这个名字。

现在距离天亮还早，他还有时间思索对策。如果两个狙杀目标，必须有两个狙击小组。他们会潜伏在哪里？只有奶头山，一侧一组。一组是严林带队，另外一组会是谁呢？他在脑海中闪过中国陆军特种部队的军官资料，这是 AO 的资料库里面的绝密情报，其详细程度并不比中国陆军的军官档案差，甚至还要更详细——因为档案里面是不会写行动细节的，但是 AO 的资料会有行动细节。

……林锐。

一个名字闪现在他的脑海当中。

林锐，中国陆军狼牙特种大队特种作战一连连长，突击队员、狙击手、指挥军官……执行过各种秘密任务，擅长轻武器使用、狙击战术、特种作战指挥……南京国际关系学院特种侦察和特种指挥系在职研究生，曾经赴以色列学习特种部队指挥和作战，成绩优异，犹太人把他叫作"来自东方的野小子"……有山地丛林、城市街区、荒漠高原等各种复杂地域的狙击作战和特战分队作战经验……

阮文雄的额头上，逐渐渗透出来冷汗。

如果是严林加林锐的狙击小组组合，自己真的很难有把握成为赢家。何况他们潜伏起来，占据了狙击作战的先机。两个狙击小组，还有两个观察手，一定也是他们最好的队员。还很难说，山里有没有潜伏更多的作战队员准备突击行动。靠这些豆腐一样的乌合之众……

阮文雄感到了恐惧，深深的恐惧。

他看阿红："为什么你要告诉我？你准备了这么长时间，就为了等待今天。"

"因为……我爱你……"阿红颤抖着哭着说，"我没想到，你不碰我……你是个好人……"

阮文雄抱紧阿红："他们答应你什么？"

"他们没有给我开条件，是我自己愿意的……我要毁了这里，毁了他……"阿红哭着说，"他们不是人，他们不是人……我就算死，也要毁了他们……我没想到，我遇到了你……"

阮文雄沉默一会儿："他们是不是答应你——等到行动结束，送你回越南？"

阿红哭着点头。

阮文雄看着她："你想回越南吗？"

"我想回家，我想妈妈……"阿红的脸因为抽泣变得扭曲。

"听着，如果你想回越南，照我说的做！"阮文雄认真地说，"这不是你的世界，你不该在这里！我没有能力带你回越南，但是——他们有能力帮你回越南！你按照他们教给你的去做，你会回到越南的！"

"可是他们要杀了你……"阿红抱住阮文雄。

"那些不重要！"阮文雄说，"他们杀不了我的！你听我的，跟警方合作！你可以回到越南！"

阿红看着阮文雄："你真的不会死？"

阮文雄肯定地点头："不会！——你回越南！"

"那我还能见到你吗？"阿红眼巴巴看着阮文雄。

阮文雄看着阿红，片刻，点头。

"真的？"阿红问。

"我不会骗你的，你是我的女人……"阮文雄抱住了阿红。

阿红幸福地哭起来。

而阮文雄则在心里，琢磨着对付面前这个危机的计划。

10

天色拂晓，韩光突然一下子精神起来，抱紧了狙击步枪。他的瞄准镜里面出现一个穿着 87 丛林迷彩服的小个子彪悍男人，戴着一顶越南军队的盔式帽！韩光立即低声说："九点钟方向，院内，可疑目标！"

蔡晓春急忙睁开惺忪的睡眼拿起激光测距仪："戴着帽子，看不清脸！"

韩光瞄准这个男人："他是军人出身！走路也毫不松垮，他的身态说明这一点！"

蔡晓春在观察着。

男人摘下盔式帽，天太热，他拿帽子扇风。

蔡晓春看清了："蝎子！是蝎子！"

韩光的十字线稳稳套住了蝎子的眉心，稳定呼吸。

"A1，B2 报告——蝎子出现！完毕。"

"收到，注意观察。完毕。"林锐回答。

韩光瞄准蝎子，却没有射击。按照计划，他们两个小组要一起狙杀目标，任务才算完成。现在只有一个目标出现，不能进行射击。他瞄准蝎子，蝎子好像什么都不知道一样，走着，也停下来跟枪手说着什么。

"那是西贡玫瑰。"蔡晓春的激光测距仪对着楼房的窗户。

穿着红衣服的阿红站在床前晾衣服。穿红色衣服是跟警方约定的暗号，防止被误杀。她晾完衣服，然后关上窗户消失了。

"他们住在一起？"韩光说，"那是蝎子的房间！"

"看样子是——一个越南雇佣兵，一个越南女人，他乡遇故知，瘸驴配破磨。"蔡晓春不屑地说。

"我们被出卖了！"韩光断然说，"A1，B1 呼叫。有问题，西贡玫瑰和蝎子住在一起！完毕。"

"收到，我跟指挥部联络。"林锐也注意到了，"申请取消行动，你们准备撤离，注意警戒！一定要注意蝎子的动向，当心狙击手！完毕。"

"收到，完毕。"韩光继续观察蝎子。

林锐转到指挥部波段："指挥部，这是 A1。我申请取消行动，现场情况超出我们预料，存在行动隐患。完毕。"

"这是指挥部，什么行动隐患。完毕。"温总队回答。

"西贡玫瑰和蝎子有特殊关系，我们认为构成对狙击手分队的客观威胁。完毕。"

林锐回答。

"这个情况我们早就掌握,没有对你们构成威胁。西贡玫瑰给我们提供了蝎子最详细的个人情报,我们认为她是可靠的。完毕。"温总队的话毫不犹豫。

"指挥部,为什么不告诉我们?"林锐压抑内心的怒火,"这是非常关键的情报,我们要确定西贡玫瑰的可靠性!完毕。"

"我说过了,警方判断,她是可靠的。完毕。"温总队不容置疑地说。

"A1认为威胁已经形成,建议行动取消。"林锐坚持说,"希望指挥部批准。完毕。"

"A1,我们的警方机动力量已经到位,你知道我们等了多久?"温总队也火了,"我们等的就是今天!我们上千的警察和武警部队已经到位,就在等待你们的一声枪响!就为了这个我们早就掌握的情况,你们就要取消行动?我同意取消你们的行动,我派人替换你们!完毕。"

林锐深呼吸,这是一个非常强硬的态度。

"林队,怎么办?"孙守江问。

林锐咬牙:"我们的任务是配合警方行动……既然他们做出了判断,我们执行吧!提高警惕,准备混战吧。我们不上,他们再派的人会死得很惨!赌也要赌一把了,坚持到中午!"他按下电台通话键:"指挥部,A1同意继续行动,但是希望直升机随时准备支援。如果发生意外,我们需要迅速撤离!完毕。"

"指挥部收到,"温总队的话缓和下来,"我们会做好应变准备,你们放心执行任务。完毕。"

"通话结束,完毕。"林锐转换波段,"B1,这是A1。狙击任务继续,保持警惕。完毕。"

韩光纳闷儿:"A1,重复一遍命令?完毕。"

"B1,任务继续,保持警惕。完毕。"

韩光愣了一会儿:"B1收到,完毕。"

"搞什么名堂?"蔡晓春纳闷儿,"我们要是暴露了怎么办?"

"林队有难言之隐,我们只能继续。"韩光说,"设置地雷,我们要准备混战。"

蔡晓春拿出地雷悄然滑下去。

韩光重新瞄准蝎子,他的心里有一种恐惧,但是必须压制下去。

蝎子没有躲闪,他已经分析出来,狙击手不会射击。因为他们要打两个人,除非两个人同时出现,否则不可能开枪射击。所以自己的脑袋虽然在严林的枪口下面,但是起码现在还是安全的。蝎子大摇大摆地继续自己的日常工作,就在两支狙击步枪的枪口下面晃。

他今天专门戴了一顶盔式帽,这肯定会勾起严林痛苦的回忆。他都可以想象出来,严林此刻的情绪波动，打过仗的老兵都是这样的，他现在见到 M60 机枪也有一种说不出来的不舒服。

阮文雄大摇大摆，甚至还在韩光的瞄准镜里面坐下来，抽烟擦枪。

在细致地擦完自己的狙击步枪和手枪以后，他组装完毕又背在身上，大摇大摆地往屋里走。黄毛在宿舍睡觉，还流着哈喇子。阮文雄踹了他一脚，黄毛睁开眼急忙起身："教官！"

"你的进步很快。"阮文雄说。

"教官栽培的。"黄毛笑。

阮文雄摘下自己的帽子，很庄严地说："知道这是什么吗？"

"你的帽子？"

"跟随我多年，是我的纪念品。"阮文雄笑笑，"我把这个送给你，希望你能成为最好的狙击手。"

咣！帽子扣在黄毛脑袋上。

黄毛很兴奋："谢谢教官！"

"努力吧，中午开饭，你去喊队。"阮文雄说，"我有点不舒服，今天上午休息了。"

"是！教官！"戴着盔式帽的黄毛敬礼。

阮文雄笑笑，转身出去了。

11

"你相信蝎子没有感觉吗？"韩光用目光跟着蝎子进了楼。

"西贡玫瑰看来真的没有出卖我们。"蔡晓春在观察周围的动静，"没有什么异常，他们的警卫还是很松散。"

"如果我是蝎子，我会有感觉。"韩光淡淡地说，"这是一种直觉，他这样优秀的狙击手，不该没有这种直觉。"

"我不相信任何超现实的东西。"蔡晓春还在观察，"我只相信我的眼睛。"

"看见的，未必是真实的。"韩光继续观察。

"如果看见的都不是真实的，那什么是真实的？"

"一切都是假的，只有直觉是真实的。"韩光说。

"如果直觉错了呢？"

"直觉错了，也该挂了。"韩光思索着。

"那这次蝎子的直觉可能错了，该他挂了。"蔡晓春说，"排长，你要是没把握，换我来。我保证一枪爆头，绝对不留下后患！"

"没那么简单，蝎子能从这么多年的枪林弹雨闯荡过来，他有自己的一套。"韩光担忧地说，"我们现在没别的办法，只有等待。"

中午十二点逐渐到来。

除了哨兵，警卫连开始集合，准备吃饭。林海生是军人出身，所以警卫连饭前要集合唱歌，唱《三大纪律八项注意》，唱《过的硬的连队过的硬的兵》。

这个时候，阮文雄和林海生都在场。

阮文雄要整队，林海生要训话。

黄毛戴着盔式帽在喊队："向右看——齐！向前——看！"

韩光的狙击步枪准确地套住他的脑袋，盔式帽不防弹，一枪爆头绝对没问题。

林锐则在等待，等待林海生的出现。

一群保镖的簇拥下，林海生终于出现了。

"B1，两个目标同时出现，准备射击！完毕！"林锐说。

"B1收到，准备射击。完毕。"韩光做好了射击准备。

蔡晓春："看来蝎子这次真的是该挂了，可惜了，一代枭雄。"

韩光没说话，心里的直觉非常不好。

"你怎么了？不高兴？"

"我的直觉告诉我——这不是蝎子。"韩光淡淡地说。

"我仔细观察了，他也是军人作风，整队很利索。"

"我说了，这是我的直觉……我希望是错的。"韩光还在瞄准。

林海生走过来，纳闷儿："那越南人呢？干吗去了？今天罢工了？"

"报告！蝎子教官今天身体不舒服，休息了。"黄毛利索敬礼，报告。

林海生点点头："是，昨天晚上折腾一晚上，今天是得休息！"

保镖们哈哈大笑，林海生在阮文雄房间安了窃听器，所以他们都听得很清楚。只是都不懂越南话，所以也不知道他们声泪俱下在说什么。林海生只懂最简单的缴枪不杀之类的，这种男女之间的情话属于高难度了。

黄毛就说："请海老板训话！"

林海生就走过去，准备训话："同志们——"

林锐已经瞄准了林海生。

孙守江在报告："风向东南，风速5米／秒，距离891米！"

林锐扣动扳机。

砰！

林海生眉心中弹，爆头，仰面栽倒。

黄毛还没反应过来，第二声枪就响了。子弹打穿了盔式帽，打在他的眉心。黄毛咣当倒下，周围一片混乱，都在四处乱跑，胡乱开枪。

"撤！"林锐厉声命令。

孙守江收拾好观察仪器，跟着林锐跑进林子。

韩光和蔡晓春已经提着武器，转身跑入丛林。

任务进行得非常顺利。他们在半个小时内跑到了预定接应的谷地，一架直升机已经在等待。

四个人跑过去，警察在上面接过他们的背囊和装备，伸手拉他们上来："太棒了！特种兵好样的！"

韩光被拉上直升机，蔡晓春和孙守江还在回忆行动细节，找警察要烟抽，都是兴高采烈。

韩光却没有笑容，看着外面掠过的丛林在想着什么。公路上，可以看见开进的警察车队和武警车队。

林锐看韩光："你在想什么？"

"蝎子。"韩光说。

"你不是打死他了吗？"

韩光摇头："我在想他为什么要这样做。"

"什么？"林锐不明白。

"他出卖了自己的老板。"韩光说，"他为什么要这样做？仅仅因为害怕我们？"

"你是说——被打死的不是蝎子？"林锐明白过来。

"不是蝎子，我的直觉告诉我的。"韩光说，"他没有那么笨，那是个替死鬼。我要执行命令，所以我只能开枪击毙他。蝎子一定已经跑了，我们这次没有抓住他。"

"你怎么断定？"林锐问。

"直觉，"韩光看着外面，"我的直觉——我们很快就会得到答案了，不会是蝎子。"

林锐看着他："如果你错了呢？"

"不会错的，我越来越坚定。"韩光理清了思绪，"他戴盔式帽，有一个很强的心理暗示。他以为我是严教，按照他的思维逻辑，一定会是严教对付他。他戴上盔式帽，就是为了让严教陷入过去的情绪，失去思考的理智。我怀疑，但是我没有权力取消行动，我只能执行行动——那一定是个替死鬼，他跑了。"

林锐看着他，没说话。

韩光看着外面的丛林："他在林子里，我们再也找不到他了。"

第五章

1

温总队看着地上的黄毛尸体发傻，小半个脑袋飞掉的黄毛惨不忍睹。但是脸部下面还是显示出来，这不是预定计划里面的雇佣兵"蝎子"。法医还在忙活，盖上白布往车上运。周围都是警察和武警，被缴械的散兵游勇双手抱头跪在院子里面，由武警持枪看守着等待运走。

温总队站起来："封锁所有出关口岸，他要出境！把我们在海边的关系都用起来，通知海警严密监控，小心他偷渡！"

"是！"一个处长答应着跑向指挥车。

那边的屋里面，情报支队支队长面对哭泣的阿红："你不要着急，慢慢说。你是帮了我们的，我们了解清楚情况以后，就送你回家。"

温总队冲进来："告诉我，这是怎么回事？！"

阿红看着他，张嘴没说话。翻译就翻，温总队打断他："她在国内两年多了，听得明白！说吧，这是怎么回事？蝎子人呢？"

阿红不敢说话，只是哭。

温总队："你告诉他了？对吗？"

阿红不说话。

温总队："我们信任你，你怎么能这样？！"

"他是好人，他不是畜生！"阿红用不流利的汉语喊。

"他违反了中国法律！"温总队说。

"但是他没有欺负我，他是好人！"阿红说，"他是我的……男人！"

温总队看着她，没说话。

"再说，他也没有阻拦你们，只是不想在这里送命。"阿红哭着说，"他只是想活下去，他也恨这里！他成全了你们，你们为什么还要追着他不放？"

温总队很难跟她解释，转身出去了。情报支队支队长出来："温总队，拿她怎么办？"

"能拿她怎么办？……"温总队苦笑，"她毕竟帮我们除掉了一号目标……跟越南警方联系，送她回国。该给的奖金一分不少……"

情报支队支队长黯然："是我的错，我没预料到……"

"不是你的错，蝎子虽然是个雇佣兵，但是这点我佩服他——是条汉子！"温总队感叹。

情报支队支队长看他："这不像你，温总队？"

"我有时候也想，这样的角色，不是我们对付得了的。"温总队看着丛林说，"阿红有一点没说错——他没有阻拦我们的行动，只是想活命。"

"他还会再来国内吗？"

"鬼知道！"温总队转身，"给省厅报告，我们已经大获全胜！蝎子的事情不要提了，他本来就不是这个世界的人，现在只是回到自己的世界罢了。我们抓不住他的，收队！"

2

渔船在公海上漂荡，黎明的海面上风平浪静。阮文雄穿着渔民的衣服，站在船头。中国领海已经距离自己越来越远，一切危险都过去了。渔民在开船，这是加装大马力发动机的渔船。外部看不出来任何改装，是阮文雄精心选择的逃亡路线。

"北部湾。"

阮文雄看着海面。

大海那边是祖国，然而自己的祖国已经不再欢迎他。雇佣兵没有祖国——阮文雄苦笑一下，拿出一根烟，用 zippo 打火机点着了……穿越丛林，到达山外某地，然后开着早就准备在那里的一辆破旧越野车到达海边渔村，中间没有遇到任何阻拦。这在他的意料之中，因为中国警方不会想到会有人能从这片原始森林穿越，而特种部队只是配属执行狙击任务的，只是执行者不是指挥者。他安然无恙地利用假的身份证、驾驶证混过警方的盘查。他跟当地百姓长得太像了，以至于谁都没想到把他的资料比对一下，看看真伪。接着就是找到这个渔民，上船离开。

公海已经到了，自己安全了。

阿红……肯定也是安全的，警方不会难为她，会把她送回国。

"来找我……"早晨天亮的时候，阿红贴着他的耳根，哭着说。接着告诉了他，她家的地址和所有的联系方式。阮文雄答应了，但是他也知道很难兑现。自己会不

103

会冒着危险去找一个萍水相逢的女人？显然是不可能的。

跟世界上所有的政府一样，越南政府也反感雇佣兵。且不说越南战争期间，被美国中央情报局招募的雇佣兵都干了些什么坏事儿；任何一个政府都不会喜欢自己以前的军人现在成为雇佣兵的。阮文雄当然知道，他的这种行为属于叛党叛国叛军。当时他想转业，但是不批准，于是他选择了当逃兵。

他相信越南情报机关已经知道他的底细，也相信只要自己踏上越南的土地，就会被无所不在的情报机关监控。然后呢？……刑场的一颗子弹？二十年的监狱？不知道，也不敢想。他现在的身份不是越南人民军上尉，而是一个雇佣兵，有效护照是尼加拉瓜的，是真的……想在南美的小国家办个真护照，其实很简单，有钱就可以了。

阿红，我永远也见不到你了……

阮文雄向着越南的方向，默默地念叨。

一艘外籍货轮在前方鸣响汽笛，阮文雄转脸看去。他看见了利特维年科上校，站在货轮上朝着自己招手。15分钟后，他登上货轮。在甲板上，他有些内疚。利特维年科上校却抱住了他："祝贺你，蝎子！你再一次证明，你是最好的！"

"我的雇主挂了。"阮文雄说，"我没保护他。"

"AO跟他的合同里面，你只是负责训练，没有保卫任务。"利特维年科上校笑着说，"我很高兴，你的头脑够聪明，没有跟他同归于尽。"

"万能的合同。"阮文雄苦笑，"我该感谢AO的律师。"

"这是法律社会，蝎子！"利特维年科上校说，"我们只按照合同办事，而且这次属于合同当中的不可抗力——政府行动，我们AO全体出马也不是中国政府的对手，所以我们没有任何责任。"

"谢谢你专门来接我。"阮文雄说。

"我要祝贺你——你复职了。"利特维年科上校笑着说。

"什么？"阮文雄不太相信自己的耳朵。

"由于你的这次出色脱逃，显示了你秘密行动的过人素质。"利特维年科上校说，"加上我的一再坚持，董事会已经批准——你重新负责秘密行动。"

阮文雄笑笑："肯定是有什么硬骨头，他们料理不了了。"

"你说得没错，非洲。"利特维年科上校说。

"我爱火热的非洲。"阮文雄讽刺地笑着，"那里也非常热爱我的命，几次想要，我都舍不得给。"

"这次也一样的，你会安全的。"利特维年科上校说，"休息几天，到开普敦听简报。你的小队会在开普敦和你集合，他们已经在非洲了。"

"到岸我就走。"阮文雄说,"我不能把小队自己丢在那里——告诉我,他们都活着!"

利特维年科上校黯然地:"Stevens挂了。"

"妈的!"阮文雄痛心疾首,"怎么回事?"

"情报准确,指挥失败。"利特维年科上校说,"Stevens主动留下狙击敌人,挂了。"

"这群猪头就不能派更聪明一点的人去指挥吗?"阮文雄怒吼。

"所以他们想到了你,蝎子。"利特维年科上校说,"你是不可替代的,AO需要你挽回这次在非洲的失败。"

阮文雄急促呼吸着,看着利特维年科上校:"AO需要我?!"

"我需要你。"利特维年科上校看着他的眼,"我承担了这次失败的责任,我需要你去胜利!"

阮文雄这才平静下来:"好吧,我去……Stevens的抚恤金,一分都不能少!"

"我亲自负责。"利特维年科上校张开双臂,"现在,让我来拥抱我最勇敢也是最出色的学生!"

阮文雄跟利特维年科上校熊一样的身躯拥抱。

"你——蝎子,永远是最棒的!"

货轮在公海上行驶,鸣响汽笛。

3

严林对于阮文雄能够逃脱不感到意外:"老温的脑子进水了,怎么能想出来这么个混招?蝎子这种货色,一天到晚都琢磨怎么爆别人的头,他怎么会轻易被别人爆头?"

"如果没有那个女人坏事,这次蝎子肯定挂了。"

蔡晓春沮丧地说。

"怎么你一点长进都没有?"严林看他,"没打着就是没打着,跟别的没关系。战争是无数偶然因素在起着作用,永远没有如果的假设!"

"是,严教。"蔡晓春说。

"蝎子没打算帮他,从一开始就是准备逃命。"林锐说,"如果他真打算跟我们为敌,说实话,我们在山上倒是很危险。他很容易就能找到我们,到时候肯定是一场混战。"

"他改变不了事情的结局,"严林说,"蝎子很聪明,他已经算计好了。这不是黑吃黑的谋杀，是政府的定点清除。你们背后是强大的中国警方和武警部队，就算对付了你们四个，更多的大部队压来，他还是要逃命。他不想在这里陪葬，所以想了这么个招数。那个女人呢？"

"据说送回越南了。"林锐说。

严林点点头："可惜我不是国际刑警，否则我会派人死死盯住那个女人。"

"蝎子会去越南找那个女人吗？"孙守江纳闷儿，"为了这么个女人，值得吗？"

"你谈过对象没有？"严林问他。

"还没。"孙守江脸红，"高中的同桌算不算？就拉过手。"

"所以你不了解，什么是——爱情的力量。"严林开玩笑地说。

"不，蝎子不会去找她。"一直沉默的韩光说。

大家都看他。

韩光看着大家："我认为确实该盯着那个女人，但是蝎子不会去找她。"

"那盯着有什么用？"林锐纳闷儿。

"那个女人会去找他。"韩光说。

严林想想："聪明！——通过那个女人去找他！"

"可惜我们都不是国际刑警，这些跟我们没关系。"林锐笑着说，"还是操心我们自己的事儿吧！"

大家都笑。

"我有个事情，跟你们三个谈。"林锐说。

仨人都严肃起来。

"别那么紧张，不是任务。"林锐笑笑，"严教，你说吧？"

严林看看三个学生："你们三个是这次集训队成绩最好的队员，你们热爱狙击手战术，并且表现出来很好的天赋。"

仨人都看他。

韩光和蔡晓春还都冷静，孙守江有点纳闷儿：我什么时候有狙击手的天赋了？

"最近我大队有个新的举措，已经得到总部批准。"严林说，"你们三个可以考虑一下，不要着急答复我——狙击手连。"

仨人抬眼看他，狙击手连？

"狙击手连——狼牙特种大队的独立直属连队。"林锐说，"全部由狙击手组成，也与其他连队交叉训练分队合作等。这个连队编制不大，主要都是干部和老兵，主要任务就是狙击手训练和作战，并且负责培训全军各个特种部队的狙击手，带有教官队伍的性质——你们有兴趣吗？"

仨人都没说话，在思考。

"你们都是本部队的精英，说了让你们好好考虑。"严林笑笑，"愿意留下就留下，不愿意就回去。狙击手连的训练肯定是非常艰苦的，而且实战也比其余的连队多，危险性也是有的。所以你们确实需要好好考虑考虑，回去吧。"

仨人起身。

韩光看着他俩："报告，我愿意参加。"

林锐笑笑："回去考虑好了再跟我谈，我是狙击手连的连长。"

"是。"韩光敬礼，转身出去。

蔡晓春犹豫了一下，跟着出去了。

孙守江在那纳闷儿："林队，严教——我有个问题……"

"你说。"林锐心情很好。

"我什么时候变成有天赋的狙击手了？"孙守江诚恳地说，"除了胡搅蛮缠，我别的都不擅长……"

"胡搅蛮缠也是需要天赋的。"严林笑眯眯，"也就是说——你会是个出色的观察手，在狙击手遇到危险的时候，你的胡搅蛮缠会帮助两人摆脱险境。"

"哦，我明白了！"孙守江释然，"也就是说我是天生的观察手吧？"

两人笑，林锐说："对！天生的观察手！"

"我干！"孙守江说，"一枪爆头我不一定有把握，要说捣乱——我有把握！"

严林和林锐哈哈大笑。

4

结束了一天的训练，晚饭后有半个小时的自由活动时间，然后是狙击技术课，要在教室上。所以队员们都轻松很多，有的在写信，有的在聊天。蔡晓春坐在兵楼外的双杠上，看着远处的落日出神。

他确实面临一个艰难的选择。

韩光走过来，敏捷地上了双杠，坐在他的对面："在想什么？"

蔡晓春看着落日，长出一口气："我在想，我该不该去狙击手连。"

韩光递给他一块口香糖。狙击手都很少抽烟，一般都是嚼口香糖。蔡晓春接过来，塞在嘴里嚼着，还是在想心事。

"你回去，就该提干了。"

韩光一语道破了蔡晓春的心事。

"嗯。"蔡晓春说，"我是在想这个事情……排长，你们都是干部，我是个兵。不管怎么说，你们可以在部队干很多年；而我，到了年头不转志愿兵的话，就得退伍。可是你知道，我不甘心当个志愿兵。"

"这些事情，我也不知道该说什么。"韩光说，"你自己把握。从内心深处说，我希望我们还在一起，这样我会不断地提高；但是如果为你考虑，我希望你回去，成为军官。你毕竟二十一了，要为自己的未来考虑了，而且你应该得到更大的发展平台——我看好你。"

蔡晓春看着他："可是我想赢你。"

"傻。"韩光笑笑，"你回去，我们还能遇到。演习，集训，我们都会遇到。你一样有机会可以赢我。如果你闲着无聊，就来找我，我们可以去训练场比画比画——都在特种部队，你怕这个机会少吗？"

蔡晓春在思考着。

"说一千道一万，都不能代替你自己的决定。"韩光说，"其实我清楚，如果没有我的到来，你现在已经是少尉了。现在我决定留下，你……"

"不！"蔡晓春跳下双杠，"我不要你施舍我！有你没你，我都该是少尉！我决定了，留在狙击手连！"

韩光纳闷儿地看他："这么敏感？你至于吗？"

"至于。"蔡晓春严肃地说，"我是一个枪手，我要堂堂正正地赢你！我是一个兵，我也要堂堂正正成为军官！我不要你施舍的位置，我不需要！"

韩光也跳下来："这不是施舍！这是战友之间的谈心，谈心！你懂吗？！我是关心你，不是侮辱你！"

"在我眼里，这就是施舍！"蔡晓春说，"因为你来了，所以我没有提干；因为你走了，所以我提干！这不是你的施舍，是什么？"

"蔡晓春，一班长！"韩光苦笑，"我韩光什么时候说过侮辱你的话？你自己想想，这是军队的现实！跟别的没关系，没关系！你不要把所有的关心都当作施舍，你不用那么敏感！我知道你很高傲，我也一样！但是我不会敏感到把所有人的关心，都当作施舍！"

"排长，你说的道理我都懂。"蔡晓春冷静下来，"但是我决定留下来——我要成为最好的狙击手！不是因为你走了，我是最好的；是因为你还在，我是最好的！"

韩光看着蔡晓春："我今天才意识到，我真的说错话了……对不起。"

"不用说对不起，排长。"蔡晓春说，"我们是战友，但是我们也是对手——我一定要赢你！"

韩光看着蔡晓春："你要知道，难度很大。"

"你怕了？"蔡晓春笑。

"我怕？"韩光也笑，"你觉得可能吗？"

"那我就留下！挑战你！"蔡晓春说，"至于说提干，我相信我在狼牙特种大队一样可以提干！我就不相信，我蔡晓春当不了军官！——今天，你是我的排长；明天，我会是你的连长！"

韩光苦笑："我欣赏你的自信——但是我现在真的很后悔，我说错话了。"

"你没说错，我没有提干是因为你来了。"蔡晓春说，"所以我回去，即便提干了，山鹰特种大队永远会流传——蔡晓春是因为韩光走了，所以当了排长！我不要任何人看扁我，我要做堂堂正正的军官！而且，要做最好的狙击手——超过你！"

韩光点点头："这是你的决定，别人无权给你做决定。无论你怎么决定，我都支持你——因为，我们首先是战友！"

"也是好兄弟！"蔡晓春举起右拳。

"好兄弟！"韩光举起右拳。

两个拳头撞击在一起。

"我去找严教！"蔡晓春转身就跑了。

韩光看着他的背影，发呆。孙守江提着小马扎拿着笔记本出来："哎，你俩又干吗呢？促膝谈心？"

"我真的说错话了。"韩光很懊悔。

"什么啊？"

"他太敏感了。"

"谁啊——蔡晓春？那就是个典型的山炮，你没事招惹他干吗？"孙守江纳闷儿。

"他不是山炮，他是太高傲。"韩光担心地说，"他这样的个性，很危险……"

"什么就一出是一出的？"孙守江纳闷儿。

"走吧，我们该上课了。"韩光拍拍他的肩膀，拉着莫明其妙的孙守江走了。

那边，严林听蔡晓春说完了，问："我看过你的资料，你应该回去就能提干了——在狼牙特种大队，已经很少有战士提干的先例。这里的战士想提干，要考军校的。部队的习惯和传统不一样，你自己要明白——加入我大队狙击手连的代价是什么。"

"我想好了。"蔡晓春果断地说，"如果不能提干，我可以去考军校！"

严林看着他："你想跟韩光在一起？"

"是！"蔡晓春不否认。

"你想赢他？"

"是！"

严林看着蔡晓春："你的好胜心超过我的预料，原因呢？"

"我要做最好的狙击手！"

"可是这个世界上没有'最好的狙击手'。你这么聪明,不明白吗?"

"但是现在,他比我强!"蔡晓春说,"只有他比我强,所以我想赢他!"

严林看着他:"我欣赏你的斗志,不过这是关系到你个人前途的事……"

"严教,我都想好了!"蔡晓春说,"我要成为最好的狙击手!至于我以后能不能提干,能不能考上军校,都不重要了!"

"赢他,对于你那么重要吗?"严林问。

"严教,您说过——战场上,只有第一名的狙击手,没有第二名的狙击手。因为,第二名的狙击手已经被爆头了!"蔡晓春说,"我要成为第一名!"

严林想想:"我原则上同意,但是——我给你时间,距离集训结束还有三天,你还可以考虑考虑。"

"我想好了,严教!"蔡晓春说,"我愿意加入狙击手连!"

严林看着蔡晓春,没说话。

蔡晓春的目光炯炯。

5

最后一天的集训变得简单起来,早上的 5 公里跑过以后,就是让大家擦枪,准备服装装具,往脸上画迷彩油。严林告诉队员们:"今天上午是结训典礼,有首长要莅临视察,随机抽人汇报表演;中午会餐,下午你们就归队,你们部队派车来接你们。收拾一下吧,祝贺你们——结束了!"

队员们欢呼。

孙守江冒出来一句:"严教,那谁是刺客啊?"

严林笑眯眯地看他:"你说呢?"

潜台词是——这还用问吗?

大家都看韩光,蔡晓春站在韩光身边,没有看他。韩光也没有看任何人,目视前方。

孙守江嘿嘿一笑:"我倒是想当,可我也得有那个水平啊?"

大家哄笑。

"你做观察手是很有前途的,继续努力。"严林笑笑,"回头我给观察手也分个荣誉级别,你肯定是第一名。"

"啊?谢谢严教!"孙守江兴奋地说。

"去准备吧!——今天来的可是非常重要的首长!"严林笑眯眯地挥手。

队员们一哄而散,在宿舍收拾行装,收拾自己。除了三个要留下加入狙击手连的队员，其余的都准备各回各家各找各妈。

韩光看看在检查武器的蔡晓春："你还有机会回去。"

蔡晓春面若冰霜，把武器拆卸擦拭："我已经决定了。"

韩光不再说什么，他觉得说得越多对蔡晓春的伤害就越大，转身去检查自己的武器。

孙守江在检查自己的狙击步枪和自动步枪，现在每个队员有了四把长枪——JS型 12.7 毫米狙击步枪，85 式 7.62 毫米狙击步枪，88 式 5.8 毫米狙击步枪，95 式 5.8 毫米自动步枪——所以他蹲在那里就发愁："怎么我觉得咱们越来越像枪贩子了？"

韩光检查完自己的武器，往脸上画了迷彩油，开始穿吉利服。大家都把自己搞得跟毛毛熊似的，今天上午首长要来，这是军队必备的门面功夫。田小牛在外面吹哨子，一群毛毛熊就前面提着武器，背后背着背囊鼓鼓囊囊"滚"出了兵楼。几辆伞兵突击车已经在等待，大家上车就直接开往狙击战术训练场。

训练场上，已经布置好了中国军队传统的条幅——"欢迎总参首长莅临指导暨首届'刺客'狙击手集训队结训典礼"。严林穿着崭新的迷彩服，戴着黑色贝雷帽，胡子也刚刚刮过泛着青光。

林锐也是一样的装束，看着手表："他们也该来了。"

狙击手们列队，把武器在自己身体前面摆好，支开脚架撑好，然后站在那里。门面功夫还是要做的，田小牛嘶哑嗓子指挥狙击手们站成三个方阵，展现军威——第一方阵狙击手手持大口径狙击步枪，第二方阵狙击手手持 85 式狙击步枪，第三方阵狙击手手持 88 式狙击步枪。这样看上去十分整齐威武，但是列队当中孙守江嘴唇哆嗦："完蛋了！"

"怎么了？"韩光问。

"换枪以后我就没打过 85，枪都没校过！"孙守江说，"现在我拿着 85，万一首长点我，我不完蛋了？！"

韩光看看他，苦笑："你啊！马大哈！没事儿，首长未必点你呢！"

十几辆高级越野车就高速开入训练场，打头的一辆是伞兵突击车，上面坐着雷大队。车队在观礼台前停稳，然后大家陆续下车。狙击手集训队员们都开始笑，因为后面下来的是各自大队的大队长或者政委，这是来接他们的。但是随即不敢笑了，因为这些特种部队的部队长都跟钉子似的站得笔直，在一辆高级越野车边列队站好了。

车门打开，带车干部先下来——我操！大家眼都直了。带车干部是陆军少将！

陆军少将、前狼牙特种大队大队长何志军下车，然后利索地去开后车门。

一个头发花白的将军下车，戴着眼镜，一派儒将风度。他转向那群毛毛熊，何志军少将在旁边汇报："这是第一届狙击手集训队的受训队员，他们也是全军特种部队狙击手的种子教官。"

老将军点点头，走向这群狙击手。

将校们在后面都跟着。

集训队员们越看越眼熟，在哪里见过。孙守江睁大眼，看见肩章是三颗金星星——我操！陆军上将！紧接着看明白了，眼熟的原因是电视里面见过。

林锐跑步上前，敬礼："报告！副总长同志，中国陆军特种部队首届'刺客'狙击手集训队全体受训队员集合完毕，请指示！值班员，集训队队长林锐！"

副总长还礼："稍息。"

"是！"林锐转身，面对狙击手们："稍息！"

狙击手们稍息。

副总长看着这群毛毛熊："同志们！"

狙击手们立正。

副总长还礼："稍息——我现在不想说什么，因为我不知道你们的水平怎么样。我想先看看你们到底如何，你们看怎么样？"

谁敢说不行？

林锐就说："请副总长同志抽查！"

孙守江的腿肚子就开始转筋，千万别抽我！

副总长左右看看，指着孙守江。

林锐："孙守江！出列！"

完了！孙守江觉得嘴唇发苦，咽下一口唾沫，还是出列了。

副总长看看他手里的狙击步枪，指着 200 米处的一个劫持人质的匪徒靶："知道你的任务是什么吗？"

"知道！"孙守江心虚地说。

"是什么？"副总长厉声问。

孙守江一紧张，脱口而出："营救匪徒！"

6

寂静。

副总长愣住了。

孙守江也愣住了，嘴唇都打哆嗦。

狙击手们都憋住笑。

林锐咬住嘴唇，不敢笑。

严林似笑非笑，比哭还难看。

副总长先笑出来："想笑就笑吧，别憋坏了。"

狙击手们哄堂大笑。

孙守江尴尬地嘿嘿笑。

副总长笑眯眯地："小同志，别紧张。去吧，我看看你的射击水平。"

孙守江硬着头皮，提着自己一直没校对的85狙击步枪跑步上前，卧倒装弹，准备射击。他的右手装子弹上膛的动作都打哆嗦，右脸颊贴在枪托的皮垫子上也在哆嗦。他深呼吸，稳定住自己，右眼贴在瞄准镜上。瞄准镜里面的倒V字对准了匪徒仅露出来的小半个脑袋，迟迟不敢射击。

林锐皱起眉头："怎么回事？"

孙守江没把握，没校对的枪，要进行这样的精确射击难度太大。他硬着头皮起立转身："报告！首长，我申请换枪！"

副总长纳闷儿："那不是你的枪吗？"

"报告，是我的枪。"孙守江硬着头皮说，"这支枪我一直没打，没校过。我一直在拿88狙击步枪训练，所以……"

"战场上，你跟敌人说——我申请换枪，合适吗？"副总长还是笑眯眯地，但是话已经说得很重了。

"不合适！"

副总长不再说话。

孙守江转身卧倒，妈的！横竖丢人也是这一次了！他举枪瞄准靶子上的匪徒头，稳定呼吸，虎口均匀加力。

砰！

子弹脱膛，打中靶子。

头部一个弹洞。

不过不是匪徒，是人质脑袋中弹。

孙守江傻眼了，狙击手们也都傻眼了。林锐和严林更不要说，脸色是非常难看。副总长也不笑了，但是还是保持着长者的尊严，没有发火。孙守江不敢吭声，还卧在那里。这次真的是丢人丢大了，丢到解放军副总长的面前了。

副总长沉默片刻："你起来吧。"

孙守江起身，提起狙击步枪转向副总长。

副总长拿过他的狙击步枪掂掂："枪是什么？"

孙守江低声说："战士的生命。"

副总长叹息一声："你成功地营救了匪徒。"

孙守江低头，不敢说话。

副总长举起狙击步枪,瞄准100米外的胸环靶,没想到动作居然很敏捷,很稳健!这让在场的所有官兵都傻眼了,孙守江更是害臊地恨不得钻进地底下。副总长保持立姿射击的姿势,瞄准胸环靶,稳定呼吸。

砰!

100米外的胸环靶上, 8环的位置出现一个弹洞。

副总长放下枪,喘气："老了……枪是有误差。"他转向狙击手集训队："你们谁有把握,用这支枪

——把那个匪徒给我击毙了?!"

都不敢吭声,别人的枪自己是没把握的。

"报告。"韩光出列。

"你有把握吗?"副总长问。

"有。"韩光的声音还是很低沉。

副总长把狙击步枪丢过去,韩光伸手接过,检查弹膛。

孙守江尴尬地说："都是我不好。"

韩光看他,笑笑："没事,集训队的面子我给你找回来。"

他走到射击地线前,仔细看看副总长射击过的胸环靶,然后转向人质靶。他却没有卧倒,还是立姿,迅速举起狙击步枪。

副总长看着他。

所有的官兵都看着他。

韩光找到了误差,几乎都没犹豫,抬起狙击步枪就扣动扳机。

砰!砰!砰!

连续三枪。

匪徒的脑袋被打烂了。

片刻的沉默之后,狙击手集训队员们开始欢呼："好!"

副总长厉声说："400米出现敌情!"

韩光趋前一步,跪倒跪姿射击。

连续三枪, 400米处的三个钢板靶全部被击倒。

副总长没有给他喘息的机会："700米处,敌直升机驾驶员!"

韩光直接卧倒,瞄准700米外的一个直升机模型,又是一枪。

直升机模型上的驾驶员靶子被击中,头部中弹。

"1200米外,敌坦克车长!"副总长紧接着喊。

韩光还有最后一颗子弹，他坐起来，盘腿坐好，依托自己的左臂架起狙击步枪，瞄准 1200 米外的一辆坦克。上面有个车长的草人，露出小半身。

"等等！"副总长喊。

韩光就没有射击，均匀呼吸。

"那坦克给我开起来！"副总长指着 59 坦克说。

林锐急忙拿起对讲机："保障，开动坦克！"

靶场地沟里面立即跳出来一个兵，跑步到坦克那里跳入驾驶舱。他熟练地开动坦克，掀起烟尘。

韩光没有动，还是继续瞄准。

"速度给我开到 60 迈！"副总长怒吼。

"是！"林锐拿着对讲机，"开到 60 迈！快！"

驾驶员急忙加速，坦克开得越来越快。

韩光调整瞄准镜上的焦距。

"首长，到 60 迈了。"林锐报告。

"可以射击！"副总长说。

韩光却没有立即射击，他伸手在地上抓起一把土，在自己面前松开手掌。

土从他的手心慢慢落下，被强劲的山风吹散。

韩光注视着土被吹散的方向，在心里计算着。他抬眼看着坦克周围被风吹动的杂草，举起狙击步枪还是坐姿。狙击步枪架在左胳膊上，随着坦克的移动在慢慢移动。韩光找到了提前量，果断扣动扳机。

砰！

子弹脱膛而出。

大家都屏住了呼吸。

1200 米的距离，是 85 狙击步枪的理论极限射程。已经不再是直线，而是抛物线。而且弹头还会受到风速、地心引力、温度、湿度等影响，对于狙击手来说，是非常的考验。而且这还是一把没有校对好的狙击步枪，存在误差。

弹头在空中旋转着。

啪！草人车长的脑袋被击中了，草人脑袋里面藏着的西红柿酱瓶子被打碎，脑袋四分五裂爆发出来血红的西红柿酱。

韩光稳稳呼吸着，保持坐姿狙击手射击姿势。

枪口还在冒烟。

寂静。

还是寂静。

片刻之后，副总长举起双手，鼓掌。

狙击手集训队员们欢呼起来："好——"

一群毛毛熊大呼小叫，活蹦乱跳。

韩光还是保持坐姿狙击姿势，脸色一样的沉稳，仿佛什么都没发生过一样。

7

副总长鼓掌了，林锐和严林就轻松了。接下来的汇报表演一路顺风，队员们也把自己的看家本事拿出来。无论是大口径狙击步枪反器材射击，还是小口径狙击步枪反恐怖射击，还是野外条件下伪装潜行、射击运动目标、控制目标区域……都表现出来平时的训练水平，体现了特种部队狙击手的职业化素质。

副总长也并没有就此不给孙守江机会，相反小口径狙击步枪反恐怖应用射击，孙守江成了副总长钦点的表演对象。拿到自己校对好的枪，憋了一口气的孙守江上蹿下跳，连连中靶，给自己找回了面子。

最后是韩光和蔡晓春的狙击步枪超射程射击。

这不是集训队队员都要训练的科目，而是严林给韩光和蔡晓春专门加码的小课科目。所谓超射程射击，就是在射击有效射程以外的目标。子弹依靠的不再是初速，而是在风速、地心引力等各种综合因素的作用下，命中目标。其实打出去的就是流弹，流弹可以击中目标，基本上是看运气；但是对于训练有素的狙击手来说，却不是运气，而是综合素质——判断、技术、演算能力等。

韩光和蔡晓春一人一把 88 狙击步枪，坐在射击地线前。

他们前面坐着两个观察手，步枪枪口就架在观察手的肩膀上。在野外条件下，观察手在必要情况下要成为狙击手的射击依托。当然自己的耳朵要防护好，因为狙击步枪的枪声都是巨大的。所以作为韩光观察手的孙守江耳朵里面塞入了俩弹壳，另外一个蔡晓春的观察手塞了两团揉成纸球的手纸。

孙守江拿着 85 激光测距仪，观察前面的目标："2100 米，风向东北，风速 7 米／秒——有把握吗？"

韩光不说话，在心里换算着调整狙击步枪的瞄准镜。

另外一个观察手也在报告："2100 米，风向东北，风速 7 米／秒。"

蔡晓春也在换算着，调整狙击步枪的瞄准镜。

2100 米外的山头上，是一个立起来的木头人模型。

规则是每人三枪，打中木头人算胜。

副总长已经凑在立起来的炮兵观察镜前："传我的命令，打中没打中都没关系。这是射程以外，纯表演科目，别给战士心理压力。"

"是。"林锐说。

但是韩光和蔡晓春可不这么想，两个人都在反复计算着，都面色冷酷。

一只马蜂嗡嗡飞来，钉在韩光的脖子上，他纹丝不动，仿佛凝固了一般。

蔡晓春调整自己的呼吸，虎口均匀压力。

砰！

蔡晓春扣动扳机，打了第一枪。

2100米的距离，曳光弹的痕迹清晰可辨。弹头划了一个弧线，准确飘向靶子。但是没有打中，落在了靶子下面的土地上，打起浮尘。

韩光纹丝不动，虎口均匀加力。

砰！

韩光的弹头飞出去，也是一道弧线，在接近靶子的时候速度减弱，打在靶子旁边的石头上跳弹了。

蔡晓春稳住自己，深呼吸，再次瞄准。他已经找到了误差，所以这次心里有数。

韩光还是纹丝不动。

蔡晓春稳稳扣动扳机。

砰！

弹头划了一道漂亮的弧线，终于打在了木头人的腹部。

韩光纹丝不动，不为所动，慢慢但是果断地扣动扳机。

砰！

弹头的弧线飘出去，啪地打在了木头人的头部，半个脑袋被打掉了。

蔡晓春眼睛冒火，再次调整，稳住呼吸。

砰！

弹头的弧线准确击中木头人的脖子，脖子被打断了，整个人头飞起来，在空中旋转。

韩光纹丝不动，还在调整，手的速度很快。

"还比啊？"孙守江纳闷儿，"头都打飞了？"

木头人的人头在空中旋转，也有风的作用，所以坠落很慢。

韩光调整好了，纹丝不动。

蔡晓春看他，也很纳闷儿。

韩光纹丝不动，稳稳击发。

砰！

最后一枪。

弹头划出漂亮的弧线，飞的方向不是木头人，而是半空。

大家都在纳闷儿。

啪！飞行坠落的半个人头被弹头的弧线准确击中了，在空中破碎。

韩光纹丝不动。

蔡晓春看着他，表情很复杂。

副总长从观察镜前起身："你们两个，给我看了我从军以来最精彩的一次射击表演！"

两人起身，转向副总长。副总长走过去，看着他们："我没有想到，你们会把枪打到这种程度！你们都是出色的狙击手，好样的！"

两人敬礼。

副总长转向将校们："狙击手集训队，办得非常成功！战争不仅是科技，也是艺术！今天我见识了狙击手的战争艺术！"

将校们和狙击手们都肃立。

"战争不仅靠的是将军的智慧，还要靠战士的勇敢、杀敌本领！"副总长说，"一支强大的军队，是由强大的战士组成的虎狼之师！这支虎狼之师，要有杀气、勇气、霸气！我在狙击手集训队看到了这些，我也希望到你们各位的部队，能够成功看到这些！"

"请首长放心！"何志军高声说，"我全军特种部队枕戈待旦，随时准备一战！"

副总长点点头："好，下面进行你们的结训典礼吧。"

"副总长请。"何志军说。

副总长在将校们的簇拥下走向观礼台。

蔡晓春低下头，又抬起来看韩光。韩光也在看他，两个人的目光交错。蔡晓春苦笑一下，转向观礼台。韩光也错开眼神，跟着大家去集合。

孙守江揉着耳朵还在回味："今天我算知道，什么是枪神了！奶奶的，做梦也没想到，流弹也能打得这么准！"

8

狙击手集训队都脱了吉利服，穿着迷彩服和黑色贝雷帽在台下列队，台上是副总长和将校们。副总长讲话非常简短："知道你们中午要会餐，忙活了一上午都饿坏了，我也就不多说了。我就说两句——第一，你们是中国陆军狙击手的种子，回到各自部队要发挥种子的作用，我希望以后不用专门到狙击手集训队就可以看到这样的表演；第二，参加过狙击手集训队的队员，不能随便转业、退伍，要培养一支职业化的特种部队狙击手队伍。这是中国军队职业化的一部分，我们要保留住具有专业技能的种子！各部队的主官听明白了？"

"明白！"主官们起立。

"好了，我的话完了。"副总长笑，"下面该进行什么？"

"报告，授予荣誉称号。"林锐说。

"好。"副总长笑笑，"如果大家没有意见的话，我来授予狙击手荣誉称号。"

"我们的荣幸，首长。"林锐急忙说。

一个托盘放在副总长面前，上面是做好的狙击手胸徽。徽章的外形都是一样的，一把88狙击步枪，背景是一个靶心。所不同的是质地，分别是纯金、纯银、纯铜。

"特种部队狙击手分为三个荣誉等级——'刺客''响箭''鸣镝'。"林锐解释说。

副总长点了点头：""我看过报告。这些荣誉称号来自我们中华民族的历史，很有意义！"

"下面请首长给狙击手颁发荣誉徽章！"林锐说。

副总长："好！开始吧。"

林锐高声喊："韩光！"

"到！"韩光出列，跑步上台。

副总长拿起唯一的一枚纯金胸徽："我相信——你是'刺客'。"

韩光目不斜视，敬礼。

副总长把胸徽仔细地别在他的左胸口，伞徽和潜水徽的旁边。

韩光退后一步，再次敬礼。

副总长还礼："希望你为了国家，为了军队，一往无前！"

韩光低沉地说："是！为了国家，为了军队，一往无前！——为了这句承诺，我将万死不辞！"

林锐："蔡晓春！"

"到！"蔡晓春出列，跑步上台。

林锐："他是这次集训队的综合成绩第二名，被授予'响箭'称号。"

副总长拿起徽章，别在蔡晓春的胸前伞徽和潜水徽的旁边："你是个好枪手，别灰心——我相信，总有一天，你会成为'刺客'！"

蔡晓春脸都憋红了，敬礼："谢谢首长！"

孙守江最后一批上台，他被授予"鸣镝"称号。他在副总长跟前很尴尬地嘿嘿笑了一下，副总长也忍不住笑了一下："祝贺你营救匪徒成功。"

孙守江面不改色："首长，我保证——下次的枪肯定是校对好的！"

副总长把徽章别在他的胸前："嗯，我相信。下次你营救的不会是匪徒，因为你已经营救过了！祝贺你，少尉！"孙守江退后一步，敬礼。

副总长看着这些佩戴好狙击手资格等级徽章的队员们，点点头："本来想跟你们一起会餐，但是我在你们都不痛快。我在他们也得在，就搞成了形式主义，所以还是算了。我告辞了！"

"敬礼——"林锐高喊。

唰——狙击手们举手敬礼。

副总长一边敬礼，一边走向自己的越野车。

何志军趋前一步开门。

雷大队："首长，大队准备了便饭。首长远道而来，我们各个特种部队的主官……"

副总长看看那些上校们："你们还有工作跟我谈吗？"

"没有了，只是一顿便饭。"雷大队说。

"没工作谈，吃什么饭？"副总长笑笑，"走人了！别介意，老头子身体不好，不胜酒力！"说完跟雷大队握握手："告辞！"说着就上车了。

何志军急忙上车。

越野车一溜烟儿开跑了。

雷大队看着远去的越野车，感叹："真神人也……"

越野车没开出去十公里，在部队训练场以外的山沟停下了。副总长下来，跟何志军一起撒泡尿，哆嗦几下："这块地方不错，有水。"

小溪潺潺流着。

副总长挥挥手："埋锅造饭！"

警卫参谋打开车的后备厢门，司机跟何志军急忙过去拿出野战炊具，在小溪边摆好了。警卫参谋拿出米袋和蔬菜，三个人就忙活着埋锅造饭。副总长摘下军帽解开风纪扣，哼着京剧："大吊车，真厉害，千斤的钢铁……"

司机笑："首长，这是广告不是京剧。"

副总长眨巴眨巴眼："啊，你懂什么？这是样板戏，流行的时候你还没出生呢！"

"嘿嘿！反正我觉得不是京剧，是广告。"

副总长就笑："好，应你要求——换一个——为国家哪何曾半日闲空，我也曾平复了塞北西东……"

9

会餐在狙击手集训队的食堂进行，今天破例都可以喝酒。特种部队本来是禁酒的单位，但是狙击手集训队跟常规作战连队不同，不在战备序列里面。所以啤酒今天是管够的，不过都还不敢喝多，因为下午就要跟主官们回去，不能失态。气氛还是很热闹的，但是蔡晓春坐在那里，有点闷闷不乐。

孙守江过来拿着啤酒："别琢磨了，琢磨啥啊？"

蔡晓春看了一眼在那边给队友留言本上留言的韩光，低下头。

"我说，你人不大事儿想得挺多。"孙守江大大咧咧在他跟前坐下，"这比赛嘛，有偶然因素。再说你的枪法也不差，想那么多不觉得脑袋疼啊？来来来，喝酒！"

"战场上没有偶然因素。"蔡晓春说。

"偶然不偶然，事儿都过去了。"孙守江拿起啤酒塞到蔡晓春手里，"压在心里不难受啊？这次输了，下次赢回来就是了！"

"可是我一次都没赢过！"蔡晓春说，"他太强了，我从未感觉到这种压力！"

"你以为他不怕你啊？"孙守江看看韩光说，"他也怕你的！你们俩啊，一个外向一个内向，其实骨子里面都一样——小肚鸡肠，怕输！多大点事儿啊？真是的，来来来，喝酒！为了我们以后能够在一个连！"

蔡晓春拿起啤酒，喝酒。

韩光给战友们写完留言，走过来："哥儿俩喝着呢？"

孙守江笑："说曹操，曹操到。你的一班长，还在这儿生闷气呢！"

韩光坐下来笑，拿起啤酒用嘴咬开盖子："我从不喝酒，今天破例。"

"为什么？为了你赢我？"蔡晓春问。

"不是，为了你的进步！"韩光真诚地说，"其实，按照比赛规则，你赢了。因为你先打中了靶，我是第二个。我没想到你的进步这么快！"蔡晓春笑："你要赖！"

"对，我是要赖了。"韩光也笑，"没办法，我也不想输。所以我只能要赖！"

"我早晚要彻底地赢你一次！"蔡晓春说。

"我也期待那天。"韩光说，"其实当第一的滋味不好受，每天都提心吊胆的。"

"你们俩就别得瑟了！"孙守江大大咧咧地说，"我都营救匪徒了，我都没得瑟！你们俩好意思得瑟吗？什么他妈的第一第二的，多大点事儿啊？来来来，喝酒！跟我学习，做个山炮！什么烦恼都没有了！"

韩光和蔡晓春笑，一起喝酒。

会餐后，队员们提着自己的行李跟各自的领导回去。山鹰大队的大队长显得特别孤独，因为没人跟他回去。他苦笑看着面前的韩光和蔡晓春："你们俩，一个也不回去吗？"

韩光和蔡晓春都不好意思说话。

"雷克明这家伙，挖人一向有本事！"大队长无奈地说，"他把你们的名单都报到副总长那里了，我还有什么办法？你们俩啊——小狼崽子，喂不熟！尤其是你——蔡晓春，我对你不薄吧？你的少尉命令都快下来了，你怎么也跟在这里凑热闹呢？"

蔡晓春低声说："我想多学习学习。"

"唉，你啊。"大队长看着他说，"没事，你在这里先待着吧。哪天想回去了，给我打电话。我随时等你，山鹰大队的门对你敞开着。韩光，你也是一样的，山鹰大队随时欢迎你们归队。没想到我最好的两个枪手，好好送来培训，结果都成了狼牙的狼崽子了！"

韩光眼热："大队长，对不起！"

"别说这些没蛋用的话，好好干！"大队长说，"你们都给我好好干！等到你们想回去了，带着这身狙击手的本事回去！没事，回去我就打报告！咱们也组建狙击手连，我找何部长去，把你们俩给我要回来！一个给我当连长，一个给我当排长！——我这个话，一百年不变！"

蔡晓春忍不住，眼泪出来了："大队长……"

大队长看着他："哭哭哭个蛋子的哭！好好干，我走了！"说完上车，看都不看他们。越野车开跑了，留下两个狙击手孤独的背影。

蔡晓春擦去眼泪。他跟大队长的感情其实非常深，他是大队长从基层部队侦察连挑上去的，也是大队长一手培养的。现在他走了，跟挖了大队长的心尖子差不多。但是他知道，自己已经做出了选择。

韩光看看蔡晓春："真的，我建议你跟他回去。"

"为什么？你怕输给我？"

"不是，我真的是为你考虑。"韩光苦口婆心，"你的未来，你的前途，在这里都是未知数！"

"我十几岁离家出走的时候——我的未来，我的前途，都是未知数。"蔡晓春低沉但是高傲地说。

韩光看着他，不再说话。

"我已经习惯了——一切都是未知数！"

蔡晓春转身走了，留下孤独的韩光。

韩光看着蔡晓春高傲的背影，默默无语。

10

韩光、蔡晓春和孙守江回到空荡荡的集训队宿舍，收拾自己的行李装具，背上提上到楼下。他们的枪已经交给军械员，由他转送到狙击手连的驻地武器库。中国军队的武器管理是非常严格的，当然狙击手的枪也是跟个人联系在一起的，所以只

122

能这样走一道移交手续。田小牛开着伞兵突击车已经在等待："上车上车了！开路！"

三个人把装具行李丢上车，车就撒丫子跑了。

狙击手连的驻地在大队兵楼最外面一排平房，这里最靠近训练场和机场，训练出动最方便。中国军队搞建设是有一套的，所以门口就竖起来一把88狙击步枪的雕塑，后面是个靶心。雕塑的造型跟他们的胸徽一样，纯黑铁铸的，看上去质感很好。都不知道大队后勤股什么时候搞的，倒是很像那么回事。雕塑的基座是闪电利剑的标志和狼牙大队的臂章，还有一个英文的 Sharp-Shooter，下面是 CPLASF——中国人民解放军特种部队的英文缩写。

这一闹倒是搞的蛮像那么回事的，三个人都有点傻眼。

林锐已经站在门口："你们三个，过来吧。"

三个人过去，在他跟前站好。

"今天开始，你们就是我的兵了。"林锐笑笑，"从各个连队抽调的狙击手正在收拾东西，一会儿就来报到。韩光，你是一排长，孙守江，你是二排长，蔡晓春。"

"到。"蔡晓春说。

"你是一排的排副。"林锐说。

排副在中国军队是个特殊的词，因为军官编制当中没有排副，最小是少尉排长。所以排副一般都是资深的老兵担任，辅助排长工作。蔡晓春并不意外，他当排副也有日子了，习惯了。

孙守江纳闷儿："连长？二排……是观察手排吗？"

林锐看看他："不求上进！你一辈子都当观察手吗？"

孙守江嘿嘿笑笑："拿着望远镜，看别人爆头挺过瘾的。"

林锐被他逗笑了："这倒是特殊的爱好。咱们连编制很小，只有两个排，下面不再分班。每个排有五个狙击小组。大部分都是老兵，其中也有一部分是军官。我们把全大队最好的狙击手集中起来，组成一个单独的连队，说明狙击手的地位在加强。这些军官等于是在这里轮训的，过段时间就回各自连队，部分老兵会留下，然后会补充新的军官来轮训。以后咱们有优先选择权，可以挑选大队里面的神枪手。我还是一连的连长，所以狙击手连和一连会经常进行联合训练，也会经常配属一连参加演习和作战。大概就这么多了，你们去吧，收拾一下，准备迎接新战友。下午去卫生所，集体体检，我要掌握你们的详细身体素质情况。"

孙守江乐呵呵就去挂着二排字样的房子里面去收拾了。

韩光看看蔡晓春："咱们走吧。"

蔡晓春笑笑，跟着他走进一排的房间，在空床铺上开始收拾。韩光在排长的床上收拾好自己的铺盖，抬头看上铺的蔡晓春。他已经叠好了方块被，也在看自己。

韩光笑笑："我们还是在一起。"

"你得小心了！"蔡晓春笑笑。

外面，车不断拉来提着行李背着背囊的狙击手连新丁。三个人都走出去，跟大家见面。孙守江搓着双手："哎呀都来了啊！来了就赶紧收拾收拾！你们别那么客气，我就是个山炮！所以你们跟我不用藏着掖着，都是自己兄弟！进去进去！"招呼自己的十一个兵进去收拾了，"先安家！先安家！"

韩光跟蔡晓春站在队列前。

十个狙击手站在他俩面前。有志愿兵，也有少尉，还有中尉。

韩光的目光很冷峻："欢迎大家到狙击手连，努力成为最好的狙击手！我是新调来的，所以在狼牙大队是个新人！但是这不代表我就没有我的个性！我们是军人——首先是人，其次是兵。所以我容忍你们的个性存在，你们也要容忍我的个性存在！希望我们能够合作愉快！"

他敬礼。

十个狙击手也敬礼。

韩光："排副。"

"到！"蔡晓春说。

"组织大家收拾。"

"是！"蔡晓春利索地说："一排，整理内务，五分钟。"他看手表："现在还有4分55秒……"

一排的狙击手风一样冲进去。

林锐跟严林在办公室看着，二排房间里面笑声不断，一排房间里面一片忙乱。他俩都笑，本来水火不容的场景，居然很和谐地统一在一个狙击手连。

11

下午两点，午休结束的狙击手连在狙击教官助理、也是代理副连长田小牛少尉的带领下去卫生所体检。一路上喊着番号，二十多个人也是惊天动地。

兵们都看稀罕："嘿嘿，狙击手连？新玩意儿啊？""那不是老高吗？都副连长了还在里面混？""带队的不认识啊？俩排长新来的吧？""小牛如今出息了啊？都代理副连长了啊？"……

队伍到了卫生所门口，列队。

田小牛转身："这是全面体检啊，谁也别弄假。发现了仔细我修理你们！一排，进！"

韩光、蔡晓春就带着一排走进卫生所。

体检在一个大房间进行，跟新兵体检科目基本一样。从视力开始，一项一项进行。狙击手们脱得只剩下一条短裤，开始体检。这套他们都熟悉，所以速度也就进行很快。苏雅负责测量血压，韩光坐下，苏雅把测量仪绑在他健壮的胳膊上："真结实啊？——韩光，记得我吗？"

"苏雅。"

苏雅高兴地："对对对——你留在狼牙大队了？你不回山鹰大队了？"

韩光纳闷儿："你怎么知道我是山鹰大队的？"

苏雅愣了一下，随即笑："我的情报工作，也做得不错啊？——你的身体没问题！回头去狙击手连找你玩去！——下一个！"

体检进行很快，但是到了屏风后面，韩光就愣住了。

赵百合就纳闷儿："怎么了？"

韩光苦笑一下，蔡晓春也进来了，哥俩都蒙了。

赵百合看着他们："怎么了？"

狙击手们陆续进来，都傻了。

赵百合不耐烦地："脱！"

韩光苦笑："就……就剩最后一道防线了！"

"跟谁希罕似的！"赵百合冷若冰霜，"脱！"

韩光看看狙击手们，都是一脸尴尬。他无奈："脱吧。"

都不脱，不好意思脱。

"你不是干部吗？"赵百合问，"你带头！脱！"

韩光心一横，脱下短裤。

其余的狙击手也都脱下短裤。

赵百合压根就没惊讶，开始自己的检查。一个兵突然非常尴尬地，捂着自己要害喊："我去上厕所！"转身就跑了。

赵百合皱起眉，骂了一句："流氓！"

韩光："你得理解他，我们都是男人。"

赵百合白了他一眼："理解什么？"

"我的兵不是流氓，他只是正常反应。"韩光说。

赵百合："那你怎么没反应啊？"

韩光面不改色："因为你不吸引我。"

赵百合抬眼看他："够酷的啊？"

韩光："我只是陈述一个事实。"

蔡晓春在那边捂着转身就出去了："我也去上厕所！"

赵百合笑笑："干部同志，你呢？要不要去上厕所？"

韩光冷笑一下："如果这点定力都没有，我就不配是狙击手连的排长！"

那边进来的二排，孙守江排长却在苏雅跟前失去了定力。他坐在那儿，苏雅面无表情地在测量。孙守江笑："你是哪人？我是西安的，后来跟爹妈去的沈阳。看你的外形，像是江浙一带的吧？"

苏雅："你管呢？"

"这不是战友吗？我刚来咱们大队，你也是刚来吧？上次闯狙击手训练阵地的是不是你啊？"孙守江笑嘻嘻地问。

苏雅："是我怎么了？不是我怎么了？"

"要是你，就说明你跟我们狙击手有缘分。"孙守江一本正经。

"那要是不是我呢？"苏雅好奇地问。

孙守江："那现在开始就有缘分了啊。"

苏雅被逗乐了："贫得不得了啊？老兵油子了吧？"

"是啊，我1992年的兵！"孙守江笑着说，"你是哪年的？军医大刚毕业吧？"

刘芳芳在那边咳嗽一下。

苏雅急忙正色道："下一个！"

孙守江起身，低声说："孙守江，二排排长——我回头来找你玩儿！"

苏雅白他一眼："德行！"

12

赵百合跟苏雅在水房洗手，检查完这二十多个体壮如牛的小伙子，都觉得沾染了一身臭汗味。苏雅看着楼下集合列队的狙击手连，在里面找韩光："哎哎，帮我找找——哪个是韩光？"

"哪个韩光？"赵百合冷若冰霜。

"你忘了？不会吧？领着兵来给你送花的那个？"苏雅纳闷儿。

"我不认识他。"赵百合拿起肥皂洗手，"他谁啊？"

"他怎么得罪你了？"苏雅小心地问。

赵百合停了一下："得罪？谈不上，没得罪我。"

苏雅看看她，又看看下面的狙击手们："难道……你也喜欢他？"

"他？！"赵百合差点没被噎死，"喜欢他？！我喜欢一头猪也不会喜欢他

126

啊？！——冷血动物！"

"完了完了！"苏雅哭丧着脸，"我怎么也不是你的对手啊？你是咱们军医大学的第一美女！"

赵百合看她："你没发烧吧？什么对手不对手的？你要喜欢韩光自己喜欢去，别拉上我做掩护！"

"书上说——讨厌，也是喜欢一个人的开始。"苏雅说，"你讨厌他多深，以后就会喜欢他多深。"

"什么破书啊？烧掉算了！"赵百合不屑地说。

《冰是睡着的水》啊？！就是那刘什么来着的……你不也喜欢看吗？"

"那死胖子的啊？烧掉还不够，灰都拿去当肥料！"赵百合擦擦手起身出去，"那是他的小说对世界唯一的贡献！"

"你这个人，怎么说一出是一出啊？当初是谁哭着喊着找人要签名来着——"苏雅对着她喊。

赵百合回到宿舍，把脸盆放好，坐在桌子前发呆。韩光对她的不屑深深刺激了她，"你不吸引我""你不吸引我""你不吸引我"……一声声在她耳边响起。她哼地发狠，把桌子上已经干枯的百合花推到了地上："韩光！咱们看看，到底谁不吸引谁！"

13

每个狙击手都领取了五长两短七把枪：JS 型 12.7 毫米大口径狙击步枪、85 式 7.62 毫米狙击步枪、88 式 5.8 毫米狙击步枪和 95 自动步枪，此外还有一把 85 式微声冲锋枪；两短是一把 92 式 9 毫米手枪和有一把是 91 式 7.62 毫米匕首枪。七把枪摆在每个队员跟前，确实跟摆摊贩枪的差不多。从此以后除非枪打报废，这七把枪将跟随他们的整个狙击手生涯。

韩光详细给大家讲解了两种刚接触的狙击步枪分解和保养，动作非常麻利。这帮玩枪高手们意识到，遇到一个更高的高手。武器领到手里，自己就要熟悉，所以这是一个必经的过程。

二十多个狙击手开始分解擦拭保养自己的枪支，这也是熟悉过程。蔡晓春不断给一排做辅导，孙守江这个时候也不含糊，吆喝自己的兵："嘿嘿嘿嘿！那不是日本人的枪！别跟山炮似的那么粗鲁！卡笋在这儿，记住了？"

严林走过来，看着他们。

韩光孙守江蔡晓春都起立："严教？"

严林摆摆手：“你们继续，我过来看看。通知下你们，今天晚上夜间射击训练，携带 88 狙击步枪。你们组织好。”

“是。”

“对了，你们的代号想好了没？”

“什么代号？”孙守江纳闷儿。

“狙击手的代号啊？”严林说，“狙击手连在大队代号序列里面以飞禽为代号。我的代号是‘猎隼’，林锐代号‘啄木鸟’。你们都想好了没？”

孙守江：“我？我还没想好呢！”

严林：“那你脑子都想什么呢？”

孙守江嘿嘿笑：“那这样吧——我代号就叫‘鹌鹑’得了，好记！”

“鹌鹑？这是什么代号？”严林苦笑。

“鹌鹑肉好吃！”孙守江一本正经。

“我看你就一鹌鹑！”严林笑，“好了，鹌鹑就鹌鹑吧。你呢？”

“想好了，我的代号是‘山鹰’。”韩光说。

严林点点头：“嗯，纪念你们的老部队。你呢？”

蔡晓春毫不犹豫：“秃鹫！”

严林笑笑：“你们俩啊——真的是一对打不散的冤家啊！”

两个人都高傲地站在那里，互相看看，露出会心的笑容。

孙守江高喊：“严教严教，不行，我换代号——他们都是鹌鹑的天敌！我改叫乌鸡！乌鸡肉也好吃——”

14

非洲某国的首都，1996 年 7 月的某个寂静黑夜。

这是一个美丽的非洲山城，湖水在月光下泛着粼粼波光。市区内树木葱茏，鲜花盛开。夜晚的城市，沉浸在睡梦当中，好像感觉不到非洲大地的忧伤。

一排渺小的黑影在首都上空飞行，好像一排大雁。

阮文雄驾驶着动力伞，率领自己的雇佣兵小组飞进城市上空。他看看手腕上的高度表和 GPS，指向性非常明确，他们已经在目标区附近。阮文雄操纵动力伞，沿着预定航线飞行。在这个人口仅仅六百万的非洲国家里，防空设施等于零。阮文雄完全放心大胆地率领自己的这群雇佣兵直接扑向预定目标——元首府。

“注意，准备着陆。完毕。”

阮文雄对着耳麦说，随即关闭了动力伞的发动机。

"收到，完毕。"

身后的一串动力伞关闭了，雇佣兵们关闭发动机开始滑翔。

阮文雄的夜视仪里出现了元首府的屋顶，那里只有一个打瞌睡的哨兵。滑翔的雇佣兵无声地从天而降，阮文雄的靴子第一个接触屋顶，却真正的落地无声。落地的同时，他手里已经举起加装消音器的AK74S冲锋枪，哨兵刚刚睁开睡眼想喊，一个点射两发子弹已经准确送入他的胸腔。

"清除！"阮文雄低声说。

身后的雇佣兵陆续落地，松开了动力伞。

阮文雄伸出右手，指向电力房的位置。Alex带着两个弟兄敏捷地从屋顶跳到电力房的屋顶，两人警戒。Alex纵身跳下去，举起MP5SD微声冲锋枪打碎了门锁，进去。

啪！

元首府仅存的路灯全部熄灭。

"GO-GO-GO！"

阮文雄起身，带着雇佣兵们按照预先的编组从屋顶甩下大绳，敏捷地滑降下去。机枪手Brown架起M60通用机枪，在屋顶占据了哨兵原来的沙袋，对准院内拉开枪栓。

阮文雄带着突击小组快步穿越走廊。对面出来两个卫兵，还没反应过来，阮文雄已经飞身踹到一个卫兵的脖子。另外一个卫兵摘下冲锋枪，想喊没喊出来的时候，跟随阮文雄的Simon举起手里加装消音器的M4A1卡宾枪就是一个点射。

卫兵胸部中弹，猝然倒地。

阮文雄一脚踹在卫兵喉结上，落地的时候一个空中变体。他的肘部落在卫兵的脖子上，咔吧一声彻底断了。阮文雄起身，贴在墙壁上。Simon率领突击小组继续前行，阮文雄紧随压后。

元首办公室内，老侍卫拿着烛台过来："先生，又停电了。"

元首坐在办公桌前，面前还是打开的文件。他的面色冷峻，抬眼看着窗外的月光若有所思。

走廊里面，阮文雄带着突击小组已经快步冲进来。一个卫兵从洗手间出来，看见前面跑过去的黑色背影高喊着，拿起身上的AK47冲锋枪："嗒嗒……"

跑在后面压阵的Tennet背部中弹猝然倒地，其余的雇佣兵急忙隐蔽。

"妈的！"阮文雄怒吼，"Simon留下，其余人跟我强攻！"

Simon立即躲在柱子后面，那个卫兵还在叫嚷着。Tennet在地上呻吟着："救我……"

Simon低声说："Tennet，住口！不要动！"

Tennet 还是往前爬了一下，后面的卫兵对准地上的他连续射击。Tennet 这次彻底不动了，Simon 闭上眼："上帝！"

他睁开眼，拔出手雷。卫兵跟后面涌进来的卫兵叫嚷着冲过来，Simon 手里抓着两个手雷，倾听脚步声。脚步声近了，Simon 闪身出来，丢出两个手雷。

手雷在地下旋转，卫兵的军靴嘈杂地跑过去。

轰！轰！……两声剧烈的爆炸。

卫兵惨叫着倒地，残肢飞出来。Simon 闪身出来，举起手里的 M4A1 卡宾枪就是一阵扫射。残余的卫兵倒地，后面的急忙躲闪起来，举着冲锋枪乱扫。Simon 蹲下，抚摸 Tennet 的脖动脉："该死！"

他拿出地雷："对不起，伙计。"接着把地雷安在了 Tennet 的身体下面，小心地盖住了，转身去追赶突击小组。

卫兵们小心地冲过来，借助火把搜索地面。

一个卫兵翻开 Tennet 的尸体，轰……

元首办公室内，老侍卫非常紧张挡在元首身体前面举着烛台，元首泰然自若地坐在办公桌后："你闪开。"

侍卫："先生，你快走吧！"

"我是元首，我不能离开自己的岗位。"元首稳健地说，"你走吧。"

侍卫的眼泪流出来："我生下来就是你的奴隶，我不能走。"

"我早就给了你自由，你走吧。"元首说。

"不——"

外面的门被一个黑人军官撞开了，他满身都是血："元首先生，敌人……"倒下了。

随即一个黑影闪身进来，手里的武器对准侍卫。侍卫叫嚷着举着烛台冲过去，黑影毫不犹豫开枪。子弹无声地钻入侍卫的心脏，他一下子倒下了，蜡烛也熄灭了。

屋内恢复了黑暗。

戴着夜视仪的黑影持枪喘息着，慢慢站起来，面对坐在办公桌后的元首。

元首平静地看着他："这样的身手我很意外。"

阮文雄看着他，用英语说："你完了，我的雇主出了大价钱。"

元首明白了："雇佣兵？"

阮文雄看着他："选择一种你喜欢的死法吧——是我一枪爆了你的头，还是你自杀。"

"你为了什么战斗？"元首平静地问他，"你知道，你在毁掉这个国家来之不易的民主吗？"

"那不关我的事，元首先生。"阮文雄冷酷地说，"我只是个雇佣兵。"

"你不是白人。"元首看着他,"亚洲人?"

"我是越南人,元首先生。"

"越南?越南?"元首先生看着他,"你经历过战争,你该知道战争会给老百姓带来什么!战争会毁了这个国家!"

"这不是我的国家,元首先生。"

"可是这是我的国家!"元首激动起来,"这是我的人民,他们需要和平!而你们,为了多少钱来刺杀我?!一百万美元?还是一千万美元?仅仅为了这些钱,你们就要把这个国家给毁掉吗?!"

"元首先生,我说了,你选择一种你喜欢的死法。"阮文雄不动声色,"我给你最后十秒钟时间选择。"

"我恳求你,先生。"元首诚恳地说,"不要再让我的国家陷入战争,陷入种族屠杀!我恳求你!"

"还有五秒钟。"

"你可以杀了我,但是你杀不了民主!"元首平静地说,"我们会再次走向民主,如同近百年来我们所争取过的一样。"

"为自己祈祷吧。"阮文雄举起冲锋枪,"时间到。"

噗噗——

一串子弹打入元首的胸腔,他弹了几下,不动了。

阮文雄走过去,对着他的脑门举起枪口。犹豫了片刻,挪到胸口再次射击,确定他的死亡。

阮文雄摘下夜视仪:"看在你热爱你的国家的分儿上,我留下你的遗容,让你的民众瞻仰。再见,元首先生。"

他戴上夜视仪,转身出去投入战斗。元首坐在椅子上,死不瞑目。

次日凌晨,政变军队占领了首都,控制了整个首都的局势。阮文雄跟自己的兄弟坐在旅社的屋顶,喝着啤酒,看着下面的乱世。政变军队在进行有组织的屠杀,一批一批的老百姓被军人们驱赶到街上,机枪扫射。政变军人和暴民在大街上光天化日轮奸少女,少女的惨叫不绝于耳……

阮文雄看着下面的惨剧,没有什么表情。

"上帝啊,我们做了些什么?"Simon 抱着自己的卡宾枪说。

Alex 在祈祷,祈求上帝的宽恕。

"做了我们的工作,Simon。"阮文雄还是没有表情,拿起伏特加喝了几口。

"我们毁了这个国家。"Simon 喃喃地说。

"我们不来做,还会有人做,这个国家活该倒霉。"阮文雄点着一根雪茄。

两架没有标志的黑色 UH60 直升机在空中盘旋，徐徐降落。

阮文雄起身，提起自己的武器装备："我们该走了。"

雇佣兵们起身，提起自己的武器和装备。直升机降落了，雇佣兵们提着武器和装备上了直升机。

飞行员回头说："蝎子，有你的邮件。利特维年科上校给你的，让我带给你。"

阮文雄坐在起飞的直升机上，拿起邮件包打开。里面是打印出来的中国军官档案，是韩光的照片。他仔细看过资料，拿起卫星电话："蝎子呼叫北极熊，邮件收到。完毕。"

"蝎子，先祝贺你成功。"利特维年科上校的声音传出来。

"小意思。"阮文雄看着韩光的照片和资料，"你给我的邮件是什么意思？这个韩光是什么人？"

"你仔细看过了吗？"

"看过了，"阮文雄说，"韩光，中国陆军特种部队少尉排长，狙击手，获得'刺客'荣誉称号。"

"我们有确凿的情报，在金海狙击你的不是严林，是他。"

阮文雄愣了一下，看着年轻的韩光。

"刺客？有点意思。"阮文雄笑笑，"难道你希望我去暗杀他吗？给我多少钱？"

"你忘记了？ AO 的原则是，不会暗杀任何一个联合国常任理事国的军政人员。"利特维年科上校说，"他是现役军官，我们不能找这个麻烦。"

"那你给我看这些，想告诉我什么？"

"你遇到对手了，蝎子。"

"他？"阮文雄冷冷一笑。

"潜在的对手，我希望你知道，蝎子。"利特维年科上校说，"你是我最好的学生，我不希望你出事。"

"能杀我的人，还没出生呢。"阮文雄冷冷地一笑，丢掉了手里的韩光照片。

韩光的照片在空中飞行着，旋转着，落到发生着屠杀和强奸悲剧的非洲大地。一阵风吹来，照片被刮进了火里面，转瞬就消失了。

阮文雄靠在机舱舱门，抽着雪茄："刺客——韩光？我记住了你的名字，有一天我会试试你到底有多厉害！"

第六章

1

"730米，一个放羊的老头，十点钟方向。"

蔡晓春举着85激光测距仪报告。

韩光趴在他的身边，调整88狙击步枪的瞄准镜，看见了这个老头。

"看起来不会是目标。"蔡晓春说。

"注意观察，我们不能放过任何一个疑点。"韩光低声说。

两个人潜伏在西部戈壁的一处峭壁上，这里的骆驼刺掩盖了他们的踪迹。他们都穿着土黄色的吉利服和迷彩服，脸上涂抹着土黄和黑色相间的迷彩油，还戴着黄色迷彩的战术手套，甚至连靴子都是沙漠迷彩颜色。

"这里距离国境线太近了，我们潜伏的地点控制的范围只有这么大。"蔡晓春放下激光测距仪，"上千公里的戈壁滩，我们的目标从哪里都可能入境，我们不一定能抓住他。"

"我们只能相信情报是准确的。"韩光还在寻找，"我们只是执行者，不是决策者。"

"希望搞情报的那些人不是猪头吧，已经一天一夜了。"蔡晓春又拿起激光测距仪。

韩光转移自己的狙击步枪瞄准镜："那个老头，昨天就来了吧？"

"来了，还是在那个位置。"蔡晓春说，"待了两个小时，往村庄的方向去了。"

"昨天有多少只羊？"韩光突然问。

蔡晓春愣住了："多少只？没数。"

"好像没今天多。"韩光看着那群羊。

蔡晓春拿起激光测距仪："好像是——这说明什么？"

"说明羊可能不是他的，他借的。"韩光说，"他是望风的。"

蔡晓春紧张起来，调整激光测距仪："他的步态不像是老头。"

韩光的瞄准镜里面，老头脚步稳健，右边胳膊一直垂着。右边衣服里面有东西若隐若现，他细心观察着——是一支冲锋枪的枪管。

"抓住他了，他是枪手，一支56-1冲锋枪。"韩光说。

"啄木鸟，这里是秃鹫。十点钟方向，放羊的老头是枪手。完毕。"蔡晓春急忙报告。

"啄木鸟收到，你们注意监视。完毕。"林锐的声音从耳麦当中传来。

距离他们1公里的公路旁，废弃加油站里面，潜伏着林锐和抓捕小组。他们都戴着土黄色面罩，只露出双眼，穿着土黄色的沙漠迷彩作战服，手持自动步枪，随时待命。林锐拿着望远镜，在阴影里面观察外面的动静："山鹰，如果行动开始，解决他。完毕。"

"山鹰收到，完毕。"韩光回答。

孙守江在另外一侧担任抓捕小组的火力支援任务，他抱着一杆88狙击步枪潜伏在侧面山头的废弃瓦砾当中。

观察手雷鸟在旁边举着激光测距仪："我看到车队了！"

孙守江嚼着口香糖举起狙击步枪："啄木鸟，这是乌鸡。车队在靠近边境，十一点方向，距离2100米。一辆三菱越野车，一辆丰田陆地巡洋舰。完毕。"

"跟情报提供的一样，我们准备动手！"林锐在屋里面拿起自己的95自动步枪命令。抓捕队员们握紧了步枪准备出击，杀气腾腾。第一突击手小庄靠在门边，等待着林锐的命令。这是从林锐所在的一连抽调出来的一个六人抓捕小组，都是最精锐的突击队员，都有作战经验。

"啄木鸟，秃鹫报告。"蔡晓春在峭壁上拿着激光测距仪，"我们境内有一辆面包车在接近边境，完毕。"

"是来接他们的！"林锐的声音传来，"山鹰注意，提供火力掩护！"

"山鹰收到，完毕。"韩光低沉地说。

两辆越野车跨过了边境，径直开往废弃加油站。

面包车也在靠近加油站，这是预定的接头地点。

林锐慢慢举起自己的自动步枪，对准外面。抓捕小组队员们也在准备，都是虎视眈眈。林锐在阴影当中屏住呼吸，看着外面的车陆续停下。几个男人下来，互相拥抱，说着什么。旁边下车的年轻人都戴着面罩，挎着冲锋枪。

"准备。"林锐低声说。

韩光调整枪口，对准了那个老头。

孙守江在侧面山上的瓦砾当中，对准了加油站的一个年轻枪手。

"准备。"林锐又说了一次。

抓捕队员们悄悄接近墙壁，蜷缩着准备从窗户和门一跃而出。

"我们要的人，一定要活的。"林锐强调一句，"准备……"

队员们屈膝，做好出击准备。

"干！"

林锐突然怒吼，从阴影当中闪身出来，在屋内对准正面的枪手就是两枪速射。两枪都打在胸口，枪手猝然栽倒。

抓捕队员们从破旧的窗户和门一跃而出，扑向预定抓捕的目标。

孙守江扣动扳机，打掉一个准备射击的枪手。

韩光扣动扳机，刚刚拿起冲锋枪准备冲过去的老头仰面栽倒，白头套和胡子都掉了。

几个男人慌张地拔出手枪，林锐一个箭步冲上去撞倒一个大胡子。他的手枪被林锐压在身下，拼命抽出手枪对准自己的脑袋。林锐举起枪托，直接砸在他的手腕上。大胡子惨叫一声，手枪脱手。

林锐举起枪托，又一下砸晕了他："1号目标控制！"

田小牛正面对着一个小胡子冲过去。小胡子拔出手枪，对着田小牛就开枪。子弹打在田小牛的防弹背心上，他仰面栽倒。

韩光的枪口已经掉转过来，瞄准小胡子的右手手腕开枪射击。

砰！小胡子的手腕被打断，手枪脱手。

田小牛爬起来，顾不上揉疼痛的胸口，一下子鱼跃扑倒小胡子："敢对老子开枪？！"他举起枪托就是一砸，砸在小胡子断了的手腕上。小胡子惨叫一声，田小牛抓住他的小胡子使劲拽着他起来："2号目标控制！"

一个皮夹克在戈壁上飞奔，跑向不远处的边境。

林锐举起枪，不敢打："狙击手！3号目标跑向边境！给我制止他！"

孙守江瞄准飞奔的皮夹克腿部，扣动扳机。

砰！

子弹打在皮夹克刚跑过的土地上。

"妈的！"孙守江怒骂一声，再次举起步枪。

皮夹克连滚带爬，跑向界碑。

韩光瞄准皮夹克："我抓住他了。"

"要活的！"林锐高喊。

"收到，完毕。"韩光瞄准曲线飞奔的皮夹克。

砰！

皮夹克腿部中弹，一下子栽倒。他爬起来，踉跄着继续跑向界碑。后面的特种兵们在飞奔，但是显然速度再快也很难在边境内追上他。

韩光稳定呼吸，再次瞄准目标。

皮夹克面前就是界碑，他欢叫着，扑向界碑。

砰！

皮夹克肩膀中弹，他被巨大的冲击力打倒，半个肩胛骨被打没了。他惨叫着，在地上滚着，爬向界碑。

韩光还在瞄准。

皮夹克伸出右手，抓住了界碑。他努力爬着，企图把身体滚过界碑。

砰！

"啊——"

皮夹克惨叫一声，他的右手两个指头被打掉了，举着手恐怖地喊。他的左手已经出了界碑，特种兵们快步冲过来。

砰！

韩光又是一枪。

皮夹克的左手手腕中弹，他惨叫着，这次全身都在边境以内了。小庄一个箭步冲过来鱼跃抓住了他的脚踝，几个特种兵拉住皮夹克的腿就使劲拽。他绝望地叫着，被特种兵们抬起来往回跑。

韩光冷冷地说："一个手指头都不会让你出边境！下辈子投胎，别做恐怖分子了！我们撤！"

蔡晓春已经收拾好器材："换了我，一枪他就跑不了了！"

韩光笑笑："下次换你，我去跟连长说。"

蔡晓春抬头笑："不用你说，我会让他选我！"

韩光无奈地苦笑："你这个脾气啊！什么时候能改改！"

两人说着已经提起装备快步跑向集合地点。

两架米171直升机盘旋降落，机枪手在机舱里面警惕注视四周。特种兵们把抓获的三个目标扛着丢上直升机，随即爬上去。韩光和蔡晓春快速跑过来，孙守江伸手拉他们上直升机：

"赶紧的！赶紧的！中国陆军航空公司的米171次航班要起飞了！本次航班经过乌鲁木齐，成都，终点站是狼牙特种大队的直升机机场！由于中国陆航没有给大家准备安全带，所以请坐稳抓好——机长，起飞！"

两架直升机起飞，丢下地面的尸体和三辆密布弹痕的车。

远远的，警车队伍在接近……

2

机舱内，卫生兵在给受伤的恐怖分子急救止血，恐怖分子大呼小叫。田小牛已经脱下防弹背心，在看自己胸口的青紫，听着不耐烦了："待着！好好的叫唤什么？疼啊？他妈的早干吗去了？当恐怖分子的时候不知道今天会疼啊？老子都不喊疼，你们喊什么疼啊？忍着！"

其余两个轻伤的恐怖分子都被控制在机舱尽头，四个兵紧紧按住他们。两个兵在检查他们的口腔，看看有没有毒药。俩人都是桀骜不驯的样子，林锐看看他们俩，嘟囔了一句什么。俩人马上不吭声了，都老实待着。

"连长，你说什么了？"孙守江好奇。

林锐笑笑："我说，再喊我们就不带你们回去了，把你们移交给克格勃。"

摘下面罩的兵们都笑了。

"我要喝水。"小胡子用清晰的汉语说。

林锐愣了一下："你的普通话说的不错啊？在哪儿学的？"

"我在北京上的大学，我要喝水。"小胡子语调清晰地说。

林锐看看孙守江："给他喝水。"

孙守江摘下自己的水袋，把吸管塞入他嘴里。小胡子咕嘟咕嘟地喝着，过瘾了。孙守江把水袋丢在他脚下："这个我也不要了，你路上喝吧。"

小胡子冷笑一下："谢谢。"

"别谢我！你谢我，我晚上会做噩梦！"孙守江鄙夷地说。

"你是狙击手？"小胡子看孙守江的狙击步枪和身上的吉利服。

"是啊，怎么着？"孙守江瞪着他。

"我们最恨狙击手，抓住以后都是砍头！用最钝的刀子一点点割下来！"小胡子咬牙切齿，"但是你给我水喝，所以我不砍你的头！我会活埋你！"

"去你妈的！"孙守江怒了，举起枪托就要砸过去。

林锐一把拉住他："注意政策！他现在是我们的俘虏！"

孙守江指着他的鼻子："听着，小子！把你爷爷逼急了，打得你连你妈都认不出来！不信你试试看！"

小胡子冷笑："你们不如克格勃，你们有政策！"

孙守江被气得恨不得一拳打死他，被田小牛拦开了："得了得了，你跟疯子叫什么劲啊？待着吧，别节外生枝了！"

小胡子看着林锐："你是林锐，上尉。"

林锐愣了一下，他们都没有戴军衔和臂章。他转向小胡子："你还知道什么？"

小胡子笑笑："我看过你们的资料——田小牛，孙……记不清了，你是'乌鸡'。"

孙守江跟田小牛对视一下，都看小胡子。

小胡子转向韩光："你是韩光，狙击手，代号山鹰……你是'刺客'！"

韩光没有表情，冷冷地看着他。

"你们的情报工作做得不错，不过也逃脱不了上刑场的命运。"林锐冷冷地说，"知道这些又能改变什么呢？你们还不是一进来，就被我们给抓了？"

"会有人要你们的命！"小胡子怒气冲天地说。

队员们都看他，又看林锐。林锐用眼神制止队员们的冲动，蔡晓春起身走过去蹲下带着奇怪的笑容："知道你爷爷是谁吗？"

"你？"小胡子仔细想想，"不入流！没看过你的资料！"

蔡晓春拔出匕首，放在小胡子的脖子上。

"秃鹫！"林锐怒吼。

蔡晓春的匕首在小胡子的脖子上轻轻游走，小胡子面不改色。

蔡晓春轻轻用力，匕首的尖端开始渗血。

"把他拉开！"林锐高喊。

孙守江和田小牛抱住了蔡晓春。

蔡晓春怒吼："松手！不然我捅死他！"

林锐怒吼："秃鹫，你难道想陪着他坐牢吗？！"

"连长，我心里有数！"蔡晓春冷冷地说，"你们都别管！"

韩光抓住田小牛："放手吧，我了解他。他真的会捅进去的。"

田小牛和孙守江都慢慢松开手，孙守江着急地说："兄弟，你冷静点！"

蔡晓春看着小胡子，匕首慢慢滑到他的耳朵下面，带着一道血道子。小胡子还是盯着他，但是脸色更白，嘴唇在微微颤抖。蔡晓春的匕首停在他的耳朵后面，刃对着耳朵。

"只要遇到一个气流颠簸，你的耳朵就没了。"蔡晓春的目光很冷。

小胡子："你想违反你们的纪律吗？"

"知道耳朵没了什么滋味吗？"蔡晓春继续语调平静地说，"我十五岁的时候，有一次在街上打架。他们用棍子打我，我捡起街边烧鸡摊的一把菜刀，砍伤了他们六个。其中一个，耳朵被我砍掉了。我去年回老家探亲，见到他，他还是少一只耳朵。"

小胡子的嘴唇在颤抖。

"我知道耳朵没了有多丑。"蔡晓春冷笑着说，"你穿得比他们都好，长得也比他们漂亮，说明你注重仪表。你是文化人，上过大学。看得出来你不怕死，但是你怕没耳朵。"

"痛快点，杀了我。"小胡子哆嗦着嘴唇说。

"杀了你，我要坐牢，闹不好还要上刑场。我没那么傻，明白吗？"蔡晓春的匕首在他的耳朵后面慢慢游走，"我想要的，是你的这只耳朵——它是我的战利品！"

小胡子闭上眼，冷汗直流。

"听着，我比克格勃还狠！"蔡晓春贴着他的耳朵说，"每一个字都给我听清楚了！我是蔡晓春，秃鹫！有本事你就找你的那帮杂碎来杀我，只要杀不了我，这个兵我也不当了！我会杀光你们这帮杂碎！把你们的耳朵都割下来，喂狗！"

小胡子恐惧地说："我听见了……"

"那就把每个字都刻在你的心里！"蔡晓春收起匕首，"一路上给我老实待着，再敢放屁——这只耳朵就是我的！我豁出去不当这个兵了，我也搞你搞到底！"

小胡子点头，血在脖子上慢慢渗出来。

蔡晓春把匕首插回去，转身走了。

林锐看着他，又看看小胡子。队员们都看他，林锐叹口气："你们都看见什么了？"

队员们都说没有。

林锐转向天空："我也没看见——那伤是抓他的时候，自己划的。"

队员们都说是。

蔡晓春坐在韩光身边，看着外面的天空。韩光看看他，没说话。林锐看着蔡晓春："回去以后，我要跟你好好谈谈！"

蔡晓春点头："连长，谢谢你。"

"谢他妈的什么谢？！"林锐怒了，"我干什么了我？！"

"是，我什么都不知道。"蔡晓春马上说。

"管好你自己的嘴！不许往外吐一个字！"林锐压抑地低声怒吼。

"哈哈！尿了！"孙守江跟发现新大陆似的指着小胡子说。

大家都看，小胡子跪着的裤子湿了，滴答着。

3

在乌鲁木齐将抓捕人犯移交公安以后，直升机加油继续起飞，连夜返回东南驻地。代号"戈壁佩剑"的抓捕行动顺利结束，三名目标全部活着被擒，参战队员无一伤亡。行动完美得如同特种部队内部教科书上的经典战例，为此也受到总部和有关部门的表彰，有功人员也得到了立功表彰。

但是作为第一狙击小组观察手的蔡晓春没有立功。

参加行动的所有队员都明白，他是因为最后直升机上的那一下。林锐没有报告上级，所有队员也都没有报告上级，这成为参加行动队员永远不会提及的秘密。反恐怖战斗是残忍的，什么情况都可能发生，蔡晓春的行为肯定是违纪的，但是……谁又能说面对这样嚣张的威胁无动于衷呢？何况都是血气方刚的小伙子？

蔡晓春自己倒真的不在乎。他不是在乎是否立功的那种兵，加上在狼牙特种大队战士提干的概率几乎没有，军功章对于他已经彻底失去了吸引力。他的野性在实战当中发挥出来，让恐怖分子都害怕。

而他的连长林锐，则真的开始担忧。

蔡晓春在晚饭后被单独叫到连部，他跨立面对林锐，目不斜视。

林锐站在办公桌后，也看着他："知道为什么叫你来吗？"

"报告！连长说，回来以后要和我谈谈。"蔡晓春说。

"知道我要跟你谈什么吗？"林锐厉声问。

"知道。"

"你说。"

"我对俘虏动手，没有执行俘虏政策，违反军规。"蔡晓春脱口而出。

林锐看着蔡晓春："为什么你要对解除武装的恐怖分子使用武力？"

"因为他在威胁我们，连长。"

"他构成实际威胁了吗？"

"没有，连长。"

林锐看着蔡晓春："那你为什么要动手？"

蔡晓春眨巴眨巴眼。

"因为你受不了这个气！对不对？"林锐厉声说。

"是，连长。"

"那我为什么能受得了这个气？！"

"因为你是连长，连长。"蔡晓春说，"我不是连长，我考虑不了那么多。"

"你一辈子不想当连长吗？"林锐突然问。

蔡晓春眨巴眨巴眼："我不懂你的意思，连长。"

"山鹰大队的大队长单独跟我电话聊过很长时间，他很关注你。"林锐说，"应该说，作为一个部队的部队长，这样关注一个士兵，是很少见的。他很关心你的成长，也告诉我，你几次提干都因为各种原因被耽搁了。"

蔡晓春不说话。

"你该知道，他对你的期望。"林锐提高声调，"可是你——按照一个解放军军官的标准要求自己了吗？"

"没有，连长。"

"为什么？"林锐问。

"因为……我留在狙击手连，已经决心放弃成为军官的机会，连长。"蔡晓春说，"狼牙特种大队已经没有战士提干的特例，我必须考军校。"

"那你好好复习啊？"林锐问，"为什么自暴自弃？"

"我没有，连长！"蔡晓春说，"我留在狙击手连，是希望成为最好的狙击手！"

"但是你这个鸟样子，一辈子都成不了最好的狙击手！"林锐怒吼，"一个真正的狙击手，一个真正的刺客，会去对解除武装的恐怖分子动手吗？！刺客的真正含义是什么？"

"侠之大者，谓之刺客！"蔡晓春回答。

"你背得很流利，怎么就做不到？"林锐问。

蔡晓春不说话。

"我今天跟你谈，不是想告诉你，你对俘虏动手是多么的英勇！"林锐厉声说，"是想告诉你——想成为刺客，先要把你的桀骜不驯打掉！你的野性太重了，你可以一身武功，但是你能成为真正的合格的中国军人吗？你连一个合格的中国军人都不是，怎么成为中国陆军的刺客？！"

"我错了，连长。"

"我要你这句话没有用！"林锐说，"我要的是你能够认识到自己的缺陷！"

"什么缺陷，连长？"

"就是你的野性，你的桀骜不驯！"林锐说，"我们是纪律部队，是解放军，不是土匪流氓！我们战斗，是为了祖国为了人民！不是为了跟歹徒斗气的！——你的脑子上，要戴上紧箍！"

"是，连长！"

林锐看着蔡晓春，半天才说："我希望，你不仅在狙击手连训练，作战；也能够在狙击手连成长起来，成为一个有纪律的军人！否则，你的本事再高强，跟那只蝎子有什么区别？你得明白，自己为了什么当兵，为了什么作战！"

"是。连长。"

"去吧，跟韩光好好谈谈，你们俩交交心。"林锐挥挥手，"从此以后，戈壁佩剑行动的任何细节——都死在你的肚子里面，明白吗？我们所有参战队员，都他妈的给你顶着雷呢！"

"你放心，连长！"蔡晓春说，"我绝对不会连累任何兄弟！"

"再有类似的情况发生，你就不要待在狙击手连了。"林锐严厉地说，"明白吗？"

"明白，连长。"蔡晓春敬礼，转身出去了。林锐看着他的背影，无声叹息。

韩光在武器库检查全排的武器装备，蔡晓春在门口推开门。韩光回头："进来吧，跟我一起清点一下。咱们排人不多，枪多，这帮家伙又都是兵油子，少个刺刀什么的很难说。"

蔡晓春进来，关上门。

韩光看他："连长找你谈话了？"

"嗯。"

"你啊。"韩光说，"你没错，但是你不该那么做。"

"你觉得我没错？"蔡晓春很意外。

"每个人都会有愤怒，关键是你如何控制自己的愤怒。"韩光说，"理智，情感，永远都在搏斗。"

"我想不了那么多，那个时候。"蔡晓春捡起一把88狙击步枪检查着。

"学会去想那么多。"韩光拍拍他的肩膀，"你是军人，纪律是你的灵魂。"

"说起来也奇怪，没有战斗的时候，我从来没有违反过军纪。"蔡晓春苦笑，"这参加实战了，跟吃了兴奋剂似的，越打越兴奋。"

韩光看着他："你该去看看心理医生了。"

"得了得了，我没病。"蔡晓春摆手，"我又不是精神病，看什么心理医生啊？"

韩光担忧地看着他，没说话。

晚上林锐正在准备睡觉，韩光来了。林锐听完韩光的想法，犹豫了一会儿："你觉得有必要吗？"

"我看过外军的资料，狙击手的神经总是高度紧张的，这种紧张需要释放出来。而且，狙击手总是在爆头，虽然是杀敌，但是这毕竟是在杀人。"韩光冷静地说，"我建议，狙击手连凡是参加实战的官兵定期接受心理辅导。"

"我军历史上从未有过心理辅导，我们打过那么多仗，也没发现有特别严重的心理问题。"林锐说，"你说的这个问题，我在资料也接触过，不过我们的兵相对外军淳朴得多，想得也少。"

"时代不一样了，连长。"韩光说。

"严教在前线狙杀那么多敌人，你觉得他心理有问题吗？"

"他没事就喜欢瞄人头玩儿，连长你觉得他一点问题都没有吗？"

林锐愣了一下。

"这个问题，我现在还很难答复你。"林锐想了想，"这要向大队汇报，看看大队长和政委的意思。你先回去吧，我明天去找大队长和政委。"

"是，我走了。"韩光起立，转身出去。

林锐坐在椅子上，琢磨半天："心理辅导？——连我也有问题吗？

4

"每一个人都有心理问题，只是或多或少而已。"

赵百合面对面前的林锐，坦然自若地说。

"我相信，狙击手的心理问题会更多，隐藏得更深。"赵百合继续说，"一个受到现代文明教育的青年人，手持狙击步枪，去猎杀一个同类——可想而知，他的内心深处要承受多么大的冲击力。也许现在还意识不到，但是长期积累下来就很可怕了。"

"你了解狙击手吗？"林锐反问。

"我不了解，所以我在尝试了解。"赵百合说。

刘芳芳想想："政委把这个任务交给我们，我们就得很好地完成。百合，你在军医大学选修过心理学，是咱们大队卫生所唯一接触过心理学的。所以，我看你就担任狙击手连的心理辅导师吧？"

"她？"林锐看看年轻的赵百合，"刘大夫，你没开玩笑吧？"

"那你说找谁？"刘芳芳反问，"难道从地方请一个有经验的心理医生？你不怕泄密啊？"

林锐想想，苦笑："你不行吗？你了解特种兵，也了解狙击手——张雷我看就活蹦乱跳的，没什么心理问题。你辅导得不错，就顺手帮我们狙击手连也辅导辅导吧？"

"别逗了！"刘芳芳笑，"隔行如隔山，我学的是外科！"

"那你学的是什么？"林锐问赵百合。

"外科。"赵百合说，"选修过心理学。"

"你看这也不是专业的啊？"林锐说。

"我是心理学的在职研究生，要看我的学生证吗？"赵百合反问，"我刚刚通过军医大军事心理学的在职研究生考试。"

林锐噎住了，半天才说："这个年头，流行在职研究生啊？"

刘芳芳笑："对啊！不是你给带起来的风气吗？"

抱着一大堆狙击手资料的赵百合回到宿舍，吭当放在桌子上。正在睡觉的苏雅睁开眼："哎哟，地震了啊？我这值夜班刚睡下？干吗呢你！"

赵百合擦擦汗："起来起来，帮我整理一下——美军的，俄军的，法军的……这是特警的，不分国家放在一起。"

"什么啊这是？"苏雅爬起来，揉揉眼拿起一份资料看看："美军海军陆战队狙击手战术研究第一册……我——靠！你准备改行当狙击手了？！"

"什么啊？我才不当职业杀手呢！"赵百合分着资料。

"那你是迷上狙击手了？"苏雅笑着问，"是不是迷上韩光了？这可真的是爱屋及乌！弄这么多资料来研究——还不把韩光给幸福死了！"

"哎哎哎！别瞎说啊！"赵百合正色道，"我这是工作！政委交代下来的任务！"

"什么工作啊？要看这么多狙击手的材料？"苏雅纳闷儿。

赵百合叹气："心理辅导，以后狙击手连要在我这里做心理辅导。"

"哇！那你岂不是能经常见到韩光了？！"苏雅惊呼。

"我说你瞎起哄什么啊？韩光跟我有什么关系啊？"赵百合反问，"你喜欢他你去追啊？别老把我拉上当垫背的！"

"哼！嘴上说不乐意，其实心里啊……"

"又是哪本书说的？"赵百合问，"是不是又是那个死胖子的？让你烧掉你就是不听，少看他的书——中毒！"

"不是不是，这是我自己总结的！"苏雅笑着说，"根据某人的心理进行的分析！"

"我说你一天到晚不惦记别的，就惦记把我嫁了是吧？"赵百合无奈地说，"成，我嫁！——我嫁头猪，我也不嫁给韩光！这下你满意了吧？"

"恨得越深，爱得越深……"

"死丫头，看我不把你那堆烂书都给烧了——"

"烧吧烧吧，他写得比你烧得快！"

两人笑着闹着，桌子上一堆狙击手的资料。

5

狙击手连在战术训练场组织正常训练。今天的科目是伪装潜行，所以场地很安静。严林坐在伞兵突击车上，看着杂草丛生的训练场。隐约十几团灌木丛，别的还真的什么都没发现。严林拿起高音喇叭："乌鸡，你的屁股就那么大吗？五公里以外都能看见你的屁股了！乱动什么？扭的很好看吗？"

"报告——"孙守江憋不住了，起身。

"搞什么名堂？"严林拿着喇叭问。

"严教，我想拉屎——"孙守江喊。

十几团灌木丛都开始抖动，都忍不住笑了。

"懒驴上磨屎尿多！去吧！找个下风口，带上工兵锹自己给埋了！别他妈的让我们闻到你的臭味！"严林举着喇叭喊。

"是——"孙守江捂着屁股穿着吉利服跌跌撞撞跑向山下。

"其余人继续训练！"严林放下高音喇叭，看看手表。

孙守江跑到山沟里面，拿起工兵锹挖坑，然后蹲下。这里很敞亮，但是不必担心，因为不会来人。孙守江蹲下，哼着二人转，开始拉屎。

"正月里看人家结婚，我就着忙啊……啊，啊，啊——"

孙守江突然惊呼一声，随即急忙起身拉上裤子都顾不上擦，转身就跌跌撞撞爬上山："报告——有，有情况——"

严林在车上坐着，一听顺手就拔出手枪上膛。其余正在训练的队员也一跃而起，握紧狙击步枪和自动步枪虎视眈眈。

"怎么了？"严林敏捷地跳下车，"什么情况？"

"女……女的……"孙守江吓得脸都白了。严林纳闷儿，跳上伞兵突击车左手拿起望远镜，右手还提着手枪。他看见望远镜里面出现一个女兵，戴着黑色贝雷帽穿着迷彩服背着军挎走上山坡。严林放下望远镜，关上手枪保险："一个女兵喊什么喊？"

"我，我刚才拉屎呢……"孙守江哭笑不得。

"眼睛够尖，600米外的目标，都能看出来男女。"严林坐下，"值得表扬。"

"她刚才下那个山头，跟男的不一样，有体貌特征。"孙守江正经地说。

"什么体貌特征？"

孙守江双手在胸前比画着："女的下山，都这样，手在胸前一点点往下蹭，屁股也扭……"

狙击手们哈哈大笑。严林也笑了："有你的啊？——都听见了吗？"

"听见了！"狙击手们怪笑。

"别笑，这是知识！"严林高喊，"根据这个体貌特征，可以迅速判断任务区内的目标性别，有便于我们执行任务！记住了啊？继续训练。"

孙守江嘿嘿笑："这也是知识啊？严教，我能给你说一大堆……这个女兵啊……"

"给你点阳光就灿烂啊？继续训练！"严林瞪着他说。

"严教，我，我屁股还没擦呢……"

"找个地方，收拾干净了！"严林哭笑不得。

"是！"孙守江急忙跑了。

严林拿起一瓶矿泉水，打开喝了两口。赵百合已经走到他的面前，敬礼："报告！"

严林随手还礼："有事儿吗？"

"我想了解狙击手训练。"赵百合说。

严林纳闷儿："你谁啊？"

"大队卫生所，赵百合。"

严林看她："你了解狙击手训练干什么？"

"是政委的任务，让我接触狙击手，了解狙击手。"赵百合不卑不亢地说，"中校，我奉命做狙击手连的心理辅导师。"

"什么什么？"严林纳闷儿，"什么辅导师？"

"心理辅导师。"赵百合重复。

"我的狙击手心理没问题，你去别的连队辅导吧。"严林掉转脸看着山上，喝了一口水。

"这是政委的命令。"赵百合强调。

"政委？"严林看她一眼，"政委怎么了？我在前线的时候，他还当新兵呢！让他找我来，走吧。"赵百合脸上红一阵白一阵。

韩光卧在草丛当中看着，旁边是蔡晓春。

蔡晓春嘀咕："目测身高一米六五。"

"一米六四。"韩光说。

"我的眼睛不会错。"蔡晓春说，"她的军靴靴底高1厘米半，所以她的净身高是一米六五。"

"她站在洼地，所以要减去一厘米。"韩光说。

蔡晓春伸头看看："算你赢了。"

"这不算本事。"后面雷鸟嘿嘿笑，"你们俩谁能看出来——她是Ａ罩杯？还是Ｂ罩杯？"

蔡晓春纳闷儿："什么Ａ罩杯？Ｂ罩杯的？这是什么军事术语？"

韩光忍住笑："雷鸟，你就使坏吧！我的排副都让你给污染了！"

蔡晓春回头看雷鸟："你说的到底什么意思？"

雷鸟咬牙没笑出来："等你谈对象就知道了。"

蔡晓春眨巴眨巴眼："肯定不是什么好事！"回头继续趴着潜伏。

严林没搭理赵百合，继续喝水，看着潜行的狙击手们。

林锐开着特战摩托过来："怎么了？你跟这儿干吗呢？"

赵百合转向林锐："林连长，我想了解狙击手训练。"

"这么快就进入情况了？"林锐说，"怎么还哭鼻子了？"

"他不让我了解！"赵百合说。

林锐看看严林，笑："严教，这是大队卫生所的……"

"让政委来找我！"严林面不改色，"胡闹！这是狙击手连的训练！谁都能了解，我们还有什么战术秘密可言？"

"可是我也是狼牙特种大队的！"赵百合说，"难道你们不信任我？"

"在战场上，我只信任男人，不信任女人。"严林看都不看她。

"你不是上过前线吗？我就不信你没受过伤！"赵百合说，"那你告诉我，救你命的是男人还是女人？"

严林一口水给噎住了，转眼："看不出来，你还挺厉害的啊？"

"我只是陈述一个事实。"赵百合擦去眼泪正色说，"我也在执行任务，希望你可以配合我执行任务。"

严林看看她："我们中国军队，用不着学外军那一套！我们的兵个个都是好样的，心理没一点问题！"

"是吗？"赵百合冷笑，"那你告诉我，他们身上的吉利服是哪里来的？是不是进口的？是不是外军的装备？还有他们的二人狙击小组战术，是从哪里演变来的？还有大量的狙击战术术语，是从哪里翻译过来的？还有狙击手的手语，是从哪里演变过来的？中校，你能告诉我——中国军队，用不着学外军的那一套吗？"

严林很意外："看不出来，你还真的不算完全外行啊？"

赵百合缓和语气："中校，如同训练狙击手是您的工作，接触和了解狙击手，也是我的工作。如果我一点功课都没做，我也不敢到这里来。"

严林看看林锐，又看赵百合："既然这样，你告诉我——你想怎么接触和了解狙击手？"

"我想先接触他们，才能了解他们。"赵百合说，"先从最简单的开始吧，我想了解到战士的负重，以及他们需要在敌后潜伏多久，对突发情况做了些什么准备。"

严林想想："你不能影响我们的正常训练。"

"报告！我不会的！"赵百合笑着说。

严林看看手表："时间到了，都滚出来。"

哗啦啦！他们面前的杂草当中站起来一片灌木丛。

赵百合捂着嘴："啊！这么多人啊？"

严林笑笑："刚才不是还说什么吉利服不吉利服的吗？还以为你多少算是半个内行呢！——山鹰，秃鹫！"

"到！"二人回答。

"你们两个，给她介绍一下你们的装备和任务预案，有问必答。"

"是！"两人提着狙击步枪走过来。

严林看看跃跃欲试的狙击手们："其余的人——滚到山那边去，我要检查你们的射击！走吧！"

孙守江失望地看着他们俩过去，对严林说："严教，他们俩一个闷葫芦一个山炮，能介绍什么情况？我去吧，我比较活跃……"

"就怕你太活跃了！"严林冷冷地说，"走！"

孙守江被严林推了一把，只好跟着队伍走了。

林锐看看手表："我跟过去了，你们聊——山鹰，半小时以后归队。"

"是！"韩光利索回答。

赵百合带着笑容看着这两个满身迷彩满脸迷彩的狙击手走过来。

韩光和蔡晓春站在赵百合面前，摘下自己的吉利服帽子，露出包着迷彩汗巾的光头。

赵百合仔细看看韩光满是迷彩的脸："是你？！"

6

韩光和蔡晓春站在赵百合面前，都是目不斜视。

赵百合看着韩光，稳定住自己："你是山鹰？"

"是，狙击手连一排排长，韩光，代号山鹰。"韩光斜眼看了一下赵百合脚下。

蔡晓春也斜眼看了一下赵百合脚下。

"你们两个看什么？"赵百合纳闷儿。

"你终于输给我了。"蔡晓春欣慰地说，"她踩着一块石头。"

赵百合低头看看自己脚下，从石头上跳开："这个石头怎么了？有地雷吗？"

"不是，我们在目测你的身高。"韩光目不斜视地说，"我输给秃鹫，因为他目测结果是一米六五，我的目测结果是一米六四。"

赵百合气不打一处来："你们两个琢磨我的身高干什么？"

"狙击手的职业习惯。"韩光说，"我们要确定目标的身高，以便确定射击弹道。"

"我也是你们的目标吗？"赵百合纳闷儿。

"在狙击手眼里，任何人都可能成为目标。"蔡晓春说，"只要命令下达，我们会执行。"

"如果是妇女和儿童呢？"赵百合反问。

韩光看看她："没有这种可能性。"

"为什么？"

"第一，我们的上级不会命令狙杀妇女和儿童；第二，如果我们的上级命令狙杀女性，那也是迫不得已，在我执行命令的瞬间，她不是妇女。"韩光说。

"那是什么？"

"目标。"韩光说。

"也就是死人。"蔡晓春强调。

赵百合看着他俩:"那你们会因此有负罪感吗?"

韩光不说话。

"不会。"蔡晓春回答,"因为我们是军人,在执行命令。"

赵百合想想,换了个话题:"你们给我介绍一下,随身携带的装备吧?"

韩光看看蔡晓春:"你面前是一个二人狙击小组,通过刚才的对话,我相信你了解二人狙击小组的构成。我是狙击手,他是观察手。我们携带的装备有所不同,现在我们拆下来给你看。"

两人脱下吉利服,拆下背囊和武器装具,一一麻利地分解开来给她进行讲解。

赵百合仔细地看着听着:"这些全部负重多少?"

"大概三十五公斤。"韩光说。

"你们一般情况下,要携带这样沉重的装备,长途跋涉多远的距离?"

"我们没有一般情况,每次的任务都不相同。"蔡晓春说,"也许是下直升机就是潜伏地点,也许在二百公里以外。"

"最大的困扰是什么?"赵百合问。

韩光抬眼:"我不明白你的意思。"

"就是你们最难以忍受的是什么?"

"我们可以忍受一切困难。"蔡晓春说。

"寂寞。"韩光突然张嘴说,"深深的寂寞。"

赵百合看着韩光:"寂寞?"

"是的,藏在心里的寂寞。"韩光站起身说,"其实疲惫对于我们,不算什么。因为我们已经习惯了疲惫和战胜疲惫,最难以忍受的是寂寞。"

蔡晓春不说话,他也难受。

"没有人和你们说话?"赵百合问。

"除了无线电命令,没有任何人跟我们多说一句话。"韩光说,"同样,我们也不可能跟任何人说话。"

"那你们心里都在想什么?"

"目标。"韩光抬起眼。

"除了目标呢?"

"还是目标。"韩光说。

"除了目标没别的了?"

"我们深入敌后,面临险境,所做的一切都是为了目标。"韩光看着她说,"除了目标，我们心里不能再想别的。除非……"

"除非什么？"赵百合追问。

"我们不想活下来。"

赵百合打了一个冷战。

"你想了解狙击手，其实你尝试把自己关在屋子里面，一天不出门，没有任何外界联系，不能看书，不能看电视——只是盯着窗外的一根电线杆子看，就知道了。"韩光说，"我们每天都是这样，盯着目标区域，生怕错过目标。"

"那你们真的很不容易……"赵百合感叹。

"我们是狙击手，这是我们的工作。"蔡晓春说，"这是我们应该面对的考验。"

"你们……都狙杀过目标吗？"

两人都不回答。

赵百合长出一口气："谢谢你们，我不问了。以后我会通知你们，去卫生所跟我聊天。有兴趣吗？"

韩光看看蔡晓春，蔡晓春也看看韩光。

"你们不去，我就要政委下命令了！"赵百合笑笑，看看手表。"时间到了，你们该集合了！谢谢你们，我不打扰你们了！再见！"她转身走了。

韩光和蔡晓春看着她的背影。

"她……挺漂亮的。"蔡晓春突然冒出来一句。

韩光看着赵百合的背影，眯缝起眼："B罩杯。"

蔡晓春纳闷儿："到底是什么意思？"

韩光看看他，笑了一下："告诉你，还是不告诉你——这，是一个问题。"

7

无数乌鸦被枪声惊起，天空瞬间变得暗无天日……

韩光一下子睁开眼，急促呼吸着，抓紧了躺椅的扶手。幽暗当中，低沉舒缓的音乐还在继续。韩光擦擦眼，却发现有泪水，他疑惑地看着自己手上的泪水。赵百合站在他的身后，双手放在他的肩上："你看见了什么？"

"乌鸦。"韩光脱口而出。

"乌鸦怎么了？"

"到处都是乌鸦。"韩光嘶哑地说，"我怎么了？我睡着了吗？我怎么哭了？"

"你做梦了，你在梦里想起了你不愿意想起的事情。"赵百合缓缓地说，"你拼命去遗忘，你以为把它们都忘记了，可是它们还在你的记忆神经深处……你的记忆被唤醒了……"

韩光长出一口气："我不知道乌鸦意味着什么，我什么都想不起来。"

赵百合面对着他坐下，抓住他的双手："告诉我，你的童年？"

"我的童年很幸福。"韩光说。

"你不幸福。"赵百合看着他的眼说，"你在骗我。"

韩光推开她的手："这超出了我作为狙击手接受心理疏导的范围。"

"你在逃避什么？"赵百合问。

"我没逃避，因为我什么都想不起来。"韩光说得很认真。

"一个人，怎么会忘记自己的童年呢？"

"我没用忘记，我说了我的童年很幸福！"韩光第一次发出了压抑的怒吼。

"你愤怒了……"赵百合看着他的眼。

韩光失语。

"我看过你的资料，你的特点是冷静，甚至可以说是冷漠。"赵百合目光炯炯地说，"但是你愤怒了，提到你的童年……"

韩光躲开她的眼睛。

"跟我说说你的母亲吧？"赵百合说，"她爱你吗？"

"爱。"韩光点点头。

"她是一个医生，对吗？"赵百合问。

"你看了我的资料，档案里面都写着。"韩光说，"她是医生。她上山下乡的时候，是卫校的学生，所以就做了赤脚医生。后来考大学回到城市，工农兵学员，但是是个非常优秀的医生。她现在是主任医师，还是硕士研究生导师。"

"我没有问她的医疗水平，为什么你想告诉我这些？"赵百合追问，"你想证明什么？你努力想说明什么？"

韩光看着赵百合："我想说明，她是一个非常优秀的医生。"

"她是一个优秀的母亲吗？"赵百合问。

韩光看着赵百合："……是的。"

"你怕输。"赵百合说。

韩光："怕输？"

"对，因为你怕别人瞧不起你母亲是赤脚医生，工农兵学员，所以你极力想告诉我她的优秀。"赵百合说，"这说明你怕输，你怕被人瞧不起。"

"谁会瞧不起我？"韩光的声调很高傲。

"你自己。"

"我自己？"

"你自己——自卑。"赵百合看着韩光说，"你在躲闪我的眼睛，因为你感觉到了自卑。你怕输，你不服输，你永远要做第一名——因为，你自卑。"

"我该回去训练了。"韩光要起身。

"等等！"赵百合站起来，"告诉我，关于你的父亲？"

"他去世了，我没什么好说的。"韩光错开赵百合的眼睛说。

"你的父亲是一个军人，却去世得无声无息。"赵百合小心地问，"他是一个连长，无论是殉职还是意外，总是该有记载。我没有找到这方面的记载——告诉我，为什么？"

韩光看着她，不说话。

赵百合小心地坐下，握住韩光的手："你为什么哭了？"

韩光纳闷儿："我？我哭了？"他伸手去摸自己的脸，却发现了眼泪。

"想哭你就哭出来，别压抑自己。"赵百合说，"你把自己藏得太深了，太深了……你的痛苦压抑得太深了，太深了……"

韩光闭上眼，眼泪无声流淌。

"为什么你自卑？为什么你怕输？"赵百合问，"是不是跟你的父亲有关系？"

韩光不说话，只是流泪。

"告诉我——你父亲是怎么去世的？"

韩光睁开眼："你为什么那么想知道？"

"这是你童年的阴影，你带着这个阴影已经长到了二十三岁！"赵百合说，"你是一个出色的狙击手，也是中国陆军现在唯一的'刺客'。你要去出生入死，我不能让你带着这个阴影继续活着。你总是要不做狙击手的，要去面对未来的生活，爱情……"

"我不相信爱情。"韩光脱口而出。

"为什么？"赵百合追问，"因为你的父亲母亲？"

韩光失语了。

赵百合握紧韩光的手："你可以信任我，我是一个医生，不是你的指导员。你说的任何事情，我都不会告诉别人。你需要宣泄，韩光，你把自己压抑得太久了……"

韩光看着赵百合，许久，嘶哑地说："我是一个私生子。"

8

赵百合没有惊讶，注视着面前的韩光。她决心挖出这个男人内心的秘密，除了工作需要，还有一点是自己的好奇……这个冷热不侵的"刺客"，到底有着一个怎样的精神世界？他的坚韧、顽强和冷酷，从哪里来？

现在，她已经触碰到谜底的边缘。

韩光目视前方，眼泪已经消失，恢复了往日的冷漠。他的声音低沉，嘶哑当中带着特殊的磁性：

"我的父亲母亲，用一个词来说，叫作青梅竹马。他们在一起长大，我的母亲上山下乡，我的父亲则加入了军队。他也是一个神枪手，来自我祖父的教导……我的祖父不仅是翻译，他还曾经和张桃芳并肩作战，是狙击兵岭的一个志愿军狙击手……我的母亲在云南边境的一个知青农场，那是一个美丽的地方，但是在我母亲的知青时代，却是一个地狱……"

赵百合看着他："为什么？"

韩光看她："当一个弱女子，被强权操纵了未来，你——能够抗争多久？"

赵百合被问住了，她从未想过这个问题。

"那个年代很疯狂，很难用什么词语来形容。"韩光继续说，"为了能够回到城市，我的母亲……用尽了一切的办法。当然，她没有告诉我的父亲。因为她知道，他的个性……我的母亲终于能够去上大学，但是她也怀孕了，那就是我……"

"是谁的孩子？"赵百合斗胆问了一句。

"关键就是——不知道。"

赵百合不敢再问了。

"他们俩以前就发生过关系，所以我的父亲没有多想。然后他们就结婚了，我的父亲继续在部队，我的母亲上了大学，很快有了我，我的奶奶把我养到四岁。然后我回到父母身边，母亲随军在驻地医院工作。日子就这样过去，在我的记忆当中，那是春天……"韩光陷入回忆。

"你的父亲，知道了？"赵百合问。

"对，在我五岁的时候，我淘气受伤了，需要输血。我的父亲掀起自己的袖子，说，这是我的儿子，抽我的……"韩光说得很平静，声音却变得哽咽。

赵百合看着韩光。

"所有的一切在那个春天的下午都改变了。我母亲告诉了我父亲，一切的一切，都没有隐瞒。我的父亲，没有说一句话。那天下午是射击训练，他带着一把步枪，走入了树林……"韩光惊恐地睁大眼。

砰！

枪响，惊起树林的无数乌鸦。

韩光闭上眼，眼泪无声流淌。

"我在很小的时候，就知道什么叫作苦难。那是我人生当中最苦难的日子，我的祖父……一个老将军，从遥远的北京来到边疆，收敛儿子的遗体。他知道了全部真相，却没有责怪我母亲一句话，只是一声叹息。

"后来我成年以后，我的祖父告诉我，那是一个民族的苦难，一个民族的疯狂。作为个人，还是个弱女子，在这样的旋涡当中，很难有什么更好的选择。所以他不想说什么，只是默默收敛儿子的遗体，默默地抱起我，好像什么事情都没发生过……"

"你一直跟着你的祖父？"赵百合问。

"是的，他和奶奶抚养我，没有说过我一句重话。"

"你妈妈呢？"

"我的祖父没有阻拦我见她，每个暑假，我都会去看她。"韩光说，"她没有再组织家庭，对我很好，只是我们之间好像隔了什么似的……那就是我的父亲没了，自杀了……他是一个高傲的军人，也是一个优秀的军人……他的军事素质非常好，战士们也都喜欢他……也是因为他太高傲了，所以他不能很好地面对这一切……还有就是，他太爱我的母亲了……他不能接受这个现实……"

"你从此以后就变得沉默寡言？"

"嗯。"韩光说，"有一点你说得没错……我自卑，因为我很小就知道我是私生子。虽然我的祖父一直保护我很好，但是我还是自卑，只是不表现出来。为了掩饰这种自卑，我必须比任何人都强。我的祖父是个军人，是个狙击手出身的将军，所以我很小就开始学习射击……我加入了射击队，一直是第一名；我在学校的学习成绩，也是第一名……我渴望成为第一名，因为我希望得到尊重，掩饰我的自卑。只有我自己知道，这第一名，当得太累了，太累了……"

赵百合看着他："为什么你没有参加国家射击队？而考了军校？"

"因为……我不想让我的祖父失望。"韩光看着她，"他当了一辈子兵，虽然在部队历经了无数磨难，但是我永远忘不了……在我高二的时候，他退休，必须脱下军装的悲伤。他也是个喜怒不形于色的男人，所以他的悲伤就更让我震撼……我在内心埋下这个愿望，一直到高三，我真的接到了陆军学院的录取通知书，我才把通知书悄悄放在他的书桌上。第二天，我发现他在书桌前坐了一夜……我就这样成为军人，成为特种兵，成为狙击手……"

"你的祖父一定会为你成为'刺客'而骄傲。"

"他去世了，前年。"韩光低沉地说，"那时候我军校四年级，刚刚下部队实习，他去得很安详。我回到干休所奔丧，他给我留下的遗产，是……一米多高的手写的外军狙击手资料，全部是他从内部英文资料翻译而来的。他为了给我留下这些，准备了三年。从我考上军校的那天起，就开始悄悄地去翻译……"

赵百合闭上眼，眼泪唰地流下来。

"从此以后，我不再是为了我的自卑，而是为了他——我不能输。"韩光低沉地说。

"你是最好的狙击手。"赵百合睁开眼，"没人可以胜过你。"

韩光的眼睛看着看不见的阴影："所以，我比狙击手连的所有官兵都累。当最好的，太累了……"

"你有女朋友吗？"赵百合突然问。韩光摇头。

"也许你有了女朋友，会好很多。毕竟你会不再孤独，会有个人能够理解你，关心你……"

"我的命运就是孤独，所以我是一只山鹰。"韩光起身戴上黑色贝雷帽，"你见过成双成对的山鹰吗？那是鸳鸯——不是山鹰。谢谢你，我现在好多了。下午我还要继续训练，告辞了。"

韩光退后一步，军靴一碰，敬礼。

赵百合傻傻看着他，没有还礼。

韩光转身要走。

"山鹰！"

韩光站住了，没有回头。

"你放心，我不会告诉任何人的！"赵百合说。

韩光还是没有回头："我从决定告诉你那一刻起，就没想过，你会告诉别人。"他径直出去了。

留下傻傻看着门的赵百合，她的脸上在默默流泪。

赵百合奔到窗口，掀开窗帘的一角。

韩光瘦高的穿着迷彩服的背影，在军营里面挺拔地走着，不时跟对面路过的官兵相互敬礼。冷峻，冷酷，冷漠，标准的军队狙击手作风。而没人知道，在他的冷峻，冷酷，冷漠下面，隐瞒了多少压抑的痛楚。

赵百合的眼泪再次慢慢下来："你吃了多少苦啊……"

9

等待去做心理疏导的二排长孙守江却不在走廊坐着，赵百合出来看看，没找到人，纳闷儿地回去了。

孙守江在苏雅的值班室臭贫，逗得苏雅前仰后合。

"……我跟你说，那'营救匪徒'一喊出来，副总长都傻了！"孙守江绘声绘色地说，"韩光那叫一个紧张啊！他的枪没校过啊？这可是解放军上将啊，脱靶了怎么

155

办？他卧在那半天，突然起身说：'报告！我申请换枪，我的枪没校正！'副总长不乐意，韩光只好打……"

"结果呢？"苏雅好奇地问。

"子弹不偏不斜，打人质脑门了！"

苏雅哈哈大笑："没想到，这会是韩光的枪法啊？"

"那是！"孙守江一本正经，"副总长就急了，谁能把那个匪徒给我击毙了！我就挺身而出——'报告！我！'"

"你？你行吗？"苏雅不相信地看他。

"瞧你说的！我过去拿起狙击步枪，就那么一比画，就知道误差在哪里了！"孙守江比画着边表演边说，"我是左右开弓，上窜下跳，从300米到1200米的靶子那是一个接一个啪啪啪啪啪……"

正说得带劲儿，那边的战斗警报拉响了。狼牙特种大队不同的连队有不同的战斗警报，三长一短是狙击手连的。孙守江侧着耳朵听听，立即抓起桌子上的黑色贝雷帽："我们连出勤了！"说着就打开窗户，翻身上去准备从二楼跳下去。

"哎！你叫什么来着？"苏雅喊。

孙守江回头笑笑："孙守江！哎——"脚一滑，直接栽下去了。

苏雅急忙到窗口去看，孙守江在地下打了滚起身就抓着黑色贝雷帽飞跑。

苏雅偷笑："嘿！可算找到一个比韩光还厉害的狙击手了！"

10

狙击手们在连队门口集合，已经携带好武装装备，吉利服裹着绑在身后的背囊上，除了脸上没来得及画伪装油彩，随时都可以投入战斗。林锐开着伞兵突击车高速而至，跳下车看着狙击手们。

林锐伸出右手，一点："山鹰，秃鹫！"

"到！"两人出列。

林锐厉声说："你们两个，第一狙击小组。"

"是！"两人立正。

孙守江跃跃欲试。

林锐看着这些求战欲望非常强的狙击手们，点着孙守江："乌鸡，雷鸟！"

"到！"两人出列。

"你们两个，第二狙击小组。"

"是！"两人立正。

"其余队员，正常训练！"林锐厉声说，"田小牛，你带好连队！"

"是——"田小牛立正。

"你们四个，上车！"林锐挥挥手，"情报在直升机上传达。"

"是！"四个人携带自己的背囊和88狙击步枪翻身上车。林锐亲自开车，伞兵突击车旋转着车头的红色警报灯，打着双闪高速开过营区。道路上的官兵和车辆纷纷靠边让路，这是出紧急任务的车辆，按照规定任何人员和车辆必须让开，即便是大队领导也不例外。

赵百合在卫生所的楼上，看着伞兵突击车高速开过去。她看见车上的韩光，想喊没有喊出来。苏雅特别兴奋地跑过来："看见没？狙击手连又出任务了！那个就是孙守江！他比韩光还厉害！"

赵百合压根儿就没看孙守江，她看着韩光冷峻的脸一闪而过。在车从卫生所楼下开过的瞬间，韩光好像无意识地抬起头。赵百合被韩光看得一愣，张着嘴，伸出右手轻轻摆动。苏雅高兴地在她旁边挥手喊："孙守江——"

孙守江在车上很尴尬地嘿嘿笑。林锐没心情管这些，还在开车。蔡晓春笑："乌鸡，你的目标？"

孙守江也笑："什么目标？也就是聊了两句。"

韩光看着卫生所那张白皙的脸越来越远。

蔡晓春看过去，赵百合在挥手。他笑着举起手里的狙击步枪晃晃。韩光转移开自己的视线，检查自己的狙击步枪。他好像有了什么心事，却不表现出来。蔡晓春看着赵百合消失了，笑："打晕她的时候还真的没注意，她还真的很漂亮。"

韩光拉动狙击步枪的枪栓，检查击发。

赵百合看着伞兵突击车开远了，脸色有点白。苏雅看着她："怎么了？你在担心？"

赵百合没说话，无力地笑笑："干活儿吧。"

苏雅看着赵百合的背影，又看看伞兵突击车过去的方向："看来老同志遇到了新问题——这人还真的不经说啊？一说，还真的好上了？"

机场的两架米171直升机螺旋桨已经在旋转。林锐的车直接开到直升机旁一脚急刹车，随着轮胎和地面的剧烈摩擦，四个狙击手已经翻身下车。林锐把车扔在地面，翻身下车带着他们跑上直升机。

十个人的突击队已经在直升机上等待，大家彼此都是熟人，所以也都是点点头。狙击手在给他们留好的位置坐下，拆下身上的装备。

孙守江嚼着口香糖："我们这次去哪儿？"

"起飞以后会给你们通报。"林锐看着外面，又看看手表，对着耳麦说："天狼1号，可以起飞。完毕。"

两架直升机陆续拔地而起，在空中找到方向，向远方飞翔。

林锐转脸看着队员们："昨天晚上，海洋3号科学考察船在我国南海进行作业期间，遭到海盗袭击。四名船员身亡，其余三十五名船员和十七名科考人员失踪，包括两名女性。海洋3号科学考察船在南海漂流，我海军救援人员登船以后，遥控炸弹爆炸，五名海军救援人员牺牲，海洋3号失去航行能力，正在被拖拽回港。"

队员们静静听着。

"我不想跟你们多说什么，这是非常事件。"林锐严肃地说，"你们已经可以判断出来，那不是一股简单的海盗。海洋3号作业区域非常敏感，情报部门断定这是受到某些国家政府支持的职业海盗，他们的装备非常先进。更多的情报还在汇总当中，我们的五十二名人质在他们手上，所以这不是一次简单的营救人质行动。我们要在远离大陆的海洋作战，作战地点是海盗船还是海岛，目前还不清楚。对手的背景和作战水平，目前也不清楚。海军和有关单位已经设立了联合指挥部，海军陆战旅也做好了战斗准备，海军航空兵正在全面搜索整个水域。总部首长亲自点名，狼牙特种大队担任营救人质突击队。"

队员们都看着林锐，默默无语。

"这是我从未遇到的情况，因为我们现在没有准确的情报，也没有事先拟订的行动方案，可以说这是一次特殊的行动。但是——我们的人在海盗手上，得救他们出来。"林锐说完，举起手里的自动步枪：

"同生共死！"

队员们一起举起手里的武器："同生共死！"

11

海南岛三亚，亚龙湾，海军榆林军港。

正是午夜时分，军港的夜却并不静悄悄，水兵们也没有头枕波涛进入梦乡，而是戴着钢盔在战位待命。所有军舰都是一级战备，海航的直升机和侦察机不断起降，雷达在对空旋转。从湛江开来的海军陆战旅机动部队在军港安营扎寨，穿着海洋迷彩服的海军陆战队员们在沙袋后面警戒，都是如临大敌，虎视眈眈。

一辆亮着警报灯的越野车引导两辆海军通勤卡车高速急驰而来，停在充当联合指挥部的机库门前。林锐下车，对着卡车上等待的队员们说："你们在这里待命，马上就有命令！"说完匆匆进去了。

队员们从卡车后厢往外看，一片杀气腾腾，戒备森严。

"嗨！狙击手！"韩光和蔡晓春转脸。

一个娃娃脸的海军陆战队员提着自己的 85 狙击步枪，在不远处的沙袋后面站起来，对着他们笑。

蔡晓春笑笑："你也是狙击手？"

"你们谁是韩光？"娃娃脸狙击手问。

"我是。"韩光有点意外。

娃娃脸狙击手笑，举起手里的狙击步枪："我知道你是'刺客'！早晚有一天我要超过你！"

韩光笑笑，举起大拇指："我等着你！"

蔡晓春笑："做老大的滋味，看来不好受啊？"

"军队树立榜样的目的就是——找个假想敌，让大家去超越他。"韩光已经习惯了，"所以榜样就是全体好胜军人的假想敌，'刺客'就是所有狙击手的假想敌——把我当敌人的，你不是第一个，也不是唯一的一个。"

雷鸟看着韩光，笑："山鹰说得没错，我也把你当作假想敌！"

"什么没错？满嘴放炮！"孙守江大大咧咧地说，"跟谁多乐意当'刺客'似的！我乌鸡就不爱当，那么累干吗？做观察手也是很有前途的！"

队员们哈哈大笑。雷鸟赶紧说："乌鸡，这次你做观察手吧！咱俩换换！"

"那不行那不行！"孙守江一本正经，"我是排长，这艰苦的活儿我不能让给你！"

林锐站在卫星地图前，这是一个液晶电子显示屏；不断传输整个南海海域的卫星画面。联合指挥部的总指挥是一个海军少将，他指着一个红叉的位置："海洋 3 号就是在这里遇到袭击的，我们在距离袭击地点 30 海里的水域发现了船只。"

"船呢？"林锐问。

"在港口。"

"我要带我们的队员上船，勘查现场，还原袭击行动全部过程。"林锐看看手表，"我们需要两个小时，时间紧迫，我们现在就去。"

"已经有不少单位在勘查现场了。"总指挥说，"有各种详细的报告，你们可以在这里看。"

"让他们都撤下来！"林锐着急地说，"他们不懂特种作战，他们是在破坏现场！我们需要还原整个袭击行动，细节一个都不能错过！"

"这样做的目的是什么？"

"想知道——我们面对的是谁！"林锐说，"知己知彼，百战不殆！我们现在对敌人压根儿一点都不了解，通过还原袭击行动过程，我想知道敌人的武器装备、行动手法、人员数量！"

总指挥转向一个参谋："让他们都撤下来，特种部队登船！在特种部队勘查现场期间，任何人不许登船！"

"是！"

林锐敬礼："首长，我没有时间客套了！随时都可能行动，时间对于我们来说非常宝贵！"

"你们去吧，我会全力配合你们工作！"总指挥点点头。

林锐转身跑出去，跳上卡车："我们现在去船上，还原袭击行动！出发！"

车队掉头，开往码头。

海洋3号科学考察船停泊在港口，跟军舰在一起。探照灯把整个船只打亮如同白昼，海军陆战队员们在四周警戒，各方面的专家和现场勘查人员都在陆续撤离船只。车队开来，林锐带着队员们下车："准备勘查设备！我要你们搜索每一寸甲板，挖出每一个弹头，找到每一个脚印！如果可以找到哪怕半个指纹，那就谢天谢地了！"

大家放下背囊，在里面找设备。韩光却走到水边蹲下，看着船吃水的位置。

林锐问："怎么了？"

韩光拿起手电，打亮船体，有攀爬的痕迹："吸盘。"

"他们有蛙人？！"林锐也吃了一惊。

韩光站起来，手电追随吸盘："我要一套潜水用具。"

林锐转向海军参谋："给他拿一套潜水用具来！"

韩光的手电照射着船身的阴影处："他们不是海盗，是特种部队……海盗是不会潜水上船的。"

蔡晓春走过来，也拿着手电："他们在水下破坏了动力系统，那是爆破的痕迹。"

林锐看看船尾："定向爆破，他们不想把船炸沉。"

"这是真正的专家干的。"韩光看着考察船，"我们遇到对手了。"

海军士兵送来一套潜水用具。韩光换上了，拿过蔡晓春身上的自动步枪："我要还原水路的袭击过程，你们在船上等我。"

蔡晓春点点头，拿起韩光丢下的狙击步枪："保持无线电通信畅通，我上去了。"

韩光拍拍他的肩膀，戴上潜水镜含住氧气管，纵身落水。片刻的水花之后，水面上恢复了平静。

第七章

1

热带丛林的夜晚总是这么闷热，就像很多年前的越南一样……

脑子里面闪过一句话，却不能组织起来。阮文雄无奈地笑笑，粗人就是粗人，做什么诗人？他拿着伏特加喝了一口，把放在弹药箱上的脚放下来，拿起弹药箱上的M1911A1手枪插入腰间的枪套，起身走出了半地下掩体。他是一个怀旧的人，所以无论有多么新式的武器，他都还是自己的老三样——SVD狙击步枪，AK74S冲锋枪，M1911A1手枪。前面两把长枪是他在苏联特种部队受训时候的伙伴，这把M1911A1手枪则是十五岁的时候缴获一个被俘的美军少尉的。十五岁的阮文雄没有任何犹豫，用一把匕首割开了他的喉咙，看着他痛楚地呻吟着，徒劳地捂着自己的咽喉，没多久就因为失血过多死去了。

那是因为仇恨。

是的，仇恨。仇恨可以让一个孩子变成战争的恶魔，无动于衷地看着一个同类在自己面前痛楚地死去。阮文雄捡起他的那把手枪，游击队长抚摸他的头，很柔情地说："属于你了，为了民族解放——杀敌！"

为了民族解放……为了民主自由……为了……

杀人可以有很多的借口，冠冕堂皇的借口。但是实质只有一个——那就是对同类赤裸裸的杀戮。所以看穿了的阮文雄不再需要这些借口。为了冠冕堂皇的借口杀人，为了金钱物欲的满足杀人，这两种行为，哪一个更高贵，哪一个更卑贱？

都一样，就是杀人。

阮文雄沿着林间小路，走到了一个废弃的别墅区。这里原来是太平洋的一个度假胜地，后来因为海盗的猖獗破败了。海盗占据了这里，把这里变成了四十大盗的大本营。这伙二百多人的海盗队伍，在这一带还是赫赫有名的，装备也很精良，甚至还有高射机枪和40火。除了钱买的装备以外，还有一个原因……他们背后有人。

某些国家的情报机构在利用他们做一些肮脏的勾当，见不得人的勾当，所以他们不单纯是海盗，还是政治性的海上游击队。

为了这次袭击海洋3号科学考察船的行动，不仅出动了海盗，还重金雇佣了阮文雄和他的小队。这是政治博弈的延伸，在南海活动的海洋3号成为牺牲品。事先经过周密的计划，阮文雄和他的小队根据准确的情报进行了完美的特种作战袭击行动。虽然科学考察船上有37炮，有单兵自卫武器，但是在这群雇佣兵跟前算得了什么呢？

"口令！"

随着一声拉枪栓的声音，看不见的地方有人在喊。

"炎热。"

阮文雄用英语回答。他不用看都知道Simon藏在什么位置，这是他设计好的布防。现在这些货物还没被接走，所以他们的任务还不能算完成。为此他不得不与这些海盗混迹在这个地处公海的小岛上，等着那些比雇佣兵还肮脏的特务间谍来接货。这些海盗也并不是好惹的，对于他们的到来也是虎视眈眈，生怕他们是来抢地盘的。如果不是为了警戒这批货物，阮文雄不会在这个度假村的残骸布下一兵一卒。跟这些鼠目寸光的海盗是解释不清楚的，所以他也只能不解释。好在海盗也知道他们不是好惹的，而且有共同的利益在，大家互相戒备，但是也相安无事。

阮文雄穿过警戒线，穿过立着旗杆的广场，走到原来度假村的会所门口。这里是储存货物的地方，也是海盗们的据点。刚走进去，他就听见一阵混乱的笑声和叫声。阮文雄的脸上露出厌恶的神色，他不反对自己的部下找女人，但是他绝对不允许自己的部下强奸俘虏。而海盗根本就没这些概念，所以储存货物里面的女性就成为他们的战利品。

海盗头子是个马来西亚逃犯，据说还是连环杀人犯，外号叫"虎鲨"。他坐在会所的高处，看着部下追逐着两个衣衫破烂的中国女船员，哈哈大笑。阮文雄走到他的身边，虎鲨指着那俩女人说："怎么了？寂寞了吧？你选一个，今天晚上去陪你！"

阮文雄错开眼，压抑自己想杀人的冲动："K3的人什么时候到？"

"明天早上。"虎鲨说，"怎么？你着急了？"

"我们的任务已经算完成了，我不想在这里待太久。"阮文雄说，"对于我来说，时间就是金钱。这个时间我们可以接别的单，弄到更多的钱。"

听到他们着急走，虎鲨心情好很多："K3的人已经在路上了，明天交接货物以后，你们就可以离开了。都想带点什么战利品？跟我说一声，我让下面准备。"

阮文雄笑笑："用不着了，我对战利品已经不感冒。我在乎的只是我的佣金，明天交接以后，我们才能拿到全部的佣金。我希望这段时间不要出事，你们的防空准备得如何？"

"这里是公海，中国海军不可能派人来！"虎鲨挥挥手，"你放心吧，我了解中国海军！就他们那几条破舢板，他们想远洋营救作战？下辈子吧！"

"大规模的海军作战肯定不会有，我担心的是他们派遣特种部队。"阮文雄说，"他们没有远洋海战的能力，但是远洋投放特种部队的能力还是不缺的。一旦中国军队的特种部队上岛，事情就很麻烦了。"

"不是还有你们吗？"虎鲨笑。

阮文雄苦笑一下："是啊。"

阮文雄告辞，没有看下面的惨剧，转身出去了。他对着耳麦："我们在 B 点集合，开会。"

"收到，完毕。"

阮文雄看着黑暗的夜空，隐隐担忧。

与此同时，中国沿海的无线电监控站得到了来自地面的信号。藏在海岛丛林里面的一个华裔海盗，使用电台在匆忙发报。他的右手手腕绑着一条黄色的丝带，发报的动作非常熟练。

密码电报被迅速转到了情报部门，几秒钟后，电报被翻译成为汉字：

"中国船员被扣月牙岛，有外籍雇佣兵在岛上活动。9021 报告。"

2

水淋淋的韩光从船尾的位置露出脑袋和 95 自动步枪，正在船尾甲板搜索的孙守江吓了一跳，顺手就拔出手枪上膛。

韩光嘴里说着："砰砰！——船尾水手挂了。"

孙守江松了一口气，放下手枪："搞什么啊？一惊一乍的？吓得我够呛！"

韩光却没有搭理他，翻身上船，按照自己设计的进攻路线持枪走着战位："起码有三个人水路上船，形成火力交叉，占据船尾。这里成为进攻阵地，第二梯队搭乘船只向船头靠近，火力封锁可能的抵抗……"

蔡晓春从上面探头："狙击手也是水路上来的！他要在这个位置，控制前甲板的 37 炮。"

孙守江拿出手里挖出来的弹头："有 5.56 毫米的，也有 7.62 毫米的，还有 9 毫米的。他们使用的武器很杂，不会是一支军队的制式装备。"

韩光还在继续走着战位："这种行动，不会采用制式装备。他们很专业，这些武

163

器弹药应该都来自黑市。追查武器的来源，只会陷于困局，那是一条死胡同。"

"难道真的会有一个国家的特种部队搞了我们的科考船？"孙守江纳闷儿，"这是宣战啊！第三次世界大战要打起来了？"

"他们不会用国家的名义活动。"韩光研究好了进攻战位放下步枪，"这些也不会是军人，应该是雇佣兵。"

"而且是经验丰富的雇佣兵。"蔡晓春从上层滑降下来说，"我到里面看了，炸弹是 C4 军用炸药做的。"

林锐跑上来："你们在这儿？集合，有紧急情报进来了！"

大家急忙跟着林锐跑下去。

联合指挥部里面气氛严肃，除了总指挥还有一个穿着迷彩服的年轻人。他的气质明显不是军人，头发也是分头，迷彩服上也没有军衔，显然只是为了掩饰自己的身份。虽然他想不扎眼，但是在这群彪悍的军人中间，他的小白脸还是分外显眼。他面对肃立的特种兵们，看看总指挥："这些是要执行营救任务的部队？"

"对，狼牙特种大队的。"

年轻人看着他们，打开自己的笔记本电脑："时间紧迫，我不跟你们说什么多余的话。你们都是军人，所以都懂得保密纪律。很高兴能够跟你们一起合作，我奉命提供情报支援——我是国家安全部的，我叫王斌。"

"我是突击队长林锐。"林锐举手敬礼。

"林锐？"王斌在嘴里念叨着，笑了一下含义很深刻："我听说过你。"

林锐并不意外，但是也没多想，只是笑笑："我们开始吧？"

"三个小时以前，我的一名情报员发来密电。他的代号是 9021，是五年前被海盗劫持的一个中国水手，后来被胁迫加入海盗。三年前，他参加的袭击行动被我们海警破获，我跟他谈话，发展他成为我们的卧底。"王斌说，"通过极其秘密的渠道，他得以安全离开我境内，回到了盘踞在月牙岛的海盗中间。这中间的过程非常复杂，我也就不好交代了，总之比任何好莱坞的间谍惊险片都不次。"

"为什么这次袭击海洋 3 号科考船的行动，他没有预先报警？"林锐纳闷儿。

"因为海盗对他还是有怀疑的，毕竟他是中国人。"王斌说，"他事先并不知情，没有参加袭击行动。当他得知的时候，我们的人质和从科考船上拆卸的器材已经在月牙岛了——这是月牙岛。"

屏幕上出现月牙岛的三维立体地图，在不断变换角度。

"该岛位于公海，在太平洋上，远离我国海岸线。"王斌介绍说，"该岛屿盘踞的海盗具有政治背景，和境外很多谍报机关来往密切。根据 9021 提供的密报，还有外籍雇佣兵参与这一次袭击事件。我们通过在 K3 内部的渠道得知，这是 K3 在西方某利益集团驱动下采取的行动。目的有二：第一，遏制我国对南海争议海域的科学考察，阻挠我国对南海海域行使主权；第二，获得我科考船人员作为人力情报搜集，并且获得关键仪器设备以及科考数据。K3没有出面，他们不会在这件事情上被我们抓住把柄。走在前台的是一群雇佣兵，三个小时我才来到这里，就是为了搞清楚这些雇佣兵的背景。"

屏幕上出现阮文雄的照片。

韩光皱起眉头，他并不意外。

"又见面了……"林锐说。

"你们打过交道？"王斌问。

"他很狡猾，让他跑了。"林锐说，"是警方的一次定点清除行动。"

"这次他带队，你们要小心了。"王斌说，"他是AO的人，在非洲参与过很多国家的政变，在亚洲也有活动。看来我不用提醒你们，他有多么厉害了。这是他带的小队资料，其中包括哪些人员，你们都清楚，这些人都有很深的军队背景和特战能力。"

"这些打印出来，我的队员要人手一份。"林锐说。

"没问题。"总指挥说，"你们立即打印。"

王斌看着他们："这会是一场恶战，你们战斗的地点在公海，不在我们领海。所以一定要谨慎，如果失败……"

"我们不会失败。"林锐说，"如果失败，我们也不会有一个活下来被俘。"

王斌点点头："我相信你们。"也不知道他相信不会失败，还是相信不会有一个人活着被俘。

"我们的服装和武器不能用了。"林锐说，"立即给大队发报，紧急调配外军武器！总指挥，我们需要不能辨别国籍的武器和装备。"

"这个好办。"总指挥说，"找个军品店就解决了。"

"要原品，不能要仿品。"林锐叮嘱，"我们不是玩WAR GAME，这是跟老牌的雇佣兵打丛林战，一点含糊不得。"

"这笔经费还是出得起的。"总指挥笑笑，吩咐手下的参谋："两个小时，我不管你用什么方法，找到这批作战服装和装具——注意，不能是一个国家的！"

"是！"参谋转身跑了。

林锐看手表："我们还有时间，现在研究一下月牙岛的地形和情报。记住，这次是特殊当中的特殊行动——留下遗书，身上什么东西都不许带！行动只能成功，不能失败！如果失败……"

"最后一颗子弹留给我。"

韩光冷冰冰地说。

孙守江舔舔嘴唇："一颗子弹我都不浪费！老子子弹打光了，抱着手雷跟他们同归于尽！"

蔡晓春低头，拿起 95 自动步枪亲吻一下："这次不用你了……等我回来……"

"听明白了？！"林锐厉声问自己的队员们。

"明白！"

十几个队员齐声怒吼。

3

韩光穿着法军的 F2 丛林迷彩服，摆弄着手里的美制 M24 狙击步枪。这是美国海军、陆军的制式装备，1987 年开始列装，随着美国大兵南征北战，也普及了世界雇佣兵的武器市场。该枪的前身是各种民用型雷明顿和 M40 型中的 6 发装重枪管单发步枪，是美军总结越战时期的经验教训，重新开发的一种狙击手武器系统（SWS，Sniper's Weapon System）。

美军其实也是狗熊掰棒子的典型代表，他们在朝鲜战场上吃够了志愿军狙击手的亏，到了战后又全部丢在脑后。这跟当时冷战时期的形式有关，美国为首的北约集团把目光盯在战略核武器上，都忽视了局部战争需要的单兵战术装备和局部战役战术。结果美军在越南战场上，又吃了越南人的亏。

越南人民军和南方游击队使用了苏联援助的 SVD 狙击步枪，而美军没有制式狙击步枪；越南人民军和南方游击队使用了苏联援助的 AK47 冲锋枪和中国的仿制品56 冲锋枪，而美军还在使用笨重的 M14 步枪。光有坦克直升机是没有用的，越南的丛林还是要依靠兵员去进行战斗。所以美军在越战早期吃亏吃得很大，一直到越战进行期间，M16 自动步枪才开始装备部队，狙击步枪的开发始终滞后，长期采用在 M14 步枪上加装瞄准镜的土办法来与 SVD 狙击步枪作战，给了个新的型号 M84狙击步枪——结果可想而知。一直到越战后期，从 M84 派生出来的 M21 狙击步枪才装备部队，成为美国陆、海军通用的狙击步枪。该枪的枪管比 M14 步枪枪管稍重，使用特种枪弹，弹匣容弹量 20 发。配有两脚架，射击稳定性好。扳机力小而均匀，在 300 米距离上可以将 10 发枪弹命中在直径 15 厘米的圆内。瞄准镜中可以直接看到目标距离，转动调节器可以调整瞄准点。

但是越南战争很快就结束了。

越南战争是美军战略战术研究的分水岭，也是狗熊掰棒子时代的结束。大批年轻的参加过越南战争的将领成为美军的领导力量，他们总结经验教训，开始把局部战争当作美军的首要任务。美军特种部队也是在越南战争以后，开始逐渐成为美军当中不可或缺的组成部分，并且作用越来越重要。

M24 是美国第一种专门研制的狙击武器系统，这支步枪逐步取代了其他所有的狙击步枪，成为美国海军和陆军的狙击步枪标准装备。该枪采用旋转后拉式枪机，闭锁可靠性好，枪体与枪机配合紧密，因而精度较好。机匣为圆柱形，与枪托里铝制衬板上的 V 形槽结合。从枪托的一端延伸到另一端，恰好为 3 个背带环座（前托上 2 个，后托上 1 个）、弹舱底板和扳机护圈提供结实的支点。机匣和枪口处装有基座，以便安装机械瞄具。枪托由凯夫拉—石墨合成材料制作，前托粗大，呈海狸尾形。枪托上有可调托底板，其伸缩范围为 68.6 毫米。枪托上还有较窄的小握把和安装瞄准镜的连接座。5 发装弹舱的底板是铰折式的，可快速再装弹，解脱按钮装在扳机护圈的前部。所有金属件表面都是黑色，不反光，和枪托相匹配。枪管为不锈钢制成，重型，可以自由转动定位。

韩光手里的这支 M24 狙击步枪是改进型，喷成了丛林迷彩色。这支改进后的 M24 狙击步枪上配有新的消焰器、消声器和供安装各种瞄具的燕尾槽，配属的瞄具为超级 M3 型 10 倍率望远式瞄准镜，其余的配件，都摆在他身边的地上。使用的子弹为 7.62 毫米特种专用狙击步枪子弹，稳定性好，穿透力强。

韩光坐在地上，给狙击步枪上膛，瞄准 25 米外的靶子射击，以便精确归零。

蔡晓春拿着校枪镜："偏左。"

韩光放下狙击步枪，开始校对。

蔡晓春穿着的是澳大利亚的丛林斑点狗迷彩服，身边放着一支 M4A1 卡宾枪。迷彩服不知道参谋从哪里混来的，上面还有弹洞和血痕，显然是二手货。蔡晓春也没办法在乎了，套在身上显大，所以他把上摆扎进了腰带里面。

这是榆林基地的靶场，凌晨时分，特战分队在这里校对刚刚领到的外军枪支。为了这次行动，雷大队几乎把狼牙大队库存的家底都拿出来了。搞到这些武器并不容易，因为西方国家对我国是武器禁运的，所以需要一些特殊途径。而配套的弹药更是难搞，好在联合指挥部通过有关渠道也搞到了北约制式枪弹和其余的配套枪弹。狙击手的吉利服倒是不用换，因为本来就是外贸进口的，不存在暴露国籍的问题。只是这些服装和军靴确实让参谋费尽了脑筋，因为作战不是表演，军品店的仿制品根本不能用，所以他发动了所有的关系搜集原品，于是海南岛和广东的不少军友在睡梦当中被电话叫起来，莫明其妙地发了笔小财，把自己的二手军品给卖出去了，因为对方出了你压根儿不会回绝的高价。

这样装备起来的突击队，看上去五花八门。用孙守江的话说："这是新时代的八国联军啊！"

孙守江穿着英军的丛林迷彩服，拿到的是一把苏联制造的 SVD 狙击步枪，他嫌麻烦，干脆就用了 85 狙击步枪的老祖宗。所以他是第一个校对好的，在那里摆弄拿到手里的瑞士 P228 手枪。他们都不是第一次使用外军枪械，所以也并不生疏。每个月都会使用外军枪械进行交叉角色训练，所以今天真的派上了用场。

孙守江的手枪打得不错，所以枪枪都在靶心。

林锐穿着德军的斑点丛林迷彩，使用的是国产 56-1 冲锋枪，只是加装了战术改装组件，显得比较现代化。枪带也换成了黑鹰原产的三点战术枪带，两个弹匣被他用黑色胶带粘贴上，随时可以快速进行更换。手枪是一把以色列的沙漠之鹰，挂在腿部的快枪套上。显然他是准备近战的时候给敌人一点厉害看看，使用这种手枪，对方不死即残，没有第三个结果。

其余的队员也都是五花八门的服装，纷繁复杂的武器，看得担任保障的海军陆战队员都傻了眼。如果不是知道是陆军的特种兵，他们还以为到了好莱坞的战争片场，在翻拍《野鹅敢死队》。

使用这些武器和装备的意义就在于，不暴露自己的真实身份，即便行动失败，也不会引起外交纠纷。大家都心知肚明，含糊过去，只是这些战士完全要依靠自己的勇敢和智慧，杀出一条血路来。虽然中国海军舰队可以到达公海，但是在舰队到达以前，他们必须要依靠自己的力量，先救出人质，据险防守。如果单纯靠舰队，人质必死无疑，一接近就能被发现动静。而且难说基地附近有没有他们的眼线，舰队一旦出动，都可能危及人质安全。

按照联合指挥部的行动计划，海军会发动一次公开的海上反击海盗以及搜救演习，掩人耳目。但是特种部队要在此前进入，因为首要是要保证人质的安全。接下来无论是否营救人质，都必须坚守十个小时。十个小时以后，演习舰队才能到达并且展开控制整个海域。十个小时内完全要依靠自己，而月牙岛上有二百多海盗，十一个雇佣兵。特种部队只有十五个人，如此悬殊的对比，谁都替他们捏把汗……如果战斗失败，人质没有得到营救，所谓的海上反海盗和搜救演习就没有意义了。

也就是说……没有援军了，剩下的就是他们自己。

还能不能活着，完全就要靠他们自己了……

但是这些特种兵好像都满不在乎，在靶场上有说有笑，校对枪支，熟悉武器。好像要去参加的不是一次对比悬殊的微型战争，而是一次常规演习。他们大部分都是干部，只有少数是类似蔡晓春这样的老兵，个顶个都是中国陆军最好的勇士。

蔡晓春拿着自己的 M4A1，点射面前 200 米的一排靶子。他更换弹匣的时候，问身边的韩光："你怎么没写遗书？"

韩光愣了一下，再次凑到瞄准镜上："我不需要遗书。"

蔡晓春拉开枪栓："还是留下点什么吧，咱们这次的任务不太一样。"

　　韩光扣动扳机，800米外的钢板靶落下。他已经精确归零，他长出一口气："我不知道写给谁。"

　　是啊，写给谁呢？

　　蔡晓春扣动扳机，又是一串速射，他丢掉打光子弹的卡宾枪，拔出GLOK17手枪再次速射："写给你最惦记的人！"

　　韩光眨巴眨巴眼，最惦记的人？写给谁呢？

4

　　浩瀚的太平洋海面上，一艘没有悬挂任何旗帜的轮船在行驶。

　　远处的水面上，伸出的潜望镜在四处观察。

　　水下的中国091核潜艇内，艇长注视着潜望镜："发现目标，各就战斗岗位！"

　　凌厉的战斗警报声响起，水兵们奔跑着，各就战斗岗位。

　　鱼雷兵在布满管道的鱼雷发射管前穿梭忙碌，各项目标参数快速计算，各个战位准备动作一气呵成。

　　鱼雷长对着耳麦报告："一号四号发射管，准备！"

　　年轻的艇长面色冷峻："再次确定目标特征！"

　　潜望哨报告："目标特征明确，是K3间谍船！"

　　声纳兵报告："目标特征明确，是K3间谍船！"

　　艇长平静命令："一号四号发射管，放！"

　　水底的091核潜艇发射两枚鱼雷，旋转着拖着水柱奔向远处的间谍船。

　　"鱼雷出管！"鱼雷长大声报告。

　　指挥舱内，艇长紧盯指控台屏幕上的4个亮点，两枚鱼雷分别向两个目标接近。

　　水面上的间谍船在航行，突然一个水手高喊着："鱼雷！鱼雷！"

　　还没来得及反应，两枚鱼雷准确地撞击在间谍船的船身上。爆炸震耳欲聋，间谍船化为一团烈焰。

　　艇内，潜望哨高喊："一号命中目标，四号命中目标！"

　　舱内一片低沉的欢呼，水兵们脸上都是喜悦。

　　艇长非常冷静，严厉命令："紧急下潜，脱离作战海域！"

　　"紧急下潜！""紧急下潜！"……一片忙而不乱的口令，警报再次响起。

　　中国海军091核潜艇紧急下潜，高速离开作战海域。

5

东南亚某地，K3 谍报机关总部大厦。

情报业务主管周新宇面色凝重，匆匆走入局长办公室："报告！"

正在等待的局长站起来："说！"

"报告！黑鱼被大陆核潜艇击沉了！"

"什么？！"

周新宇低沉地说："前去接货物的黑鱼，在公海被大陆核潜艇击沉了！两枚鱼雷，正中船身！"

"中国海军真的敢动手？！"局长震惊了。

"没有任何证据可以证明，是中国海军干的。"周新宇说，"他们没有留下把柄，显然——大陆有关部门已经获得准确的情报，知道是我们干的，而且知道我们的计划。他们击沉黑鱼，是为了中止我们的计划！"

"也是为了警告我们。"局长暗淡地说，"让我们不要再插手……"

"我们该怎么应对？"周新宇小心地问。

"怎么应对？难道要等着中国军队把地对地导弹打到我们 K3 的大厦吗？！"局长怒斥他，"这你都不懂？立即中止所有计划，我们脱身出来！我们搞了他们的船，他们搞了我们的船！两下扯平了，我们不要再插手！他们是想救人，就让他们去救！跟我们没关系了，明白吗？！"

"是！"周新宇说，随即又问："月牙岛上还有 AO 的雇佣兵，要不要通知他们撤离？"

"通知什么通知？你是想让大陆国家安全机关抓住我们的把柄吗？！"局长指着他的鼻子骂，"让他们自生自灭！给 AO 一笔钱，当作补偿金！他们本来就是雇佣来的廉价杀手，不管了！"

"是！"周新宇立正，转身出去布置。

局长看着落地窗外的大海："又是一个平手……你搞死了我们的人，你们的人也活不下去！我们扯平了。"

6

一架黑色的美制 C130 大力神运输机在榆林海军基地机场降落。靶场上的特战队员们都起身好奇地看着 C130 运输机，以前没见过。这是中美蜜月期，美国卖给中国的。后来蜜月期结束，也就结束了这种购买计划。仅存的几架 C130 运输机移交给民航，用于货物运输和抢险救灾。这次为了营救人质行动，调来一架机况最好的 C130 运输机，而且特意喷成了全黑色，没有任何国籍标志，新鲜出炉。

运输机的后舱平台徐徐放下。

机舱内，是担任接应突击队的 30 名特遣突击队员和特种作战装备。狼牙特种大队参谋长陈勇少校带队，他起身抓起手里的 AK74 自动步枪："管好自己的嘴巴！出发！"

30 名突击队员快速跑下运输机，跑道上已经有车在等待他们。林锐在车旁敬礼："参谋长，你来了？"

陈勇还礼："你还是第一突击队长，我负责支援接应！你该怎么干怎么干，我不会干扰你的指挥决心！"

"我明白！"林锐打开车门，"我们正在准备出发。"

二连连长张雷上尉和三连连长刘小飞中尉跑过来。

"你们俩也来了？"林锐笑，"我说需要加强力量，没想到来了两个连长！"

背着加利尔自动步枪的张雷笑道："操，这种好事儿全都给你们一连和狙击手连了！你吃肉，我们俩连口汤都不能喝？"

"这么大的场面，少了我怎么行？"刘小飞举起手里的 M16A2 自动步枪，"是不是啊？三连的弟兄们？"

"是！"几个来自三连的干部和志愿兵就喊。

林锐笑："走吧！你们熟悉简报，准备给我当后援！"

"操，就知道是这句！"张雷无奈地笑笑，"我们哥俩就是给你当后援的命！"

第二突击队也上了车，开往临时指挥部。这样突击队员就达到了 45 人，分成两支突击队。林锐率领第一突击队秘密登陆，人少目标小，他们要完成营救人质的第一阶段任务；第二突击队在战斗打响以后进行支援。两支突击队合在一起坚守十小时，等待海军特混舰队援军到达，把握就更大了。两支突击队在联合指挥部会合，听取了任务简报，进行了战斗准备。

由于只有一架 C130 运输机，所以两支突击队只能分批乘坐同一架运输机。这让林锐心里隐隐担忧，美军特种部队在伊朗营救人质行动的失败，就在于运输直升机的故障。如果这架 C130 运输机出了故障，接应就泡汤了。但是他没说，因为说了也没用，找遍全中国也再也找不到第二架可以这样长途飞行的 C130 运输机了，使用现役的军用运输机是严重的不现实，否则就没必要换武器和服装了。

只能祈祷一切如愿吧，起码从现在来看，形势对我们是有利的。海军的潜艇编队已经控制了月牙岛附近海域，他们出不去，外面的船也进不来。只要能够顺利登陆，后面的行动问题就不大了。在丛林作战，营救人质，控制要点，都不是难事；加上 30 人的接应分队，支撑十个小时变得很简单。200 多人的海盗是乌合之众，11 人的雇佣兵能力也不是无限的，何况在突击队员人数上我们是他们的三倍还多，三比一，这个战斗怎么也能啃下来！

9021 提供的情报越来越详细。海盗的布防、雇佣兵的分布、武器配属状况甚至是弹药库的位置都一一呈现在联合指挥部的月牙岛沙盘上。紧急调来的工程兵部队在基地备用跑道上紧急施工，用木板和塑胶按照 1 比 1 的模型搭设出来月牙岛海盗据点的模拟训练设施，总共只用了两个小时的时间。

林锐带领第一突击队到模拟训练设施那里进行了战斗演练，做了详细的战斗分工，行动从一开始的盲目准备变得有条理起来，回到了特种部队敌后救援行动的正常轨道。

距离出发时间还有半个小时，林锐看看手表，对着坐在跑道上靠着伞包的部下们高喊："起立！我们还有时间进行两次演练！"

队员们纷纷起立，丢掉背囊拿起武器，跑到跑道尽头的训练设施再次按照预案进行演练。林锐站在临时搭设的塔楼上，卡着秒表高喊：

"只要能快一秒钟，就可能挽救一条命！快！快！快！"

队员们上蹿下跳，在模拟训练设施里面快速穿插着。

C130 运输机加满了油，加油车缓缓离开。

运输机的螺旋桨已经开始转动，队员们还在进行最后的演练，按照自己的战位来回运动着。

冲进模拟会所的队员们高喊："卧倒！中国陆军！"同时扣动没有弹匣的步枪，模拟进行目标射击，嘴里模拟着枪声："啪啪！啪啪！啪啪！换弹匣！啪啪……"

按照中国陆军特种部队的作战条例规定，在贴身近战的时候，当弹匣用尽，更换弹匣的同时队员要高喊"换弹匣！"主要作用是为了提醒身边的队员，自己在更换弹匣，以便能够保持火力的延续性。而更换弹匣的时间也不能超过两秒钟，自己的火力必须延续上。

在贴身战斗当中，不会使用连发这种浪费子弹的做法，一般都是点射和单发速射，以便能够精确射击。优秀的特战队员使用步枪进行单发速射，其火力之猛烈不会亚于连发，而且射击精度非常高。为什么特种部队要苦练速射，就是为了在战场上可以占据精确射击和猛烈火力的先机。虽然狙击手是精度射击的专家，但是特种兵人人都是狙击手，也不是吹牛的。

第二次演练结束了，林锐看看手表："好！出发！"

队员们顾不上喘息和擦汗，跑向跑道上整齐排列的背囊和伞包。他们迅速装备好，跟着林锐跑上了 C130 运输机的后舱平台。当林锐上了 C130 运输机，平台缓缓收起来。

C130 运输机的螺旋桨旋转着，调整机头的方向，加速，起飞，收起落架，奔向遥远的天边。

7

得到 K3 的间谍船遇到故障被迫返航的消息，阮文雄一直就没说话。过了一会儿，他走出会所，回到自己所在的半地下掩体。他拿出卫星电话，拨打利特维年科上校的号码，却提示一直关机。

"妈的！"

阮文雄一把丢掉了卫星电话，急促呼吸着。他开始意识到大事不妙，额头上渗出汗珠。他平静自己，在耳麦呼叫："注意，紧急情况！我是蝎子！丢掉一切工作，到我这集合！完毕！"

十名部下被他陆续召集过来，围在他的身边。阮文雄看着他们："我们被抛弃了。"

部下都惊讶地看他，不明白是什么意思。

阮文雄脸色严峻："事情发生了变化，K3 的船肯定是遇到了中国海军的阻拦，或者被打沉了！中国军队开始行动了，K3 抛弃了海盗，AO 也抛弃了我们！我们现在是棋盘上被丢掉的弃子，AO 不会再管我们了！"

"事情真的那么糟了吗？"Alex 问，"蝎子，这里是公海，中国军方会轻易介入吗？"

"答案是肯定的，我们搞了他们的船，杀了他们的人，还绑架了五十多个。"阮文雄冷冷地说，"中国情报机关的效率一直很高，我没想到这么高！他们一定获得了非常准确的情报，我敢说这个岛上就有他们的间谍！他们的特种部队一定也在路上了，我们没有援兵，没有退路，被 AO 彻底抛弃了。"

骁勇善战的雇佣兵们默默无语。

"我们得想办法逃。"Simon 说，"留在这里是死路一条。"

"逃？我们的船，难道比 K3 间谍船的速度还快吗？"阮文雄苦笑，"都不用鱼雷，一阵 37 炮我们都得完蛋！在海上，我们没有用武之地！就是潜艇和军舰的活靶子，连一艘鱼雷快艇都可以让我们玩完！"

"蝎子，那你的意思呢？"Brown 问。

"我们只能在这里跟中国特种部队周旋，这里是山地丛林。"阮文雄起身看着外面的群山，"进了丛林，就是我们的老家。等到战斗过去，我们想办法逃命。这不是中国领海，他们的军队不会久待。他们的目的是救人，不是占领这里，所以我们还是有机会的。"

"只要我们不纠缠人质，他们就不会搜山。"Wairado 反应过来，"我们可以在山里周旋，等中国军队撤离。"

"这是我们唯一能活下来的办法。"阮文雄问，"你们还有什么问题吗？"

"有一个问题。"Simon 犹豫着问，"我们怎么撤离呢？中国海军打击以后，我敢说这里不会剩下一条船。难道我们要游过太平洋吗？"

阮文雄看着他们："我有办法。"

雇佣兵们都看他。

15 分钟后，越南谅山。杂货店里面的阿红正在收拾东西，街口跑来一个小孩子："阿红姐！你的电话，我妈让你过来接！"

阿红纳闷儿："谁会给我打电话？"

男孩笑："是个男人哦！"

阿红纳闷儿，还是起身关上杂货店的门，跑过去接电话。

她走到公用电话那边，拿起电话："喂？"

"是我。"一个陌生而熟悉的男人声音。

阿红好像被雷打了一样，半天没动作。许久，眼泪慢慢从她白皙的脸上滑落。她的脑子一片空白，曾经以为已经遗忘的那个男人……那满身的伤疤，左臂上的利剑毒蛇 AO 文身，忧郁的眼，以及火热的吻……一点一点从她的回忆深处被唤醒，那个已经变得模糊的男人的脸，变得清晰起来。

"阿红，你还好吧？"阮文雄略带嘶哑地问。

阿红擦着眼泪，声音颤抖："好……你还记得我……"

"我没有忘记过你。"阮文雄的声音是带着真诚的。

"你回越南了？"阿红问，"你在哪儿？河内？"

"没有，我还在国外。"阮文雄说，"我需要你。"

阿红惨淡地一笑："你在国外？你需要我？我能怎么办？"

"我需要你救我的命。"阮文雄说得很认真。

"怎么了？！"阿红急了，抓住了电话。

"更多的我不能和你解释，但是我需要你救我，和我的小队。"阮文雄说，"我现在在北部湾，公海的一个小岛。我需要一条船……"

"可是我没船啊？"阿红着急地说，"我没有船啊！"

"我知道，但是我现在信任的只有你了……"阮文雄嘶哑地说，"我被出卖了……没有人会来救我，只有你……"

阿红擦去眼泪："别说了！我想办法！你在哪里？"

"我现在告诉你我的准确位置，你拿笔记下来，东经……"阮文雄说。

阿红匆忙记着："我会尽快过去！"

"谢谢你……"阮文雄的声音很真诚。

"别说这些了，我会去的！"阿红说，"你自己注意安全！等着我！"

"……阿红，我告诉你一句话。"阮文雄说。

"你说？"

"我想你……"

眼泪再次从阿红的脸上滑落，她捂住自己的嘴压抑地哭出来。

"我没有骗你，你是我的女人，也是我唯一的女人。"阮文雄说，"我想你……这一次，我真的做够了！等你来接我，我们就走，远远离开这个混浊的世界，找一个没有人认识我们的地方……我们重新开始！"

"嗯……"阿红哭着说，"重新开始！你……一定要等我，无论有什么危险，你都要坚持住……等我去接你……"

"我等你。"

"我现在就走！"阿红挂了电话。看公用电话的大妈好奇地问："阿红，是谁啊？在国外？"

阿红顾不上搭理她，跑向自己的杂货铺。她冲进杂货铺，拿出所有的钱装入袋子，放入背篓。母亲颤巍巍出来："阿红，你这是怎么了？你要去哪儿？"

阿红看着母亲，突然一下子跪下了："妈……"

母亲抱住阿红："怎么了？阿红，你又要去哪里啊？"

阿红抬眼看着母亲，咬住嘴唇："妈，我要去看一个朋友。他救过我，在中国……"

"那你去吧，好好谢谢人家……"母亲说。

阿红点点头，起身，把背篓里面的钱又拿出来塞给母亲："我走了！"转身就背着背篓大步跑了，捂着自己的嘴。

母亲在后面纳闷儿地看着她："阿红，带人家回来，来家吃饭！好好谢谢人家！"

阿红捂着自己的嘴，哭着跑过石板路。她顾不上周围的人好奇的目光，快步跑着，跑向自己魂牵梦绕的那个男人。

那条丛林里面的蝎子。

175

8

C130 运输机在高空翱翔，仿佛一只黑色的鹞子。机舱内，十五名突击队员握着武器，准备跳伞。

满脸迷彩的韩光目视前方，却没有表情，跟手里的 M24 狙击步枪一样冷酷。他的心里却有什么东西在动，那是非常柔软的部分……叫作感情。

在他上高中的时候，曾经隐约动过感情。那是他的高中同桌，一个柔弱的南方女孩。他们有过初吻，甚至也几乎有了初夜。但是韩光的内心深处有障碍，所以没有能够突破南方女孩的最后防线。八一中学是部队子弟中学，所以转学来的南方女孩很快也跟随着父亲的调任去了遥远的东北。韩光经常给她写信，她的回信却越来越少。想想她也要高考，韩光也是理解的。军校一年级的寒假，他只在北京祖父家待了一天，晚上就匆匆搭上了北上的列车，去沈阳看她。她不在家，韩光不敢在人家家里等，就说自己是来同学家玩的，转身就跑了。他穿的是崭新的军官将校呢常服，这是将军服，是偷祖父的，套着的却是学员肩章，黑色皮鞋擦得很亮，也是偷爷爷的。部队大院谁看见他都要多看两眼，所以他哪里都不敢多待，只能藏在她家家属楼外的树林里面等待。沈阳的冬天，可以想想有多冷，韩光就那样等了七个小时，一直到晚上 8 点多。她回来了，不过不是一个人，还有一个开摩托的年轻男孩。韩光刚刚想走过去，就看见她和男孩的吻别。被冻得嘴唇发紫的韩光呆住了，这时候女孩看见了他，也呆住了。韩光二话没说，掉头就走了。又买了站票回到了北京，好像什么都没有发生过，只是自己变得更沉默寡言了。

这是他唯一的一次感情经历，以惨败而草草收场。

韩光是个害怕失败的男孩子，所以这次失败就让他记忆犹新。也让他变得越加不相信感情，不相信所谓的海誓山盟。在军校和在特种部队的环境里面，他碰不到能让自己心动的女性，所以也就更加没有动过感情这根弦。然而，现在……好像自己真的在惦记一个人。

……百合……

韩光闭上眼，让自己稳定下来。但是闭上眼更麻烦，好像她的一颦一笑都那么得清晰。韩光睁开眼，深呼吸。无论如何，现在不是想女孩的时候，更何况人家对自己根本就没有意思。因为害怕失败，所以韩光从来不会去主动追求，也很少去琢磨。韩光握紧狙击步枪，让枪口贴紧自己的脸颊，冰冷的枪管让他觉得安详。

是的，狙击步枪……或许是自己一生最忠实的情人。

蔡晓春关切地看着他："你怎么了？"

韩光看他："什么？"

"你刚才说什么？"

"我没说什么啊？"

"你刚才好像说——百合？"蔡晓春纳闷儿，"是赵百合吧？怎么了？"

"没有没有，我刚才说的是百米射击精度……"韩光急忙掩饰，"你听岔了！"

"吓我一跳！"蔡晓春笑道，"我还以为，不光要跟你竞争打枪呢！搞对象也得跟你竞争！"

韩光愣了一下，看他。

蔡晓春说："别那个眼神看我！我又不是你，七情六欲都没有！今天是真的要打仗了，我也就跟你说句掏心窝的话——我喜欢她！我以前没这样喜欢过一个女孩，就是我不敢说……人家是干部，我是兵，说了不合适。我想如果我回不来，还是要告诉她一声的。我都写到遗书里面了，如果我回不来——你替我交给她！我只信得过你！"

韩光看着蔡晓春，片刻："别说傻话，你自己亲手给她。"

"那算什么遗书啊？"蔡晓春笑。

"那就当作——情书吧！"韩光掩饰地笑笑。

孙守江在对面抱着 SVD 狙击步枪打盹儿，听见"情书"俩字猛地睁眼："谁？谁啊？谁看了我的遗书？！"

队员们都纳闷儿看他。

"谁看你遗书啊？"雷鸟在旁边提醒他，"那都是封好的！"

"那怎么知道我写的是情书？"孙守江一本正经，"我给苏雅写的情书，谁看了？！哪个孙子偷看了？生孩子没屁眼啊，我告诉你们！"

队员们哄堂大笑。

韩光也笑笑，拿起一块口香糖放进嘴里嚼着。百合……永远只能在我心里了。他的目光恢复了往日的冷峻，抚摸着冰冷的枪身。

机舱里面的红灯亮了，伴随尖锐的警报声。

林锐举起右手大拇指："最后一分钟准备！"

队员们举起右手大拇指："最后一分钟准备！"

林锐双手在身上比画着："检查伞包、武器、装具、背囊！"

队员们起立，检查和互相检查伞包、武器、装具和背囊。他们这次使用的是外军装备的水上跳伞装备，装具也是黑鹰公司的各种战术背心，甚至连内衣都是从高级商场买来的外国进口货。可以说除了这个人还是中国人，其余的都已经提前和外军特种部队接轨了，还是多国模式的。

韩光给蔡晓春仔细检查伞包，凑在他的耳边说："记住——你要亲手给她！"

蔡晓春笑笑："有命回去再说吧！"

韩光看看蔡晓春，戴上了自己的风镜。后舱门在慢慢打开，朔风吹了进来。林锐站在第一个的位置，戴着风镜回头高喊："同生共死！"

"同生共死！"队员们齐声高喊。

林锐纵身跃入高空，随即队员们跟下饺子一样跃入高空。他们在空中张开四肢，自由落体。这一次采用的方式是高跳低开，也就是在高空跳下，低空开伞。这样的好处是迅速隐蔽，弊端就是危险性很大，而且是水上跳伞。但是这些都是伞降渗透的老油子了，所以是绝对的轻车熟路的。

林锐看着自己手腕的高度表，在150米的位置开伞。降落伞砰的一声打开，巨大的阻力把他往上面托了一下。但是根本没有时间享受这个过程，仅仅是缓冲了一下，他就打开了伞包的背扣。随即他的双脚并拢，落入下面的大海。

扑通扑通……

十五名突击队员陆续落入大海，降落伞在空中飞到很远的地方，落入大海如同绿色的云母一般。设备也在空降下来。林锐从水里探出脑袋，救生衣把他托了起来。他挥手让大家集拢，清点人数。

片刻之后，几个绑满浮力装置的大箱子也随着降落伞空降下来，落在附近的水域。大家就往那里游去，打开大箱子。里面是从狼牙大队紧急空运来的无气泡轻潜水用具和水下单兵推进器，也都是进口货色，是雷大队珍藏的家底……

在匆忙换上以后，十五名突击队员潜伏水底。

水面上恢复了平静，除了那几个丢弃的大箱子在漂浮，仿佛什么都没发生过一样。

9

月牙岛的北部海滨，这里是一个峭壁，海浪拍击着礁石，激起千重浪。峭壁上面就是山地丛林，绵延起伏，一直到南部度假村附近才是平缓的地域，码头也在那里。

礁石当中，慢慢伸出一个戴着潜水镜叼着氧气管的迷彩脸，还有一把SIG550自动步枪。蛙人的枪口随着眼睛快速移动，扫视整个区域。他对着耳麦低声说："控制。"

哗——

又是三张戴着潜水镜叼着氧气管的迷彩脸，还有他们手里的武器。

片刻之后，后面哗地露出一片迷彩脸和手里的武器。

他们慢慢向峭壁移动，这是突击队选择的进入点。由于这里是高达 200 多米的峭壁，所以这里绝对不是理想的登陆地点；但是正因为这里不理想，才能出人意料。林锐把登陆地点选择在这里，也就是说突击队员要攀登上高达 200 米的峭壁才能上岛。这不是为了体现自己多么彪悍，而是无奈的选择。

韩光和蔡晓春最后露头。韩光手持 M24 狙击步枪，环顾整个峭壁上方。蔡晓春手持 M4A1 卡宾枪，跟随韩光移动。

蔡晓春舔了一下咸咸的嘴唇："这里只要有一挺轻机枪，我们就全挂了。"

"只能祈祷他们没想到我们会登岛吧。"韩光还在扫视整个悬崖。

队员们脱掉了潜水装具，拿出攀登工具。尖兵举起手里的射绳枪，扣动扳机。随着腾的一声尖锐的划破空气的声音，一支本来折叠起来的飞虎爪飞出弹膛，拖着一道黑色的细细的尼龙攀登绳。飞虎爪飞过了峭壁上方，抓住了峭壁上的岩石。尖兵使劲拽，把攀登绳崩直了。两个队员在后面帮着他往后拽，确定飞虎爪牢牢抓住了上面的石头。

飞虎爪在峭壁上拖着碎石头，抓住了一块大岩石。坚硬的锰钢爪尖抓住了岩石，抓得结结实实的。

尖兵确定安全以后，把步枪背在身上，拿出 D 形环套在攀登绳上。他双手抓住 D 形环，开始攀爬。尖兵是狼牙大队最好的攀登高手，是林锐专门从贵州大山里面招来的土家族兵，外号"跑不死"。很淳朴的一个少数民族战士，却上过军报，原因是在训练场上追一只野兔子，居然把野兔子给活活追死了。可想而知他的体能素质了，土家族的猎人个个都是攀岩高手，他又在林锐手下接受了最先进的正规训练，所以攀登的速度是非常地快，快到了匪夷所思的地步。

其余的队员在水里，只露出脑袋和武器，环顾四周。这是一个绝对危险的位置，上面只要有一个守军和一挺轻机枪，基本上就是屠杀。

林锐面色严峻，看着尖兵在攀登。他抓紧 56 冲锋枪，全神贯注。这是最危险的环节，但是除了这个以外，没有别的办法。从码头走到悬崖并不容易，所以雇佣兵未必会在这里设哨位。而且至今情报没有泄露的迹象，所以林锐还是抱着一线侥幸心理的。

但是在悬崖侧面的丛林当中，一支 M60 通用机枪的枪口正在瞄准攀登的尖兵，也环顾着水里的突击队员。

Brown 对着耳麦："蝎子，他们从我这里上岛。我只要一个急促射击，他们就全部报销在这里。完毕。"

丛林当中，一处隐蔽的灌木丛里面。阮文雄对着耳麦："不要射击，让他们上岛。我们不要刺激他们，杀了他们无济于事，第二支突击队还会上岛。我们没有能力跟他们全面开战，躲避，再躲避。躲过他们的行军路线，让他们去营救人质。完毕。"

Brown 关上保险："收到，完毕。"随即悄然隐身离去。

阮文雄喝了一口伏特加，咬牙。

峭壁上，土家族尖兵已经爬上去了。片刻之后，三根尼龙攀登绳陆续从不同位置抛下来，这比射绳枪上的绳子要粗一点，能够承载更多的重量。拿出 D 形环的队员们分成三组，开始攀登。在土黄色的悬崖上，他们如同迷彩色的蚂蚁在艰难蠕动。

韩光和蔡晓春在最后，还在担任整个队伍的警戒。等到孙守江狙击小组在上面准备好，他们也爬上了攀登绳，开始攀登悬崖。

林锐在悬崖顶上松了一口气。他拿出月牙岛的卫星照片，对着 GPS 找到了前进方向。全部队员都爬上来以后，他挥挥手，四周担任警戒的队员们排成队形，陆续进入丛林。

灌木丛当中，阮文雄看着岛屿的卫星地图，抬头看看郁郁葱葱的丛林："都注意了，我们一定要躲开他们的行军路线！无论如何不能发生冲突，不能让他们知道我们在哪儿！躲避，再躲避，不能留下一点痕迹！他们的目标是人质，不是我们！我们藏起来，藏到他们营救人质行动结束，我们就赢了！明白没有？完毕。"

"收到，完毕。"

"收到，完毕。"……

阮文雄又喝了一口伏特加。现在非常关键，无论如何不能让中国特种部队知道他们在哪儿。他们要去救人，只要不暴露目标，不发生冲突，中国特种部队不会管自己的。等到人质救援行动结束，即便知道他们藏身在大山当中，也不会过问的，他们会全部撤离，然后自己和部下就可以活命。

这就是谋略，一个雇佣兵头目的谋略。

谋略的目的——活命。

10

韩光手持 M24 狙击步枪，跟蔡晓春走在队伍后方。他们后面是后卫队员，手持加装 M203 榴弹发射器的 M16A2 自动步枪，倒退跟随分队前进。土家族尖兵在队伍前面十五米的地方，目光警觉，悄然无声地在丛林行进。

热带丛林枝繁叶茂，到处都是危机四伏。突击队非常小心而又迅速地前进着，土家族尖兵是在丛林穿行的老手，猎户的后代，对山地丛林有着特殊的敏感。

紧随他后面的是以小庄为首的三人突击小组，然后是林锐带领的指挥小组，依次是第二狙击小组，火力支援小组，第一狙击小组，后卫。这支十五人的突击分队可以说浓缩了狼牙特种大队的精华力量所在，也代表了中国陆军特种部队的最强战斗力。

所以他们的战术动作非常的标准麻利，连隐蔽在远处树上观察他们的 Alex 都不禁感叹："蝎子，你说得没错，他们是劲敌。完毕。"

"保持无线电静默！你这个猪头！完毕。"阮文雄压抑地怒骂。

Alex 不再说话，隐蔽在树上。吉利服掩盖了他的身躯，他从 M4A1 卡宾枪的瞄准镜观察着在林间前进的中国特种兵，手指放在扳机护圈外面，防止走火。

突击队没有发现远处树上隐蔽很好的 Alex，还是在继续搜索前进。

所有的雇佣兵都得到了阮文雄明确无误的指令——躲避，再躲避。所以他们都分散潜伏在丛林当中，根据突击队前进的位置悄然变换自己的隐蔽位置，以躲开突击队的行军路线。爆破手 James 在阮文雄的指令下，早已拆除了原来安置在丛林当中的地雷，以方便中国特种兵去营救人质。此时此刻他们的心态变得很奇怪，恨不得出手帮助中国特种兵全歼海盗，营救人质，然后双方握手言欢，各回各家。

但是……这肯定是不可能的。

一旦中国特种兵发现他们的踪迹，他们将不得不被迫迎战。他们现在在暗处，占据了战斗的先机，全歼这支突击队的把握还是有的。然后呢？第二支突击队甚至是一个整团的海军陆战队会强攻上岛，战斗机会投下炸弹，舰炮会对着丛林一阵火力覆盖……就演变成一场真正的战争了。

11 个雇佣兵对抗中国海军特遣舰队……

结局不用再想了，死无葬身之地。

所以他们只能不断地隐蔽，让开中国特种兵的前进道路，甚至要给他们提供方便。此时此刻，这种敌我关系的转化，只有在雇佣兵身上才能体现。

林锐在林间穿行着，他的感觉非常不好。

韩光的感觉也非常不好，他端着 M24 狙击步枪，四处搜索着。

土家族尖兵突然伸出左拳停下，大家就地隐蔽。林锐小心地走过去，蹲在他的身边："怎么了？"

土家族尖兵指着地面的落叶。

军靴的脚印，清晰地留在落叶之间的泥泞当中。

"有人来过这里。"土家族尖兵抬起头观察着丛林，嗅着空气当中的味道。

"是新的……他刚走！"林锐倒吸一口冷气，"战斗准备！"

队员们在一瞬间做好了战斗准备，占据了有利位置。韩光的狙击步枪在四处搜索着，却没有发现目标。

蔡晓春在旁边举着 M4A1 卡宾枪，低声说："太安静了！安静得不正常！"

"拉倒吧，是不是每回不死几个人你就不甘心？"孙守江的眼贴在 SVD 的瞄准镜上，也在四处寻找。

"这不是蝎子的作风，"韩光说，"他连个地雷也没埋下——他难道就一点也想不到我们会来吗？"

"蝎子又不是神仙。"孙守江说，"他可能还做着数钱的春秋大梦呢！"

"山鹰，秃鹫，你们到前面来。"耳麦里面林锐在呼叫。

韩光和蔡晓春弯腰提着武器，快速到了林锐身边。他们看见了脚印，也看见了脚印延续的方向，是丛林深处。

"蝎子给我们布了个什么局啊？"林锐纳闷儿。

"就一个人，他跑不了多远。"蔡晓春说，"我去抓住他？"

"他应该已经发现我们了。"韩光说，"但是为什么我们没有遭到埋伏呢？"

"也许埋伏就在前面。"林锐担忧地看着前面的丛林。

"前面是鹰嘴谷，倒是埋伏的好地方。"韩光眯缝眼看着。

"我们不能走那里了。"林锐打定主意，"转换方案，我们走二号路线。那里是沼泽地，他们想设埋伏也不容易。你们两个断后，注意可能出现的敌情。"

"明白。"韩光回答，举起了狙击步枪，蔡晓春在他身边举起 M4A1 卡宾枪。两人的枪上都装了消音器，都是虎视眈眈。

分队转换方向，走二号路线。孙守江边走边嘀咕："沼泽地……有的是蚂蟥……我最怕那个玩意儿……"

"好像还有鳄鱼。"雷鸟逗他。

"鳄鱼？！"孙守江精神起来，"真的假的？鳄鱼肉最好吃了！"

分队在出发，韩光和蔡晓春在那里警戒。韩光观察着丛林的动静："不对劲儿，蝎子在躲我们。"

"躲我们？为什么？"蔡晓春问。

"如果我是蝎子，我不会笨到入侵者在林子里面走了这么远，都发现不了的地步。"韩光说，"他在躲我们，不跟我们正面接触，也不想跟我们发生冲突。"

蔡晓春纳闷儿："这样做的目的是什么呢？"

"我也没想明白。"韩光说，"也许是个阴谋，也许是他根本就不想跟我们打。走吧。"

两人交替掩护着，跟随分队继续前进。

灌木丛中，阮文雄放下望远镜，对着耳麦低声怒骂："笨蛋！你笨到了让我难以置信的地步！你怎么会留下痕迹的？！他们走了沼泽地，这让营救人质的时间推迟了两个小时！他妈的我们又在这里多待了两个小时！完毕。"

"对不起，蝎子。"Simon 回答，"他们距离我太近了，我不得不转移位置。完毕。"

阮文雄拿起望远镜，看着特战分队拐到沼泽地的方向，恨不得喊他们回来！这里不设防，放心大胆去营救人质吧！实在不行我们可以支援你们！我们熟悉这里的地形，也熟悉人质关押的位置！——但是，这是绝对不可能的。

阮文雄恨不得把牙齿咬碎了。他妈的，又得在危险区多待两个小时了！

11

丑陋的男人在自己的身上蠕动，下身如同被利剑刺穿一样剧烈疼痛。阿红闭着眼，流着眼泪，咧开嘴无声地哭。她都记不清这是自己一路上与之交配的第几个男人了……是的，交配，连性交都算不上。

为了能够从谅山走到岘港，身无分文的她只能采取这样的方式，让自己再次变成一个婊子。一个是男人都可以交配的婊子……甚至连婊子都不如，因为婊子好歹还能得到几百盾，自己只是为了搭车……

男人射精了，在自己的体内。他低沉地吼叫着，抖动着，发泄着……而阿红连买避孕套的钱都没有，在这个艾滋病已经开始流行的国家，她连最基本的保护都买不起……一切都是为了他……为了蝎子……

男人心满意足，阿红强力挤出微笑，坚持坐起来面对他："大哥，你觉得小妹还好吧？带我去岘港，我陪你一路。"

男人点着一根烟，厌恶地看着她。阿红的心里一凉，畜生！果然，男人一把打开卡车驾驶室的车门："滚！"

阿红祈求地望着他，裸露着自己丰满但是布满旧疤和刚留下牙印的乳房靠近他："大哥，求求你了，带我去岘港……我什么都听你的，你让我做什么都可以……"

"滚！"男人一脚把她踢了下去。

几乎赤身裸体的阿红跌倒在公路上，随即衣服和内衣被扔下来，还有背篓。卡车的门关上了，司机驾驶卡车扬长而去。阿红跌倒在公路上，连骂的力气都没有了。她流着眼泪，抱着自己的衣服慢慢坐起来。

又一辆车在她的身边停下了。这是一辆面包车，车的窗户摇下来，露出几个男人的脸。阿红跪着，挤出来笑容："大哥，带我去岘港吧……"

车门打开，阿红急忙抱着衣服提着背篓上车。车门关上，面包车扬长而去。

什么都没留下。

12

　　土家族尖兵在前面小心翼翼地探路，后面的队员们拖着两个自己做的木筏。所有的装备和背囊都放在木筏上，以便减轻重量。正是中午，沼泽地里充满了水蒸气。队员们在日光的直射下和水蒸气的热浪当中艰难前行，孙守江解开自己迷彩服的扣子，想脱掉。

　　"你干什么？！"林锐厉声说。

　　"实在是太热了！"孙守江龇牙咧嘴，"我都热得流不出汗了！"

　　"穿上！"林锐命令，"否则日光会晒爆你的皮肤！"

　　孙守江只好再穿上，而且必须戴着奔尼帽。虽然脱下了吉利服，但是炎热程度有增无减。这块沼泽地估计就没人走过，到处都是蚊虫，也到处都是蚂蟥。韩光跟在他的后面："走吧，我们快走出去了。"

　　"报告！"孙守江说，"我能喝水吗？"

　　"不能，这里的水我们不敢喝，带的水必须坚持到顶不住的时候！"林锐厉声说，"你他妈的再叫苦，我一枪毙了你！扰乱军心！"

　　孙守江不敢说话了，跟着队伍在走，抱着 SVD 狙击步枪。

　　韩光搋搋他，递给他一个水壶："喝一口，含着。"

　　孙守江小心地看看林锐的背影，韩光说："喝吧，没事，不是水。"

　　孙守江打开，喝了一大口，酸得他龇牙咧嘴："醋啊？！"

　　"叫你别喝下去，含着。"韩光说，"含着醋，你的嘴里就不会干。这是家传秘方，含着吧。"

　　孙守江急忙含着一口醋，酸溜溜的，果然就不觉得干了。而且在醋的刺激下，他也变得精神起来，嗯嗯两声表示感谢。韩光笑笑，把水壶递给蔡晓春："你也含一口吧，你的嘴唇都破皮了。"

　　蔡晓春接过来，含了一口。林锐回头，笑："果然是家传秘方啊，你怎么不早说？"

　　"你规定我们不能携带暴露身份的东西。"韩光也笑了，"醋是中国特产，我哪儿敢说啊？连长，来一口含着吧！"

　　林锐接过扔过来的水壶，也含了一口，精神多了。他用手语命令大家继续前进，水壶在每个队员的手里传送着，都含了一口醋。醋的提神和润口功效立即体现出来，大家变得精神十足，队伍在沼泽地中沿着尖兵探过的路艰难前行着。

　　远处的狙击步枪瞄准镜在对着他们。

……每一个人，每一张脸，都从十字线当中滑过。

阮文雄抱着 SVD 狙击步枪，在沼泽地边缘的树上，细致地观察着每一个人。他的瞄准镜停在林锐的脸上，阮文雄笑笑："林锐，果然是你……"

瞄准镜里面的林锐浑然不觉，还在继续搜索前进。

接着瞄准镜停在韩光的脸上，那是一张冷峻的脸。

阮文雄看着韩光，嘴里嘀咕了一句："'刺客'……我抓住你了，可惜，我们没有决战的机会。"

通过沼泽地就是丛林，中间是灌木丛的过渡。队员们拖着木筏上岸，整理自己的装备和背囊，重新背负在身上。韩光点着一根烟，孙守江纳闷儿："你又违反纪律？还带烟？"

韩光伸出烟头："三五的，不是国烟。"

孙守江还没反应过来，烟头已经贴在自己的嘴唇上。随着滋儿的一声，他的嘴唇上正在吸血的蚂蟥蜷缩起身子落在地上滚动着。韩光把这根烟递给林锐，林锐抽了一口保持火苗，帮身边的队员烫掉了腿上的几只蚂蟥。烟又传给别的队员，也是抽了一口，烫掉了蚂蟥。林锐看着韩光："你还有多少家传秘方？"

韩光道："差不多了，其余的都是在部队学的了——连长，你抽烟，这烟你拿着吧。"

"回去以后，你负责整理出来，写个文章。"林锐接过他甩来的烟和打火机叮嘱，"这些要补充到野外生存教材里面去，看来我真的低估你了。你不光是一个出色的狙击手，还是一个野外生存的专家。"

"专家谈不上，这都是我祖父的经验。"韩光说，"文章是现成的，他给我写的。"

"嗯，回头交给我复印稿就可以了。"林锐拍拍他的肩膀，"遗物你要好好保管，是你一生的精神财富——好了，出发了！我们距离目的地还有七公里，大家提高警惕！蝎子不知道在哪里等着我们呢！"

队员们排成战斗队形，在林间穿行。走出沼泽地，他们的动作轻便了很多。其实走过的路真的不算长，这个岛并不算大。但是沼泽地显然耗体力，所以感觉走的还是很远的。好在这些都是体壮如牛的特种兵尖子，所以自我调整能力还是很强的，很快就恢复了旺盛的战斗活力……只是他们并不知道，暗处的眼睛和枪口，在随时窥视着他们。

第八章

★

1

陈勇看着手表，对着在机库当中整齐坐着避暑的队员们高喊："出发时间到！"

张雷、刘小飞等突击队员们起身，背上背囊和伞包，提起自己的武器列队。他们都穿着各种各样的迷彩服，拿着各种各样的武器，脸上都抹好了迷彩油。

陈勇高声说："我没什么可说的！给我打狗日的！把我们的人救出来！有信心没有？！"

"有！"队员们齐声怒吼。

"你们是什么？！"陈勇嘶哑着喉咙怒吼。

"狼牙！"

"你们是什么？！"

"狼牙！"

"你们的名字谁给的？！"

"敌人！"

"敌人为什么叫你们狼牙？！"

"因为我们准！因为我们狠！因为我们不怕死！因为我们敢去死！"

陈勇挥挥手："跟我走！"

队员们排成两路纵队，跟着陈勇小跑向不远处的C130运输机。但是运输机没有出发的迹象，地勤人员在忙活着，一只螺旋桨被拆下来。工程师在紧张地检查着，满头是汗。陈勇一看头就大了："怎么回事？"

工程师在架子上站起来，回头："机械故障！现在不能起飞！"

陈勇急了："怎么搞的？！"

工程师苦笑："这种缺乏配件的老飞机，很难说什么时候会出问题。第一突击队出发的时候我就担心……没想到，这个时候真的出了问题了。"

"什么时候能修好？！"陈勇问。

"我们现在没有配件！"工程师也急了，"你对我吼有什么用？我们已经通知了上级，他们在拆除别的C130上的配件，正在紧急组织空运！我已经尽力了，陆军同志！要怪只能怪我们没有C130了，没有了！"

陈勇急促呼吸着："换别的飞机！"

"你知道那不可能！"工程师说，"行动要求，突击队只能使用C130运输机。"

"我去找指挥部！"陈勇一把推下去通勤车上的海军机械师，"你们在这里给我等着！随时待命，准备出发！"说完开车高速离开。

张雷看着C130被拆掉的螺旋桨："不是驴不走就是磨不转……他妈的！"

刘小飞招呼队员们："这里太晒，都到运输机肚子下面去！保持体力，随时准备出发！"

队员们躲到运输机肚子下面的阴凉地方，按照次序重新坐好。张雷招呼海军地勤："拿些水来！要保持突击队员的身体水分！再拿一些水果！"

陈勇背着枪冲进联合指挥部，冲着总指挥怒吼："给我一架运输机！"

总指挥从卫星地图上抬头："我们只有这架C130。"

"那就给我别的运输机！"陈勇着急地说，"我的人在前线！他们只有十五个人，要对抗二百多人！"

"我们只有这架C130！"总指挥强调，"我不能给你任何现役的运输机！"

"战斗一旦打响，他们需要我们的支援！"陈勇说，"我不能在这里干看着，他们在前线玩命！"

"可是我们只有这架C130！"总指挥说，"配件正在空运！这需要时间！维修运输机也需要时间！我们必须使用这架C130，没有别的运输机可以派！——这是高层的命令！"

陈勇嘴唇蠕动着："总指挥，我求你了……让我去接应他们吧？"

总指挥沉默许久，说："我们只有这架C130。"

陈勇彻底绝望了，他的嘴唇颤抖着，摘下头上的头盔一把拽在地上："操——"

2

越南岘港的码头上，跌跌撞撞走来一个衣衫破烂的女人，可以说已经衣不遮体了。路人们都惊讶地看着她，她的乳房都露在外面，但是根本不管不顾，还是那么跌跌撞撞地走着。她的双腿之间，还在往下流血。脸上都是污垢，已经看不出本来的面目。

一个男人淫笑着走过去，女人突然拿出手里的匕首，还滴答着血："滚开！"

男人呆住了。

女人怒吼：“我刚杀过人！你想再来试试吗？！”

男人急忙掉头就跑。

女人提着匕首，跌跌撞撞走向停泊在港口的一排游艇。这是豪华游艇，岘港是越南最美丽的海港，所以这里停着很多有钱人的游艇。保安看见她过来，纳闷儿地说：“前面是禁区……”

噗！匕首捅入保安的胸膛。

女人嘶哑地吼叫着：“我杀了你们这群臭男人——我杀光你们——”

保安一声未吭就死去了，歪倒在地上。女人跌跌撞撞地走上栈桥，冲上其中的一艘游艇。游艇上是留守的水手。他听到外面的声音，纳闷儿地爬出船舱，睁开惺忪的睡眼。

一把滴血的匕首顶着他的鼻子。

水手傻了。

女人哆嗦着手，拿出一张布满血污和精斑的纸条：“带我去这里……”

水手吓坏了：“我，我只是个看船的……”

“带我去这里！”女人怒吼。

水手急忙解开缆绳，转身进去开船。

女人追进船舱，水手头都不敢回在开船：“你别杀我，我都听你的……我还没结婚，你别杀我……”

女人凄惨地笑着，哭着：“大哥，带我去岘港，我什么都听你的……”

3

9021 今天穿了一件巴西足球队的黄色队服，显得格外醒目。这是约定好的暗号，防止中国特种部队的误杀。他背着 56 冲锋枪，走进会所大厅。人质都关押在这里，看守已经习惯了他每天来看望人质。虽然是海盗，但是海盗也是有国籍的，所以大家对他些许照顾一下中国人质没有什么意见，也没有什么怀疑。他带着水和吃的，刚刚进来，人质们就眼巴巴地看着他。他把篮子放下就闪到一边，人质们跟疯了一样冲上来，抢着水和吃的。9021 是个还不到三十岁的长发男孩，神色复杂地看着这些人质。他默默清点了人质的数量，发现那两个女人质不在。他皱起眉头，转脸问看守：“那两个女人呢？”

“虎鲨带到后面温泉去了。”看守眨巴眨巴眼，“你来晚了。”

9021 心说不好，但是箭在弦上，不得不发。少了两个就少了两个吧，这几十个人质已经到了精神和肉体的崩溃边缘，不救不行了。大局为重，那俩女人质只能

188

先委屈委屈了。他笑笑，转身出去了。

他走到外面的广场，把手腕上的那根黄色丝带系在了光秃秃的旗杆上。

"这是什么意思？"广场上坐着抽烟的海盗问。

"想家。"9021低沉地说。

海盗就不再问了，继续抽烟晒太阳。

500米外的山头上，林锐放下望远镜："他发出了营救暗号，准备动手。"

身边的队员们趴在他身边的灌木丛当中，拆掉了身上的背囊，只携带武器，做好了出击准备。林锐拿起56冲锋枪，旋上了特制的消音器。其余的队员也都在往枪上安装消音器，越晚被发现越好，越能接近人质越好。

韩光看了看周围，他对蔡晓春伸出食指点了一下，指着身边的树冠茂密的大树。蔡晓春会意，提着加装消音器的M4A1冲锋枪，敏捷地爬上大树。韩光爬到了另外一棵树上，在枝叶的掩护下架起了M24狙击步枪。他们的枪口上已经加装了消音器，视线范围内是整个别墅区、码头和会所。

孙守江跟雷鸟提着武器，快步跑到另外一侧的山头卧倒，从灌木丛当中伸出狙击步枪。

"注意，在敌人发现以前，乌鸡不要开枪。"林锐对着耳麦说，"你的枪声会暴露我们的行动，明白？"

"乌鸡明白，完毕。"孙守江无奈地说。

雷鸟嘀咕："早就让你选西方的狙击步枪，你不听！人家那枪都能装消音器，无声无光。你就图省事儿吧！"

"你懂什么？"孙守江嘴硬，"我这枪一响，那是威慑作用！能把他们吓个半死！"

林锐拿着加装消音器的56冲锋枪："注意了——我们要以最快速度进入会所！突击小组从左翼，火力支援小组从右翼，指挥小组跟着我从正面进入！速度一定要快，遇到的任何目标格杀勿论！"

"明白！"队员们低声吼道。

"穿巴西队服的是自己人，不要误杀！"林锐强调，"我们下去！"

队员们分散成三组，绕到山头后面隐蔽接近突击发起位置。

韩光在树上举起狙击步枪："汇报目标排序。"

"一号目标，十点钟方向，420米。左翼前进道路的哨兵。可视范围内没有发现敌情，可以射击。"蔡晓春拿着激光测距仪在观察。

"收到，明确。"韩光找到了一号目标的位置。

这是在度假村小别墅区左翼的一个哨兵，他懒散地晒着太阳，坐在草坪上逗着一条土狗。韩光的十字线套住了他的眉心，扣动扳机。噗！弹头无声无烟地射出枪膛，旋转着直接钻进哨兵的眉心，他一声未吭就仰面栽倒。土狗吓坏了，刚刚汪了一声，韩光的第二枪接踵而至，狗的脑袋开花了。

韩光使用的是手动狙击步枪，可想而知他的射击速度了。他拉动枪栓，重新上膛再次举起："一号目标解决。"

"二号目标，七点钟方向，353米。右翼前进道路的固定机枪手，有两人。"蔡晓春放下激光测距仪，拿起M4A1卡宾枪："我和你一起解决。"

"收到，我打机枪手，你打副射手。"韩光瞄准机枪手。

机枪手正在和副射手聊天，一颗子弹准确打中他的眉心。副射手还没反应过来，又是一颗子弹打在他的后脑小脑位置。两人在沙袋里面倒下，无声无息。

蔡晓春放下M4A1卡宾枪，重新拿起激光测距仪："三号目标……十一点方向，620米，房顶晒太阳的。"

"收到。"韩光调整枪口方向，找到目标。

正在看PLAYBOY的海盗躺在凉席上，突然一颗子弹打穿了画报，准确打在他的眉心。

韩光拉动枪栓上子弹："四号目标呢？"

"九点钟方向，542米，侧行。周围没有敌情。"

韩光瞄准四号目标，计算好提前量，扣动扳机。

正在侧行的海盗太阳穴中弹，猝然栽倒在灌木丛中。

孙守江看着韩光打得热闹，眼热："把你的枪给我？"

观察手雷鸟使的是一支加装消音器的AUG自动步枪，他坏笑着举起枪："乌鸡，这次我可不能听你的了！图省事儿，你能怪谁？看戏吧。"

他找到了自己要打的目标，扣动扳机。

目标猝然栽倒……

韩光已经消灭了十二个零散的目标，更换着弹匣。M24狙击步枪的弹匣容量是6发，这一点和半自动狙击步枪没办法比。但是射击稳定性和射程都要比半自动狙击步枪要强，而且可以加装消音器，所以说各有利弊。

他再次举起狙击步枪，额头上微微冒汗："继续汇报目标。"

"八点钟方向，两人，740米。在我的射程以外，山鹰。"蔡晓春说，"交给你了！"

韩光举起狙击步枪，瞄准那两个并排走的枪手。狙击的难度非常大，他必须精确计算好射击的步骤。短暂的思考瞬间已经过去，他的食指已经扣动扳机。

噗！

走在里面的枪手太阳穴中弹倒地。

韩光迅速拉枪栓上子弹。

走在外面的枪手大惊。

韩光再次举起狙击步枪，果断扣动扳机。

噗！

外面的枪手刚刚摘下冲锋枪，眉心中弹，仰面栽倒。

韩光微微调整着呼吸，平稳自己："继续汇报目标排序。"

4

突击小组的三名队员手持手枪或者自动步枪，排成前三角的队形快速跳过地面的海盗和土狗的尸体，穿插进入别墅区的残骸。带队是突击小组的组长小庄，他双手紧握 SIG P226 手枪据在胸前，挂着三点战术枪带的 AKM 自动步枪甩在身侧，采用快速搜索前进的方式；跟随其后的两名队员一个手持 G36 卡宾枪，一个手持 M4A1 卡宾枪，全部都打在单发的位置，跟随小庄快速运动。

三支枪上都加装了消音器，可以最大限度地降低被发现的概率。

迎面出来一个正在系着裤腰带的枪手，冲锋枪还挎在脖子上。他还没反应过来，小庄手里的手枪已经连续射出三发子弹。他半个脑袋被打飞了仰面栽倒，突击小组快速经过他的尸体，没有任何犹豫。只是最后一名队员转身对着他的尸体胸部又补射两枪，然后转身继续跟随队伍前进。

火力支援小组的情况类似。机枪手走在最后，M60 机枪背在身上，他的个子最大，所以也不觉得很累赘，手里也是一把加装消音器的 M92F 手枪。前面的副射手背着满满一背囊的机枪弹链，手里是加装战术组件的 56 冲锋枪，当然也是加了消音器。爆破手雷公走在最前面，雷明顿霰弹枪挎在背后，手里是一把加装消音器的 M92F 手枪。

他们的目的地是弹药库，那是原来的教堂。

无论哪个方向出现的敌人，都被他们精确而密集的火力击倒。

指挥小组从正面进入别墅区，在快速往里面穿插。不时地也向在前进道路出现的零散敌人射击，一切都是无声的战斗。

从韩光的位置看过去，犹如三把迷彩色的利剑直接插向会所。他已经狙杀了二十一个目标，海盗到现在都没有察觉。根据韩光的判断，起码已经有四十个海盗零散地挂掉了。敌人的有生力量在战斗正式打响以前，已经损失了五分之一。

韩光却一点都不敢松懈，他在拼命寻找着——雇佣兵？雇佣兵在哪里？

雇佣兵在山上。

阮文雄拿着望远镜看着下面的作战，他身边已经聚集了十名部下。他们站在高山上的树林里面，都在观战，犹如在看一场教学演习。

Simon放下望远镜："真的是高手，不比我们差。"

"这帮海盗确实是窝囊废。"Alex苦笑，"枪还没响，已经挂了这么多人。"

阮文雄放下望远镜，指着会所后面的山头："我们运动到那个位置。"

"去那里干吗？"Simon纳闷儿，"蝎子，你命令我们要远离中国特种部队的？"

阮文雄指着山头："那里距离他们虽然近，但是在他们的关注范围以外。战场也在我们的射程以内，武器加上消音器。"

雇佣兵们都疑惑地看他。

阮文雄笑笑："我们要帮他们——战斗就要打响了，他们人太少了。我们暗中帮他们解决海盗，越早结束战斗，我们越早脱离危险。"

"帮中国军队打仗？"Alex苦笑，"我从未想到，会有这样的经历。"

"他们的狙击手在那两个位置。战斗打响以后，他们会全力掩护会所的防御。"阮文雄指着韩光的位置说，"但是他们也很危险，因为距离会所位置太近。为了不损失中国特种部队的火力支援力量，我亲自负责掩护他们的狙击手。你们趁乱动手，不能暴露位置，不能连续射击——重点是海盗的机枪手和40火箭筒手，他们是真正可以威胁中国特种部队安全的，其余的枪手都不在话下。注意，一定不能暴露我们的位置。"

"他们不是傻子，会发现的。"卫生兵David犹豫。

"他们发现了，也不会对我们射击。"阮文雄说，"因为我们在帮他们，他们只有十五个人，需要人帮忙。他们的指挥官林锐不是傻瓜，他会判断出来我们为什么要这样做。他会和我们达成默契，只要我们不在他们的视线范围内，他们是不会上山围剿的。我们掩护他们，直到他们的大部队到来，我们就撤到深山去。我相信，林锐会记这个情，不会追剿我们。那是徒劳无功的事情，而且在林子里面我们棋逢对手，对于他们来说任务已经结束，何必徒增伤亡。他们要的是人质，不是我们。"

"这真的是一场奇怪的战争。"Alex感叹，"我要帮中国兵打仗？而那些敌人几个小时以前还是我们的盟友？"

"没有永远的朋友，也没有永远的敌人，只有永远的利益。"

阮文雄淡淡地说。

5

9021穿着黄色的巴西队队服，手持56冲锋枪，小心翼翼地在林间穿行。他的长发绑成马尾巴，双眼紧张地搜索着密林深处。他熟悉这里的地形，所以没有走林间小路，而是选择从密密的树林当中穿越。灌木丛刮着牛仔裤沙沙作响，肮脏的温州造旅游鞋踩着腐烂的枝叶。

他的目的地，是后山温泉。

会所的人质交给特种部队去营救，而他现在，要去营救那两个女人质。

他的呼吸急促，缓慢谨慎地走着。在这里的时光，他早已熟悉了这里的一草一木，并且养就了山地丛林作战的单兵技能。不是正规的部队训练，而是现实逼的。他的动作并不规范，但是枪法很准，抬手就可以打到飞行的海鸥。他的血液在燃烧，一种久违的庄严感和肃穆感油然而生。

为了今天，他已经等待很多年。

为了重新做一个……中国人。

他本来已经断掉了回家的念想。那一次被海警擒获，他以为不是走上刑场，就是要把牢底坐穿。没有想到的是，一个年轻人的突然出现，改变了他的命运，也重新燃烧起回家的梦想……

被带入审讯室的青年海盗脸色苍白，肮脏的长发打成了条，双眼无神。两个海警战士把他半推半拖进来，按在椅子上。他戴着沉重的脚镣，脚腕血迹斑斑，绿头苍蝇还在伤口处飞着。他对这些肮脏和痛楚已经浑然不觉，极度的耻辱、恐惧已经让他变得麻木。

"把他的手铐脚镣都下了吧。"一个带有磁性的男人声音。

海警战士二话没说，打开了他的手铐和脚镣。他活动着自己的手腕，透过眼前披散的长发缝隙，看见了一个穿着白色衬衣的年轻人。比他还要年轻，很瘦，带着一丝说不出来含义的微笑。

"你们都出去吧。"年轻人对海警战士说。

两个战士出去了，关上了门。

年轻人抬头看看墙角的监视器，走过去一把把线给拔了。青年海盗有些意外，这个举动的含义是什么？严刑……逼供？有什么意义呢？自己不过是个小卒子，该说的都说了八百多次了……他还想知道什么？

年轻人把手里的线扔在桌子上，站在他的面前，靠着背后的椅子抱着肩膀看着他。

青年海盗嘶哑地问："你想知道什么？不用这样，我都告诉你……"

年轻人看着他，片刻："你的母亲去世了。"

青年海盗抬头，却没有哭喊，眼泪慢慢流出变得干涸的眼窝。

"她临走的时候，一直在喊的是你的小名。"年轻人低沉地说，"她在家门口悬了一根黄丝带，希望有一天你能回来。"

青年海盗的眼泪夺眶而出。

"现在你回来了，我自作主张，摘下了这根黄丝带。"

年轻人摊开自己的左手，一根黄色的丝带。

青年海盗羞愧难当，一下子跪下了，伏地痛哭。

年轻人蹲下，把黄色丝带系在了他的手腕上："戴着吧，这是她对你的思念。无论你走到哪里，你的母亲都会在你的身边。"

青年海盗的肩膀抽搐着："政府，求求你……让我去她的坟上看一眼吧……我就磕个头，你们在那枪毙了我都行……"

年轻人看着青年海盗的悲伤，脸色很平静。

青年海盗抬起头："政府！就让我看她一眼，就磕一个头……你们毙了我，你们毙了我……"

"你这样不能去看她。"年轻人淡淡地说，"一会儿武警会安排，给你洗澡，理发，换衣服。我陪你去看她，在她的坟墓前，你有一个小时的时间。"

青年海盗惊讶地看着他。

年轻人起身："虽然你忘记了祖国和母亲，但是祖国和母亲不会忘记你。"

"啊——"青年海盗痛心疾首，扑倒在地上哇哇大哭。

下午三点钟，一辆民用牌照的丰田陆地巡洋舰越野车把青年海盗拉到了海边的公墓。戴着黄色丝带的青年海盗穿着整洁的新衣服，长发也梳理在后面，没有戴手铐脚镣，双手捧着一束康乃馨放在了墓碑前。

母亲慈祥地看着他，他跪在了母亲的坟墓前泣不成声。

年轻人在衬衫外面套了一件灰色风衣，戴着墨镜，站在他的身后。

除了他们两个以外，没有其余的人。

"谢谢你，我永远不会忘记你。"青年海盗站起身，转向年轻人鞠躬。

年轻人摘下墨镜，露出高深莫测的眼睛："应该是永远不要忘记祖国和母亲！我只是沧海一粟，不足挂齿。"

"你不是边防海警，也不是公安。"青年海盗看着他说，"你到底是什么人？"

年轻人笑笑，不说话。

青年海盗内疚地说："对不起，我不该问。"

年轻人看着他："没什么不该问的。在我眼里，你只是一个回家的孩子。至于你犯下的罪行，那要交给法律去制裁。我不是法律，只是执法者之一，所以我想在我力所能及的范围内给你一些方便。更何况，我知道你没杀过中国人，还算有点民族良知。"

"你还想知道什么？"青年海盗急切地问，"给我一点时间，我再整理一下！我全都整理出来，我记得的每一件事，每一个人，每一句话！我都整理出来，交给政府！"

"那些没有意义。"年轻人说,"过去时,能够说明什么?"

"那么你想知道什么呢?"青年海盗着急地问,"我能为你做点什么?"

"不是为了我,是为了祖国和母亲。"年轻人戴上墨镜,"走吧,时间到了。天黑以前,我要带你回看守所。"

青年海盗在他身后跪下了:"大哥——"

年轻人回头,墨镜后面的眼看不出来表情。

青年海盗嘶哑喉咙:"只要你开口,赴汤蹈火我都干!只要你告诉我,我能为政府做点什么?"

年轻人看着他:"起来吧,在你的母亲跟前,不要给别人下跪。"

"我不是跪你!"青年海盗哭着说,"我是跪政府!"

年轻人伸出手拉起来他:"政府也不需要你下跪!走吧,时间不多了,别让我为难。"

回到看守所,青年海盗坐在床上彻夜难眠。天微微亮的时候,他起身走到门口:"管教,我要见政府……"

年轻人果然在审讯室等他,青年海盗戴着手铐拖着脚镣进来。年轻人挥挥手,武警再次摘下他的手铐和脚镣,出去了。年轻人看看他:"监视器我已经关了,说吧。你见我,有什么事儿?"

青年海盗面色凝重:"政府,如果你信得过我,就派我回去!"

"回去?回哪儿?"年轻人不动声色。

"月牙岛!"青年海盗咬牙说。

"月牙岛?你要回去当海盗?"

"不!"青年海盗说,"我去为政府工作!我了解他们,我熟悉他们!我可以当卧底,我可以搞挎他们!"

年轻人不动声色地看着他:"为什么你要这样做?"

"因为……"青年海盗咧开嘴哭了,"我想做一个中国人……"

年轻人看着他,许久。

青年海盗跪下:"大哥!政府!求求你,让我为了国家做点什么吧!即便是以后判我死刑,我也心里踏实了!求求你了……"

年轻人看着他,许久,低沉地说:"你说得没错。我不是边防海警,也不是公安警察,我为政府工作。"

青年海盗抬头,泪眼看他。

"我是国家安全部的,我叫王斌。"年轻人淡淡地说。

青年海盗默默看着他,并不觉得特别意外。昨天他把所有的可能性都想过了,也包括国家安全机关。

"我给你三天时间再好好考虑。"王斌说,"你考虑成熟,再来跟我谈。为我工作,并不代表着你没有罪行,只是在法律允许的范围内会考虑给你减轻刑罚。我们不是CIA,不是KGB,我们所做的一切都必须在法律许可的范围内。你能得到什么,要自己想清楚。"

"我想清楚了!"青年海盗坚定地说。

王斌笑笑:"我走了,三天以后。"起身出去了。

青年海盗看着他出去了。

……三天以后,王斌跟青年海盗再次进行了一次私下谈话。谈话时间很长,谁也不知道他们在谈些什么。随后,青年海盗在一个夜晚上了一辆车,离开了看守所。在一个秘密的营地,他接受了情报业务训练,学会了电台使用、密码联络、谈话技巧等谍报技能。

在一个风雨交加的夜晚,青年海盗站在一个破渔村的码头上。他的身后是一条渔船,面前是打着雨伞的王斌。

"9021。"

王斌看着他的眼睛说。

"从此以后,你的代号就是9021。你在我们的档案当中没有名字,只有9021这个代号。没有人知道你的存在,你将付出巨大的努力和牺牲。如果有一天,你不幸遇难,你的名字在政府的公文上,也会和海盗排列在一起。9021这个代号将会取消,你的档案也将封存,再也不会被人提及。"

9021看着王斌:"我明白。"

"你想好了,一定要去吗?"王斌问。

9021笑笑,转身上了船。他熟练地开船,发动马达。渔船缓缓离开码头,离开码头上的王斌和他身后的越野车。王斌在9021的视线当中越来越远,甚至都没有招手。9021站在船尾的舵旁,对着王斌举起系着黄丝带的右手,轻轻挥舞着。

王斌慢慢抬起右手,挥舞着。

9021笑笑,转身继续开船。

等到再也看不见码头的时候,9021回头看了一眼大陆。那是自己的祖国,自己的母亲……没有想到,黑暗当中突然出现了灯光。

是车灯。

打着灯语:

"祖国——不会忘记你。"

一种庄严和神圣感涌上9021的胸膛,他的眼泪和雨水流在了一起。仿佛一团火焰在内心深处燃烧，他操纵渔船，坚定地开往大海深处。他已经做好了所有准备，去面对未来的挑战。9021，自己就是9021。无人知晓的9021，也是祖国的9021……

……此刻，9021端着56冲锋枪，穿越密林。前面就是温泉，可以听见水声。他小心翼翼地潜伏在岩石后面，慢慢伸出脑袋。可以看见几个赤身裸体的海盗在折磨那两个可怜的女人，女人也是赤身裸体，在温泉里面已经无力叫喊。

虎鲨呢？虎鲨去了哪里？

他没有看见虎鲨，但是也顾不了这么多了。

9021握紧冲锋枪，耳朵倾听着会所那边。他已经做好了准备，只要枪声响起，他将会冲杀出去，不顾一切地将这些海盗枪杀。他们现在赤身裸体，武器都在岸上，没有一点防备，自己占据了战斗的先机！

9021平静自己的愤怒，就那么眼睁睁看着海盗糟蹋女人，准备随时射击。

"你在这儿干什么？"

9021的身后响起虎鲨的声音，随后是一个冰冷的枪口抵住了他的后脑。

6

虎鲨举着M16冲锋枪，对着9021的后脑。

他是刚才想解手，走到岸上树林。远远地看见一点黄色在绿色的密林飘荡，他本能地抓起身边的M16准备射击。但是那个身影很熟悉，越来越近了……他看出来了，是长毛。长毛端着冲锋枪，小心翼翼搜索前进。虎鲨一个激灵，内奸？！他顾不上擦屁股，抓起M16冲锋枪绕到树林里面。

长毛藏在岩石后面，握紧冲锋枪，在看着温泉里面的春宫图。

虎鲨赤身裸体，没有穿鞋，所以落地无声。他缓慢走到全神贯注关注温泉的长毛身后，举起了M16顶住了他的后脑："你在这儿干什么？"

长毛没有动。

虎鲨也没有动，食指放在扳机上："丢掉武器。"

长毛丢掉手里的冲锋枪，举起双手："虎鲨，光你们爽了，我看看都不行啊？"

虎鲨阴森地看着他："你不是不碰中国女人吗？"

长毛没有敢回头，笑着说："这不是最近岛上没女人了吗？老是五姑娘陪我……"

"是吗？"虎鲨冷笑，"那好，我就满足你。起来。"

长毛起身。

"脱衣服。"

长毛脱衣服，只剩下一条内裤。

"既然要玩女人，还穿着干吗？"

长毛回头笑："虎鲨，我这不是……这不是……你知道我的习惯，我不喜欢跟这么人一起……"

虎鲨也笑笑："总是有第一次的，脱了吧。"

长毛也笑笑，脱去了内裤，赤身裸体站在虎鲨面前。

虎鲨用枪口指指温泉："去吧，还等什么？"

长毛尴尬地笑："我，我真的不习惯……"

虎鲨也笑笑："习惯习惯就好了，去吧。"

长毛尴尬地笑着，在枪口下转身，走向温泉。

虎鲨看看地上长毛的衣服，黄色的巴西队服。他是巴西队的球迷，长毛这件衣服他一直想要，但是没好意思。老大毕竟是老大，还是不能太欺负兄弟的。虎鲨捡起那件巴西队服，看看："还是真的？不是假货？小子，从哪里搞的？"

长毛在前面呆住了，回头。

虎鲨正在往身上穿巴西队队服："穿两天，还你。那么紧张干什么？我不要你的！"

长毛咽了一口唾沫，笑笑："你喜欢，就穿着吧。"

虎鲨背上 M16，拉着长毛："走走走！那么害羞干什么？装处男啊！"

下面温泉里的海盗们都笑着："长毛也来了啊？""还那么扭捏呢！"

两个女人抱着自己的胸，藏身在温泉里面，恐惧地看着长毛。

长毛的脸色很复杂，站在温泉里面看着这两个女人。

"去啊？等什么呢？"虎鲨在后面笑着说，但是食指还在扳机护圈上。

"你怎么带着枪下来了？"一个海盗好奇地问。

"玩玩武器的诱惑。"虎鲨眨巴眨巴眼，海盗们一阵哄笑。

长毛看着这两个可怜的女人，咬住嘴唇。

"长毛不好意思，你们帮帮他。"虎鲨笑笑。

几个海盗就笑着，把长毛按到水里。还有一个海盗随手抓过一个女人，塞到长毛怀里。长毛闭着眼，压抑着自己的眼泪。虎鲨冷笑着看着他，坐在了岩石上，还握着 M16。女人不敢哭喊，被塞到长毛怀里。

长毛全身都湿了，头发也湿了，脸上都是泪水和温泉的泉水，所以看不出来哭泣。他抱住了女人，咬住她的耳朵低声说："想活命，只能忍耐……"女人木然地看着他，长毛闭上眼抱住了女人，低吼一声进入了她。

虎鲨冷笑地看着。他已经断定长毛是内奸，所以他准备在长毛跟这两个女人玩过以后就枪毙他。妈的，别说！这件巴西队的队服还很合身！是我的了！还是真品，奶奶的，他从哪里抢来的？

7

小庄双手持手枪快速穿插，后面跟着两个突击队员。突然前面出现五个打牌的海盗，其中一个站在旁边观战，正面对冲过来的三名突击队员。小庄举起手枪，准确命中他的头部。后面的两个突击队员也在瞬间打倒了两个海盗，但是其余两个海盗都是多年作战的老油子，一个滚翻就躲到了角落。他们高喊着："偷袭！偷袭——"手里的冲锋枪也开始招呼这里了。

枪声打破了无声的战斗。

小庄拿出手雷，高喊："投弹！"

后面两名队员躲闪在一边。小庄手里的手雷顺着地面滚过去，在海盗面前滴溜儿打转。两个海盗惊恐地叫着，起身躲闪。但是哪里来得及？剧烈的爆炸瞬间把一切都变成一团烈焰，两个海盗飞到了半空。

小庄把手枪甩掉，顺手抄起来身侧的 AKM 冲锋枪："打进去！"

两名队员紧跟其后，边跑边举起手里的卡宾枪。小庄对着迎面冲来的海盗速射："嗒嗒嗒……"

连续的速射让枪声听得如同连发，但是精度却是连发比不了的。后面的队员两把卡宾枪跟他一起组织成密集的火力，对面的几个海盗在弹雨当中抽搐倒地。

林锐怒吼："战斗开始！最快速度冲进去——"

指挥小组除了他和副手，还有电台兵、卫生兵等。这些专业兵都是非常出色的特战队员，他们是在特种兵的基础上进行严格的专业训练，才成为特种部队的专业技术兵的。几个队员快速穿过会所前的广场，径直冲向会所的大门口。

广场上的海盗刚刚站起来就被密集的弹雨扫倒，队员们低姿据枪在肩却是非常快速地穿越过广场。他们不断变换枪口位置，前后左右露头的海盗被准确射倒。

他们粗壮的身躯跑过旗杆。

黄色的丝带在风中飘舞。

火力支援组冲到了弹药库。爆破手雷公举起霰弹枪，"嗵"的一声打出一片霰弹。对面的海盗在很近距离被打中腹部，腰都被打断了，被打断的肠子飞了出来。他倒在地上抽搐着，嘴里往外冒血。副射手对着他一个点射，他彻底挂了。

机枪手双手据着 M60 轻机枪在腰部，对着弹药库里面涌出来的海盗密集扫射。弹雨当中，海盗们如同舞蹈一样扭动身体。爆破手雷公从背囊当中取出做好的 TNT 炸弹，一个一个甩手丢进弹药库。

爆破手雷公高喊："撤！"

三个人迅速交替掩护离开弹药库。

爆破手拿起遥控器，按动按钮。

"轰……"连绵的爆炸声，伴随子弹被引爆的噼啪声。

林锐已经一脚踢开了会所破旧的大门，指挥小组正面冲了进来。

林锐高喊："卧倒——中国陆军——"

惊恐的人质们立即卧倒，如同大海在瞬间退潮一样，听不懂汉语的海盗们就是暴露出来的礁石。

林锐等队员按照预定的方案切着自己的方位角，扫荡暴露出来的海盗。海盗们在最短时间内就被密集弹雨打倒，人质们捂着头，子弹就在头顶滑过。

小庄带着突击小组冲进来，举起武器高喊："中国陆军——卧倒——"

这个时候出了乱子，一个小伙子激动地站起来高喊："解放军万……"

"岁"字还没出口，几名队员的枪已经招呼过来。他睁着无辜的眼睛，前胸被密集的弹雨打成了筛子。

"停止射击！停止射击！"林锐高喊。

枪声停下来。

"妈的！"林锐痛心疾首，"——搜索整个房间，核对人质人数！快！"

队员们手持武器快速在人质当中穿插，搜索可疑残敌，往被击毙的海盗身上补枪。

一个奄奄一息的海盗拔出了手榴弹，拉住了铁环。他咬牙坚持着拉弦，噗地一声白烟开始冒。

一名搜索队员看见了，对着他的胸部就是两枪。他挂了，但是手榴弹还在冒烟。队员毫不犹豫，纵身一个敏捷的鱼跃，跳过地上卧倒的人质，准确地把自己的身躯覆盖在手榴弹上……

"轰——"

一声闷响，他的血肉之躯化为碎片，在空中散开。

"再次搜索残敌！"林锐都顾不上伤悲，怒吼。

队员们把人质拽起来，往一边推，枪口对准人质清点人数。一个混在人质当中的海盗举起了手里的乌兹冲锋枪，对准人质狂叫着扣动扳机："啊——"

身材高大的电台兵毫不犹豫，伸开双手，纵身挡在了他的枪口前。子弹在不到两米的距离打在他的前胸，打穿了他的防弹背心，打在他的腹部，打在他身后的电台上……

小庄举起手里的AKM，嗒嗒两声精确的速射。

手持乌兹的海盗头部中弹，猝然栽倒。

里面的枪声彻底安静了。队员们虎视眈眈，面对人质和地上的尸体。火力支援小组冲进来，在门口和窗口展开防线。机枪手架起机枪，对着外面开始速射："嗒嗒，嗒嗒嗒嗒……"

"突击小组清点人数，解决残敌，卫生兵抢救伤员！其余人组成火力线！"林锐高喊着扑向窗口。

小庄对着人质高喊："全部躺下，把脸露出来，双手伸开！看不见手的一概击毙！"

人质们急忙照做。突击小组手持武器，挨个清点人质。他们已经背住了每一个人质的脸部特征，所以不符合特征的一概毫不犹豫两枪击毙，一枪打头一枪打胸。其余的人质都惊恐地闭上眼，火热的弹壳飞在他们脸上，身边被击毙的海盗血和脑浆也溅在他们身上脸上。他们一声不敢吭，紧紧闭着眼睛。

林锐组织着火力防御，现在只是战斗的开始，真正的考验还未到来。

那些雇佣兵还没有露面！他们在哪儿？！

8

雇佣兵在会所后面的山上。

Simon手里的M4A1卡宾枪加装消音器的枪管从草丛当中探出，瞄准正面奔向会所的机枪手，扣动扳机。噗的一声，机枪手头部中弹，猝然栽倒。Simon收回MA41，再次藏身在草丛当中。

还在会所正面500米外山头树上进行冷枪狙击的韩光从瞄准镜看见了机枪手的头部爆裂，纳闷儿地看蔡晓春。他刚刚瞄准这个机枪手的后脑，还没有射击，没想到他的头就炸开了。

蔡晓春手里的M4A1在射击，但是他瞄准的是另外的方向。而且他的射程也不够远，打不到那个机枪手。韩光又看孙守江那边，他们俩在那边打得正欢。海盗们一时还不知道他们背后有两组狙击手，还在往会所正面进攻。乌鸡的射击范围不包括那个机枪手，会是谁干的？

韩光看看会所里面，这样的混战当中，防御队员能打这么精确，得是个什么样子的高手呢？会是谁呢？他来不及更多的思考，战斗还在继续，举起手里的狙击步枪瞄准刚刚架起40火准备射击的海盗后脑扣动班机。

海盗猝然栽倒。

Alex潜伏在一处岩石旁的灌木丛当中，举起M4A1卡宾枪。噗！又是一个机枪手头部暴露栽倒。

　　阮文雄穿着吉利服，在山脊的树旁跪姿举起手里的SVD狙击步枪。

　　他找到了韩光，这个刺客还在对着山下奔跑的海盗射击。阮文雄笑了一下，小子！顾头不顾屁股！他把枪口挪开，找到了其余的狙击手的位置。自己所在的位置非常有利，这四个菜瓜死都不知道怎么死的！

　　但是现在自己不是要杀他们，是要救他们。

　　这真的是一个绝妙的讽刺。

　　海盗们逐渐意识到背后有狙击手，在一个头目的叫嚣下，几十个海盗转身扑向韩光等所在的山头。

　　韩光一个呼哨，跟蔡晓春从容易被打中的树上跳下来，趴在草地上。两人滑下山脊，躲开密集的弹雨。他们猫腰跑向预定的二号狙击阵地，那是一片灌木丛。韩光一个箭步卧倒在灌木丛当中，狙击步枪麻利地伸出来，对准跑向自己刚才位置的海盗们连续射击。蔡晓春的卡宾枪也开火了。两人都是速射的高手，所以海盗们立即倒下好几个。

　　孙守江的SVD暴露了自己的位置，招致十几个海盗的密集射击。他和雷鸟匆忙滑下山脊，转向自己的二号狙击阵地。那是一块岩石后面，岩石可以挡一下子弹。但是他没想到岩石旁边已经冲上来两个海盗，对着正在奔跑的他们举起了冲锋枪。

　　砰！砰！

　　阮文雄开火了。现在正在激战，相隔1000多米，他们无法辨别枪声的位置。

　　两个海盗头部中弹，猝然栽倒。

　　还以为自己没命了的孙守江出了一身冷汗，急忙闪身到隐蔽处。他左右看看："山鹰，谢谢你啊！"

　　韩光顾不上搭理他，在对着往这边跑的海盗射击，又打倒了一个。

　　孙守江跟雷鸟快速占据了自己的二号狙击阵地，开始对下面涌来的敌人射击。

　　阮文雄带着微笑，瞄准一个从后面逼近韩光和蔡晓春的枪手，扣动扳机。

　　砰——

　　那个枪手猝然栽倒，滚下山脊，从韩光身边滚过去。韩光和蔡晓春都是一愣，急忙闪身到岩石后面。韩光看看上面："谁打的枪？！"

　　"是不是乌鸡？"蔡晓春问。

　　"不会，乌鸡在咱们下面！"韩光紧张地说。

　　蔡晓春看着枪手中弹的位置："有埋伏的枪手！这得是狙击步枪干的！是不是蝎子？"

韩光在紧张思索着。

蔡晓春问："为什么不打我们？是误伤吗？"

韩光摇头："蝎子不会打不准的……他的位置在咱们正面！后山！"

"我吸引他的火力！"

蔡晓春闪身出去，快速穿越灌木丛，跑到另外一片岩石后面。但是蝎子并没有对跑动的他开枪，他靠在岩石后面气喘吁吁："他为什么不开枪？！"

闪身出来准备速射的韩光找到了蝎子刚才的位置，可以看见穿着吉利服的身影闪身到树后消失了。

韩光放下狙击步枪："他那个位置刚才可以轻易干掉我们四个！"

"妈的！他在干什么？"蔡晓春问。

韩光举起狙击步枪搜索，找到了潜伏起来的 Alex："我发现一个雇佣兵！"

"射击！射击！你在犹豫什么？！"

"奇怪。"韩光看着 Alex 悄悄射击海盗，又悄悄隐蔽，没扣动扳机。

"你他妈的等什么呢？！"蔡晓春靠在岩石后面问，"打不准把枪扔给我！"

"他在帮我们。"韩光纳闷儿地说。

"谁？！"

"雇佣兵——他们在帮我们？"

9

林锐也注意到了暗中的帮助。他看着一个机枪手刚刚架起轻机枪就被子弹击中头部，子弹是从正面打的，不会是自己的狙击手。他左右看看，队员们还在猛烈射击。这样混乱的局面下，谁能这样精确地瞄准乱军中的机枪手呢？

"啄木鸟，有新的情况。这帮雇佣兵出现了，他们好像在帮我们。完毕。"

耳麦里面传出韩光的呼叫。

林锐听着有点蒙："你再重复一遍，山鹰。完毕。"

"这帮雇佣兵在帮我们。完毕。"韩光重复。

"你确定？完毕。"

"确定，我看见他们在射击海盗。主要是机枪手和 40 火，他们在帮我们防御。完毕。"

"他们为什么要这样做？"林锐纳闷儿。

"他们在会所后面的山上，要进攻会所轻而易举。他们在帮你们做正面防御，也帮我们狙击小组清除威胁。完毕。"

林锐眨巴眨巴眼，这是一个绝对没想到的新情况。

"啄木鸟，我们怎么办？"韩光紧张地问，"我和他们遥遥相对，可以抓住他们，请你指示。完毕。"

林锐思索着。

"啄木鸟，我们怎么办？完毕。"韩光追问。

林锐舔舔嘴唇："你确定他们的位置，如果确实在帮我们，暂时不要射击！密切监控，等到战斗间隙再说！完毕！"

"山鹰收到，明白。完毕。"韩光回答。

林锐蹲在沙袋后面纳闷儿："雇佣兵？跟我们并肩作战？为什么？"

小庄跑过来，蹲在他的身边："人质数量清点完毕！除了误杀的那个，还少两个女人质！其余的都在，有两个受伤的，已经止血！我们的人牺牲了两个！"

"呼叫联合指挥部，我们的援兵怎么还没到？！"林锐厉声说，"岛上的形势越来越复杂了，都乱套了！我们现在只有十三个人！雇佣兵就在我们脑袋后面，现在搞得一切都莫明其妙的！我现在就要援兵！"

"电台被打坏了！"小庄高喊。

"你说什么？！"

"我说——电台被打坏了！不能用了！"

"他妈的！"林锐咬牙，"没别的办法了，坚持住！死战到底！"

"明白！"小庄高喊，"死战到底！"

几个队员突然一起从沙袋当中闪身出来，对准冲过来的海盗们一阵猛烈射击，打掉十几个海盗。其余的海盗急忙退避，队员们蹲下躲在沙袋后面更换弹匣。第二组队员起身又是一阵射击，追着海盗逃跑的屁股开打，把他们逼到了别墅区里面。

"节省弹药！"林锐高喊，"我们要在这里坚持到援兵到来！"

海盗们损失惨重，广场上尸体累累，重新去组织新的进攻。

阮文雄从岩石后缩回来："进攻被打退了，我们换个地方。他们已经发现我们了，不要紧。不要刺激他们，避开他们的视线。他们的援兵应该很快就到，海盗不是他们的对手。我们到树林里面等着。完毕。"

"收到，完毕。"

阮文雄探出脑袋，看见了对面山上举枪对着自己的韩光。

韩光急促呼吸着，他的十字环已经稳稳套住了阮文雄。

阮文雄没躲避，伸出左手，做了个"V"的胜利标志。

韩光的食指在扳机上，松开又放上，额头上都是汗珠。

阮文雄转身下去了，韩光还是没有射击。

"他们在搞什么？"蔡晓春放下激光测距仪，"怎么一下子变成三国演义了？乱七八糟的，到底是怎么回事？"

韩光放下狙击步枪："他们从一开始就在躲我们，不想跟我们冲突。"

"原因呢？他们不是雇佣兵吗？"蔡晓春说。

"我也不知道。"韩光看着雇佣兵消失的丛林。

10

9021赤身裸体，提着56冲锋枪在林间奔跑着。他的左胳膊上还带着枪伤，已经不管不顾了。血流在身上，全身都被枝蔓刮破了，脚也全都是伤疤，但是却丝毫没痛楚的感觉。耻辱和愤怒充满了他的胸膛，他的眼睛血红，在林间追逐着那个黄色的身影。他的脑子里面只有一个念头——杀了虎鲨！

他从未涌起过如此强烈的杀戮念头。

当度假村那边的枪声响起的时候，一直侧着耳朵倾听的9021一把将身前趴着的女人推向温泉深处。虎鲨在片刻的震惊之后抄起了M16对准9021扣动扳机，但是没想到9021抓住了一个替死鬼。他抓住一个海盗挡在自己身体前面，子弹打在他的身上，自己只是左胳膊中了一枪。

虎鲨怒吼着："我要你死——"举着M16冲下温泉，其余的几个海盗还没明白过来怎么回事。

9021举起刚才在温泉下面踩着的石头，直接就砸向虎鲨的脑门。虎鲨躲开脑门这一砸，石头砸在了肩膀上。他惨叫一声，M16脱手了。9021冲上岸边抓起了一支56冲锋枪，转身对着虎鲨就扣动扳机。虎鲨同样拽过一个替死鬼，替死鬼惨叫着完蛋了。

9021站起来，瞄准了温泉里面的虎鲨："现在是我要你死——"

虎鲨在温泉里面歪了一下，抓住了一个赤身裸体的女人挡在自己的身前。9021怒吼着："放开女人！"

虎鲨抓住女人湿漉漉的长发挡在自己的身前，右手摸出水里的M16："兔崽子！我就知道你是内奸！"

9021端着56冲锋枪对准他："放开女人！"

"你们还愣着干什么？！"虎鲨怒吼，"他是内奸！"

几个海盗反应过来，起身到岸上抓枪。9021准确射击，把他们全部撂倒在水里。温泉一下子变成了血的海洋，剩下的一个女人质尖声叫着。虎鲨劫持着自己身前的女人质，单手拿枪慢慢拽着她上岸。9021端着冲锋枪对准他，却不敢射击：

"你他妈的有种放了女人——"

虎鲨笑着："狗东西！他妈的吃里扒外！"

"虎鲨，我告诉你！"9021冷峻地说，"中国特种部队已经上岛了，你完了！要是聪明的话，就放下女人！我保证不杀你！否则，你他妈的死无葬身之地！海军舰队马上就到了，你完了！"

"你他妈的放下枪！"虎鲨冷冷笑着，"反正我也活够了！多活的十几年是白捡的！我就先让这个女人到地狱伺候我——"

9021端着56冲锋枪，却不敢打。

虎鲨一把把女人推向9021，同时举起手里的M16。9021抱住面前赤身裸体的女人，同时滚下温泉。子弹打在他刚才站着的位置，9021从血水里面露出身子举起了冲锋枪，扣动扳机。

嗒嗒，嗒嗒……

子弹却打在了枝叶上。

虎鲨已经跑了。

"妈的！"9021怒骂一声，起身上岸就要追。他回头看着两个泡在血水里面的惊惶失措的女人："别怕！中国军队来了！你们在这里不要乱跑，他们会来找你们的！"说完他转身冲入丛林，去追逐虎鲨。

虎鲨却比泥鳅还狡猾，在丛林深处来回穿梭着。9021弹匣的子弹不多，不敢贸然射击，只能在后拼命追赶着。两人在茂密的丛林当中你来我往，飕飕飞跑，好像压根儿没把没穿着鞋当回事情。

9021跑到林间的一处空地，失去了虎鲨的踪迹。他来回反复看着，找准一个方向纵身追去。当他跑远，虎鲨从树上跳下来，转身跑向温泉。他的枪里还剩下两颗子弹，所以不敢射击。现在，他要死了，他很清楚。

临死，他也得拉上俩女人垫背。

他冲到温泉，那俩女人果然还在。虎鲨举起步枪，却改变了主意。他拉起一个女人："走！跟我走！"他要用这个女人做人质，跑到深山里面去。那帮雇佣兵在挡不住的情况下，肯定会撤往深山，奶奶的！还有他们呢！在码头和度假村混战，赢不了军队；但是只要到了深山，就是海盗和雇佣兵说了算！加上有这个女人做人质，中国特种部队不敢乱进攻！

还有机会！老子还藏着船呢！还有金银财宝呢！

虎鲨想着，抓着女人往深山跑去。

11

沿着山脊阴影运动到会所附近的韩光和蔡晓春一跃而出，跑过枪战间隙的街垒。正面防守的队员在沙袋上埋下头，两人一跃而入。孙守江从另外一侧提着 SVD 狙击步枪带着雷鸟快速冲过来，迎面跳出来一个海盗举起了 56 冲锋枪。孙守江毫不犹豫举起 SVD 就是一枪，海盗没想到距离这么近他会对着自己用狙击步枪打，胸部被打开了半扇，还傻站在那儿。孙守江上去就是一脚："去你妈的！敢挡爷爷的路！"海盗被踹飞了。

但是枪声也打破了短暂的寂静，海盗们从建筑物里面探出脑袋和枪口。

"妈的——"雷鸟拽着孙守江快步冲向会所。

机枪手架起 M60 就是一阵扫射，火力掩护他们。

两个人从窗户一跃而入，密集的子弹跟着就打过来。他们卧倒在地上不敢抬头，弹雨把会所里面打得稀巴烂。队员们蜷缩在窗户下面，沙土被打下来。小庄吐出嘴里的土："奶奶的！我们的援兵怎么还没到？！"

林锐在一堵墙后面看着被打坏的电台发傻。没想到电台被打坏了，现在跟指挥部是彻底失去了联系。现在突击队所剩弹药已经不多了，再也不可能跟海盗进行刚才那样的火力防御。海盗只要胆子够大，再组织一次集团冲锋，恐怕兄弟们就要肉搏拼刺刀。援兵……援兵在哪里……

林锐打开电台后盖，却不知道怎么下手。这种无线电维修技术毕竟还是很专业的，他只懂得简单的无线电操作，维修是需要专门培训的。

一个人质抬起头："是电台坏了吗？"

林锐看他："对。不过你别担心，我们会有办法的。"

"我看看可以吗？"人质说。

"你？"

"我是船上的电台报务员。"人质说，"你们应该看过我的资料。"

林锐仔细看他："你熟悉军用电台吗？"

"当然，我以前在部队就是通讯排长。"人质爬起来，"这种电台，我以前用过。"

"你来维修，抓紧时间！"林锐说。

报务员点点头，坐到打开的电台跟前仔细检查。林锐转身低姿运动到前面沙袋后："各个小组，汇报你们的弹药数量！"

"突击小组！"小庄高喊，"第一突击手步枪子弹两个弹匣，手枪没了，手雷三颗！"

"第二突击手卡宾枪子弹一个弹匣，手枪子弹两个弹匣，手雷两颗！"

"第三突击手卡宾枪子弹两个弹匣，手枪子弹两个弹匣，手雷没了！"

"狙击小组！"韩光高喊，"第一狙击手剩余步枪子弹 22 发，手枪子弹两个弹匣，手雷四颗！"

"第二狙击手……"孙守江看了一眼自己的弹药，"步枪子弹 10 发，手枪子弹两个弹匣，手雷……掉了！"

"第一观察手剩余卡宾枪子弹一个弹匣，手枪子弹两个弹匣，手雷两颗！"蔡晓春高喊。

"第二观察手剩余步枪子弹一个弹匣，手枪子弹两个弹匣，手雷三颗！"雷鸟高喊。

……

林锐在心里计算着弹药数量，高喊："节省弹药！如果敌人再次冲锋，50 米外不许开枪！没有我的命令，不许投手雷！指挥小组，去搜集这里海盗的枪支弹药！"

卫生兵等急忙跑过去开始搜集海盗身上和地上的枪支弹药。

林锐平稳自己的情绪，看韩光。韩光低着身子运动过来："连长？"

"那些雇佣兵是怎么回事？"林锐低声问。

"我也搞不清楚，但是他们确实是在帮我们。"韩光说。

"他们肯定遇到问题了。"林锐思索着，"跟海盗闹翻了？"

"他们帮我们，肯定不是想弃恶从善。"韩光说，"一定有他们这样做的理由，而且也不是真的跟我们一个阵线——我想，他们可能被出卖了。"

林锐看他："你说下去。"

"我们的海军潜艇部队已经封锁了这一带的海域，他们撤不出去，援助也进不来。事情闹到这一步，AO 也不可能再管他们。我想，他们是被扔在这里自生自灭了。"韩光分析，"他们帮我们是真的，但是绝对不是为了帮人民解放军营救人质！而是为了能够活下来！"

"让我们能够成功营救人质，尽快离开这里。他们藏在深山，跟我们不接触，不冲突，我们也不会主动去剿灭他们。"林锐验证着自己的判断，"他们不希望我们失败，因为失败会招来更猛烈的进攻。他们不想引火烧身，所以一直在躲避我们……真的是雇佣兵的思维——没有永远的敌人，也没有永远的朋友，只有永远的利益！"

"我们的弹药现在不多了，援兵也迟迟没有到，肯定出了问题。"韩光说，"9021也没有找到，还有两个女人质失踪——现在我们还深陷重围……可以说形式并不乐观，他们或许是我们可以利用的力量。"

林锐看他："你知道你在说什么？"

"我知道——借助雇佣兵的力量，组织防御。"韩光说，"起码在现在，他们跟我们的目的是一样的——希望我们成功，不希望我们失败。既然这样，为什么我们不利用他们的力量，组织对海盗的有效防御？他们一直在养精蓄锐，弹药充足，并且富有作战经验。这11个雇佣兵如果参加防御作战，我们足够坚持到舰队到来！"

"让我们跟蝎子这帮雇佣兵并肩作战？"林锐苦笑，"我们是人民军队，跟他们是水火不容！"

"国共还有合作，何况现在是在公海。"韩光说，"并肩作战不代表就是盟友，这只是为了一个共同的利益，暂时合作。行动结束以后，该干吗都干吗去了。至于说以后万一在战场上相遇，还是照样可劲儿招呼！"

"我们现在和指挥部失去了联系，来不及请示了。"林锐下定决心，"你有什么办法能找到这帮雇佣兵？他们躲在深山，我们不能分散力量去找他们。而且在丛林相遇，肯定又是遭遇战！"

"灯语。"韩光说，"他们转战各国，对航行灯语非常熟悉。我们这里的人质有的是水手，给他们发灯语。"

"你去吧，带水手到高处发灯语。"林锐拍拍他的肩膀，"记住——注意安全！蝎子是一顶一的狙击手，一定不要放松警惕！"

"刚才如果他想要我的命，十个山鹰也被他狙杀了。"韩光说，"我不是说他有多善良，而是他投鼠忌器，毕竟我们的背后是强大的人民军队！现在他被困在这个岛上，除了帮我们打海盗，别无出路！"

林锐挥挥手，韩光猫腰到人质当中低声问："你们谁熟悉灯语？"

"我是大副。"一个中年人质抬头说，"有什么我能做的？"

"跟我到楼上去。"韩光拿出自己的战术手电给他，"按照我的命令，给山上打灯语。"

"给谁打？"大副纳闷儿。

"这你别多问了，总之听我的就是了。"韩光说。

大副拿过手电，起身。蔡晓春猫腰过来："我跟你一起上去，掩护你们。"

韩光拍拍蔡晓春的肩："太危险了！你留下，要暴露只能我一个人暴露！"

"少说废话，我们同生共死！"蔡晓春抓住韩光的衣服，"你是狙击手，我是观察手！我们本来就是一体的！"

韩光看着蔡晓春，推开他的手："记住——你要亲手给她！"

蔡晓春急了："现在说这些干什么啊？！"

"别跟我上来！"韩光命令他，"跟我上来，我跟你翻脸！"

蔡晓春着急地："我不能离开你，我是你的观察手！"

韩光看林锐："我一个人上去！不能让有生力量都去冒险！"

林锐看着蔡晓春："你留下。"

"连长！"蔡晓春快哭了。

"留下，这是命令。"林锐说，"我们现在深陷重围，每一个战斗员都不能浪费！留下！"

蔡晓春握紧 M4A1 卡宾枪，看着韩光拉着大副快速走上楼梯消失，眼都冒火了。他急促呼吸着，突然起身，提着卡宾枪快速跟了上去。

林锐低声吼："秃鹫！秃鹫！"

蔡晓春头也不回：

"我死也要跟他死在一起！连长，你随便处分我吧！"说完已经消失了。

林锐看着他的背影，没再说话。

雷鸟在擦眼泪。

孙守江纳闷儿："你哭啥？"

"死都要死在一起……"雷鸟念叨，"太他妈的感人了！"

"没事，我死也跟你死在一起！"孙守江大大咧咧，"我不嫌你脚臭！"

雷鸟看看他："我嫌你嘴臭！"

12

八一军旗在舰队上空飘扬。

导弹驱逐舰、两栖登陆舰、导弹护卫舰、猎潜艇、医院船等组成的中国海军特混舰队乘风破浪，高速航行。

海军航空兵苏 27 战斗机编队在高空翱翔。

中央电视台新闻节目插播了中国海军进行反海盗和海上救援演习的紧急通知，宣布了禁飞区和禁航区。一时间，外电纷纷报道，中国海军在南中国海将会有重大军事行动。东南亚某些国家和地区为此紧张不已，美军太平洋舰队进入了一级战备，企图派出电子侦察机进行侦察。EP3 电子侦察机被苏 27 战斗机左右邀请，客客气气请出了禁飞区。

月牙岛附近 100 海里水域已经被中国海军潜艇部队和航空兵部队完全控制。

但是，登陆救援部队还需要时间。

舰队还在航行当中。

医院船的甲板上，来自陆军的刘芳芳带着赵百合、苏雅等几名男女卫生员组成的野战救护队下了刚刚降落的超黄蜂直升机。他们是紧急抽调来加强野战救护力量的，陆军特种部队的军医比较熟悉特种作战行动的紧急处理。这也是雷大队的坚决要求，对于卫生所来说也会是难得的锻炼。

赵百合背着背囊下了直升机，看着浩瀚的大海神色紧张。

跟在她身后的苏雅也好不了多少，她们都得到了大概的敌情通报，知道自己部队的特种兵参加的是什么行动。在特种部队待了一段时间，多少也清楚什么是黑箱行动，什么是常规作战。黑箱行动要冒很大的风险，如果不慎，可能真的是一个也回不来了。

"会没事的。"赵百合看着海面念叨，不知道是祈祷还是断定。

苏雅咬住嘴唇，眼泪在打转："真的会没事吗？"

"一定会没事的！"赵百合对自己说，"他那么酷，肯定会没事的！"

"你们两个，别在那里看风景了！"刘芳芳在那边高喊，"快把我们的手术室布置起来，准备接纳伤员！"

两栖登陆舰的甲板上，二十多名陆军特种兵们抱着武器列队坐在甲板上待命。绿色迷彩服后面是穿着蓝色迷彩服的方阵，一个两栖侦察连的海军陆战队员们抱着武器坐在陆军特种兵身后。他们的脸上也是画着蓝白相间的迷彩油，手里的武器也都压满了实弹。数架海航的超黄蜂直升机在他们身后待命，飞行员随时准备起飞。

指挥舱内，陈勇、张雷和刘小飞三个陆军特种部队军官在跟总指挥研究营救方案。

总指挥面色冷峻："从舰队目前所在位置到月牙岛的距离，还是超出了超黄蜂的巡航半径！我们的救援还需要时间，必须进入超黄蜂的巡航半径内才能起飞！"

"我们跟突击队中断联系，已经五个小时了！"陈勇着急地说，"他们现在是生是死，人质是生是死，我们都不知道！造航母造航母，都喊了八百年了！现在连个航母的影子都见不着！"

"参谋长，林锐不是那么简单就能被搞定的。"张雷说，"我敢说现在他不好过，海盗更不好过。"

"关键是弹药。"刘小飞看着海图说，"他们要采取突击行动，要快速敏捷，所以随身携带的弹药不多。我不担心他的战斗决心，但是确实担心弹药。如果到了需要肉搏的地步，人质的命也差不多了。"

"总指挥，一艘游艇在禁航区外停泊，看来是没油了。"空中的侦察机报告说，"我们该怎么做？完毕。"

"游艇？来这么远的外海？"总指挥纳闷儿，"把它的位置传输给我。"

"明白，在东经……"

"这种地方来什么游艇？"陈勇抓起 AK74 步枪，"我去看看！"

"注意政策，"总指挥强调，"如果是真的游艇，不要乱来。"

"我明白——你们两个跟我走！站这儿等着当麦克阿瑟走上菲律宾海滩啊？！"

甲板上战斗警报大作，陈勇带着张雷刘小飞快速跑向直升机："我的人上直升机！

211

有紧急情况！"

陆军特种兵们哗啦一下子起身，跟着陈勇跑向一架超黄蜂。直升机的螺旋桨开始旋转，陈勇关上舱门。超黄蜂起飞，离开甲板。

坐在甲板上的海军陆战队员们默默地看着，心里都痒痒。

13

"前方船只注意，这里是中国人民解放军海军！你们已经接近我演习禁航区域，请接受我们的检查……"

两艘鱼雷快艇在中英文高音喇叭喊话当中，高速掠过水面，在游艇前方交叉划出漂亮的弧线。快艇上的水兵戴着钢盔，37炮对准了白色游艇。

超黄蜂直升机飞来，在游艇上空悬停。

大绳抛撒下去。

"下！"陈勇高喊。

张雷抱住大绳，快速坐式滑降。刘小飞第二个，其余的队员紧跟其后。落地以后立即展开警戒，陈勇最后一个滑下。他的军靴触碰到游艇的甲板，立即松开腰间的铁扣，拔出了手枪。

陈勇带着张雷等接近游艇舱口。

"里面的人听着，我们是中国陆军！"张雷用英语高喊着，"我们要对你们进行检查！"

舱里面传出水手的高喊，喊了一堆。

"越南人？"陈勇愣了一下。

"他说什么？"张雷不懂越南话。

"他说他们不知道前面是禁航区，而且也没油了。"陈勇说，"进！"

张雷把步枪甩在身侧，拔出手枪。刘小飞在他身后拔出手枪，第三个是陈勇。张雷一脚踹开门，刘小飞双手持枪冲了进去，陈勇紧跟其后，用越南语高喊："举起手来！"

水手脸色苍白，高举双手。

阿红坐在船舱里面，看着外面的海面神色木然。她还是衣不遮体，脸上已经没有眼泪，手里抓着一把血已经凝固的匕首，对这些闯进来的中国特种兵视而不见。

张雷搜了水手的身，没发现什么。

陈勇收起手枪，看着阿红用越语问："你是谁？"

阿红不说话。

陈勇看水手。水手："我也不知道她是谁，她杀了人，让我开船到这里来。我不知道她要干什么。"

陈勇走过去，看着阿红："你是谁？来这里干什么？"

"你是越南警察吗？"

"不是，我是中国陆军。"

"出去，我犯的是越南的法律，跟你们没关系。"阿红的脸色木然，"我杀了人，杀了那些臭男人。我来接我的男人，但是没油了。"

"你的男人是谁？"陈勇问，"他怎么会在这儿？你身上又是怎么搞的？"

"我的男人是谁，跟你有关系吗？我身上怎么搞的，跟你有关系吗？"阿红反问，"你是谁？国际刑警吗？"

陈勇愣了一下。

"难道你也想来搞我？"阿红奇怪地笑，"你们有枪，有炮，有军舰，有飞机……我只有一把匕首，来啊……我不是你们的对手，所以你们可以随便欺负我。"

陈勇看着这个可怜的女人，错开眼："我们是中国陆军，跟海军在这里举行联合演习。前方是我们的禁航区——只要你们不进入禁航区，我不会对你们采取任何措施。"

"大哥，给我加油，我什么都听你的……"阿红抓住了陈勇，怪异地笑着掀开了自己的衣服。

陈勇急忙推开她："放手！"

"大哥，求求你，给我加油吧……我的男人在等我……"阿红勉强地笑着说，"我都听你的，都听你的……"

陈勇挥挥手："撤！"

刘小飞和张雷都收起手枪，转身出去。陈勇推开阿红，看着水手："我们不是越南警察，是中国军队。无权过问你们国家的内部事务，只要你们不进入前方的禁航区，我们不会管；但是闯入禁航区，我们就会击沉你们！记住了？我们走了。"

阿红在后面凄惨地喊："大哥，给我点油吧……我什么都听你的……"

陈勇出去了，水手追出来："我们真的没油了。在这儿待着，我们都会死的！"

陈勇看看他，又看看船舱里面的阿红在往外爬，对着耳麦："指挥部，检查过了。跟我们没关系。给他们加油，让他们自安天命吧。完毕。"

陈勇看看阿红，转身怒吼："我们撤！"

特种兵们爬上大绳，跟一串糖葫芦一样起飞了。

第九章

★

1

阮文雄把野战口粮当中最难以下咽的酱牛肉吞进嘴里，用力嚼着。越难吃越让他能够保持清醒，现在是需要清醒的时候。十个部下和自己的命都在他的手里，而这些部下无条件地信任自己。

其余的九个部下都围坐在他的身边，在洼地里面吃着晚餐。阮文雄想起一幅画……《最后的晚餐》……他马上把这个念头打消下去。现在不能想这个！什么他妈的最后的晚餐！我们要活下去！

天色已经慢慢擦黑，Alex 在树上观察。战斗在度假村，这里距离度假村有三公里，还是安全的。雇佣兵们再次集合在一起晚餐，中国特种部队和海盗的力量在山下胶着状态，谁也顾不上他们。看来一切都快结束了，中国的援军正在赶来。

阮文雄隐隐觉得奇怪，援军为什么现在还没到？按照他们采取突击行动的迅猛，不可能随身携带更多的弹药。难道他们也跟自己一样，被抛弃了？他随即就打消了这个可笑的念头。他们不是雇佣兵，是国家武装力量，而且下面有那么多人质，不可能被抛弃的。运输出了问题？他苦笑，中国海军……虎鲨虽然笨，但是有一句话没说错——中国海军那几条破舢板，成不了什么气候。不过既然能远洋投放特种部队，怎么就不能远洋进行继续支援呢？

阮文雄百思不得其解，但是这也不是他能想明白的事。他只是个想活命的雇佣兵，不是中国海军司令，那些事情还是交给该思考这些问题的官僚吧！他把最后一口野战口粮吃完，拿出巧克力塞入嘴里，补充一点热量。

"蝎子，你最好来看看。完毕。"Alex 的声音传来。

阮文雄和身边的雇佣兵立即丢掉手里的食物抓起武器猫腰来到山脊上一字趴下卧倒。阮文雄拿起望远镜，看着会所的方向。

会所黑暗的窗户，有灯光在频频闪动。

"是灯语。"Simon 说，"他们在给谁打信号？援军登陆了？"

阮文雄再次拿起望远镜仔细看着，片刻："不，他们在联络我们。"

"联络我们？"Simon 拿起望远镜，"开玩笑吧？"

"没有。"阮文雄仔细看着。灯语断断续续，有规律地重复。

——"蝎子，我们需要支援。"

Simon 也看明白了，放下望远镜："他们在干什么？"

"在求援。"阮文雄苦笑，"他们的弹药看来是不够了，天快黑了……天黑以后，海盗会发起新的一轮进攻。""向我们求援？"Brown 眨巴眨巴眼。

"他们只有向我们求援，岛上再也没有第四支队伍了。"阮文雄说，"现在的情形，就跟我看过的一本中国古典小说差不多。三个国家并存，三足鼎立，敌我关系不断转换。我们现在是唯一养精蓄锐的有生力量，无论出手帮谁，谁都能赢。"

"他们怎么知道我们会帮他们？"Wairado 问。

"因为，我们不傻。"阮文雄淡淡地说，"林锐知道我们想活命，不会帮助海盗。"

"我们也可以不出手，蝎子。"James 说。

"是，我们可以不出手，看着他们弹尽粮绝。"阮文雄说，"然后海盗会屠杀他们，接着中国海军舰队到达。海军陆战队登陆，舰炮轰击，战斗机轰炸。他们会荡平这里，我们无处藏身。"

"看来我们非得出手了。"Simon 苦笑。

"我们别无选择。"阮文雄指着会所对面的山头，"大家准备！我们运动到他们的狙击手今天所在的位置，从那里展开进攻峰线！当海盗对他们发起进攻的时候，我们从后面兜住他们！打他们个措手不及，歼灭海盗的有生力量，打乱阵脚！然后就撤离战场，重新回到这里！我们分成三个小组，快进快出！"

"明白！"

"Alex！"阮文雄说，"灯语回复他们，告诉他们——我们将在海盗背后进行攻击！"

"收到，蝎子！"Alex 拿起战术手电，打亮了回复灯语。

"在我的雇佣兵生涯当中，这是一个特殊的日子。"Simon 拿起自己的 M4A1 卡宾枪笑道，"我和中国陆军特种部队并肩作战，屠杀我们昔日的盟友。"

阮文雄背上自己的狙击步枪："为了生存，Simon。"

"不知道他们能不能奖励我一个东方美人儿？"来自法国海军战斗蛙人的 Leon 笑道。

雇佣兵们哄堂大笑，阮文雄起身："出发！"

2

"他们回话了。"

大副缩在窗户下面，看着对面肮脏的镜子。这是蔡晓春从一个荒废的浴室内找来的，只剩下半块。但是竖在对面的桌子上，还是可以清楚看见那边灯语的反馈。韩光缩在一边的角落，蔡晓春缩在另外一边的角落。两人都是抱着自己的武器，在黑暗当中只有眼睛的光亮。

"他们说什么？"韩光问。

"他们会从海盗背后发动进攻。"大副看着镜子说，"让我们正面吸引海盗火力，节省弹药。"

韩光点点头："好的，你下去吧。跟其他人质在一起，不要乱跑。"

大副把战术手电还给韩光，起身猫腰出去了。

韩光和蔡晓春待在房间里面，这是难得的战斗间隙。两个兄弟都是默默无语，各自想着心事。蔡晓春拿出口香糖打开，扔给韩光一块。韩光接过来打开包装，在嘴里嚼着。蔡晓春也嚼了一块：

"我有话对你说。"

"说吧。"

蔡晓春转脸看着韩光："你在 C130 上，叫的是百合，不是百米射击精度。"

韩光没说话，他的脸在黑暗当中，看不出来表情。

"为什么要骗我？"

韩光低沉地说："我现在不想跟你说这些，我们要打仗。"

"你知道我藏不住话。"蔡晓春说，"山鹰，告诉我——为什么要骗我？"

韩光看着他，低下头没说话。

"因为你知道我喜欢她？"蔡晓春问。

"我开始不知道，是你自己说的。"韩光没有否认。蔡晓春是非常敏感的人，否认没有意义，而且很可能再次刺伤他。跟蔡晓春在一起，最好的方式就是说实话，即便他现在不理解，以后也会理解的。

"你的遗书——也是写给她的？"

"嗯。"韩光再次承认。

蔡晓春神色复杂地看着韩光："你为什么要对我说——让我亲手给她？"

"因为我相信你会活着回去。"韩光说，"我对你有信心。"

"不！"蔡晓春说，"因为你可怜我！"

"我没有！"

"你有！"蔡晓春说，"你要让给我！因为你可怜我，你觉得我不如你强！我竞争不过你，所以你要对我说——让我亲手给她！"

"你的脑子成天都在琢磨些什么？"韩光看着他，"什么可怜不可怜的？你刚才还说死也要跟我死在一起，现在又跟我腻歪这些干什么？我们在打仗，明白吗？"

"我知道！"蔡晓春说，"死也要跟你死在一起，是因为你是我的兄弟！你是我的狙击手，我是你的观察手！跟刚才说的那些是两码事！我蔡晓春再笨，也没有笨到要影响兄弟之间的感情！更不会影响战斗！"

"我跟你说实话吧。"韩光感叹，"其实，我那样说，是因为我怕输。"

蔡晓春看着他。

"我比谁都怕输。"韩光苦笑一下，"因为我害怕失败，所以我不敢尝试。我写进遗书里面，只是为了当我不能回去的时候，能够说出来心里压着的话。而你不怕输，你喜欢挑战——所以，我要你亲手交给她。"

"你怕输？"蔡晓春诧异地看着他。

"对，怕输。"韩光承认，"我怕输，怕任何一种失败。在狙击上，我有自信，是因为我有把握；但是在感情上，我没有一点把握。你跟我不一样，对于没有把握的事情，你敢去尝试。"

"你不敢去追她？"

"不敢，我都不敢想我喜欢她。"韩光坦诚地看着蔡晓春，"因为我没有把握，没有把握的事情，我一概不敢去做。"

"你怎么会是个胆小鬼呢？"蔡晓春纳闷儿。

"我承认，除了打仗不怕死，我是个胆小鬼。"韩光说，"因为我害怕失败，所以我把自己封闭在一个壳子里面。晓春，我让你去亲手交给她，不是什么可怜不可怜你，也不是什么让着不让着你。而是因为，我压根就不会去追她。"

"懦夫！"蔡晓春盯着韩光的眼。

"对，我承认我是个懦夫。"韩光苦笑一下，"在感情上，我想我会永远是个懦夫。"

"不——"蔡晓春冲过来揪住韩光的衣领，"你不会是个懦夫，你是山鹰！你是我的排长！是我的兄弟！你不是懦夫！你是勇士！你是中国陆军的'刺客'！"

"那跟感情懦夫有什么关系？"韩光很平静。

"我不要你做一个懦夫，因为我不想这样赢你！"蔡晓春盯着韩光的眼，"我要你做一个勇士！不管是战场，还是情场，你都是一个勇士！我要堂堂正正赢你！你听着——我不要你躲，我要你去追她！我们一起追她，我要赢你！"

韩光看着他："什么乱七八糟的？"

"我要你和我一起追她！"蔡晓春认真地说，"无论我赢，还是我输，我都认了！——但是，我不要你做懦夫！你是我的排长我的狙击手我的战友我的兄弟，我要你做一个勇士！"

韩光看着他，眼神有些许感动。

"你是山鹰，是'刺客'！"蔡晓春说，"你要做我最强大的对手！——做一个勇士！"

韩光的右手放在蔡晓春的肩膀上："我很感动。"

"我不要你的感动，我要你的行动！"蔡晓春目光炯炯，"答应我——回去以后，和我一起追她！无论成功还是失败，都无所谓！因为本来就没有什么大不了的！你要勇敢起来，山鹰！我要你走出这个壳子，做一个勇士！不仅是战场的勇士，还是生活的勇士！"

韩光看着蔡晓春，嘴唇翕动，没有说话。

蔡晓春举起右手："答应我！"

韩光看着蔡晓春，缓缓举起右手，握紧蔡晓春的右手："我答应你……"

"嗯！"蔡晓春点点头，"我等着和你竞争！"

外面隐约传来人声和脚步声，两人立即分开握紧自己的武器往外猫腰跑去。显然，海盗在准备夜间进攻了。

3

林锐戴着夜视仪，面前一片绿油油。人影在闪动，显然在准备组织进攻。林锐把56冲锋枪加上消音器："注意，尽量不让他们找到开枪的位置。他们没有夜视仪，只是人多。我们尽量精确射击，节省弹药。山鹰，秃鹫——你们两个到顶楼去，占据制高点。你们的任务是敌人的头目和机枪手，其余的别管。"

"是！"韩光跟蔡晓春转身上了楼梯。

"雷公，你的地雷都准备好了吗？"林锐平静地问。

爆破手雷公抬头："准备好了。"

"等到他们的前锋走过以后再引爆，把他们的前锋和后队隔开。我们要把他们的前锋力量全部歼灭，打破他们的胆子。"林锐的声音很平淡，"这样他们就不再敢轻易组织进攻，我们最关键的是要拖延时间，援兵一定就在路上。"

队员们默默地在各自的战位瞄准前方。

"突击小组。"

"到！"小庄回答。

"上刺刀。"林锐平淡地说。

"是！"小庄上刺刀，两个突击手上刺刀。

"假设他们没被我们吓退，不顾一切涌过来，我们的弹药不足，不能全力开火。"林锐说，"突击小组，一旦你们的子弹打光，听我命令冲出去，跟他们白刃战。死战到底，绝不后退——阻挡他们的攻势。"

"是！"小庄的目光坚毅，脸色平静。

"火力支援小组。"

"到！"

"当突击小组全部阵亡，你们是第二批白刃战——命令一样，死战到底，决不后退。"

"是！"

"当白刃战发生，指挥小组和第二狙击小组。"

"到！"孙守江激动地说。

"跟随我掩护人质，进入丛林。我们要在丛林跟他们周旋，第二狙击小组负责压后。你们的弹药不多，节省点打。当子弹打光，你们上刺刀，死战到底……"

"绝不后退！"孙守江咬牙切齿地高声说。

"命令就是这样，这是我们面临的最严峻的考验。"林锐目视前方，没有任何畏惧。

"报告！"孙守江犹豫地问。

"说。"

"第一狙击小组呢？"孙守江问，"他们什么命令？他们在顶楼？如果我们撤退，他们怎么办？"

"他们不再需要任何命令。"林锐的声音还是很平淡，"他们知道该怎么办。"

队员们都默默无语。

孙守江拔出自己的 SVD 刺刀，在弹痕累累的石头墙壁上刻着什么。

林锐看去，他在刻一个中国特种部队的闪电利剑标志。

队员们都默默地看着。

孙守江咬住嘴唇，刻得很深。随着粉末的片片掉落，一个闪电利剑的标志刻了出来，他在下面刻上了"CPLASF"。他刻完了，长出一口气："我们得让祖国知道，我们曾经在这里死战到底。"

林锐低声命令："按照现在的防御线，每个人依次去刻自己代号的汉语拼音缩写。"

孙守江在下面刻上了"WJ"。

雷鸟拔出自己的刺刀，在旁边刻下了"LN"……

队员们依次猫腰过去，在石头墙壁上留下自己代号的汉语拼音缩写。

林锐拿起匕首，刻下了"ZMN"。随后，他想想，刻下了"SY"和"TJ"："他们不能离开战位，我代理了。"

小庄拿起刺刀，刻下自己的代号"孤狼"的缩写"GL"。

他停在那里，刀子在颤抖。

队员们都看着他。

小庄拿起刺刀，刻下牺牲的两个队员代号。

林锐默默看着。

小庄刻完，抬头看着林锐。林锐点点头，拍拍他的肩膀："……回到你的位置上去。"

队员们在各自的战位上，默默等待着。

"我们都曾经在军旗前面宣誓，效忠国家和军队。"林锐的声音还是很平淡，"现在到了我们履行自己誓言的时刻了——士兵们，我们的荣誉是什么？"

"忠诚！"队员们低声怒吼。

黑暗当中，他们戴着夜视仪，手持武器在默默等待着那个时刻。

4

韩光凑在瞄准镜上，观察下面正在前进的海盗们。大概七八十个海盗从别墅区慢慢通过，在进行进攻的最后准备。蔡晓春在旁边拿着激光测距仪观察："十点钟方向，移动当中，机枪手一名，432米。"

韩光毫不犹豫掉转枪口，瞄准机枪手扣动扳机。

噗！

机枪手正在行走，头部爆开，倒地。其余的海盗急忙散开，高喊着"狙击手！""狙击手！"开始忙乱地开枪。

子弹从韩光耳边头顶擦过，他毫不躲避再次瞄准。

"组织进攻的头目，躲在铁门后面！十一点方向，561米！"

韩光抓住头目露出的小半个脑袋，扣动扳机。

噗！

头目猝然倒地。

一个机枪手对着楼上开始扫射。

两人急忙躲到窗户下面，子弹密集地从窗口射入。

"这里不能待了！换阵地！"韩光高喊，带着蔡晓春往外跑。两人刚刚出去，一颗40火打进房间。"轰"地爆炸了，两人被冲击波打起来，飞起落在地上。蔡晓春拉起韩光："快走——"

两人跑向走廊尽头。

又是一颗40火打进刚才的房间，再次爆炸。两人钻进一个房间，躲在角落喘息。韩光："他们这一次势在必得，所有的重武器都上了！"

海盗们叫嚣着冲向会所。

突击队员们没有射击，在静静注视着。

"准备。"林锐声调平淡。

爆破手雷公注视着冲来的海盗们，目光冷峻。

"准备。"林锐再次重复。

小庄握紧上了刺刀的AKM。

"准备……"林锐的声调突然一变，"炸！"

爆破手雷公按下引爆器。

"轰！""轰！""轰！"

一连串的剧烈爆炸，防步兵地雷炸开了。巨大的冲击波带着烈焰和钢珠蔓延开来，冲击的海盗被分割成为两个部分。除了挂掉的，前面已经冲过来的还有二十多个海盗，都是惊惶失措被烈焰割断在突击队员的枪口跟前。

"打！"林锐举起56冲锋枪。

队员们举起步枪和卡宾枪，一阵速射。

冲到前面的海盗纷纷倒地……

但是后面的海盗在短暂的惊慌之后，一阵闷闷的枪声传来。

林锐大惊失色："找掩护——"随即卧倒。

密集的枪弹打来，打穿了石头墙壁。队员们都趴在地上，被重武器的火力压制住了……

顶楼的房间内，韩光和蔡晓春从爆炸的废墟当中爬出来抖掉身上的尘土，都是灰头土脸。

"有12.7毫米四联高射机枪！"蔡晓春听着枪声，"他在平射，我们必须搞掉他！下面的石头墙壁他可以打穿！"

"干掉他！"韩光高喊，"寻找目标！"

两人起身，在这个房间的窗户露头开始寻找。

一楼防御阵地，队员们都趴在地上。高射机枪的子弹密集地平着扫射进来，石头墙壁根本挡不住，跟黄油一样被打穿了。林锐趴在地下高喊："山鹰—— 山鹰—— 搞掉高机——"

"抓住目标了！892 米，三点钟方向，四联高机！"蔡晓春高喊，"是码头的防空阵地打来的——射击！"

韩光找到了目标，扣动扳机。

机枪手头部中弹，但是另外一个海盗推开他，继续射击。

"必须炸掉他！"韩光高喊，"他们这次有了准备！他知道我的子弹不多了！"接着开枪击毙这个替换的机枪手，"他们这样换下去，我的子弹就打光了——"

一楼大厅里面，趴着的林锐高喊："谁去炸掉那挺高机？！"

"我去！"小庄高喊。

"你的年龄最小，你不能去！"林锐断然怒喝。

"第二突击手，跟我走！"小庄高喊。

两人匍匐前进到沙袋后，紧握上了刺刀的步枪。

"山鹰！山鹰！再打掉那个机枪手！突击小组要出去了！"林锐高喊。

"收到！"韩光再次射击，打掉机枪手。这次别的海盗不敢贸然上来，韩光高喊："我掩护你们！"

"距离 892 米，三点钟方向！"蔡晓春高喊。

"收到，892 米，三点钟方向！"小庄纵身跃起，手持上了刺刀的步枪跳出沙袋。

第二突击手手持上了刺刀的卡宾枪跟着一跃而出。

"火力掩护！"林锐高喊，"每人只能打十发子弹！"

队员们闪身出来，开始射击。

小庄带着自己的第二突击手高速跑向涌来的海盗，嘶哑着喉咙："杀——"

海盗们都蒙了。

小庄已经冲到一个海盗跟前，一刺刀刺在他的咽喉上。接着一脚踢开他，对着海盗们冲过去："杀——挡我者死——"

"杀——"第二突击手跟小庄肩并肩手持卡宾枪冲入敌阵。

韩光在高处掩护二人，但是只能节省子弹射击对他们威胁最大的枪手。

两名突击队员冲入敌阵，手持上了刺刀的步枪犹如两把利剑分开纷乱的敌阵。所有的海盗都被吓蒙了，还没搞懂怎么回事。两名突击队员冲过开阔的广场，跳入别墅区的破旧别墅。海盗们反应过来，开始围堵两个突击队员。小庄带着第二突击手在废墟穿越，不时地射击对面的海盗，距离近的就用刺刀挑用枪托砸……

"他们是去送死的。"山头上的 Simon 震惊地说。

阮文雄默默地看着。

"我们什么时候进攻？"Alex看不下去，跃跃欲试。

"让他们跟海盗再消耗消耗，这是最后的战斗了。他们的援兵不管怎么说也快到了，特种部队的力量太强对我们没好处。"阮文雄的声音很冷，"我们不让海盗冲进去，也不能让特种兵具备打击我们的能力。但是这两个我喜欢，不能让他们死！——掩护他们两个！"

话音刚落，Alex举起手里的M4A1卡宾枪就是一阵速射。

小庄对面的几个海盗纷纷后脑中弹倒地。

Simon手里的M4A1卡宾枪也开火了，密集的速射让海盗们措手不及，纷纷倒地。

小庄跟第二突击手不管不顾手持刺刀杀开一条血路继续前进，径直冲向那挺四联高射机枪。

Brown压低枪口，扫射追逐他们的海盗。

"蝎子开火了。"韩光从瞄准镜看见了机枪的火焰，"他在掩护小庄。"

"妈的！这个时候才开火！"蔡晓春怒吼，"我们的子弹都要打光了！"

"这是他的策略。"韩光说，"他怕我们完事以后接着收拾他。现在是最后关头了，他不希望我们失败，但是也不希望我们可以跟他实力相当……说实话，我很佩服他的脑子。"

小庄冲到了四联高射机枪跟前，子弹已经打光了。他把血糊糊的刺刀直接扎进面前的海盗脖子里面，接着冲到了四联高射机枪上坐好快速调整着枪口。第二突击手手持卡宾枪打倒一个冲过来的海盗，子弹也打光了，他把刺刀扎进另外一个海盗胸膛。

另外一个海盗手持上了刺刀的冲锋枪刺向小庄。

第二突击手毫不犹豫冲到跟前，用胸口挡住了刺刀。刺刀扎进他的胸膛，他左手抓住刺刀，右手拔出腰间的GLOCK17手枪对着海盗就是一枪。

砰！

海盗应声倒下。

第二突击手胸口扎着刺刀，歪在四联高机的底座上举起手枪。他的视线已经模糊，但是还是对着海盗们射击，掩护第一突击手……

"啊——"

小庄怒吼着开始射击。

四联高射机枪平射的威力非常大，对面的海盗跟被切割一样拦腰砍断……

第二突击手歪在底座上牺牲了，高机弹壳跳出来，落在他的身上脸上。他睁着眼，胸口扎着一把带刺刀的56冲锋枪，手里还紧握着子弹打光的手枪……

小庄怒吼着红着双眼，拼命向海盗射击。

两架苏 27 战斗机超低空掠过战场上空。

"我们的飞机!"孙守江惊喜地喊,"援兵到了!"

队员们开始欢呼。

战斗机上,飞行员在报告:"指挥部,这是飞鹰 1 号。下面在激战,我不能判断敌我。完毕。"

"投掷照明弹,观察战场。完毕。"

"收到。完毕。"飞行员说,"飞鹰 2 号,我们重新进入战场,投掷照明弹。完毕。"

"飞鹰 2 号收到,完毕。"

两架苏 27 战斗机在空中转向,重新超低空进入战场。两颗照明弹投掷下来,拖着降落伞。战场被照得很亮,海盗们惊惶失措四处躲闪。

"发信号!告诉他们我们在楼里面!"林锐高声命令。

一个队员拿出信号枪,对着天空啪地打了一颗红色信号弹。

战斗机飞行员看见了红色信号弹:"飞鹰 2 号,我找到突击队的位置了。他们在楼里,我们侧面切入,掩护他们。完毕。"

"飞鹰 2 号收到。完毕。"

两架苏 27 战斗机拉高,重新找到角度切入。

"孤狼——找掩护,战斗机要投弹了——"林锐高喊。

四联高射机枪上的小庄急忙松开机枪高喊:"找掩护——投弹——"

但是他跑了几步回头,才发现第二突击手胸口扎着刺刀睁着眼歪在底座上。小庄二话没说冲过去抱着第二突击手飞跑向十几米外的大海,哗地扑进海里……

战斗机超低空掠过,可以看见两颗航空炸弹在照明弹的映照下非常清晰地投掷下来。

"轰——"

会所前面的别墅区化成一团火海……

雇佣兵们的脸被火海映照得很亮。

"用不着我们了。"阮文雄说,"撤到山里去,他们要登陆了。现在轮到我们危险了,一切都要小心。"

雇佣兵们收起武器,悄然撤离。

韩光和蔡晓春在窗前摘下夜视仪,脸都被火焰映亮了。

"我们的人来了……"蔡晓春激动地说。

"现在我才知道,现代战争的威力。"韩光感叹,"下面已经没有海盗了。"

"小庄怎么样了?"蔡晓春拿起了激光测距仪。

火焰当中,海盗们在地上打滚,带着火焰拼命奔跑着。

蔡晓春在寻找着，激光测距仪找到了在海面露出脑袋的小庄和第二突击手。他笑了："这小子在水里，命大！"

"第二突击手……牺牲了……"韩光看着海面，低沉地说。

蔡晓春一愣，再次拿起激光测距仪。

海面上的小庄，失神地抱着自己牺牲的第二突击手，抱得紧紧的……

一楼大厅里面，队员们在欢呼着。电台报务员激动地报告："电台修好了！"

"修好了？你现在修好有什么用啊？"林锐笑着说，"用不着了，我们的人来了！"

"我们得救了？"电台报务员的声音颤抖。

"没看见都放烟火了吗？"孙守江一拍他，"多大一场烟火啊！"

5

战地废墟还在零星燃烧，五架超黄蜂直升机正在缓慢降落在空地上。林锐带着自己的队员们仍然守在阵地上，唯恐出现残敌的袭扰。

第一架直升机距离地面还有两米，陈勇就第一个从打开的舱门跳下来。他手持步枪半蹲在地面警戒，紧接着张雷也跳了下来，然后是刘小飞……三十个突击队员陆续跳下来，在地面展开警戒线。然后这架直升机拉高在空中待命，第二架直升机悬停在两米高，海军陆战队的侦察兵们一个接一个跳出来，在地面警戒……

当确定安全控制以后，陈勇带着自己的突击队飞奔向会所。他们跳过沙袋，跟在里面苦守待援的战友们会合。

来不及更多的客套，陈勇高声说："把所有人质转移到直升机上去！快快快！"

林锐招呼着自己的队员们："送人出去！"

雷公第一个冲出去，其余队员排在人质两边，持枪卫护人质匆匆跑向降落的直升机。五十名人质装满两架超黄蜂直升机，然后迅即起飞。一路上，特种兵们还是虎视眈眈，并没有放松丝毫的警惕。

"你们也撤！"陈勇高喊。

"还有两个人质没有找到！"林锐高声说，"我们还不能撤！"

"什么？怎么会少两个？！"

"不知道，现在我们撤不了！"林锐高声说，"我们必须找到这两个人质，还有安全部的内线9021！他也一直见不到踪迹！"

"他妈的！"陈勇骂道，"让直升机离开，我们和海军陆战队留下来！电台兵，呼叫指挥部——9021和两名人质失踪，演习不能结束！让他们继续封锁海域，我们必须找到 9021 和两个人质！"

电台兵回答："是！"他开始呼叫："指挥部，指挥部，野狼呼叫，野狼呼叫……"

满载人质的直升机陆续起飞，离开月牙岛上空。五架直升机在空中排成尖刀队形，飞向停泊在近海的舰队。

陈勇招手："我们到里面去！他妈的，这个活儿不利索！我们还得接着干！"

陆军特种兵和海军陆战队员们陆续起身，跑进激战后的会所。

陈勇看着地上自己战士的遗体，久久没有说话。林锐在旁边低沉地说："另外一个烈士……扑向了手榴弹，只剩下……"

陈勇看见了地上盖着的一条军用毯，很小的一堆。血把军用毯子都湿透了……他急忙挪开脸，不让队员们看见自己夺眶而出的眼泪。

大厅里面的队员和海军陆战队突然一起起身，看着门口。

陈勇和林锐也回头。

小庄失神地抱着自己的第二突击手走进来，他们的全身都是湿漉漉的。第二突击手歪在小庄的怀里，胸口一团血迹。小庄的脸部扭曲着："报告……第二突击手……阵亡……"

所有官兵都肃穆地看着。

孙守江跟雷鸟急忙上去，接过第二突击手小心地放在地上。卫生兵把小庄拉到一边，检查他身上的伤口。小庄闭上眼，咬住嘴唇哭了出来。官兵们默默地看着，都是无声。

小庄哭着，闭着眼让眼泪流淌，嘴里骂出来一句："你不够意思……说好了一起死的……"

陈勇忍住眼泪，叹息一声："让海军把他们接回去吧……我们……研究一下搜索方案——你说一下情况，那帮雇佣兵都解决了吗？"

"没有。"林锐苦笑。

"没有？！"陈勇震惊地说，"那你们干什么了？"

"他们没有跟我们打，相反在帮我们。"林锐说。

陈勇以为自己听错了："什么？"

林锐把整个过程说了一遍，陈勇听明白了。他点点头："阮文雄又被出卖了，这是雇佣兵的命。但是他们在深山里面，我们要进去找人，他们始终是我们的隐患。还是不能掉以轻心，他们十一个雇佣兵毫发无损，都是丛林野战的高手。我们明天天亮开始搜索，如果遭遇战，就热闹了。"

"月牙岛属于热带山地丛林地带，要尽快找到 9021 和两名人质，我们的力量不够。"林锐说，"得增加兵力，逐次搜索。现在还不知道是不是在残余的海盗手里，加上在林子里面飘忽不定的雇佣兵，难免会有一场恶战。"

"通知指挥部，明天天亮，陆战旅机动部队登陆。"陈勇对电台兵说，"把所有的陆战队员都派上来，我们必须找到9021和这两个人质！活要见人，死要尸！"

"是！"电台兵又开始呼叫："指挥部，指挥部，这是野狼……"

"整个月牙岛得过筛子一样过一遍了，这帮雇佣兵没地方躲了。"陈勇说，"想不跟我们打都不行了，再说我们也不知道9021和人质是不是在阮文雄手里。或者他们投降，或者他们覆灭，明天不会有第二个结果。"

林锐的心里有些许悲凉，但是参谋长说得确实没错——自己怎么能断定9021和人质一定不在蝎子的手里呢？

远处的山头上，阮文雄放下望远镜非常意外："他们没有撤离，留下了？"

"看来他们不领情，真的要剿灭我们了。"Simon咬牙，"足足上来一个加强连的兵力。"

"妈的！老子白救他们了！"Alex骂，"翻脸不认人！"

"不对！"阮文雄反应过来了，"他们没有必要剿灭我们，因为这是在公海。我们不是侵入了中国领土，战斗到现在我们也没为难他们——他们留下，还增兵，只有一个原因！有人质没有找到！"

"人质？"Leon思索着，"不是都送走了吗？"

"战斗到现在你们看见虎鲨没有？"阮文雄问。

"没有。"雇佣兵们都摇头。

"他妈的浑蛋！坏了我们的大事！"阮文雄怒骂，"这个狗日的色鬼，他带走了两个女人质！"

雇佣兵们都看他。

"我们没有别的办法了！"阮文雄咬牙切齿，"明天早晨，他们的增援部队还会登陆的！在他搜到我们以前，找到那两个女人！哪怕是尸体！否则我们都要完蛋！"

Simon差点疯了："中国有没有外籍兵团？干脆我们加入中国外籍兵团算了！帮他们打仗，还要帮他们救人？！"

"是救我们自己！"阮文雄忍住内心的愤怒，"找不到那两个女人，他们会把这个岛掘地三尺的！到时候我们无处藏身，只能跟他们拼命！相信我，林锐可能还领我们的情，但是他们的长官压根儿不会领情！

——我敢说他们都怀疑那俩女人在我们手里！"

"操！"Brown抱着机枪骂道，"问题是我们没有抓那俩女人啊？！人质不我们手里，我们是被冤枉的！"

"这又不是法庭，我们可以出庭做证！"阮文雄急得额头冒汗，"这是战争！一场混乱的战争！我们想辨清自己没有别的办法——去找那两个女人！在他们找到我们以前找到，然后放到他们搜山的路上！让他们带着人质赶紧滚！"

"我的上帝啊！你睁开眼睛看看啊！"Alex 对天哀号，"一群善良的雇佣兵，因为不存在的罪行，要受到冤枉的死刑判决了！这个世界已经没有天理了！上帝啊——"

"没有什么上帝，想活命只能靠我们自己！"阮文雄冷静下来，"出发！我们搜山，一定要找到那两个女人！"

"仁慈的上帝啊！"Alex 最后喊了一句，"为什么你要允许这种悲剧发生啊？！我们可是心地善良的雇佣兵啊——"

6

医院船上已经忙乱成一团，人质们被送下直升机。海军和陆军的卫生兵都在忙活着，把他们扶进船舱，受伤的要抬着担架送去急救。穿着迷彩服的赵百合声嘶力竭地招呼着卫生兵："担架！再来一副担架！"

又一架直升机缓慢地降落了。

"快！准备接伤员！"赵百合高喊着跑向那架直升机，"担架队过来——"

舱门被里面拉开了，赵百合冲到舱里，却呆住了。

她明白，不需要急救了。

机舱里面，是牺牲的战士遗体。两名海军陆战队员持枪起身："是你们大队的……"

赵百合的眼泪一下子出来，她的腿发软扶住舱门："担架……"

水兵抬着担架把遗体逐次抬下来，喧闹的甲板一下子安静了。坐在甲板上等待的人质们都慢慢地起身，看着担架上的战士遗体。三名战士，其中一名不需要担架，一个卫生兵提着一条包裹好的军毯。

军毯因为血浸透了都是黑色的。

苏雅跑过来，呆住了。

赵百合捂着嘴从直升机下来，苏雅站在那里哭了。

"战争是残酷的！"刘芳芳高喊，"没有时间现在哀伤——赶紧抢救活着的伤员！"

两个女兵擦着眼泪，转身去忙活。此刻，她们确实顾不上去担心各自关心的人。在战争当中，很多事情真的是你顾不上的。

因为此刻你的角色不是女人。

是军人。

7

韩光已经换上了空投下来的特种部队迷彩服和军靴，检查手里的88狙击步枪，这是他们在海军基地换下的装备，陈勇一起带来了。由于天亮要进山搜索，他们和雇佣兵的服装和武器装备基本一样；为了与海军陆战队防止出现误伤，第一突击队都换上了自己的服装，也换了解放军制式武器。

弹药肯定是充足的，补给也是充足的，所以孙守江在那边一口气吃了三个牛肉罐头，撑得直打饱嗝。

蔡晓春坐在他的身边，摆弄着自己的95自动步枪。他还是使用了弹鼓，他喜欢这种火力延续性。

林锐坐在蜡烛旁边的毯子上，看着烛光出神。

韩光看着林锐。

"明天，我们要和蝎子决一死战。"林锐淡淡地说。

韩光没有说话。

"他们曾经放了我们一马，还帮过我们。"林锐看着他说，"你心里怎么想？"

"这是我们改变不了的命运。"韩光的声音也很平淡，"他们是雇佣兵，我们是国家武装部队。他们和我们水火不容，没有调和的余地。"

林锐拿出韩光给自己的那盒三五，抽出一根烟，就着烛火点燃了。他慢慢吐出烟雾："命令下来，我们必须要歼灭他们，毫不留情……"

"当兵失去了国家，失去了信仰，就不再是兵……是廉价的杀手，随时可以抛弃，也没有人会管他们。"韩光的心里也很悲凉，"其实我倒是真的希望他们是某个国家的军人，这是真正的战争，我们可以好好跟他们打一场……"

"我现在觉得他们很可怜。"蔡晓春低沉地说，"真的很可怜，只是为了活命……"

"无论多么强悍的雇佣兵，都不能摆脱这种命运。"林锐入神地看着蜡烛，"可惜了他们的一身武艺，为了赚这点钱打仗，现在连想保命都不可能了……"

"他们在迈出雇佣兵生涯的第一步的时候，就已经注定要死于非命了。"韩光也拿过一支烟。

"你抽烟了？"蔡晓春纳闷儿。

韩光就着烛火点着了，慢慢吐出一口烟雾："他们就跟这烟一样，飘散之后，无影无踪……没有人会记得他们，也没有人会纪念他们。只有我们会感叹，曾经是什么样的一场恶战，他们曾经是多么强劲的对手……为了保住自己的性命，跟我们绝望地厮杀……"

"他们不会投降吗？"孙守江吃着牛肉罐头问，"我们又不会虐待他们？"

"不会，因为他们是雇佣兵。"林锐摇头，"雇佣兵如果失败，除了战死，没有退路。"

队员们默默看着对方，烛光当中都是神色凝重。

土家族的尖兵一直默不作声，轻轻哼唱起一首歌。

队员们都默默地听着。

他的声音越来越大，这是一首土家族的战歌。在中国历史当中，土家族也是骁勇善战的民族。根据历史记载，远在商朝末年，土家先民组成的"巴蜀之师"，就参加了武王伐纣。土家族在中国传统历史上就出山地战士，跟廓尔喀山地兵有一拼。

他的歌声很悲凉。林锐去招的他，听当地武装部的同志给自己翻译过这首《战神》，大概还知道意思。

"战神哦——
我跟随你的鼓点哦
奔向战场
兄弟们的尸体哦
就在身旁

战神哦——
赋予我力量哦
让我不停地战斗
让我为他们报仇

战神哦——
我有无比的勇气哦
我不怕死亡
我有弓箭和刀枪哦

战神哦——
我是部落的勇士
我是你的儿子
我将追随你哦

战神哦——
保佑我不要被埋葬
因为我的妈妈还在等待
把我运回家乡
陪伴在妈妈身旁
……"

除了林锐没人听得懂他的歌词，却都感受到了一种战士的苍凉。
中国陆军特种兵和中国海军陆战队员们抱着自己的武器静静地听着，注视着烛光。

8

黄色丝带在拂晓的旗杆上飘扬，沐浴着朝阳。
特混舰队在远处海面上的雾色当中忽隐忽现。
数十架超黄蜂直升机与直9直升机编队在空中飞行，海面上几十条橡皮艇组成的登陆编队高速开来。直升机和橡皮艇上坐满年轻的海军陆战队员，都是全副武装如临大敌。一个整编的海军陆战团按照演习预案在进行登陆，跟以往演习不同的是枪里不是空包弹，都是实弹。
韩光和蔡晓春坐在会所的楼顶，看着正在登陆的海军陆战队。年轻的战士们生龙活虎，跃进齐着膝盖深的海水冲向陆地。
蔡晓春苦笑一下："蝎子完了。"
韩光抱着88狙击步枪没有说话。
孙守江跟雷鸟跑上来。孙守江深呼吸："你们两个在这儿呢？这儿空气果然不错，里面快臭死了！奶奶的，雷鸟他娘的把军靴脱了！整个大厅都是他的臭脚丫子味！"
"去你大爷的，大厅里有一百多个兵，脱靴子的又不是我一个！"雷鸟骂道，"怎么他妈的都怪到我头上？"
"因为你脚最臭！"孙守江说，"跑完五公里不用脱靴子，都他妈的有味道！跟酱菜似的，你那袜子一天就能立起来！"
韩光和蔡晓春都笑笑，继续看着下面的登陆部队。
"我操！"孙守江瞪大眼，"坦克怎么也来了？！来凑什么热闹？！"
一队63A水陆两栖坦克开近海边，第一辆指挥坦克上来了。坦克营长跳出来看看，空间狭小，除了涌满战士的广场和战地废墟，没有展开回旋的余地。于是带着自己的队伍灰溜溜地原路返回了。来时趾高气昂的水陆两栖坦克纵队，回去的路上显得很郁闷。

岸上的陆战队员们都哈哈大笑。

"都他妈的是不打仗憋的！"蔡晓春说，"可算逮着机会了，谁都想来凑热闹！海军这次藏着私心呢，想拿这个练手。"

"也是啊，用得着一个团吗？"孙守江抱着88狙击步枪站在楼边，"这小破岛，一个连一亩地，还得有三个连在水里待着！这哪儿是打仗啊？这他妈的分明是东北农村赶大集啊！"

直升机在狭小的空地降落。穿着没有军衔丛林迷彩服的王斌混在海军陆战队员们当中跳下直升机，提着自己的装备跑向当作指挥部的会所。他过旗杆，却停住了脚步，蓝色迷彩服的海军陆战队员们匆忙跑过他的身边。

王斌却慢慢回头，看着旗杆。

黄丝带在飘舞。

王斌逆着人流走过去，站在旗杆前注视着黄丝带。

他的右手抚摸着黄丝带。

王斌的眼很亮，嘴唇翕动着："我会带你回家！我发誓！"

他转身跑向指挥部，绿色迷彩的背影在蓝色迷彩当中很显眼。

黄色丝带还在无声飘舞。

指挥部里面已经是忙乱不堪。海军陆战团的团部在这里展开，到处都是来往匆匆的军官和参谋人员。海军陆战团的团长是一个彪悍的山东大汉，说话很豪爽："不就是十一个洋鬼子吗？我一千多海军陆战队官兵，一人一口唾沫也能把他们淹死！"

陈勇苦笑一下："团长，那不是一般的洋鬼子，是经过特殊训练并且富有作战经验的雇佣兵！"

"我知道，雇佣兵！"团长果断地说，"交给我们了！"

"联合指挥部的命令是海军陆战队配合特种部队进行搜救工作。"陈勇知道这个时候绝对不能让步，"现在不光是深山里面有十一个雇佣兵的问题，还有我们的9021情报员和两名人质！海军陆战队打登陆战役是行家，山地作战也不陌生，但是——现在是要在月牙岛搜救我们的情报员和人质！这是我们擅长的工作，还是按照联合指挥部的命令，我们分工合作！"

团长想想："行！你们先救人，完了扫荡的事情交给我！这里怎么着也得剩下点残敌吧？人我都带出来了，刺刀就得见红！——参谋长，传令下去！是英雄是好汉，咱月牙岛上战场见！让各连军政主官给我做好战斗动员，月牙岛上除了我们的人和野生动物，再也不能有一个活物！"

"是——"参谋长转身出去了。

林锐默默看着，心里明白蝎子的如意算盘彻底泡汤了。你不能说团长错，他是对的——歼灭残敌，干净利索，无论如何不能说错。借助这次难得的实战机会锻炼队伍，也不能说错，应该说是对的。换了自己也会这么干，没仗打的军队就是笼子里面的老虎，老虎得时不时放出来抓个野兔子什么的。

阮文雄和他的雇佣兵，现在就是海军陆战队的野兔子。

"说吧，你们打算怎么干？"团长是典型的军人作风，雷厉风行地展开地图："你们说，在你们搜救人质阶段，需要我们怎么配合？"

陈勇指着地图："我们要搜山，大张旗鼓地搜山。这样做的目的，不是跟他们直接交火，他们也没这个胆量。你们也不要动手，因为人质可能在他们手里，我们的目的就是营救人质——这一点必须跟你的战士们说清楚！我们恃强凌弱，压缩他们的活动空间，越小越好。我希望三面开始搜山，把他们压到这个山谷里面去。这里远离海岸线，两边都是峭壁，山谷平坦，没有隐蔽物。如果人质在他们手里，那么只能我们上；如果人质不在他们手里，或者已经死亡……"

"奶奶的，我调炮兵上！炸平了他！"

团长一拳打在地图的山谷位置，声若洪钟。

王斌跑进来："有没有9021的消息？"

"目前还没有。"林锐说，"战斗打响以后，就没有看见他的踪影。"

"你们不是最好的特种兵吗？他穿的那么显眼，你们怎么就弄丢了呢？"王斌着急地问。

林锐拉过王斌指着大厅里面刚刚清理过的地面，尸体已经拖走但是到处都是血迹："你自己看看，你再看看外面——我们十五个人，要营救五十多名人质，还要对付外面的二百多海盗！——你的人，根本就不在预定位置等我们！他自己走丢了，我们怎么找？！"

王斌看着惨烈的战场："对不起，我太激动了。"

"你的心情我理解，"林锐说，"但是我真的尽力了！"

"帮我找到他！"王斌看着林锐的眼睛恳切地说，"我答应过他，带他回家！"

林锐看着王斌："我会尽力，但是我不敢保证他活着。"

"他活着,他一定活着！"王斌激动地说,"他很聪明,很机灵！他不会这么死的！他一定还活着！"

9

"蓝鲸呼叫所有单位，各营连长到指挥部来，紧急会议！"

指挥部的电台在呼叫。

几分钟以后，彪悍的海军陆战队营连长们手持武器戴着钢盔在指挥部的大厅列队蹲下，等待命令。他们的脚下踩着粘稠的血液，个个都是目不斜视。鲜血对于战士来说，是最好的兴奋剂。关在笼子里面的老虎，平时懒洋洋的，但是真的给老虎扔进去一只带血的野兔子，马上就精神起来了。

"起立！"参谋长高喊。

营连长们整齐起立，手持步枪据在胸前对走上高台的团长行注目礼。

团长还礼。

"蹲下！"参谋长高喊。

营连长们后退一步，一起蹲下，挂着自己的81-1自动式步枪。求战的目光望着自己的团长，大厅里面只有一片均匀粗重的呼吸声。

"我们全团已经成功登陆月牙岛——除了坦克营，因为他们没地方待了。"团长说，"来之前我就告诉韩军，你那些铁王八就别上船了，占地方！来了也没用，因为月牙岛都不够你一个连的铁王八展开的——他不听，吵着闹着非要来，结果还是回去了！"

营连长们发出爽朗的笑声。

团长也笑了一下，但是随即严肃起来："我们全团登陆月牙岛，没有战斗，没有伤亡！但是这没什么好高兴的，因为陆军特种部队的同志们已经替我们消灭了敌人！人家在这里死守了十个小时，打到弹尽粮绝要拼刺刀的地步！你们是他妈的海军陆战队，就跟一帮中学生集体春游似的来到几个小时以前的战场！干吗来了？旅游来了！"

营连长们都不说话，喘着粗气。

"不服是怎么着？"团长嘲弄着看着部下，"说你们几句就不服，瞪眼？还瞪什么眼？有本事就给我抓个雇佣兵回来看看？！让我瞧瞧你们有没有那个本事？！到底是海军陆战队还是海军旅游队？他妈的跑了十万八千里，到这来春游来了？办了个军事夏令营？！"

"报告！"一个营长站起来，"不用其余的部队，只要我一营去岛上围剿！团长，我保证把十一个雇佣兵的脑袋给你提回来！"

"还要一个营？！"二营长起身，"我只带两个连！要是灭不了他们，我的副营长提着我的脑袋回来！"

"吵吵什么？！"三营长起立，"真他妈的没出息！团长，我带一个连上去！"

三个营长吵吵起来，连长们也忍不住参与进来。大厅里面充满了营连长的争吵，最后一个山炮连长甚至喊出了"我只带一个班，血洗月牙岛！"

陈勇林锐等陆军特种兵默默看着。这些他们都熟悉，部队主官激励士气都是这一套，但是百试不爽。因为军人是最讲血性的，只要给点刺激就会嗷嗷叫，何况是这样强烈的刺激？这个团长绝对是个带兵的一把好手，他的部队也差不了。

团长满意地看着部下们的争吵，却脸一板："吵什么吵什么？还嫌你们在陆军的同志跟前，丢人丢得还不够吗？"

营连长们一瞬间安静了，啪地立正向右看齐，不需要命令又是一个整齐的方阵。

"参谋长，给他们宣读作战命令！"团长厉声说。

"是——"参谋长跑步上台，"我团首要任务不是围剿，不是战斗，是清场！我团三个建制营分成三路，从北、东、西三侧进行清场！首要目标是搜索人质和安全部的内线，次要目标是驱逐雇佣兵，将他们压缩在鹰嘴谷一带！团直侦察连和陆军特种部队的同志一起，搭乘直升机空中搜索！注意，在视野不开阔的丛林当中，不要与雇佣兵发生枪战，因为我们要确保人质安全！只能对天射击，驱赶他们！"

"这是什么任务？"一营长喊道，"如果他们开枪呢？！"

"在确定没有人质的情况下，你们可以还击。"参谋长平静地说。

"丛林密密麻麻的，五米以外不见人！"二营长说，"我们怎么确定？"

"那你就他妈的别还击！"团长说话了，"对天开枪，满嘴放炮，把他们往鹰嘴谷赶！"

"我们干吗要这样？"三营长说，"难道我的战士流血了，我他妈的也不能还击吗？"

"为了救人！"团长厉声说，"这是我们来的目的——这个鸡巴月牙岛，不算我们的领土！我们没必要寸土必争，就是为了救人！人救不出来，有个蛋用？打平这里也没意义！你们他妈的就是赶羊的，人家陆军的同志是负责抓羊的！我们把包围圈建立起来，压缩敌活动空间，让他们先救人！"

"报告——"一营长满脸不服，"我们也能救人，不需要陆军的同志上！"

"你？"团长笑笑，"让你杀人我不担心，让你救人质——还不如杀了他痛快！"

营连长们一阵哄笑。

"注意了注意了！"团长瞪眼，"安全部的同志还有话要说！"

王斌走上台，看着他们这些骁勇善战的军人们："我需要你们帮我找到一个人，他在我们内部的代号是 9021。他在这里潜伏三年，我一定要带他回家！"

"没问题，只要活着我们肯定带他出山！"一营长说，"把照片给我们！"

"没有照片。"王斌平静地说。

大家都纳闷儿——没有照片？我们怎么知道哪个是？

"很遗憾，不是不信任你们，但是现在岛上一千多人！"王斌说，"人多嘴杂！

所以我不能给你们看他的照片！但是他有一个显著的特征——他穿着黄色的巴西足球队队服，这是我们约定的敌我辨别方式！"

军人们明白了。

"帮我找到他！"王斌的嘴唇翕动，"拜托你们了，让我带他回家！"

"听明白了吗？"团长怒问。

"明白了！"

"黄色巴西队队服——把这个敌我辨别方式传达给每一个战士！"团长厉声说，"谁也不许朝穿这个衣服的人开枪！无论如何把他救回来，带回祖国！"

"是！"

"陆军同志还有没有要补充的？"团长问陈勇。

"没有了，在这个岛上你是最高军事首长。"陈勇回答的很客气，"我的任务只是救人，其余的都是你的事情。"

"嗯。"团长转回头："都给我出发！按照参谋长的作战命令开始搜山！"

营连长们转身出去，跑向自己待命的队伍。

陈勇转向林锐："我们也走吧，召集大家上直升机。"

林锐转身去做了。

陈勇转向王斌："还有什么我们需要注意的吗？"

王斌握住陈勇的手，双手紧紧握着，看着陈勇的眼睛："带他回家！"

陈勇点点头，握握王斌的手，转身出去了。

王斌追到会所外，外面已经是地动山摇。海军陆战队员们在集结，有的在登船，有的在上直升机，有的在徒步往山上行军。都是斗志高昂，热血儿郎。指导员们高喊着："是英雄是好汉，月牙岛上战场见！"

他的眼睛转向陆军特种兵们。

陈勇林锐带着自己的队伍登上两架超黄蜂直升机，拔地而起。

直升机的螺旋桨掀起飓风，那条黄色的丝带在飓风当中剧烈摇摆着。

如同 9021 现在摇摆不定的命运。

10

"我们完了，蝎子。"

Simon 放下望远镜，脸色苍白。

阮文雄默默看着正在搜山的海军陆战队，他们的蓝色海洋迷彩服在丛林当中很显眼地若隐若现。他们在山头，所以可以看见两公里外的海军陆战队以排为单位行军，他们排成扇形尖刀队形，互相高声叫喊着在搜索。他们的自动步枪上了刺刀，挑开任何一个有疑点的灌木丛。

头顶上高速掠过海豚武装直升机。

他们在树林当中伪装得都很好，所以直升机没有发现他们。

阮文雄的脸色铁青，他在思索着对策。

其余的雇佣兵都默默地看着，知道自己的生命到了尽头。

"我们是雇佣兵，不受到《日内瓦公约》的保护。"David 的声音有些颤抖，"他们会杀光我们的，连个渣都不剩下！"

阮文雄重新拿起望远镜，观察群山的动静。

"他们在逼我们。"Simon 看着行进当中的海军陆战队说，"他们想把我们赶到鹰嘴谷，那里地势平坦，我们没地方躲。"

"既然逼到头上了，我就给他们点颜色看看！"Brown 拿起 M60 通用机枪上栓，"左右都是一死！跟他们拼了！"

"拿什么拼？他们不是游击队，是一个团的正规军，还有武装直升机！"Leon 说，"只要一声枪响，他们会把这里炸平！我们根本就没有拼命的机会！"

"我们不能硬拼，也不能去鹰嘴谷。"阮文雄放下望远镜，"我们不能离开山区，否则都要完蛋！"

"我们该怎么办？"James 问，"他们显然是山地丛林扫荡战的专家，他们的搜索线没有空隙！我们穿插不过去，只能是送上门给他们当跑猪！"

"他们搜索过的地方不会有人质。"阮文雄打定主意，"我们尽快清场，找到人质！"

"然后给他们送回去！"Simon 说，"告诉他们——哈罗！我们是善良的雇佣兵，这是你们的人！然后他们会把我们袭击科考船，杀了他们的船员，劫持他们的人质这笔账一笔勾销！再请我们喝酒，送我们一条快艇！——你是这样想的吗？"

"Simon，他们会这么做吗？"拿着战术改装过的 AK74 冲锋枪的南斯拉夫籍雇佣兵 Wairado 颤抖声音问，"我们只要找到人质就可以回家了？"

"是的，他们会用一阵冲锋枪招呼你回老家！"Simon 说，"我们都会回老家！"

"稳住。"阮文雄的声音很平稳，"我们想办法尽快找到人质。"

"找到了又能怎么办？"Brown 问，"他们会放过我们吗？"

"不会。"阮文雄的声音很冷，"但是那会是我们的人质！他们投鼠忌器，只要我们熬到天黑！黑夜里面的丛林，是我们的老家！我们趁黑夜穿插过他们的搜索峰线，会有办法活下去的！"

"多妙的主意！昨天是救援，今天是绑架！"Simon 说。

阮文雄一把抓住 Simon 给他按到地上，手里的匕首已经放在他的脖子上。Simon 脸色苍白，注视着阮文雄的眼。

"听着，这是我们活命的唯一机会了！"阮文雄一字一句地说，"我们大家必须一条心！一条心！不要扰乱军心！否则，我会执行战场纪律！"

Simon 看着阮文雄："蝎子，你动手啊？这里的伤疤——"他指着自己的胸口，"这颗子弹是我替你挡的！你动手，杀了我！"

Alex 伸手拉住阮文雄："Simon 只是嘴快，他没有别的意思。"

"蝎子，这个时候我们都听你的！"Brown 说，"不要自相残杀了！我们只有这么多人，少一个都很难坚持下去！"

"我们会活下去的！"阮文雄注视着 Simon 的眼，"坚持住！我们从那么多的枪林弹雨里面走过来，今天——我们也一定能回去！"

Simon 看着阮文雄，点头。

阮文雄松开他，把匕首插回靴子绑着的刀鞘："我们现在分成两组——我带一组，Simon 带一组！展开搜索峰线，一定要找到人质！找到以后，我们集中起来！"

"明白，头儿。"Simon 爬起身抓起自己的 M4A1 卡宾枪，"我们是一条心！"

"相信我，也相信自己！"阮文雄低沉地对大家说，"我们是为了战争而生的，我们会活下去的！"

"对，还有无数的仗等着我们呢！我们不能死在这里！"Simon 笑笑，挥手，一组人跟着他出发了。

阮文雄抓起自己的 AK74S，看着剩下的部下："我们也走吧——记住，不要和陆战队正面冲突！我们的人太少，不能跟他们纠缠！不到万不得已，不能开枪！"

雇佣兵们注视他，都是目光坚毅。

"我没想到，那两个女人——撬动了整盘棋！"阮文雄冷冷地说，"我们要找到她们，控制住她们！这是我们活命的唯一办法！出发！"

他带着雇佣兵们低姿穿越灌木丛。

海军陆战队在距离他们不到两公里的丛林当中，若隐若现，越来越近。

11

虎鲨穿着巴西队的队服，拉着疲惫不堪的女人穿过密密的灌木丛，海豚武装直升机就从他们的头顶经过。虎鲨急忙拉着女人快步冲入前面的丛林当中，浓密的树冠遮挡了他们的身影。直升机在丛林上空悬停，飞行员对着耳麦报告：

"蓝鲸，这是鱼叉 3 号。我在 K21 地区发现了你要的那个巴西队服，有两个人。他们刚刚进了树林，我继续搜索。完毕。"

"蓝鲸收到，我马上派部队地面搜索。你留空监控，完毕。"团长回答。

"鱼叉 3 号收到。完毕。"

武装直升机拉高，在丛林上空警戒。

"有两个人？"

超黄蜂直升机上，林锐听着电台的通报。

"可能他被劫持了。"蔡晓春说，"海盗或者雇佣兵当中的一方，发现了他是我们的间谍！"

"我们马上去 K21 地区！"林锐高喊，"准备战斗！这帮海军陆战队救人不擅长！——蓝鲸，蓝鲸，这里是啄木鸟！让你的人包围他们，不要射击！让我们去解决！完毕。"

"蓝鲸收到……我们距离最近的一个排只有 1 公里，你们赶到还需要时间。"团长回答，"让我的人先动手！他们也是个顶个的好汉，我相信他们！完毕。"

"蓝鲸，如果你执意要动手，我无权阻拦你。"陈勇的话从耳麦里面传出来，"但是如果他在战斗当中挂了，这个责任要你背着。我会报告联合指挥部，救人本来是我们的事情。通话完毕。"

团长沉默片刻，回答："野狼，蓝鲸收到。我们会展开包围圈，等待你们过去。完毕。"

"野狼收到，啄木鸟你在什么位置？完毕。"

"我在 K30 地区！"林锐回答，"我马上就赶过去！完毕。"

"你们距离近，先去，我随后到，接应你们！完毕。"陈勇回答。

"走走走！"林锐站起来对着直升机飞行员高喊，"我们要尽快赶到 K21 地区！"

直升机飞行员掉头，飞向指定地点。

丛林当中，虎鲨拖着女人一阵猛跑。后面隐隐约约出现了海军陆战队的蓝色迷彩服，一个排的战士们展开了扇形搜索线快速前进。按照团长的命令，他们没有追得太近，保持 300 米的距离。

绝望的虎鲨拖着女人猛跑，他知道距离自己的船越来越近了。

这是海岸边的一片密林，贯穿月牙岛的小河在这里入海。虎鲨在这里刚刚盘踞的时候，就给自己准备了一条大马力的高速快艇作为逃生工具。上面还放着自己抢劫来的金银等硬通货，还有不少美元现金等，以备不时之需。狡诈的虎鲨一听枪声就明白，自己的人绝对不是中国特种部队的对手。而且他也能想到，中国海军舰队一定在路上了，抵抗就是完蛋。

虎鲨可不想完蛋。

他好不容易拖着这个女人穿越过丛林，抄近路跑到入海口附近。没想到直升机发现了自己，后面的追兵也遥遥可见。但是他们没有开枪，虎鲨相信是因为知道自己手里有人质，海军陆战队不敢动手——自己真的是太聪明了！无论多么难走的路都没丢下这个女人！妈的，简直崇拜死自己了！

虎鲨拖着女人跑到河边，跳下齐膝盖深的河水，跑向一片垂下来的树冠盖着的快艇。他用枪把女人逼上船，然后自己也跳上船，拉动发动机。但是空转几下，没打着火。看着那些若隐若现的蓝色迷彩服，虎鲨的腿都开始打抖："妈的！"

他再拉几下，还是熄火。

虎鲨看着岸上越来越近的海军陆战队，鼻尖开始冒汗。

"虎鲨。"

一个嘶哑的声音。

虎鲨抓起 M16，但是身后已经响起一声拉枪栓的声音。

"你知道我的枪法。"

9021 在河里齐腰深的地方站着，平端着 56 冲锋枪。他赤裸的上身水淋淋的。他已经全身藏在水里等了很久了，全身爬满了蚂蟥，却浑然不觉。

虎鲨抓着 M16，僵在那里："你怎么知道我在这里藏了船？"

"你知道我是一个间谍。"9021 淡淡地说，"就该想到我在侦察你，你的这些伎俩我早就知道了。"

"你破坏了船？"虎鲨问。

"是的。"9021 举起冲锋枪，"现在，你的死期到了。"

"等等！"虎鲨着急地说，"这船上的所有金银财宝，都给你！"

"如果我想要这些东西，我还会在这里等你吗？"

"那你想要什么？！"

"我要你的命！"

岸上的树林当中，海军陆战队的娃娃脸狙击手高喊："有人要杀他！"

"蓝鲸，蓝鲸，有人要杀卧底！"排长急忙报告，"我该怎么办？"

"排长，来不及了！"娃娃脸狙击手举起狙击步枪瞄准，"他要动手了！"

他的瞄准镜里面，那个赤身裸体的海盗举起了手里的 56 冲锋枪，对准穿着黄色巴西队队服的人后脑。

排长高喊："阻止他！"

娃娃脸狙击手扣动扳机。

240

砰——

9021胸部中弹，狙击步枪的7.62毫米子弹贯穿了他的胸膛。他被巨大的冲击力打倒在水里，虎鲨急忙卧倒。

血从水里冒出来。"命中目标！"娃娃脸狙击手高喊。

虎鲨趴在船上，回头看水面，突然恐惧地尖叫一声："啊——"

9021的脑袋从水里一下子出来，他的胸口还在喷血。他的右手举起了冲锋枪，瞪着血红的眼睛，枪口颤巍巍举起来，对准了虎鲨。娃娃脸狙击手果断射击。

砰——

枪口跳动一下，子弹脱膛而出。

啪！ 9021的右边肩胛骨中弹，半个肩胛骨被打没了。

"啊——"他惨叫一声，倒在水里。

虎鲨抱着脑袋，缩在船上。

娃娃脸狙击手长出一口气："妈的！命真硬！——命中目标！"

哗——

血水再次出现旋涡，9021再次站起来，左手举起了冲锋枪："啊——"

"开火！"

排长看见了，高声命令：

"掩护我们的卧底！"

随着他的命令，十多支81-1自动步枪开始射击。

9021在弹雨当中抽搐着，左手的食指终于扣动冲锋枪扳机。但是弹雨的力量把他的身体往后打。他的子弹随着枪口的上跳射向天空，火焰映亮了他绝望的脸。

"啊——"他发出一生当中最绝望的哀号。

扑通！倒在了水里，他的血把身边的水变成了一片血水。

枪声平息了。

虎鲨探出脑袋，看看躺在水里的9021。他二话没说，哆嗦着手打开发动机盖子。9021只是拔掉了一根电线，他急忙哆嗦着手安上。然后拉动发动机，发动机呜地就开动了。虎鲨看着岸边越来越近的陆战队员们，带着人质高速驾船冲向大海。

"喂——"排长高喊，"不要跑！我们是中国海军陆战队——"

虎鲨听到这个肯定是跑得更快了。

快艇到了入海口，林锐搭乘的超黄蜂直升机正好悬停在入海口。他带着队员们正在跳下河，往里面前进。

黄色的巴西队服跟一艘快艇出现。

林锐松了一口气："看来他没事——枪口朝天，当心走火！"

队员们都收起了武器。

虎鲨一看见前面出现的直升机和中国特种兵，急忙原地划了个弧线掉头往河流深处跑。

"中国陆军——"林锐高喊，"我们是来接你的——"

岸边的陆战队员们看着虎鲨的快艇掉头，从自己面前冲过去，都高喊："别跑！我们是中国海军陆战队！""回来，你安全了！""别跑——"……

9021漂浮在水面上的身体随着快艇掀起的波澜轻轻漂荡着，他的浑身都是弹洞，身上的血都要流光了。

他睁着着眼，嘴里不断地在喷血，左手还抓着56冲锋枪的枪带。

他听着身边的普通话高喊"中国海军陆战队"，那熟悉而陌生的普通话。

他竭力偏头，看着那些穿着蓝色海洋迷彩服的中国海军陆战队员们，露出哀怨的眼神，张着嘴，声音非常微弱地说："我是……我是……9……"

娃娃脸狙击手看着跑掉的快艇纳闷儿："他跑什么啊？"听见嘟囔声，低头一看："哎呀！这个海盗居然还活着？！他是铁打的啊？！"

"射杀他！"排长命令。

两个老兵举起手里的81-1上膛，对准了9021。

一滴眼泪流出了9021的眼角，他嘴唇翕动："妈妈，我……回家……了。"

嗒嗒，嗒嗒……

一串清脆的点射。

9021彻底不动了。

他的尸体在河面漂浮着，半条河都被他的血染红了，眼睛还睁着……

死不瞑目。

第十章

★

1

林锐等陆军特种兵涉水走到9021的尸体身边。孙守江看着血水当中漂浮着的弹痕密布的9021，感叹："这是我见过最惨的死法……雷鸟，你要是中枪了，我保证一枪结果你，不让你受这个罪……"

"滚！乌鸦嘴！"雷鸟怒骂。

"他命真硬。"排长感叹，看林锐："刚才来不及等你们来了，他要射杀那个卧底。"

"你们处理得对。"林锐上岸，"卧底有没受伤？"

"没有。"排长说，"他可能是太害怕了，跑了。"

林锐眨巴眨巴眼："害怕？你们开枪射击他了？"

"没有没有。"排长说，"我们虽然不是特种兵，但是我们这个排也都是二等以上射手组成的。不到200米的距离，我们还是有把握的。他应该能看出来，我们是在保护他。"

"你们的迷彩服，在树林里八百米外都能看见。"林锐纳闷儿，"这么明显的标志，他不可能没发现你们啊？"

"可能是太害怕了，岛上的局势已经乱作一团了。"排长估计。

"害怕？"林锐看着快艇远去的方向，"他能在龙潭虎穴卧底三年，是过人的胆识！他逃避我们，一定是有原因的。"

韩光站在9021身边的水里，看着他的脖子。

"你在看什么？"蔡晓春捂着鼻子，"都是血腥味！走吧，上岸了！"

韩光伸出戴着战术手套的右手，拨动了9021的头颅。

"以前没觉得你这么变态啊？"蔡晓春骂他，"妈的！我上去等你了！"

韩光看着9021转过来的头颅侧面脖子。

血水当中，一个清晰的汉字刺青——"孝"。

"他是个华裔。"韩光松开手。

"走吧,直升机在前面等我们!"林锐招手,岸上的队员们起身。

排长问:"那这尸体怎么办?"

"战争到处都是尸体。"林锐淡淡地说,"看在他是华裔的分儿上,抬出来找个地方埋了吧。"

韩光看着9021面目全非的脸,转身上岸。

"刺客!"娃娃脸狙击手兴奋地说,"第一枪是我打中他的!"

韩光看着他:"为什么不射击他的头部?"

"他的胸部目标比较大……"娃娃脸狙击手说,"我想有把握一点。"

韩光点点头:"下次记住要打头部,不要让目标受罪。"

"为什么?"娃娃脸狙击手纳闷儿,"他不是敌人吗?"

韩光回头看看9021漂浮的尸体:"他毕竟还是个人,既然要死,没必要让他受罪——我走了,你继续努力!"

"我会的!"娃娃脸狙击手说,"我会超过你的!"

韩光拍拍他的肩膀,跟上了队伍。

排长看着陆军特种兵们走远:"来吧,我们埋了他。"

海军陆战队员们面面相觑,谁都不想下水。

"管杀就得管理!"排长苦笑,"谁让他是中国人呢?下水!"说完自己就下去了,战士们也跟着下水了。

2

Simon 带着四个雇佣兵在林间搜索着,他们采取最为隐蔽的方式穿越细密的丛林枝蔓。头顶上的直升机不断掠过,却没有发现这些灵巧隐蔽的雇佣兵。雇佣兵之间没有对话,只是眼神和手语交流,寻找着人质的下落。

Wairado 看见前面山洼里面若隐若现的白色,伸出左手指着那个方向,然后反手用中指和食指指着自己的双眼,让大家观察那里。Simon 拿起望远镜,在绿色的树林当中藏着一个赤身裸体的女人,蜷缩着不知道是死是活。Simon 伸出左手,用手语命令大家包围过去。蹲着潜伏的雇佣兵们起身,小心翼翼而又迅速地搜索过去。

五个穿着迷彩服手持自动武器的粗壮身影陆续出现在灌木丛当中。

奔跑了一夜到处找中国特种部队的女人哆嗦着睁开眼,定睛看去——"啊!"她尖叫一声,全身不知道哪里来了力气起身掉头就跑。她早就迷失了方向,在丛林里面除了经验丰富的猎人和特种兵，很少有人不迷失方向的，何况是科考船上的一个医生？她的全身都被枝蔓划伤了，却不管不顾，没有什么比死亡更难让人忘却一切的。

Simon 打了一个呼哨。

Brown 和 Wairado 把武器甩到身后，起身向女人飞跑过去。其余的三个雇佣兵保持着警戒射击的姿势，Simon 的心里非常紧张。快，再快点！抓住她！绝对不能让中国军队发现！这两个笨蛋，百米冲刺怎么练的？！

Wairado 飞起身来，扑倒了女人。女人抓着地面的枝蔓不肯松手，身高 2 米的机枪手 Brown 伸出巨手，抓住她的肩膀把她一把提起来。女人张开嘴要喊，Wairado 一把捂住了她的嘴。女人咬住了他的右手，Wairado "嗯"的一声咬牙忍住疼，随即一拳打在女人的肋骨。女人的肋骨咔吧一声断了，疼痛让她松开嘴。Wairado 缩回右手，Brown 一把捂住了女人的嘴。

女人绝望地流出眼泪。

Simon 带着两个雇佣兵快速穿插过来："走走走！进前面的树林！告诉蝎子，我们抓住了一个人质！"

雇佣兵们跑向前面的丛林，Brown 左手捂着女人的嘴，右手把她跟小鸟一样夹在肋下。他们的动作非常敏捷，一瞬间就消失在丛林里面。他们本来就是丛林里面的幽灵，漂浮不定。如果不是面临如此悬殊的力量对比，单纯特种部队较量，他们未必会输。相反，中国特种部队和海军陆战队也会付出很惨烈的代价。

当代雇佣兵并不是一群单纯为了钱卖命的乌合之众。雇佣兵是一个古老的职业，源远流长。古罗马军队当中就有雇佣兵；在中国历史上，战国四大公子养的数千门客，那些擅长武艺厮杀的游侠，其实就是四大公子的雇佣兵。随着时代的发展，当代雇佣兵公司和雇佣兵也进入了公司化和科技化职业化的新时代。雇佣兵公司不是地下公司，而是经过注册的正规商业公司，也更愿意别人把他们叫作 PMC（私人军事承包商 Private Military Contractors）。他们重金招募职业雇佣兵，有着严格的审查程序和考核程序，要看应聘者的军事经验、实战技能等，并且还要进行严格的训练。梦想家和杀人狂徒是进入不了 AO 这种正规雇佣兵公司的，只有像阮文雄、Simon 等这样经历过特种部队严格训练和战争考验的资深老兵，才能在 AO 占据一席之地。

Simon 出身于世界特种部队公认的最精锐行列里面的英军 SAS（特种空勤团）的 22ndSAS（22 特战空勤团）D 中队高空跳伞排。他 1985 年加入英国皇家陆军，1986 年经过 SAS 的苛刻选拔进入 22ndSAS 服役；1987 年到 1989 年在 CRW（ Counter Revolutionary Warfare，"革命战争对策小组"，是针对北爱尔兰共和军和第三世界国家游击队的反游击战分队，由 22ndSAS 各个中队轮换上阵）分队值勤，配合陆军十四情报连与北爱尔兰进行反恐怖行动；1990年海湾战争带队深入敌后，乘改装陆虎摧毁飞毛腿导弹。战后退役，军衔是参谋少尉。

Simon带着的这四个部下也都非等闲之辈。

Brown是前美国陆军101空中突击师和游骑兵75团的突击队员，曾受训于空中突击学校、空降学校、突击队员学校（游骑兵75团选训，从此进入游骑兵75团）、SERE（生存、躲避、反抗、逃脱）学校等，海湾战争期间在游骑兵75团二营序列作战，战后调到三营E连，随即参加了摩加迪沙行动（著名的"黑鹰坠落"）。摩加迪沙行动以后调回101空中突击师，不久退役，军衔是枪炮军士长。他和Simon早就认识，英军与美军有交叉训练，这个帅气的英国小伙子曾经在101空中突击师轮训，两人的关系一直很好。

Wairado在前南斯拉夫人民军64伞兵旅特种部队服役，这是一支知名度不高的精锐特种部队，冷战时期曾经作为突袭北约的华约集团战略预备队。前南解体，民族仇杀，他的姐姐不幸遇害，等不及报仇的Wairado从正规军里面当了逃兵，加入了臭名昭著的塞族白鹰团。代顿协议以后，Wairado面临失业，到扎伊尔到了雇佣兵，后来参加了AO。

剩下的两名雇佣兵，一个是前法国海军战斗蛙人（该部与美国海豹突击队进行交叉轮训，名气不响但是战斗力惊人）Leon，一个是苏联信号旗特种部队的Ivan，都参加过多次战争，不是等闲之辈。

客观地说，这支AO雇佣兵的战斗力远远强于一般国家的军队，甚至超过了中国特种部队。如果让狼牙的特遣突击队和AO雇佣兵面对面的挑战，双方的胜负结果未必会如人所愿。但是……陈勇采用的战略是"恃强凌弱"，一千多训练有素的海军陆战队员加上武装直升机，还有海上舰队的支援，就算能够取得局部的胜利，这场战争的结果……雇佣兵们绝无胜算。他们压根儿就不敢去想如何赢得这场战争，唯一的心愿就是能够搞乱岛上已经非常明晰的战局，能够活命。

他们五个人运动到安全的位置，Simon报告："蝎子，我们找到了一个女人。完毕。"

"收到，隐蔽前进，我们在A点会合。完毕。"蝎子回答。

"收到，完毕。"Simon回答。

雇佣兵们准备起身。

Wairado在前面一伸手，大家又卧倒了。Brown紧紧夹住女人，左手捂着女人的嘴，眼睛瞪得很大。

树林里面，陆续斜向走来搜索的海军陆战队员。距离几百米，不算远也不算近。他们的步枪上刺刀闪着寒光，眼神都是非常警惕的。雇佣兵们卧倒在灌木丛当中，枪口都对着他们，食指在扳机护圈外面，随时可以击发。

一旦这个排的海军陆战队发现他们，他们会先敌开火。

除了 Brown 的机枪，其余人的火力也足够将这个排的菜鸟陆战队员全歼。他们会在还没反应过来的时候全部回老家，当然……Simon 也明白，紧接着数百海军陆战队员和陆军特种部队会包围这里，唯一的盾牌是人质，但是陆军特种兵的狙击手会解决 Brown……随后自己这其余四个雇佣兵也会被乱枪打死。

白天，无论如何都不是爆发战斗的最好时机。

Simon 的鼻尖冒汗，看着那些陆战队员的军靴踩着脚下腐烂的枝叶，从他们跟前走过去。

海军陆战队的队员们没有注意灌木丛当中藏着的雇佣兵，继续往前搜索。

Simon 松了一口气，疲惫地趴在地上。

又捡了一条命……

他转身，举起左手打手语——撤回那边，等待彻底安全。

雇佣兵们会意，小心翼翼地往后运动，撤回密集的丛林。他们要在海军陆战队刚刚搜索过的山头上潜伏起来，等待他们彻底走远。

命运，不知道会不会眷顾他们。

3

超黄蜂在空中飞行，寻找下面可疑的目标。

机舱里面，特种兵们拿着望远镜，在对整个山地丛林进行搜索。孙守江放下望远镜："太难找了！这片原始森林估计就没人来过，随便藏个人在树冠下面，我们上面就看不见！"

"要是海军陆战队有军犬就好了。"蔡晓春说，"军犬是对付他们最好的工具，他们骗得了人的眼，骗不了军犬的鼻子。"

"军犬？"孙守江又拿起望远镜，"那玩意儿的肉太硬，浑身都是肌肉，一点肥油都没有！不好吃！"

林锐听到这个愣了一下，转向孙守江："乌鸡。"

"到！"孙守江急忙放下望远镜回答，"连长有什么指示？"

"狗排的排长找过我，说他们的军犬失踪了一只。"林锐很严肃，"后来在山上发现了狗皮和骨头，旁边还有烧烤的痕迹——是不是你干的？"

"我？！"孙守江一脸无辜，"不是我！"

"你知道军犬多少钱一只吗？"林锐厉声问，"一百多万人民币！你就敢吃到肚子里面去！"

"报告！真的不是我干的！"孙守江急忙分辩，"连长，你不能什么坏事都冤枉我啊？我……"

"那你说——要是你干的，生个孩子没屁眼！"林锐一点都不开玩笑。

"是！"孙守江说，"要是我干的，生个孩子……有屁眼！"

队员们都笑了。

"浑蛋！"林锐勃然大怒，"你知道你都干了些什么吗？你的嘴也太馋了吧？你吃的那是狗吗？那是我们的战友！"

孙守江不敢说话。

"每条军犬都是登记在册的，是有军籍的！"林锐非常严肃，"是人民解放军的一员，不是狗！是我们无言的战友！你知道你犯罪了吗？！这是要军法审判的，你会坐牢的！"

"不，不知道……"孙守江嗫嚅说，"我没想那么多……"

"一天22块钱的伙食费，有鱼有肉，还填不满你那张破嘴？！"林锐怒视他，"吃吃吃，你就知道吃！这次满意了，进监狱吃牢饭吧！"

孙守江满头是汗："连长，我……我倾家荡产，我买一条……"

"废话！"林锐说，"就算你买得起，人家狗排要吗？！一个战士带一条狗，那狗就是人家的战友！你敢对狗排的人说这个话，人家会乱刀砍死你当狗粮！"

"连长，我……我真的要坐牢了？"孙守江脸色苍白。

"嗯。"林锐转向丛林拿起望远镜。

雷鸟同情地看着孙守江："你啊……我给你送烧鸡……"

蔡晓春小心地问："连长，没有别的办法了吗？"

"我能有什么办法？是他自己吃出来的！"林锐冷漠地说。

韩光在想着什么。

"你也说句话啊？"蔡晓春低声说，"连长平时最喜欢你，这个时候了，咱们得帮帮乌鸡……"

韩光看看林锐，又看看孙守江："狗排的排长是我的老乡，他经常找我来打枪……我怎么听说，失踪的不是军犬，是狗排参加演习的时候，捡来的野狗下的？"

林锐扑哧笑了。

孙守江抬起头："野狗下的？！"

韩光看着林锐，嘴角浮起一丝微笑："对，是捡来的野狗，是条母狗。狗排捡来看厨房的，军犬的伙食费标准比我们高，吃得比我们好，经常有兵去偷吃。狗排的一条德国黑背没看好，跟这条野狗偷情，下了一窝小狗。毕竟是军犬的血统，小狗长得很彪悍——参谋长领走了两只，大队长领走了一只。最后剩下一只，狗排的排长还问我要不要。我要了也没地方养啊？就留在狗排跟着母狗一起看厨房。狗排的兵闲的没事，把它跟军犬一起训练。失踪的时候六个月了，也是练的膀大腰圆嗷嗷叫，看上去外观跟军犬没区别。"

队员们哄堂大笑。

"奶奶的，我废了半天劲，没想到勾到陷阱里面的是条野狗？！"孙守江瞪大眼说。

"怎么？没吃到军犬，你不甘心？"林锐问。

"不是不是，我错了，连长……"孙守江急忙说，"我再也不敢了！"

"管好你自己那张嘴！"林锐厉声说，"否则真的要给你自己吃进牢里去了！"

"是！是！"孙守江忙不迭地回答。

"回去以后，拿你两个月的工资，去请狗排好好吃一顿。"林锐说，"虽然不是军犬，但是养了那么大，战士们跟狗还是有感情的！好好给人家赔礼道歉，承认错误！要是真的军犬，你根本就不可能勾进陷阱里面去！"

"是是，以后我再也不敢惦记吃狗肉了。"孙守江急忙说，"假军犬的肉都那么硬，真军犬肯定更不好吃！"

队员们忍住笑，继续观察下面的动静。

韩光还是若有所思。

蔡晓春纳闷儿："你又在琢磨什么？刚才上来，你就琢磨了一路了？"

"没什么，我就是想刚才那个海盗。"

"海盗有什么好想的？"蔡晓春问，"你是不算心理变态了？看见打成那样的海盗，觉得特别刺激？"

"不是。"韩光琢磨着，"我在想，他在脖子上刺了个'孝'……我爷爷说过，自古孝子无奸臣……一个孝子，无论如何也不该当海盗。"

"琢磨这些干吗？"孙守江又活跃起来了，"坏人也很难说就是彻底的坏人，没看香港电影里面那些杀手个个都忠肝义胆吗？有个电影叫什么什么来着，杀手跟你的名字一样，周润发演的……"

小庄抬头："《喋血双雄》。"

"对对！里面的杀手就叫小庄！"孙守江兴奋起来，"那可是一等一的狙击手啊！场面上正在赛龙舟，他……"

"住嘴！"林锐说，"少打岔，专心搜索！现在我们还在打仗！"

大家都不敢吭声了，继续拿着望远镜搜索下面的丛林。

超黄蜂从丛林上空一掠而过。

4

阮文雄趴在灌木丛中，直升机超低空掠过的气流卷动着灌木丛。他身后的 Alex 等 5 名雇佣兵也紧紧贴在地面上，灌木丛茂密的枝叶掩盖了他们。

直升机远了。

阮文雄抬头："继续前进，我们到 A 点去。"

他们又开始在灌木丛当中匍匐前进，枪横着放在前面。他们采取的是蜗牛式的隐蔽前进方法，枪声背面朝着自己，以便保护瞄准镜不被触碰，而整个强身横向捧在双手上，膝盖尽量分开，降低自己的高度。由于蜗牛式前进方法的隐蔽性，他们一点一点通过这片相对开阔的林地灌木丛，不会引起空中侦察和地面搜索的注意。

但是，蜗牛式前进需要非常好的体力……

这群雇佣兵是不会缺乏体力的。

阮文雄知道自己面临的是空前的危机，他的内心深处涌起一丝陌生的感觉……恐惧。

对死亡的恐惧。

越是强悍的雇佣兵，其实越怕死。如同淹死的都是会水的一样，往往战死的雇佣兵都是善战的……阮文雄深深地明白这道理，所以他在任何情况下都告诉自己要冷静，不要冲动。他跟泥鳅一样狡猾，从阿富汗的高原山地，到中越边境的热带丛林，再到伊拉克的沙漠，安哥拉的城市，中东的油田……他都靠自己的冷静，熬过了一个又一个危机……在任何时候，都要给自己留下退路，绝对不能真的跟二百五似的一往无前……但是这一次，真的很特殊。

自己没有留下退路……

无论如何，这是自己的错。

虽然自己知道雇佣兵很容易就能被出卖，但是没想到这么轻易就被出卖了。AO 一定得到了消息，然后把他们出卖了……利特维年科……一想到这个狗日的利特维年科，阮文雄的心就一阵一阵地疼。自己那么相信他，那么相信他绝对不会出卖自己……但是，他还是把自己出卖了……哪怕是一个暗示，他都会带着小队搭乘快艇迅速离开月牙岛，在中国海军舰队封锁海域以前脱逃……但是，他居然关了电话，不再管自己了……

阮文雄的心里充满了恨意，牙齿咬得咯咯响。

只要能活着出去，一定不会放过他！

他们通过相对开阔的灌木丛，进入了丛林。阮文雄带着自己的组员迅速起身，在林间快速穿越。他们到达 A 点，展开了作战防御。A 点是月牙岛丛林里面的一个普通的山头，这里根本没有路，海军陆战队想搜索到这里还需要时间……Simon，你在哪儿？

阮文雄压低声音，对着耳麦："Simon，你在哪儿？完毕。"

"蝎子，我在 X 点和 Y 点之间。"Simon 低声回答，"我们陷在中国海军陆战队的搜索峰线后面了，正在等待时机通过。完毕。"

"一定要小心，我们在 A 点等你们。"阮文雄说，"一个小时以后，如果你们不来，我们会转移到 B 点……"

"头儿，如果我们来不了，不用等我们了。"Simon 低沉地说，"我们会拖延他们，你们想办法撤。完毕。"

"听着！"阮文雄压抑地怒吼，"不许说这样的话，我们都能活着出去的！他们的海军陆战队没有战斗经验，你们都是久经沙场的老兵！不会那么笨就落到菜鸟手里！——总之，我等你们，Simon！完毕。"

"……知道了，蝎子。"Simon 的声音颤抖，"我们……想办法过去。完毕。"

"不是想办法，是一定要过来！"阮文雄的眼冒火，"我们是一个小队，我们必须一起出去！通话结束，保持无线电静默。不到万不得已，不再通话。完毕。"

"收到，完毕。"Simon 回答。

阮文雄结束了通话，跟自己的部下一起在等待着。

两公里外的山上密林当中，Simon 跟组员潜伏在枝蔓里面。Simon 观察着山下走过的海军陆战队，神色紧张。又是一个排过去了，不知道后面还有没有别的搜索排。Simon 紧张地看着这些蓝色迷彩服消失在丛林深处，舔舔干裂的嘴唇。

后面的洼地里面，Brown 的机枪对着对面的女人。那个女人全身赤裸满是伤痕，双手被绑在身后，嘴上贴着胶带出不了声音。她绝望地看着 Brown，眼里溢满泪水。Brown 也看着她，随即错开自己的眼：

"我受不了。"

"怎么了？"Wairado 在前面回头问。

"她是个无辜的女人。"Brown 说，"我每次离开家的时候，她也这么眼巴巴看着我，不敢哭，不敢喊……"

"她是我们的人质，是我们的盾牌。"Wairado 说，"你别想太多了，战争到处都是这样可怜的女人。"

"她是个女人，我是个雇佣兵。"Brown 叹了一口气，"她手无寸铁，我全副武装……我不知道我在干什么，Wairado。我心里很难过，我们不该这样做……我们是战士，我们不该劫持她做人质……"

"我们要活下来，只能这样做。"Wairado 说。

"如果有人劫持我的女儿做人质，我会杀了他全家！"Brown 说，"我们不该劫持她……就算活下来，我回去也不敢去见我的女儿……"

"你们两个，吵什么？"Simon 滑下来，低声严厉地说："不知道我们现在很危险吗？"

"Brown。"Wairado 指指 Brown，"他心软了。"

"怎么回事？"Simon 严厉地看着 Brown。

"Simon，我们不该劫持她。"Brown 坦然地说，"她该回家，她跟这个事情没有关系。"

"现在她是我们的人质！"Simon 说，"等到我们安全离开，她会回家的！"

"我们是雇佣兵，不是恐怖分子！"Brown 说，"我们不需要人质！这样会让我们蒙羞的！Simon，我们该放了她！"

"放了她？"Simon 诧异地看着 Brown，"你到底在想什么？"

"你是 SAS 出来的，你当年的任务就包括营救人质，杀掉恐怖分子。"

Brown 低沉地说，"现在……我们是恐怖分子……"

"我现在不是 SAS 了，你也一样——你不是 101 的空中之鹰了！也不是 75 团的游骑兵了！"Simon 说，"我们是雇佣兵，我们不择手段！这么简单的道理，你不懂吗？"

"我有女儿，我想她也有父亲，Simon。"Brown 看着 Simon 的眼睛说，"你也有女儿，我知道……你不承认，但是那个女孩是你的女儿……你怕连累她，但是你每周都给她寄钱……"

Simon 看着 Brown："你到底想说什么？"

"我们放了她，Simon。"Brown 说，"我们战死在这里，也不该绑架她做人质……"

"你的脑子坏掉了吗？"Simon 怒气冲天。

"我觉得……Brown 说的对。"Wairado 突然说，"我们不是恐怖分子，不该绑架女人……Simon，我的姐姐曾经被当作人质，最后死掉了……我知道那种感觉……"

Simon 看看这俩部下，又看看那个年轻惊恐的女人。女人的眼很亮，含着泪水。Simon 在一瞬间想起自己刚刚上学的女儿，他错开眼："好吧好吧，我们现在遇到了新的问题———群善良的雇佣兵，在讨论要不要绑架她做人质——现在你们两个意见一致——你们两个呢？"

那两个雇佣兵也滑下来，看着他们的讨论。Leon 说："我觉得 Brown 说得对，我们是好汉，就跟他们拼到底！不该绑架女人。"

"我们不是恐怖分子，Simon。"Leon 说，"我在车臣打过恐怖分子，我见过被绑架的女人……算了吧，我们靠自己的力量也能出去。"

Simon 注视他们："既然你们想法一致，那在蝎子跟前就不要改嘴！我可不想因为抗命，被他一刀攮死！"

"Simon，只要你同意，我们一起扛着。"Brown 说，"就说我没看好人质，人质跑了。"

Simon 苦笑一下："我们现在还不能放了她，中国海军陆战队就在附近。放了她，她会暴露我们的潜伏位置。"

"我们蒙着她的眼，给她扔个地方。"Brown 说，"海军陆战队会找到她的。"

"说得容易，谁去做？"Simon 说，"我们被搁置在他们的搜索峰线以后，谁都难说后面还有多少他们的人。只要一冒头，就可能被发现。谁去把她放了？"

"我去。"Brown 说，"我会尽快回来！"

Simon 看着他，把自己的 M4A1 卡宾枪递过去："你拿着这个，速度快一点！"

"放心吧，Simon！"Brown 笑笑说，"这点重量对于我来说，还不算什么！"

他右手拿起机枪，左手把那个女人扛在肩上。Wairado 拿胶带粘住了女人的眼睛，笑："宝贝，委屈你一下。希望我们还能见面，我和你约会。"

Brown 扛着这个女人，单手拿枪起身："我走了！"

"注意安全，我们在这里等你！"Simon 说。

Brown 扛着女人拿着机枪，很轻松地快速向后面的丛林穿插过去。

5

漫山遍野的海军陆战队在搜索密密的丛林。想在热带丛林找到个把人确实是一件很艰难的事，否则美军在越南也不会失败了。至今为止，没有一个国家的军队敢在丛林里面长期作战，茂密的原始森林成为游击队天然的屏障。美军可以打赢海战，可以打赢陆战，但是打不赢丛林战……所以，搜索是一件非常艰难的工作。

对付丛林里面的藏身者，军犬确实最有效。

但是海军陆战队的编制里面没有军犬，而现在从内陆调集军犬是不现实的。所以战士们只能依靠自己的肉眼去观察，依靠自己的肢体去碰撞，依靠手里的刺刀去挑开密密麻麻的枝蔓，一点一点地搜索前进。

一个排的战士走过茂密的丛林，远去了。

Brown 从杂草里面露出眼。他看看周围没有动静，转身对着那个女人说："你懂英语吗？你懂英语吗？"

女人惊恐点头。

Brown 低声说："你得救了，知道吗？不要喊，我可以给你撕开胶带。"

女人还是点头。

Brown 轻轻撕开她眼上的胶带，又撕开她嘴上的："你得救了，宝贝——你往那里走，知道吗？你自由了，去吧。"

女人诧异地看着他。

"你自由了。"Brown 说，"去吧，去找你们的海军陆战队。"

女人流出眼泪，用英语说："谢谢……"

Brown 笑笑，提起自己的机枪转身就走。

"我抓住他了，是个机枪手。"

密林深处，海军陆战队的狙击手对着对讲机说。

"他和人质分开了。"排长说。

"我可以精确射击。"

"射杀目标！我们去救人！"排长拿起自己的自动步枪。

狙击手扣动扳机。

Brown 宽阔的背影中弹，打在左肩膀上。他急忙卧倒，抓住了 M60 通用机枪。后面的人声开始嘈杂起来，脚步声和喊声……Brown 顾不上疼，一个滚翻起身，靠在树上举起 M60 机枪准备射击。

十几个蓝色迷彩服的中国海军陆战队员飞跑向那个女人。

那个女人起身，挥舞双手高喊："救命啊——"

Brown 的枪口无法躲避开那个女人，他咬牙放下机枪，转身就跑。

"开火——"

排长一把抱住那个女人按在地上高喊。

轻机枪、自动步枪一起开火，枝叶被打得乱七八糟。

Brown 一个鱼跃到了躺倒的树干后面，弹雨打在树干上。

女人在地下高喊着："不要杀他——不要杀他———"

"卫生员！卫生员！"排长高喊，"把她带回去！电台兵报告蓝鲸，我们找到了一名人质！发现了雇佣兵！让他们赶紧派人来！"

Brown 在地上爬行，肩膀还在流血。他咬牙拖着机枪在爬行，躲避密集的弹雨。

潜伏点上的 Simon 拿着望远镜："该死！他被发现了！"

"我们去救他？！"Wairado 说。

"拿什么救？"Simon 反问，"我们他妈的只有 4 个人！他们马上就会调来一个整连！"

"Brown……" Wairado 含着眼泪。

"该死的！这就是善良的代价！" Simon 咬牙切齿。

那边的 Brown 爬到一棵大树后面，打开急救包把止血药粉撒在自己背部的伤口上。疼得他倒吸一口冷气，但是精神了。后面的脚步声越来越近，远远还听见直升机的马达声。Brown 看着潜伏点，距离不算太远，一会儿整连整连的海军陆战队上来，恐怕他们也得完蛋。

Brown 打定主意，端着 M60 机枪起身闪出去高喊着扫过去一个扇面。

嗒嗒嗒嗒……

走在头里的海军陆战队员被打倒好几个，其余的急忙隐蔽。

Brown 转身就跑，却是向着反方向。后面的海军陆战队反应过来，起身射击。Brown 转身还击着，一边跑一边高喊，吸引他们的追赶。

越来越多的海军陆战队员们跑过去，追赶 Brown。

Simon 看着追赶过去的海军陆战队员，咬咬牙："撤！我们趁机插过去，跟蝎子会合！"

6

超黄蜂直升机悬停在丛林上空，放下了 4 根大绳，特种兵们在紧急滑降。林锐第一个下来，拿起 95 自动步枪："我们上———是雇佣兵——海军陆战队抓住他们了！这会是一场恶战！大家提高警惕——"

韩光松开自己腰上的铁扣，端着 M24 狙击步枪跟着林锐快步向林间冲去。

远处的丛林枪声连连，海军陆战队们在追赶 Brown。Brown 一边跑，一边回头还击，嘴里还高喊。喊声很大，追赶过去的林锐也听见了，愣了一下："游骑兵 75 团的？"

Brown 跳过一个树丛，回头射击。两个追赶过来的海军陆战队员中弹，其余的队员隐蔽还击。

Brown 转身就跑，嘴里还嘶哑着声音，高声喊着：

"Energetically will I meet the enemies of my country———I shall defeat them on the field of battle for I am better trained and will fight witvh all my might...（我将精神抖擞地面对敌人，并在战场上将他们打败，因为我训练更有素，战斗更勇猛——美游骑兵／突击队员誓词。）"

远处正在逃跑的 Simon 等雇佣兵听见了，都停在丛林当中。

Simon 回头，含着眼泪："Brown，再见。"

Brown 高声笑着，喊着，射击着："Surrender is not a Ranger word...（投降这个词不存在于游骑兵／突击队员的语言中。）"

海军陆战队员们密集射击。

Brown 躲闪在树后，抱着枪管打红的 M60 喘息着。

韩光靠在树上，举起狙击步枪瞄准那树干："他不是在逃命，他在吸引火力。"

"他在引我们往反方向跑……"蔡晓春说，"虽然他是雇佣兵，必须得承认……他是条好汉……"

"给他个干脆的。"林锐说，"别再出现上午的情况。"

"明白。"韩光稳稳瞄准。

Brown 呐喊着："Readily will display the intestinal fortitude to fight on to the Ranger objective and complete the mission, though I be the lone survivor...（在战斗中表现得像一个突击队员那样坚韧顽强，即使只剩下我一个人幸存，也要完成任务。）"露出半个身子举起 M60 机枪。

砰！

韩光扣动扳机。

Brown 眉心中弹，他两米高的身躯猝然倒下了。

他的身体抽动，嘴唇翕动："Rangers——Lead The way...（游骑兵／突击队员，做先锋。）"

头一歪，彻底不动了。

无数的军靴踩着杂草过来，包围了他的尸体。林锐带着陆军特种兵跑进包围圈，蔡晓春蹲下检查 Brown 身上。一个钱包拿出来，打开。

穿着美军六色沙漠迷彩服的 Brown 抱着自己的女儿，在美军军用机场，背景是将开赴科威特前线参加沙漠风暴行动的美军突击队员和一架 C130 运输机。下士 Brown 胳膊上的呼啸山鹰臂章和游骑兵臂章很显眼，显然他曾经在这两支精锐部队服役。他的大黑脸衬托着黑人小女孩的灿烂笑容，每个军人看了都会为之动容。

林锐看着这张血染的照片，再看看 Brown 的脸："……让他带着这张照片吧。"

蔡晓春合上钱包，塞入 Brown 的胸部口袋。

林锐看着自己的队员们："我们走，他们肯定向反方向突围了！——海军陆战队，我需要你们展开两翼的搜索线！通知直升机空中搜索，一定要把他们抓住！"

队员们立即抓起武器，跟着林锐跑向丛林。海军陆战队员们也散开来，从两侧穿插过去。

从林深处只留下 Brown 的尸体。他的尸体将无声无息地在这个无人荒岛上腐烂，爬满蛆虫，最后变成骷髅，风干……然后一阵风出来，骷髅彻底化为灰烬。

一切都不复存在，犹如一切都没来过一样。

7

"Simon，Simon，怎么回事？！"

阮文雄着急地问。

"Brown 挂了！我们在奔往 A 点！完毕。" Simon 的声音慌张地传出来。

"那个女人呢？！"

"跑了！"

"怎么会这样？！" 阮文雄怒问，"那个女人怎么会跑了？！"

"现在说不清楚！" Simon 的声音很仓皇，"我们后面有追兵，我们不能到 A 点！"

"你们去 B 点，我们在路上拦截追兵！" 阮文雄挥手，雇佣兵们起身跟着他走。

"别管我了，蝎子！" Simon 说，"事情是我搞砸的，你们走吧！我们吸引他们！"

"少废话！我带你们出来的，也要带你们回去！" 阮文雄怒吼，"去 B 点，我们会在路上等你们！完毕。"

"收到，完毕。"

阮文雄握紧手里的 AK74S，血往头上冒。妈的！事情真的搞砸了！战斗在白天要爆发了！不管那么多了，先救出来 Simon 再说！阮文雄挥手示意组员们丢掉多余的装备，快速前进，同时给枪口上都安装消音器。

来吧，都来吧……

该死的一切……

死亡，战斗……

都来吧！

阮文雄的眼睛血红，呼吸急促。已经无处藏身了，只有血战到底！大限来临，还能如何？

Simon 等 4 名雇佣兵快速奔跑着，不时地跳跃过地上腐烂的树干。后面几百米外，林锐带着自己的突击队员快速追赶着，同样跃过那些腐烂的树干。两支队伍都是丛林奔袭的高手，所以可以说在追赶与逃亡当中，速度基本保持一致。而海军陆战队还在往这里赶来，直升机也在空中寻找，可以说这 4 个雇佣兵基本上已经等于死人了。

越来越多的海军陆战队员参加了追赶，蓝色的迷彩服若隐若现。

阮文雄带着 5 个雇佣兵潜伏在山头上，架起了武器。Simon 等 4 名雇佣兵飞奔上山，跳过他们的头顶，顺势滑倒在草地上。Simon 内疚地："蝎子，对不起……"

"别说这些没用的了！"阮文雄顾不上责怪他，"撤！"

他们起身往深山跑去。

跑在最后的 Alex 反手投掷出几颗烟雾弹。

噗噗噗……

烟雾弹开始冒出浓烈的烟雾，笼罩了整个丛林。

8

医院船的治疗室内，穿着病号服装的女人在接受赵百合的全面检查。

"你是说，他们放了你？"陈勇站在对面，纳闷儿地问。

"对，他们开了个会。"女人抽泣着说，"我懂一点英语。他们开会的内容……是讨论要不要放了我。他们说……雇佣兵不是恐怖分子……我们不该绑架女人……其余的我听不太懂了……然后那个黑人就把我放了……"

陈勇看着她，点点头："我都知道了。"转身要出去。

"解放军同志！"女人在后面喊。

陈勇回头："怎么？"

"你们会把他们都打死吗？"女人问，"他们……他们跟那些海盗不一样，不像是坏人……"

陈勇看着她："他们袭击了你们的船，杀了你们的人，还把你们绑架到这里来——这是不可能饶恕的罪行。刚才的追击当中，那个黑人还杀了我们的陆战队员……也许他们不是坏人，但是对于我国法律来说——他们是罪人。我走了。"

陈勇出去了。

女人坐在床上，脸色发白："为什么他们要这么做？"

甲板上，陈勇走向螺旋桨还在旋转的直升机。他对着耳麦："啄木鸟，这里是野狼。人质已经送到医院船上，没有生命危险。你们那情况怎么样？包围他们没有？完毕。"

"我们正在搜索，他们很狡猾，进山了！完毕。"林锐回答。

"那个女人是他们自己放的。"陈勇说。

"什么？"林锐不太相信自己的耳朵。

"他们开会讨论，最后决定不要这个人质，释放了她。"陈勇说，"他们不想拿人质要挟我们，他们自己认为雇佣兵不是恐怖分子。"

"……我们怎么办？"

"他们现在不会主动攻击我们，我敢说他们也在找剩下的那个人质。"陈勇分析，"他们希望我们退兵，所以必须找到人质。让他们去找人质，我们在后面跟着。完毕。"

"然后呢？"

"包围他们，进去救人。"陈勇说，"我们不可能和雇佣兵妥协，何况他们已经杀了我们的人。我们不动手，海军陆战队也会动手。这是他们的宿命，我们无能为力。通话结束，完毕。"

他上了直升机："起飞！高空搜索！"

丛林当中，林锐看着面前逐渐消散的烟雾，久久不说话。韩光卧在他的侧面，也看着他。

林锐叹息一声："我们不要追得太近，远距离展开包围。电台兵，呼叫蓝鲸，给蝎子他们一点回旋活动的空间。等到确定他们找到人质，我们再缩小包围圈。"

"是！"电台兵开始呼叫，"蓝鲸，蓝鲸，这里是啄木鸟……"

"我们要他们去救人。"韩光闷闷地说。

"嗯。"林锐说，"他们会比我们更快找到人质，他们在丛林里面比海军陆战队的动作要利索。而且也比我们熟悉地形，一旦遇到劫持人质的海盗，他们的攻击营救本领，我们还是可以信任的。"

"然后，我们会杀了他们。"韩光说。

"我们无能为力，这是他们自己的选择。"林锐说，"我们也可以选择不去那样做，海军陆战队一样会去解决他们。海军陆战队有人挂了，蓝鲸不会放过他们的。现在是9021和人质还没找到，所以蓝鲸还配合我们搜救；一旦他们找到并且得救了，蓝鲸会让武装直升机甚至呼叫舰炮火力覆盖他们的藏身处，他们会被炸的连头发都不剩下。"

"他们最好的死法，就是和我们痛快地干一场。"蔡晓春目光炯炯地说。

"死在特种部队手里，比死在铺天盖地的炮弹和炸弹里面强。"林锐说，"他们虽然是雇佣兵，但是毕竟也是战士……我们该给他们战士的尊严——不要多想了，这是战争！不是你死，就是我亡！一旦战斗打响，任何人不要犹豫！因为他们杀我们，根本不会犹豫！——明白没有？！"

"明白！"

9

"Brown 是怎么阵亡的？"

阮文雄目光凌厉盯着 Simon。

Simon 脸色苍白："蝎子，是我的错……"

"他为什么不跟你们在一起？"阮文雄追问，"那个女人怎么会跑掉？你们是他妈的雇佣兵，她是个医生！你们在山里的百米冲刺连狗都追不上，她怎么能跑掉？！"

山洞里面，阮文雄怒视着 Simon。Alex 在洞口警戒，Wairado 在他身边卧倒，回头看着里面。其余的雇佣兵都坐着，看着两人站在洞里面面对面。Simon 脸色苍白，阮文雄则眼睛发红。

"蝎子，我们放了那个女人。"Simon 低声说，"Brown 去把她送到离我们远点的位置……"

"什么？！"阮文雄不敢相信自己的耳朵，"你说什么？！"

Simon 舔舔嘴唇："我们放了她……Brown 离开我们的阵地，去送她……"

"你是头猪啊？！"阮文雄一把把 Simon 推到洞壁上怒视他的眼睛，"我跟你们说什么了？！我要你们去救人吗？！我们他妈的是要绑架她做人质，你居然敢放了她？！我的命令是耳旁风吗？！"

"蝎子，对不起……"

"你活腻歪了！"阮文雄拔出匕首，"你觉得我真的不敢杀你吗？！"

"蝎子。"Wairado 闷闷地说，"我也同意了。"

阮文雄看他，又看看其余两个雇佣兵："你们也同意了？"

他们都点头。

"要杀不要光杀 Simon，把我们也杀了吧。"Wairado 很坦然，"我们不想绑架女人做人质……我的姐姐曾经是人质，她死得很惨……"

阮文雄看着他们："你们不想活了？"

"想活，但不想靠那女人活着。"Wairado 说，"你曾经跟我们说过很多次，我们是雇佣兵，但不是恐怖分子。我们打仗杀人，是因为这是我们的职业，而不是我们天生就是杀人狂……我们是职业战士，蝎子，不是恐怖分子，不能滥杀无辜……你跟我们说的。"

阮文雄默默看着他们。

"蝎子，我抗命，我自杀。"Simon 拔出手枪上膛，"但是你不要杀他们……这是我们的手足……"

阮文雄一把抓住他的手枪,注视着 Simon。

"蝎子,你的命令是不能违背的。"Simon 平静地说,"我作为组长,不能不给你一个交代……"

"把你的命留在战斗以后再说吧。"阮文雄夺过他的手枪退膛,"现在,我们不能再损失一个战斗员。———都听清楚了,现在开始不能再抗命!我们必须找到最后的那个女人,然后控制住她!我们不是恐怖分子,是雇佣兵——但是只有活着,才能算是雇佣兵;我们死在这里,他们会叫我们恐怖分子!我们拿她做人质,不是想杀她!我们离开以后,她会安全的!有些事情,我们不得不去做!"

雇佣兵们默默看着他。

"明白了……蝎子。"Simon 接过自己的手枪。

阮文雄看着他:"Simon,我们出生入死过。你要相信我,明白吗?"

"我相信你……"

"我们现在出发,去找那个女人!"阮文雄说,"无论如何一定要找到她,坚持到天黑!"

雇佣兵们准备起身。

"蝎子,你来看一下。"Alex 拿着望远镜趴在洞口观察。

雇佣兵们立即拿起武器准备战斗,阮文雄拿着望远镜过去趴在洞口。

望远镜里面,一个黄色的身影忽隐忽现,后面还拖着一个女人。

"是虎鲨。"Alex 压抑自己的愤怒拿起 M4A1 卡宾枪,"他妈的,他还带着一个女人!让我一枪毙了他!"

"我们去抓住他们!"阮文雄放下望远镜,"不要杀掉虎鲨,现在他跟我们是一个阵线的了!我们都想活着出去,他熟悉地形,我们可以利用他!"

"我们搞成这样,就是因为他狗日的弄了两个女人!"Simon 咬牙切齿,"难道我们还要联合他?!"

"我说过——没有永远的朋友,也没有永远的敌人,只有永远的利益!"阮文雄的目光很冷,"抓住他们!我们坚持到天黑!等到我们出岛,宰了他!"

10

虎鲨穿着肮脏的巴西队队服,拉着女人在山上疲惫不堪地奔跑。快艇在河里的目标太大,到处都有中国海军陆战队。他只好丢掉快艇,带着女人往山上逃窜。他熟悉这个岛的一切，所以知道有一个在任何地图上没有标明的隐身处。那是他唯一的生存希望，在这里坚持到中国海军陆战队撤离。他在那里准备了食物和水，还是足够支撑一阵子的；加上还有这个有点姿色的女人，自己也不算太寂寞……

他拖着女人跑过杂草丛生的灌木丛。

突然一丛灌木从后面跃起，一把按倒了他。接着更多的灌木起身，把他死死按在地上。那个女人早已麻木，被灌木按倒以后连喊都没有喊。

"别杀我……我投降……"虎鲨哭丧着脸用汉语说，"我知道那些雇佣兵在哪儿，我可以带你们去找他们……"

"恐怕你没有这个命了。"一个冷酷的声音用汉语回答。

虎鲨抬头："蝎子？我可算找到你们了！"

阮文雄看着他，脸上是厌恶的表情。

"让我宰了他吧……"Ivan也懂汉语，恶心得要命，他用俄语问阮文雄。

阮文雄伸手抓住他的胳膊，用俄语说："还没到时候，Ivan。我们要冷静，到时候他的人头是你的。"

Ivan把匕首插回去，拽着虎鲨起身用俄语说："他今天穿得很艳丽啊？！是专门准备的丧服吗？！"

"蝎子，你们刚才说什么？"虎鲨一脸茫然，"我听不懂。"

"我们说你今天穿得很帅。"阮文雄冷笑。

"这个——真的巴西队队服！"虎鲨笑道，"我好不容易搞来的！"

"我们现在不讨论你这傻帽衣服的问题——你要去哪儿？"阮文雄问。

"我有个藏身地方，我们一起去吧。"虎鲨说，"那里很难找到，就算找到也能很容易防御！"

"在哪儿？"阮文雄问。

"我带你们去……"

"告诉我在哪儿？！"阮文雄一把按住他，匕首搁在他的脖子上。

"在在……距离这里有3公里，是个教堂……"

"这个地方怎么会有教堂？"阮文雄冷笑，"你拿我当小孩子骗？准备带着我们走进中国海军陆战队的包围圈，让我们当狙击步枪的靶子？"

"不是，蝎子……"虎鲨赶紧说，"那是一个法国传教士盖的……有200多年了，石头堡垒……很结实……后来他们因为瘟疫死了，所以那个地方没人再去过。我去过，是因为我是这个岛的主人……那是我的禁区，没人敢去……"

"倒是挺像真的。"Simon苦笑，"阿里巴巴和四十大盗？"

"我们不能贸然进去，要侦察一下……"阮文雄还没说完，突然脸色大变："直升机！"

随着突然出现的马达声，一架武装直升机出现在丛林上空。飞行员发现了他们的位置："鱼叉5号报告，雇佣兵在K12地区，我发现了穿黄色巴西队队服的人，在他们手里。完毕。"

"鱼叉5号，是否发现人质。完毕？"

"有一名裸体女人，跟他们在一起，完毕。"

"特种部队马上赶到，你升空跟踪监控，不要射击。完毕。"

"收到，完毕。"

阮文雄带着雇佣兵们和虎鲨、女人一起拼命往树林跑。

超黄蜂直升机上，林锐听着耳麦高喊："我们马上赶到——注意，准备战斗！人质和内线与雇佣兵在一起，他们找到了！"

一片拉枪栓的声音。

超黄蜂直升机紧急转向，奔向K12地区。

11

"把你那傻帽衣服给脱了！"阮文雄边跑边怒吼。

"不，我不脱！"虎鲨跟着他在拼命跑，"这是我好不容易得来的，我是巴西队的铁杆儿球迷！"

来不及纠缠了，直升机一直在空中跟踪。

他们跑进丛林，直升机的视线被树冠挡住了。飞行员只好拉高："蓝鲸，鱼叉5号报告。他们进树林了，我看不见了！完毕。"

"鱼叉5号，我正在调集部队封锁那里。你不要离开，随时准备空中支援。完毕。"

"鱼叉5号知道，准备空中支援。完毕。"

超黄蜂直升机飞来，在丛林外悬停。林锐带着队员们跳下来，展开警戒线。最后一名是韩光，当他跳下来以后，直升机迅速拉高飞走。林锐挥手："进入丛林搜索！大家一定小心，内线和人质在他们的手上！"

海军陆战队员的蓝色迷彩服也在远处若隐若现，看来这次蝎子他们要完蛋了！

特种兵们冲入了丛林，展开前三角的搜索前进队形。丛林战是在何国家特种部队的必修科目，都有自己的一套绝活。当然，蝎子他们肯定也有一套自己的绝活，而且他们一直在作战……经验对于军队来说，是非常重要的。

所以陆军特种兵谁也不敢掉以轻心，个个都是如临大敌。

阮文雄带着虎鲨这个笨蛋，还带着一个女人，所以速度不能达到最快。他们跑到一片悬崖跟前，不得不停下脚步。后面，陆军特种兵的身影若隐若现，如同丛林的猴子一样灵巧。阮文雄悲凉地叹了一口气：

"准备战斗！把人质放在中间，他们不敢贸然开枪！"

雇佣兵们立即展开防御队形卧倒在隐蔽处，人质被放在比较显眼的位置。他们虎视眈眈，面对前面的丛林。

土家族尖兵一挥手，大家都卧倒了。

林锐拿起望远镜，看见了人质，也看见了黄色巴西队服若隐若现。看不见树林隐蔽的雇佣兵，他们潜伏得很好。

"他们都在这儿了。"林锐说，"准备战斗，无论如何我们要保护人质和9021！"

"是！"队员们回答。

"林锐——"

阮文雄的声音突然传出来。

林锐愣了一下。

"不要逼我太甚！"阮文雄在树后高喊，"我不想杀女人，但是你不要逼我！我们只是想活命，不是想跟你们作战！"

"蝎子！"林锐也高喊，"你没有退路了！放下武器，举手投降！解放军优待俘虏！"

"少来这套！"阮文雄冷笑，"我们不是战俘，是雇佣兵！你们可能会优待战俘，但是绝对不会优待雇佣兵！"

"我以个人名誉担保——我们会优待你们！"

"我们不会投降的！"阮文雄嘶哑喉咙高喊，"有本事你就来试试看！我们和人质同归于尽，你也交不了差！"

"你他妈的算什么英雄好汉？！"林锐怒问，"劫持个女人做人质，不丢人吗？"

"是不是英雄好汉，活着才知道！死了，什么都没了！"阮文雄回答，"你们可以来进攻试试看，我们看看到底谁更强！"

队员们在寻找雇佣兵的痕迹。

"我找到一个 AK。"韩光低声说，"但是其余的人藏得很好，找不到。"

林锐思索了一下，高喊："蝎子，你放了我们的人！我会跟上级商量，是不是给你们一条活路！"

"打死我都不信！"阮文雄在树后回答，"我们了解彼此，知道对方的手段！你让我一条活路，我保证给你们活的人质！"

"还有一个，是我们的内线！"林锐高喊。

"什么内线？"阮文雄纳闷儿。

"就是那个穿巴西队服的,他是我们的内线!"林锐高喊,"少装蒜!你他妈的什么都知道,不然也不会带着他逃命!"

"内线?"阮文雄纳闷儿,看虎鲨:"你他妈的是他们的内线?"

虎鲨脸色苍白:"我不是,我不是啊!"

"怎么可能呢?"Alex 也看虎鲨,"打死我都不相信!"

"他能是中国人的内线?"Simon 看虎鲨,"这是本世纪最大的幽默!"

阮文雄反应过来:"这他妈的衣服是谁的?"

"是……长毛的……"

阮文雄一把抓起来虎鲨挡在自己身体前面:"林锐!你自己看看!——只要你们不撤退,我第一个就宰了他!"

"别杀我——我不是内线——"虎鲨惊恐地喊。

队员们在一瞬间都举起武器,怒视前方准备射击。

"他就是我的盾牌!"阮文雄个子小,躲在后面一点都看不见。"林锐,要么你撤退,要么我一枪崩了他!我说到做到!"

林锐咬住嘴唇:"蝎子!你他妈的要付出代价的!"

"我早就该付出代价了!"阮文雄高喊,"严林当年没有开枪,我也没有开枪,我们的命都算是捡回来的!我早就知道,只要踏入江湖,就不再有退路!中国人有句话——困兽犹斗!你们逼我,我就杀了他,杀了人质!"

"我不是内线——"虎鲨面对十几支枪口,恐惧地说。

"少废话!"阮文雄压低声音,"他们不敢开枪!你他妈的穿着敌我识别的衣服!"

韩光举着狙击步枪,寻找阮文雄的空档。但是他找不到,他侧眼看了一眼蔡晓春:"还记得我们训练的时候吗?"

蔡晓春笑笑,举起 95 自动步枪:"当然记得。"

"我们研究过的。"韩光冷冷举起狙击步枪,"按照训练的方案来。"

林锐压低声音:"有没有把握,山鹰?"

"你要一个活的内线,还是要一个死的内线?"韩光冷冷回答。

"废话,当然要活的!"林锐说。

"活的没问题,但是他下半生只能在轮椅上度过了。"韩光回答。

林锐想想:"总比死在这里强!——准备出击,抢回内线!"

"连长,还有一个人质呢?"孙守江问。

"那是他们剩下的唯一盾牌了,他们不敢杀她。"林锐说,"我们再找机会,现在先救一个出来!"

韩光举起狙击步枪,十字环下挪,对准了虎鲨的左腿膝盖。

虎鲨哆嗦着："蝎子，你到底有没有把握？"

"我说了，在他们眼里你是自己人！"阮文雄躲在他的身后，"他们不敢开枪……"

砰！

韩光果断扣动扳机。

虎鲨的左膝盖中弹，腿被打断了。他惨叫一声瘫在地上。阮文雄的半个身子露了出来。

蔡晓春抓住机会，果断射击。

阮文雄何等机灵？他在虎鲨中弹的同时已经向侧面倒下。蔡晓春的两发自动步枪子弹打在他的左胳膊上，他叫了一声捂住伤口："撤！撤退！"

雇佣兵们拉起来人质，往深山里面跑。

特种兵们快速跑过来，都不敢开枪，但是挡住了虎鲨。虎鲨惨叫着，在地上打滚。林锐高喊："卫生兵！卫生兵！给他止血！"

蔡晓春咬牙："妈的！我居然没打着？！"

"他的经验太丰富了！"韩光拍拍他的肩膀，"你尽力了！"

卫生兵在给虎鲨止血，做紧急包扎处理。虎鲨瞪大恐怖的眼，看着这些中国特种兵。卫生兵笑笑："没事，你安全了！我们会带你回祖国！欢迎你回来！"

虎鲨哆嗦嘴唇，不敢说话。卫生兵给他包扎，虎鲨惨叫一声："啊——"

林锐看着前面："呼叫直升机，我们先带他回去！让海军陆战队继续搜索，包围！他们的活动空间越来越小了，跑不了的！"

"是！"电台兵开始高声呼叫。

虎鲨睁着惊恐的眼，一时间不知道该怎么办。

12

超黄蜂直升机在空中飞翔。

机舱内，虎鲨得到了卫生兵的细心照顾。他一直睁着惊恐的眼，看着面前这些带着笑容的中国陆军特种兵。

"哥们儿，没事了！"孙守江拍拍他的肩膀，"你是好样的！"

韩光没有笑容，盯着虎鲨的眼。

"你在看什么？"蔡晓春问。

"我觉得他有点奇怪。"韩光说，"他能够给我们那么多准确的情报，怎么会见了我们怕成这样？"

"是人都有害怕的时候，你说过。这么乱的战斗，他的胆子估计都吓破了。"蔡晓春说。

"但是他一直都表现得很勇敢啊？"韩光纳闷儿，"现在我们救他出来了，他没必要这样？"

蔡晓春也转脸看虎鲨。

虎鲨看着他们俩，很紧张。

"除非……"韩光的眼里一闪，"他换了衣服！"

虎鲨毕竟是老江湖，韩光盯着自己看就知道要坏菜。而且他也知道，这个假卧底的身份根本骗不过去，所以他一直在寻找机会。卫生兵在他跟前忙活，挂在腿部快枪套的92手枪一直在他眼前晃。

韩光的话刚刚脱口而出，虎鲨已经拔出卫生兵的手枪。

"你干什么？"卫生兵纳闷儿。

砰砰！

连续两枪，卫生兵睁着眼胸部中弹，不相信地看着虎鲨倒下了。

"坏了！"林锐从舱门回头，大惊失色。

虎鲨再次举起手枪，对准了正在抄起身边自动步枪的蔡晓春。韩光的枪是狙击步枪，在机舱内展开不了。他正在拔手枪，见状立即闪身挡住了蔡晓春。

砰砰！

韩光背部中弹，蔡晓春大喊："山鹰——"

韩光慢慢倒下了，还睁着眼。

"控制住他———"林锐高喊。

孙守江和雷鸟直接扑上来，按住了虎鲨。孙守江夺过手枪怒吼："你他妈的吓迷糊了吧？！我们是中国陆军，不是雇佣兵！"

"闪开——"

蔡晓春瞪着血红的眼举起95自动步枪。

"不要开枪！"林锐高喊，"他是我们的卧底！"

但是已经晚了，蔡晓春对准虎鲨的胸膛扣动扳机。子弹是连发的，嗒嗒嗒嗒！

虎鲨的胸膛被打了个稀巴烂，在弹雨当中抽搐着。

"啊——"

蔡晓春的眼中含泪，扣动着扳机。

嗒嗒嗒嗒……

队员们都傻了。

韩光躺在机舱里面，背部还在流血。

蔡晓春的子弹打完了，他的右手食指还扣着扳机。

枪口还在冒烟。

"他妈的乱套了！"林锐一把拽下自己的帽子，"下了他的枪！"

孙守江蹲在蔡晓春面前："秃鹫……"

蔡晓春的眼中慢慢溢出眼泪。

孙守江伸出手，慢慢接过蔡晓春的冲锋枪。蔡晓春一动不动，孙守江又拔出他的手枪，同情地看着他。

蔡晓春慢慢转脸，看着正在被队员急救的韩光。他一下子哭出来："山鹰——"

他冲上去抱住了脸色苍白的韩光，泪流满面："山鹰——你不能死啊——我们说好的，要在一起！我们还要一起追她呢？——你不能死……"

雷鸟抱住了蔡晓春："你让开！秃鹫，他需要急救！"

两个队员扑上来，抱着蔡晓春推倒按住。蔡晓春看着躺在地上两眼无神的韩光，流着眼泪，脸部扭曲着：

"山鹰——你不能死——"

林锐看着混乱不堪的机舱，到处都是鲜血和弹壳。他又看死掉的虎鲨，小庄蹲在他的身边，抬头看他摇头。

他一拳打在舱门上：

"向指挥部报告，我们打死了内线。"

蔡晓春哭着，喊着，伸手想去抓躺在血泊里面的韩光：

"山鹰，你不能死……我们说好的，要一起去追她……"

第十一章

——★——

1

医院船的甲板上已经乱作一团。卫生员们匆忙跑着，准备接应直升机。

赵百合、苏雅等来自陆军特种部队的卫生员在刘芳芳的带领下跑上甲板。刘芳芳高喊着："有我们的人受伤！要第一时间抢救！"

"我们的人受伤？"赵百合一愣。

苏雅也一愣："我们的突击队员？"

"是我们的突击队员！你们两个傻站着干什么？跟我走！"

两个女兵都脸色苍白，深一脚浅一脚地跑向已经人头攒动的 H 直升机降落点。

超黄蜂直升机缓缓降落了，机舱里面的血流出来，滴答在甲板上。赵百合脸色发白，腿都软了。孙守江第一个跳下来，嘶哑喉咙："医生——救人——"

"你没事吧？！"苏雅哭着扑过去，抱住了孙守江。

满身是血的孙守江傻眼了："你怎么来了？"

"我们跟医院船来的，大队长让我们来的……"苏雅哭着抱着孙守江，"你没受伤吧？"

"哎呀，你闪开！"孙守江怒吼，"医生——救人，我们的人受伤了——"

苏雅抹着眼泪，被推开了："你没事就好，你没事就好……男人，就得这样的……"

队员们匆匆跳下来，蔡晓春戴着反铐泪流满面被小庄推下来。赵百合跑过去："韩光呢？"

"山鹰……"蔡晓春血污的脸上都是眼泪。

"韩光——"赵百合尖叫着冲过去。

队员们在抬着韩光下来。

"韩光——"赵百合抱住了韩光。他的脸色苍白，闭着眼睛，嘴唇没有一点血色。赵百合流着眼泪，高喊："快！手术室——"

卫生兵们抬下来韩光，放在担架上飞奔向手术室。赵百合稳定住自己，正要往手术室跑。她看见了蔡晓春背后的手铐，一愣："你怎么了？"

蔡晓春怒吼："别管我！去救他——"

小庄推开赵百合："事情比较复杂，你们快去救人吧。"

赵百合看着满身血污的蔡晓春，咬牙转身跑了。

蔡晓春看着赵百合的背影，痛楚地闭上了眼睛。他知道，迎接他的会是一场军法审判。但是他不后悔，因为……那个狗日的内线神经失常，杀了韩光……杀了他的战友，他的生死兄弟，他的……唯一的敌人……他在这个世界上再次变得孤孤单单的。

他不要再这样孤孤单单。

小庄贴在蔡晓春耳边低声说："晓春，我理解你。你也不要让我为难，我们走吧。"

蔡晓春睁开眼，坦然地点点头。小庄在后面抓着他的肩膀，走向医院船的禁闭室。林锐看着被抬走的韩光，看着被推走的蔡晓春，心里说不清楚是什么滋味……自己最好的两个狙击手，居然是这个下场吗？

他叹息一声，稳定住自己："队员修整半小时，补充弹药和食物饮水。我们要再次上岛！接应参谋长！完毕。"

一片明确的回答。

林锐转向浩瀚的大海。

舰队还在停泊，直升机在迅速起降。他的身后，那个倒霉的卧底被抬下来，盖着白布。林锐却看都不想看，他想不通这样一个能够被吓得神智失常的胆小鬼，居然会是功勋卧底？

林锐拿出一根烟，点燃了。他却愣住了，没有抽。这包烟是韩光给他的，是韩光偷偷带到岛上的三五。机灵聪明的韩光……林锐忍住自己的眼泪，抽了一口，让海风吹拂自己粗糙的脸。

2

手术室里面，赵百合忍着眼泪，跟刘芳芳一起抢救韩光。韩光的脸色始终苍白，他背上的枪门是贯穿伤。92手枪的子弹威力很大，打穿了背面的防弹背心，被防惮背心的前面挡住，停滞在体内。刘芳芳处理枪伤已经是驾轻就熟，高声命令赵百合配合工作："镊子！我们要把弹头先取出来……"

手术室外的走廊里面，突击队员们站着或者干脆坐在地下，手里都拿着武器。

他们的脸上身上都是血污，却没有人去擦。苏雅出来，看见他们呆住了。特种兵们默默无言地看着她，苏雅流出眼泪："你们……别在这里等了，去休息一下……"

"我们又要出发了。"孙守江低沉地说，"告诉我，他还活着？"

苏雅流着眼泪点头。

"我们走吧，时间来不及了……"孙守江拿起自己的88狙击步枪，"我们去给兄弟们报仇！"

队员们起身抓起自己的武器，跟着孙守江往外走。

苏雅冲过来抱住了孙守江，流着眼泪贴着他的后背。

孙守江站在那里，想说个俏皮话，却说不出来。他只是干干笑了一下："别这样，这里都是兄弟们……"

"我不管……"苏雅哭着说，"我不管……"

孙守江慢慢掰开她的手，回头刚想说话。苏雅的嘴唇已经覆盖住他都是血污的嘴唇，孙守江瞪大眼呜呜着。苏雅抱着孙守江，哭泣着，咬住他的嘴唇："答应我，你不能受伤……"

队员们默默地看着，跟雕塑一样没有任何表情。

"我会没事的。"孙守江分开她的双手，咬牙出去了："兄弟们，跟着我乌鸡去玩儿命啊——"

苏雅哭着看着孙守江出去，靠在墙上。她的脸上都是血，却顾不上擦。眼泪滑落下来，冲开了血污。

"你不能有事……"苏雅哭着说，"我等你……"

禁闭室里面，蔡晓春双手戴着前铐，暴怒地敲打着铁门："放我出去！我的兄弟们还在拼命！我不能在这里待着——"

执勤水兵同情地看着他，叹息一声背着枪走到那边去。

"放我出去！"蔡晓春高喊，"放我出去！让我和他们在一起……他们需要我……他们……需要我……"

他的喊声变成了哭腔。

甲板上，林锐手持95自动步枪带着自己的队员们大步走向那架弹痕累累的超黄蜂。机舱经过清洗，但是还有浓烈的血腥味。他们压根顾不上这些，陆续跳上直升机。林锐最后一个上了直升机，戴上耳麦："出发！"

直升机旋转着螺旋桨，拔地而起。

他们再次奔赴月牙岛。

另外一架直升机却在缓慢降落。直升机还没停稳，王斌已经跳了下来。他的脚崴了一下，很疼。他顾不上这许多，咬牙一拐一拐地跑向甲板上的水兵："我的人在哪儿？就是那个穿巴西队队服的！"

"在……太平间。"水兵斟酌着说，"我带你去。"

"妈的！"王斌骂了一句，跟着水兵快步一拐一拐地跑向舱口。

走廊尽头传来蔡晓春的哭声和喊声，还有敲打铁门的声音："让我出去战斗吧……让我去打仗……我要跟他们在一起拼命……"

王斌扶着墙站住："那边怎么回事？"

水兵看看他："他是特种兵，误杀了……那个巴西队队服……"

王斌咬牙，捶打一下墙壁："走！"

水兵继续带着他走，走到太平间门口。执勤水兵拦阻王斌，王斌眼睛血红拿出自己的警官证："里面……是我的人！"

水兵仔细看看，还给王斌，举手敬礼。

王斌推开太平间的门，眼泪一下子出来了："9021……"

一具尸体躺在担架上，盖着白布。

王斌快步走过去，含泪慢慢掀开了白布："对不起，我没能带你回家……"

他的脸，随着白布的慢慢掀开，慢慢露出了惊愕的表情。

3

从林里面的阮文雄冷冷看着升空的武装直升机，举起了 SVD 狙击步枪。他瞄准油箱的位置，果断扣动扳机。

砰！

穿甲弹打穿了直升机的油箱。直升机里面开始报警，飞行员急忙喊着："我被打中了，我被打中了！他们打中了我的油箱，我在漏油！我在准备迫降！"

油箱里面的油漏出来，顺着直升机身往下流。

阮文雄迅速装上一颗燃烧弹，再次举起狙击步枪。

飞行员正在努力让直升机寻找空地。

阮文雄再次扣动扳机。

砰！

燃烧弹打在直升机漏油的油箱上。

"轰——"

直升机的油箱开始着火，直升机旋转着紧急下降。飞行员高喊："我要坠毁了——"

"轰！"

丛林里面升起一团烈焰。

烈焰阻挡了海军陆战队的前进路线……

"走！"阮文雄带着自己的雇佣兵劫持人质，快速穿越开阔地，跑向前面茂密的丛林。

"他们在山上！给我打——"林锐高喊。

机枪手抱着95轻机枪开始点射，粗壮的枪声响彻丛林：嗒嗒，嗒嗒嗒嗒……

跑在最后的Leon中弹，他惨叫一声倒下了。阮文雄不敢有丝毫犹豫，带着其余人没命地跑。只要进了前面的树林，就有活路。但是特种部队的机枪手也不是吹的，800多米的距离，精确的点射封锁了前面的开阔地。阮文雄带着自己的雇佣兵跳过灌木丛，藏在洼地里面。

机枪子弹密集打来，他们低着脑袋，泥土在头顶飞落。

阮文雄举起狙击步枪，快速蹲起来瞄准机枪手，扣动扳机。

机枪手头部中弹，猝然栽倒。

"狙击手——"林锐高喊。

队员们立即卧倒。孙守江举起狙击步枪："报告目标位置——"

雷鸟拿着激光测距仪："我在寻找——我们是逆光！不是有利位置！"

"找到他！"孙守江顾不了那么多了，端着狙击步枪在寻找。

阮文雄抢先一步找到了雷鸟，瞄准了他的脑门。

孙守江在横向步枪移动当中找到了阮文雄，抢先开枪。

砰——

子弹打在阮文雄的狙击步枪旁边石头上跳弹。

阮文雄扣动扳机，跳弹让他分心。

砰——

雷鸟手里举着的激光测距仪被打中了，半个激光测距仪没有了。

"你没事儿吧？！"孙守江偏头看。

"没事儿！"雷鸟高喊，"你快射击目标！"

孙守江再次举起枪来。

阮文雄的身影一下子消失了。

"该死！"孙守江怒骂，"他跑了！"

"卫生兵！报告伤情！"林锐起身拿起武器，"其余人跟我上——抓住他们的尾巴了，一定不能让他们溜掉！"

卫生兵跑过去检查机枪手，抚摸他的脖子动脉，抬头："他牺牲了。"

"妈的！给我往死里面打！"林锐怒喝，"追上去——"

孙守江拉起雷鸟："你没事吧？"

"你救了我！"雷鸟握住孙守江的手。

"别说这些没用的了！"孙守江高喊，"没有受伤就去战斗！我们走！"

雷鸟提起自己的 95 自动步枪，跟着孙守江冲上前去。

土家族的尖兵一个箭步，跳进刚才雇佣兵隐蔽的树干后面洼地。又有两个突击队员上来，跳入洼地。

"引爆！"阮文雄高喊。

他们在前面几百米外的树林里面，爆破手按下按键。

"轰——"

两颗扇形防步兵地雷爆炸了，巨大的爆炸冲击波掺杂着钢铁弹片和钢珠。3 名突击队员的身体都飞起来，千疮百孔地落在下面的地上。

林锐高喊："烟雾弹——"

小庄顾不上哀伤，掏出两颗烟雾弹一起扔过去。

噗噗！两颗烟雾弹迅速喷出浓雾，形成了视觉屏障。

"跟我上——"林锐起身抓着 95 自动步枪，带着队员们冲入烟雾。

原本对蝎子的一点点恻隐之心彻底消失了。现在不是你帮我们的时候了，我们有了血海深仇！你打死了我们的人，就算天涯海角，我也要把你们碎尸万段！

林锐带着小庄等突击队员冲上山头，一起对着密林射击。

嗒嗒，嗒嗒，嗒嗒嗒嗒……

阮文雄带着部下在疯狂逃命，弹雨覆盖过来。Wairado 负责压阵，被打中腿部栽倒。Simon 回头："Wairado——"

"你们撤！别管我——"Wairado 高喊。"我腿受伤了，跑不动了！"

阮文雄一把抓住往回跑的 Simon："来不及了！"

Simon 看了 Wairado 一眼，咬牙跟着阮文雄往前跑去。

Wairado 举起 AK74，对准跑到跟前几米地方的特种兵开枪射击。嗒嗒……一声清脆的点射，第一个特种兵胸部中弹倒地。但是更多的特种兵涌上来，按住了 Wairado。小庄举起枪托："操你大爷——"

啪！砸在 Wairado 的头上。

Wairado 惨叫着，高喊着："蝎子——"

阮文雄回头，看见 Wairado 被几个特种兵按住了，在上背铐。他拿起狙击步枪，对准 Wairado 的脑袋。

Wairado 挣扎着，被铁钳一般的手死死按在地上。

砰——

他的脑袋开花了。

特种兵们急忙闪身到隐蔽处，孙守江举起狙击步枪寻找阮文雄的身影。

阮文雄又开始急促地快跑，跳跃着躲避狙击步枪的追击。

孙守江连续三枪，都没有打中无规则变换跳跃方向的阮文雄。他更换着弹匣："他妈的！他比泥鳅还滑！"

"我们追上去！"林锐怒吼，"通知野狼在前面拦截！无论如何不能让他们跑掉！"

队员们提起武器，跟着林锐冲入密林。

4

"他不是9021！"

王斌大声说，一把放下白布："这是个海盗！他穿了9021的衣服，9021在哪里？！"

水兵哪里知道？

王斌大步走向禁闭室："把门给我打开！"

执勤水兵不敢开，王斌怒喝："我是国家安全部的，我要讯问他！把门给我打开！"

执勤水兵看着他拿出来的警官证："我，我做不了主……"

"有问题我扛着！"王斌抢过他手里的钥匙，两下打开门。

蔡晓春站在里面，看着出现在自己跟前的王斌。王斌匆匆地问："他不是我们的人，这是怎么回事？9021在哪儿？"

"我也不知道……你只让我们保护穿巴西队服的。"蔡晓春说，"我们按照你的指示去做了……我们谁都不认识他。"

"妈的！"王斌急忙打开蔡晓春的手铐："你受委屈了，他是个海盗！我马上向指挥部报告，你没事儿了！"

"韩光在哪儿？"蔡晓春问。

"哪个韩光？"王斌不认识。

"我的狙击手！"蔡晓春说。

"在那边手术室……"水兵指着方向。

蔡晓春丢开手铐，推开王斌和水兵，冲向手术室。手术室的灯亮着，他只能站在门口急促呼吸着。苏雅拿着血浆袋过来："你……你没事儿了？"

"他怎么样了？"蔡晓春着急地问。

"还在抢救，但是活着……"苏雅说，"他失血过多，我们正在给他输血……"

"我的血型和他的一样！"蔡晓春捋起来自己的袖子，"输我的！我的血新鲜，你这是刚从冰箱拿出来的！"

苏雅着急地说："哎呀！你也很累了，不能抽你的血！"

"他替我挡了枪！两枪——"蔡晓春怒吼，"这血是我欠他的！你明白吗？"

苏雅脸都吓白了。

"对不起，我太激动了……"蔡晓春流出眼泪，"抽我的血吧……"

门开，刘芳芳站在门口："你在等什么？！"

"他，他要输他的血……"

"那就进来！"刘芳芳着急地说，"他们每个狙击手小组的血型都是一样的，就为了今天！"

蔡晓春急忙进去。

韩光的心跳微弱，心电图显示波动很小。赵百合在准备输血，看见蔡晓春进来愣了一下。蔡晓春伸出自己的胳膊："抽我的血！他缺多少，就抽多少！"

赵百合含泪，拿起酒精棉擦拭蔡晓春血污的胳膊。用了很多的酒精棉，因为他的胳膊上都是血。蔡晓春坐在那里，看着血污的酒精棉在盘子里面，一团一团高起来，声音嘶哑："都是他的血……"

赵百合一下子眼泪出来了，她忍着继续擦拭。

蔡晓春抬眼，看着赵百合："他喜欢你……"

赵百合瞪大口罩后的眼。

"他的遗书……是写给你的……"蔡晓春声音颤抖着说，"他不敢告诉你……

"我替他告诉你……"

赵百合的脸色苍白，眼泪吧嗒吧嗒落下。

"虽然他是刺客，但是他的胆子很小……"蔡晓春含着眼泪看着脸色苍白，昏迷当中的韩光："他不敢告诉你……他的胆子怎么这么小，怎么这么小……我也是刚刚知道，我以为……他什么都不怕……"

赵百合噙满眼泪，低头继续擦拭他胳膊上的血污。

针管扎进蔡晓春的血管，他的眉头连皱都没有。

针管扎进韩光的血管，他在昏迷当中没有感觉。

鲜红的血液瞬间充满了输血管。

蔡晓春闭上眼，让眼泪静静流淌："山鹰……这一次，是我让你……因为……我们是兄弟……"

韩光静静躺着，脸色苍白。

蔡晓春的血，流进了韩光的体内。是的，他们不仅是敌手，也是战友……还是兄弟，血肉相连的生死兄弟……漫漫人生长路当中，有几个人会在枪口对准自己的时候挺身而出，替自己挡住子弹？有几个人会把自己的鲜血，毫无保留地输给对方？

兄弟，这个普通的中国词组，包含了太深厚太复杂的感情。

很多年后，当韩光和蔡晓春成为敌人，他们是否还记得曾经的这一幕？没有人知道，也许这种感觉，只有当事人最清楚，也许连他们自己都不清楚，因为感情的事情，没有人说得清楚。

5

海军陆战队慢慢从丛林当中显身出来，包围了这座荒芜的教堂。虎鲨没有说错，这是一个绝密的隐藏地点——身处山谷之中，路早就长满了丛林杂草，教堂屋顶被厚厚的树冠遮盖，从空中根本发现不了。如果不是走近这里，也根本发现不了，丛林当中还有一座石头堡垒一样的教堂。

但是，这里也是死地。

如果早就藏身在这里，很难说是不是可以躲过海军陆战队的立体搜索。但是陆军特种兵追赶得太紧了，以至于他们根本就没有摆脱的机会。枪林弹雨，好几个人都挂花了，还带着一个女人，根本就跑不动了。他们只好且战且退，躲进了这座石头垒成的教堂。

教堂长满杂草，但是空间很大。墙壁也够厚，可以抵挡住子弹。射击视野也还凑合，加上都戴着夜视仪，天黑以后还能抵挡一阵。

但是……他们完了。

暮色当中，蝎子坐在十字架的耶稣下面，抱着自己的SVD。他看着自己的这些部下们，基本上都挂花了。

Brown，Wairado，Leon，Ivan——

再也见不到了。

Alex躲在教堂高处的窗户阴影里面，观察着外面的动静："起码有一个营的海军陆战队……他们没有带重武器，蝎子……"

"没有用了。"阮文雄喝了一口伏特加，"重武器很快就会上来，我们完了……"

"头儿，你从不说丧气话。"Simon在他对面笑着，他的胸部扎着一条绷带，脸色苍白。子弹打穿了他的胸部，但是没有伤到内脏。他的笑容还是那么俏皮，只是阮文雄看着有一丝心伤。

"我们完了，Simon。"阮文雄苦笑一下，"对不起，我对不起你……对不起大家……"

"我们没完，到地狱还是要战斗。"Simon笑着说，"我们是雇佣兵，我们就是战斗的命……这都是你告诉我们的,头儿。"

阮文雄无力地笑笑:"干杯,Simon……"

Simon接过阮文雄甩来的伏特加,喝了一口,辣得要命。他笑:"头儿,我好多了!要不这样,我们回头到非洲,我请客!喝粟酒,再找几个黑妹……我们大家好好乐乐……"

阮文雄笑得很凄惨:"Simon,你是好样的……我为曾经和你在一起战斗自豪……"

"我也为你自豪,头儿。"Simon笑笑,"只要你不再时刻惦记拿你那匕首划我的脖子。"

"再也不会了,Simon……"阮文雄笑得很温情,"再也不会了……"

外面天色在渐渐暗下来,包围的海军陆战队越来越多。黑夜丛林是这些雇佣兵的天堂,他们要防范可能出现的突围。林锐知道,这个突围不可能再出现了。他带着自己的小队穷追猛打,一直把他们打进了教堂。他知道他们挂花不少,而且子弹也差不多了,不足以再支撑一次像样的战斗。

现在,所有的救援部队投鼠忌器。

因为人质还在里面。

陈勇看看手表:"我们天黑以后,发动营救行动。我带的小队担任主攻,你们策应。"

林锐点点头,他的小队损失很大,战斗力打了折扣。陈勇带的小队还是斗志昂扬,兵强马壮。虽然海军陆战队跃跃欲试,但是救人的事情是不敢交给他们的。这点团长也是聪明的,所以没有要求,只是说完事以后海军陆战队负责清场。

是的,这个要求不过分。因为雇佣兵打死了他们不少人,这个仇恨是刻在骨子里面的。林锐的小队也损失了好几个,但是他却很难恨起来……虽然这些是敌人,杀敌是不会留情的;但是战士也是有感情的,林锐自己清楚,如果不是阮文雄从一开始就照顾他们,自己活不到现在,自己的小队早就全军覆没了。

只能说……这是命运的安排。

"他们不会拿这个人质威胁我们的。"

林锐突然嘶哑声音说。

"为什么?"陈勇问。

"他们是雇佣兵,不是恐怖分子……"林锐说,"他们会放了人质,然后跟我们血战到底……"

陈勇回头看看跃跃欲试的海军陆战队,苦笑:"如果人质放出来,打进去的不会是我们。是他们……"

"都一样,他们都完了。"林锐的声音很飘,"海军陆战队会把他们灭掉,什么都不剩下。"

"你怎么了？心软了吗？"陈勇问。

"不是，你要我进去杀敌，我不会犹豫。"林锐摇头，"我只是同情他们，他们只是想活……他们一直在躲避我们，我们却不可能放过他们……"

"一会儿你别策应了。"陈勇说，"你这种状态很不对。"

"我真的没事，我分得很清楚。"林锐淡淡地说，"这只是战士和战士之间的惺惺相惜罢了，我不会心软的。"

教堂顶部，躲在角落的 Alex 打着灯语。

"他们要求谈判！"后面的一个海军陆战队军官高喊，"点名要林锐进去！"

"我去！"林锐起身。

"你不能去！"陈勇抓住林锐。

"他们不会杀我的……"林锐说，"没有意义了，他们只是想让我把人质带出来。"

"你怎么知道？"陈勇问。

"因为……我们是战士……你也知道，只是你是参谋长，你不敢说罢了。"林锐推开陈勇的手，"我们是中国军人，这一点我很清楚。所以你不用担心我，参谋长。毕竟，我们在策划一场精锐战士的葬礼……我们让他们死得痛快些……"

陈勇默默无语，看着林锐大步走向教堂门口。

林锐脸色铁青，走进教堂。里面没有灯光，擦黑当中，只是可以看见角落四处散布的人影和武器的剪影。他站在教堂的走廊，淡淡地说："我是林锐。"

"我是蝎子。"

一个黑影站起来，目光很亮。

林锐和阮文雄默默对视着。

"你叫我进来，有什么话，说吧。"林锐的声调很平淡。

"能不能给我们一条活路？"阮文雄问得很诚恳。

林锐苦笑一下："你说呢？"

"我是他们的头儿，所有的罪责我承担。"阮文雄说，"我跟你们走，接受你们的审判，死刑……枪毙，注射，绞死……什么都可以。只要你给我的部下一条活路，我可以告诉你们想知道的任何情况，并且接受一切结局。"

"蝎子！"

Simon 高喊。

"Simon——我已经决定了。"阮文雄说，"林锐，我想你们也很关心 AO 的运作，训练体系，编制，活动方式……我都可以告诉你们，然后接受你们的审判。"

林锐摇头："没有可能了，蝎子。"

"可是我放过你们很多次！"阮文雄激动地说，"你们上岛的时候，只要我一个命令——只要我一个命令，你们 15 个人全都会挂在那个悬崖下面！你们通过沼泽地的时候，我的狙击步枪就对着你，对着你们每一个人！甚至是你们发动进攻的时候，你们就在我们的火力范围内，我让你们去救人……当你们弹尽粮绝，我甚至出手帮助你们……难道，就放过我的这些部下一次都不可以吗？"

"我是军人，蝎子。"林锐尽量让自己的声音平缓。

阮文雄知道他的这句话意味着什么，沉默。

"你偷袭我们的船，杀了我们的船员，绑架了他们，带到了这个岛……"林锐缓缓地说，"你们还杀了海军陆战队的不少官兵，还杀了我的部下……你告诉我，你让我怎么放过你和你的部下？就算我不追究，我的部下能允许吗？我的军队能允许吗？我的国家能允许吗？"

阮文雄平静地看着林锐："既然这样，我们没什么好说的了。"

"人质呢？"林锐问，"人质你们不交给我带走吗？"

阮文雄凄惨地笑了一下："你果然很聪明，了解我都想些什么……我们是雇佣兵，不是恐怖分子……Simon，给他人质。"

Simon 勉强地站起来，推着女人走过来，推到林锐怀里："这是你的人，上尉。"

林锐抱着这个女人，看着阮文雄："你还有什么要说的吗？"

"没有了，林锐。"阮文雄笑笑，"你们出去吧，我和我的部下要单独待着。"

林锐的心里有些发酸："我给你们一个小时的时间考虑……要不要出去投降。我保证你们会受到公正的待遇，并且会得到中国法庭公正的审判。如果你们选择不，一个小时以后，海军陆战队会打进来，你们全部都会完蛋。"

"你觉得可能吗？"阮文雄说，"我们是雇佣兵，林锐。我们不受到任何公约的保护，即便你们给我们公正审判……一个雇佣兵，会去上法庭吗？我们生来就是打仗的，替谁打仗都一样。今天，我们走到了生命的尽头。我们也会用战斗的方式来告别我们的生命，这是我们早就做好的选择。你走吧，林锐。"

林锐看看他们，转身带着女人往外走。

"林锐，难道临走也不给我敬个军礼吗？"阮文雄高声问。

林锐回头："对不起，蝎子……我是军人，你不是。"

阮文雄的心被什么刺了一下，苦笑点点头："再见，林锐。"

"再见。"

林锐抱起来女人，大步走向外面。教堂的门打开，外面的探照灯打亮了他的身影。他大步走出去，走过如临大敌的海军陆战队员，把女人交给卫生兵："用直升机尽快送她到医院船上。"

陈勇看着他出来，并不意外："谈完了？"

"完了。"林锐说。

教堂的门从里面关上了。

"没我们的事儿了……"陈勇说,"海军陆战队会接手的,我们走吧。"

林锐回头看着教堂:"我想等到战斗结束以后。"

"为什么?你想看着他们被歼灭吗?"

"这是我对他们的尊重。"林锐说,"对敌人最好的尊重,莫过于亲手打死他们;如果不能,我就亲眼看着他们战死。"

教堂里面,雇佣兵们在检查最后的弹药。Simon 看着大家,笑:"别那么灰心丧气,我们还有的是仗要打呢!"

Alex 看着十字架上的耶稣,颔首祈祷。

"做个祈祷吧。"阮文雄起身,"让我们的灵魂得到宽恕。"

雇佣兵们起身,跪在上帝面前,默默祈祷。

"我们是不是该说说悼词?"Alex 抬头问。

"谁会这个?"Simon 问,"我是记不住了。"

雇佣兵们左右看看,都是杀人的材料,谁会悼词?谁以前也没干过牧师。Simon 笑笑:"那我们就来个战士的悼词——Brown 喜欢唱的《血流成河》,你们都会吧?"

阮文雄苦笑,这个大家倒是都会。

"来吧,兄弟们!让我们为自己祈祷吧!"他开始唱起来。前面是独唱:

"He was just a rookie trooper and he surely shook with fright.

He checked off his equipment and made sure his pack was tight.

He had to sit and listen to those awful engines roar.

He ain't gonna jump no more."

血污满身的雇佣兵们张开嘴,开始声音嘶哑地合唱:

"Gory, gory, what a hell of way to die.

Gory, gory, what a hell of way to die.

Gory, gory, what a hell of way to die.

He ain't gonna jump no more."

歌声当中,Simon 露出笑容,他提高了声调,声音也变得洪亮:

"Is everybody happy? Cried the sergeant, looking up.

Our hero feebly answered, 'Yes', and then they stood him up.

He jumped into the icy blast, his static line unhooked.

He ain't gonna jump no more. "

雇佣兵的声音也逐渐不再嘶哑，提高了声调：

"Gory, gory, what a hell of way to die.

Gory, gory, what a hell of way to die.

Gory, gory, what a hell of way to die.

He ain't gonna jump no more. "

歌声传出来，陆军特种兵和海军陆战队员们默默地听着。他们都没想到，这些陷入绝境的雇佣兵会唱歌。虽然大多数听不懂，但是都知道这是部队行军歌曲。个别了解美军的干部听出来，这是美军王牌部队 101 空中突击师的士兵歌曲，这是著名的《血流成河》。

"他们不会投降的……"林锐淡淡地说。

"我们去准备。"海军陆战队营长转身走了。

歌声当中，海军陆战队员们默默收拾自己的武器，甩掉背囊。

教堂里面，Simon 和他的兄弟们还在放声歌唱：

"He counted long, he counted loud, he waited for the shock.

He felt the wind, he felt the cold, he felt the awful drop.

The silk from his reserve spilled out and wrapped around his legs.

He ain't gonna jump no more. "

阮文雄跟着他们一起唱着合唱部分：

"Gory, gory, what a hell of way to die.

Gory, gory, what a hell of way to die.

Gory, gory, what a hell of way to die.

He ain't gonna jump no more. "

Simon 好似忘却了身上的伤痛，忘情地歌唱：

"The risers swung around his neck, connectors cracked his dome.

Suspension lines were tied in knots, around his skinny bones.

The canopy became his shroud, he hurtled to the ground.

And he ain't gonna jump no more. "

雇佣兵们也变得高昂起来：

"Gory, gory, what a hell of way to die.

Gory, gory, what a hell of way to die.

Gory, gory, what a hell of way to die.

He ain't gonna jump no more. "

外面，林锐看着漆黑的教堂："给他们祈祷的时间吧。"

"你说过给他们一个小时，我们给足他们。"海军陆战队营长说，"他们没有难为人质，我们也给他们足够的尊重。"

林锐点点头，目光炯炯地看着漆黑的教堂。

歌声还在传出来：

"The days he lived and loved and laughed kept running through his mind，

He thought about the girl back home，the one he left behind.

He thought about the medicos and wondered what they'd find.

And he ain't gonna jump no more.

...

The ambulance was on the spot，the jeeps were running wild.

Thc medics jumped and screamed with glee, rolled up their sleeves and smiled.

For it had been a week or more since last a 'chute had failed'.

And he ain't gonna jump no more

...

He hit the ground，the sound was 'Splat'，'his blood went spurting high.

His comrades they were heard to say, 'A helluva way to die.'

He lay there rolling round in the welter of his gore.

And he ain't gonna jump no more.

There was blood upon the risers, there were brains upon the' chute.

Intestines were a−dangling from his paratrooper's suit.

He was a mess, they picked him up and poured him from his boots.

And he ain't gonna jump no more.

Gory, gory, what a hell of way to die.

Gory, gory, what a hell of way to die.

Gory, gory, what a hell of way to die.

He ain't gonna jump no more..."

　　教堂外面，所有的战士都默默听着，无论是绿色迷彩服还是蓝色迷彩服，无论是陆军特种兵还是海军陆战队。仿佛此刻一切都凝固了，又仿佛他们想起来自己最初的军旅岁月。一种情绪在内心深处流动，仿佛这些骁勇善战的战士在某种程度上心里的东西是相通的，是可以超越国籍和语言的。

　　　附

Blood Upon The Risers

（《血流成河》，美军 101 空中突击师士兵队列歌曲译文）

　　Blood Upon The Risers，这首歌的旋律最早出现在 19 世纪 60 年代，但是 100 多年以来被多次重新填写歌词。除了这个版本之外，还有一个赞美诗版本 *Battle Hymn of the Republic*。曼联队的队歌 *Glory Glory Man United* 也是用的这个旋律。

　　二战时期，美军 101 空降师的士兵重新填词，成为该师士兵进行曲。诙谐的旋律，歌词却非常血腥，这是美军特殊的自嘲风格。101 空降师在战后改编为 101 空中突击师，虽然还有伞降训练和行动，但是直升机成为该师的常用装备。这首歌作为军队传统的一部分保留下来，用以激励士气。

　　译文大致如下：

　　盖瑞，盖瑞，他妈的糟糕的死法；盖瑞，盖瑞，他妈的糟糕的死法；盖瑞，盖瑞，他妈的糟糕的死法。他再也不用跳伞了"有人高兴吗？"军士长大声喊着看去，我们的英雄们微弱地回答：是！然后他们使自己站起来，跳进冰冷的疾风中，降落伞从伞钩上解脱。他再也不用跳伞了。

他用长长的洪亮的声音数着，等待开伞那一刹的强大震动，他感觉到风，感觉到寒冷，感觉到可怕的下降，伞从伞包冲飞出，将他的腿缠绕。他再也不用跳伞了。

伞绳缠住他的脖子，将他包裹在伞篷中，伞绳死死地缠绕在他瘦弱的身体上，伞衣成了他的寿衣，他高速坠向地面。他再也不用跳伞了。

那天他还想着生活、想着爱情，欢笑着飞奔，他想带女孩回家；他左后面一个兄弟在想军医如何能找到他。他再也不用跳伞了。

脚下有了平衡，吉普在野地上飞驰，军医跳了下来，苦笑着卷起袖子；为了这个从一周前甚至更长……

自从降落伞失效后。他再也不用跳伞了。

他砸在地面上，传出液体飞溅的声音，鲜血从他身上高高地喷出，他的战友中有人说了声："这是个糟糕的死法！"他再也不用跳伞了。

鲜血粘在伞绳上，脑浆在……降落伞上，肠子挂在伞兵衣外摇晃，他是一团糟了，将他收敛起来，把曾是他脚的部分血肉从他靴子里倒出来。他再也不用跳伞了。

（该译文来自网络，后经英国 SBS 特种部队华裔老兵修正翻译不甚准确的部分。特此鸣谢）

6

阮文雄冷冷地往弹匣里面压最后的子弹，其余的雇佣兵们也都戴着夜视仪，在黑暗当中做着准备工作。他们不需要什么语言的交流，因为这是最后的战斗……他们的军事生涯最后一场表演，要力争打得精彩；全力作战，也是对敌人的尊重。

Simon 压好了弹匣，检查自己的 M4A1 卡宾枪。他挂着枪起身，枪托却触碰到地面显得空洞洞的。

他一愣，低头拂开杂草。有个铁环？他拉住铁环，使劲一拉。

咣当！一块石板掀开了。

尘土飞扬，大家都举起武器，吓了一跳。

阮文雄急忙拔出手枪过去。Simon 抬眼看看他，打开 M4AI 卡宾枪的战术手电，伸进去四处照射："地道？！"

真的是个地道！

货真价实的地道！

雇佣兵们惊喜地凑过来，都打亮自己的手电照射里面。地道很深，直着下去，有嵌在石头上的梯子。大概 10 米深的地方，可以看见地道的拐角。更深的地方看不见了，也不知道是死地道还是活地道。

Simon 拿出 zippo 打火机打着，丢了下去。

打火机在地道摔倒，没有熄灭。微风吹来，火焰在微微飘动。

"里面有风，是通的。"David 说。

"我们下去！"阮文雄惊喜地说，"我们得救了！"

但是大家都没有动。

"你们怎么了？"阮文雄纳闷儿，"真的要死在这里吗？"

"头儿，我们走不了。"Simon 说，"外面是好几百海军陆战队，海上还有舰队……我们就算下去，无非是拖延挂的时间罢了……我们逃不出这个岛的，子弹也要打光了，身上都挂花……"

"只要有机会，我们就要尝试！"阮文雄说，"Simon，难道你忘记了吗？我怎么教给你们的——尝试一切可以生存的手段！"

"我们不能全军覆灭……"Alex 嘶哑地说，"我们得有一个人活着出去，照顾我们的家人。"

阮文雄诧异地看着他们："我们都能活下去的！你们怎么了？丧气了吗？"

"我们跑不动了，头儿。"James 说，"我们的伤已经不能在林子里面战斗了。"

"我们一起走，只有死路一条"

"那我们就在这里等死吗？！"阮文雄怒问。

"不，头儿。"Simon 奇怪地看着阮文雄，"你下去。"

"你说什么？！"

"你下去吧，头儿。"Alex 说，"我们掩护你，拖延时间……他们会以为我们全部战死，你会生存下去的。"

"你们都疯了吗？！"阮文雄厉声说，"我们是一个小队，要活一起活，要死一起死！"

"头儿，我们没疯。"Simon 认真地说，"你出去，还能照顾我们的家人……如果有机会，你还可以替我们找 AO 报仇……虽然我知道机会渺茫，但是最合适的人，也确实只有你。我们当中任何一个人，都不具备你的素质、你的头脑……还有来接你的船，是你的女人开的，我们不认识她……她不会带我们任何一个人离开的……头儿，只有你了……"

"不行！"阮文雄说，"要走一起走！要死一起死！听我命令，重伤员先下去！"

没人动。

"听我的命令！"阮文雄环顾大家，"你们想抗命吗？！"

Simon 看着阮文雄："对不起，头儿……"

他给 Alex 使了一个眼色，Alex 在后面使劲一推。阮文雄被推进了地道入口，哐当掉在最下面压灭了打火机。

他抬头怒视他们："你们他妈的疯了？！"接着就要往上爬。

Simon 举起了 M4A1 卡宾枪："别逼我，头儿。"

"把枪放下，Simnon!"阮文雄开始往上爬。

Simon 果断扣动扳机，带着消音器的 M4A1 卡宾枪射出子弹，打在阮文雄头顶的墙壁上。

阮文雄本能地手一松，掉下去了。他抬头："Simon! 你对我开枪吗？！你个浑蛋！把枪放下！"

"你走吧，头儿。"Simon 说，"我们可以拖延时间，掩护你……"

"我不！"阮文雄又要往上爬。

Simon 看看大家，拔出自己的手雷，对着下面说："找掩护，头儿。"

"Simon?!"阮文雄瞪大眼。

"你走吧，找掩护，头儿。我要丢下去。"Simon 淡淡地说，"我要炸了这个入口，这样他们就不会发现这个地道。"

"不——"阮文雄抓住梯子要往上爬。

Simon 拉开了手雷的保险栓："找掩护。"

阮文雄瞪大眼。

Simon 松开手雷，丢了下去："再见，头儿。我们爱你……"

阮文雄急忙往地道里面跑去。

手雷旋转着，往下落下。落在地上，还弹了一下。

阮文雄扑向前面的地道，身后"轰"的一下爆炸了。火焰在狭窄的地道蔓延开来，也覆盖了阮文雄的全身。他在地上打滚，熄灭身上的火焰。他一边灭火，一边回头。地道的入口已经被彻底炸塌下来，碎石头挡住了他的视线。他的脸被火焰烧伤了，但是却感觉不到疼。

"Simon！ Alex！ David！"阮文雄扑向那些碎石头，拼命拨着……

7

"现在，我们的时刻到了。"

Simon 坚强地起身，走向尘土覆盖的风琴。

"让我给我们自己演奏一曲《安魂曲》……"

他打开风琴的盖子，试试音准："还凑合，不算特别走调。"他带着微笑弹起了莫扎特的《安魂曲》……Simon弹得很动情，他从未用过这样的心情演奏过《安魂曲》。

嗒嗒……

81-1自动步枪清脆的点射。

Simon一头栽倒在风琴上，一片风琴的杂音，《安魂曲》中止了。

四面八方都出现了海军陆战队员，他们举起手里的步枪。天窗上也出现了海军陆战队员的身影，他们对着里面举起了步枪。

雇佣兵们绝望地举起自己的武器，对着四面八方的海军陆战队员射击……

枪声响成一片，密集的弹雨覆盖下来。地上的雇佣兵们绝望地射击着，被弹雨覆盖的身体抽搐着……

地道里面。阮文雄扒着面前不可能扒通的碎石头，绝望地哭喊着："Simon……Alex……我的弟兄们，我的手足们……"

子弹打在了十字架上的耶稣身上，仿佛上帝也承载了人类战争带来的苦难。

没有几分钟，枪声平息了。海军陆战队员们戴着夜视仪冲进来，搜索残敌。

但是确实没有一个活着的了，全部都挂了。海军陆战队员们踢开他们的武器，报告："控制！""控制！""控制！"

……

外面，林锐叹息一声。

眼里流出一滴眼泪。

只有一滴。

马上随风而逝了。

8

天色拂晓，黄色丝带在旗杆上飘舞着。

王斌掀开尸体上的白布。

9021变得僵硬的脸，眼睛还睁着。

王斌无言地伸出手，抹下他的眼皮。

9021的眼睛还睁着。

王斌转向那条黄丝带，他走向黄丝带，慢慢把它摘下来。他转身走回去，蹲下，把黄丝带重新系在9021的手腕上："这是你妈妈留给你的，戴着吧……"

他系好这条黄丝带，重新抹下9021的眼皮。

9021 闭上了眼睛。

王斌凝视半天，把白布重新盖上起身，转向蔡晓春："谢谢你……没有你的提醒，我找不到他。他就真的变成他乡的孤魂野鬼了……"

大量输血以后的蔡晓春脸色惨白："我们没有做好……"

"你们已经尽力了……"王斌叹息一声，"这是他的命……"

直升机还在月牙岛上空飞翔，海军陆战队员们在陆续下山集结。团长听着参谋长的汇报，纳闷儿："怎么会跑了一个？"

"不知道。"参谋长说，"我们围得水泄不通，都不知道他怎么跑出去的。"

"妈的，见鬼了！"团长骂道，看着苍茫的群山。

"我们还搜吗？"参谋长问。

"搜个屁！他在林子里面，我们要找需要很长时间！撤退，这里不能再多待了，会引起注意的。"团长说，"告诉指挥部，我们的任务完成了。"

"是！"参谋长急忙说，转身跑向电台。

林锐带着自己的队员们坐在阳光下面休息，他们的脸色很差，写满了疲惫。蔡晓春走向林锐，林锐看着他笑笑："委屈你了？"

蔡晓春摇头："连长，那是特殊情况。我不在意，我归队了。"

林锐点点头："跟他们在一起吧。山鹰怎么样了？"

"已经没有生命危险了，但是还在昏迷。"蔡晓春说，"他是全身麻醉，苏醒还需要点时间。"

林锐拍拍他的肩膀："归队，我们出发。"

孙守江抱着蔡晓春的肩膀："我早就知道你没事！我一直跟他们说，像山鹰和秃鹫这么聪明的俩人，绝对不会误杀！他们机灵着呢，都长着三只眼！能看见我们看不见的东西，不跟雷鸟似的，典型的山炮！"

"吽！又关我什么事情啊？"雷鸟不乐意了。

"说你山炮你不乐意啊？"

两人还在吵着，大步跟着林锐跑向超黄蜂直升机。直升机起飞了，蔡晓春和自己的战友们注视着逐渐远离的月牙岛……结束了，一切都结束了。

只是蝎子没找到，他失踪了……

无关紧要了，也许他已经死在林子里了。

谁知道呢？

蔡晓春看着月牙岛逐渐远去，脸上没有任何表情。

9

中国海军舰队撤除了对空对海警戒，开始撤离月牙岛海域。

一直停在警戒圈以外的白色游艇开始高速开往月牙岛。

阿红站在船头，眼巴巴看着月牙岛越来越近……那是一片战争的残骸，到处都是刚刚打掉的残垣断壁……也到处都是堆积在一起的，还在燃烧的尸体……

阿红绝望地发出尖叫："啊——"

船靠岸了，阿红跑上破损的栈桥，跑向那片废墟。

她站在燃烧的尸体堆前尖叫着："啊——啊——啊"

水手在船上同情地看着她。

阿红冲向那片燃烧的尸体，拿起一根大棍子拨开尸体，寻找着……她的脸上已经没有眼泪，只有绝望，深深的绝望：

"啊——"

阿红丢掉棍子，伸手去抓尸体，把他们都分开，好去辨认男人。

我的男人……

阿红绝望地尖叫着："啊——啊——啊——"

一个穿着破碎迷彩服的男人慢慢走出了丛林，站在她的侧面几十米的地方。

阿红尖叫着："啊——"还在寻找着，也不管那些还滚烫的尸体……

"阿红……"

半张脸被烧伤的男人显得很恐怖，他的声音嘶哑。

阿红转脸，看见了他，吓得尖叫："啊——"

"我是蝎子……"

男人看着她。

阿红一下子扑上去，飞一样地扑上去，紧紧地抱住了他的脖子。阮文雄的半张脸被严重烧伤，好在双眼都没事。脸上很疼，但是他忍住了疼痛，让阿红吻着自己的脸。阿红尖叫着，哭着，笑着，亲着，抱着……仿佛一个孩子一样快乐。

而阮文雄的脸上没有一点笑容。相反，他的双眼慢慢溢出泪水。

游艇在海上航行着，阮文雄抱着阿红坐在船尾。他看着一点一点远去的月牙岛，仿佛什么都没发生过一样。再也不会有人知道，这里曾经发生过什么。一切都无声无息，而那些手足……不会再回来。

阿红跟一只猫一样躺在自己男人的怀里，紧紧抱着他的脖子，仿佛一松手他就要消失了一样。阿红闭着眼，轻轻地说："我们到一个没有人认识我们的地方，重新开始……"阮文雄木然地看着月牙岛的远去，没有一点表情。

阿红轻轻唱起一首歌。她的声音柔和，勾起了阮文雄的无限哀愁。

"Đêm đông lao xao, đêm đông nhớ ai?

Đêm đông cô đơn vắng ai?

Cơn mưa lao xao, cơn mưa nhớ ai?

Ôi, hạt mưa rơi khóc thầm!

Anh đang nơi đâu? Anh thương nhớ ai?

Bao đêm cô đơn vắng anh

Mong cho đôi ta, bên nhau mãi thôi!

Cho hạt mưa rơi hết buồn "

歌声当中，阮文雄缓缓拔出了靴子上绑着的匕首。阿红闭着眼，继续唱着。

"Tình yêu như cánh chim trời vụt bay theo gió mãi trôi!

Để bao thương nhớ âm thầm, thiết tha vô bờ

Đèn khuya có thấu hay chăng, lẻ loi tôi đang ngóng trông

Thì mây mưa cứ trôi hoài, khát khao chờ mong

Chợt nghe chư tiếng em cười, cỏ cây như muốn níu chân

Nhẹ nâng câu hát ban đầu, dấu xưa tuyệt vời

Một mai anh sẽ quay về, bờ môi mang bao thiết tha

Bài ca in mãi trong lòng, sẽ không nhạt phai……"

阮文雄注视着自己的文身……

利剑，两条毒蛇，AO……

自己的第二个家……

阮文雄举起匕首，剜去了左臂上的"AO"文身。他剜得很利索，很轻松，好像不是自己的肉一样。阿红急忙爬起来，捂住他的伤口："你干什么？"

阮文雄忍住疼，挤出笑容："没什么。"

"为什么要这样？！"阿红急忙撕掉自己的衣服去给他包扎，"你为什么要这样？"

"我想……重新开始……"阮文雄的脸色苍白。

阿红流着眼泪，点头。

阮文雄却没点头，他咧开嘴痛楚地哭起来……比身上的皮肉伤更疼的是……心里的伤。阿红紧紧抱着他，他也紧紧抱着阿红。

那些手足……再也回不来了……

阮文雄哭得很伤心。自从14岁的那个夏天以后，他再也没有这样伤心地哭过。

10

韩光慢慢睁开眼，看见了眼睛红肿的赵百合。他愣了一下，想坐起来，却浑身痛。赵百合急忙按住他，柔声地："别动……你的伤口在背上，你不能动！"

韩光重新想躺下去，侧脸看见了蔡晓春。他穿着迷彩服，光着脑袋，坐在那里注视着韩光。

"他给你输700CC鲜血，"赵百合说，"从你出了手术室，就没离开过。"

韩光看着蔡晓春，颤抖着伸出右拳。

蔡晓春伸出自己的右拳，跟他的拳头撞击在一起："同生共死！"

韩光说不出话来，只是点头。

蔡晓春看着韩光，露出笑容："你醒了就好，我走了……"

韩光看着他，露出疑惑的神色。蔡晓春在门口回头，笑："她是你的女朋友，我不能在这里当灯泡啊？"

赵百合脸红了："胡说什么呢，你？"

韩光诧异地看着蔡晓春，不知道这是怎么回事。

蔡晓春走过去，蹲下，贴着韩光的耳边："我告诉她……你的遗书是写给她的！"

韩光看蔡晓春，张嘴想说话。

"听着！"蔡晓春很严肃地盯着他，"不许多说什么！你是我的兄弟，你替我挡住了子弹！我欠着你的，欠着你的！"

韩光摇头。

"你这次要听我的，观察手给狙击手指示目标！"蔡晓春说，"我已经给你指示了目标，你要射击！你是百发百中的神枪手，你不会失败的！"

韩光着急地想说话，蔡晓春捂住了他的嘴："韩光，山鹰……别说了，我都知道。我们之间的事情，回去再说。现在，你好好休息，好吗？兄弟，我不能没有你……"

韩光点点头。

蔡晓春松开手，站起来，看着赵百合："好好照顾他……他爱你。"

赵百合的脸更红了，低下头。

蔡晓春转身推门出去了，军靴声在走廊回荡。

韩光看着赵百合，赵百合也看着他。片刻，赵百合打破沉默，羞涩地问："你喝水吗？"

"有句话……我想告诉你……"韩光翕动嘴唇嘶哑地说。

"以后再说，你现在需要休息。"赵百合急忙说，"好吗？回到陆地上，等你休息好再说。"

韩光坚决地摇头。

赵百合蹲下，凑到他的嘴边："那你告诉我，不要大声说。"

韩光翕动嘴唇，艰难地："他的遗书……也是写给你的……"

赵百合呆住了。

"他喜欢你……很久了……"

赵百合彻底地呆住了，不知道自己遇到了什么样的一种情况。

11

"我举起狙击步枪，对准那个蝎子……"

孙守江比画着，苏雅等几个陆军海军卫生女兵在甲板的阴凉地坐着，都聚精会神地看着。

"扣动扳机——叭——就是一枪！"孙守江连说带比画，"你们猜怎么着？"

"怎么着？"苏雅关心地问。

"打他屁股上了！"孙守江大言不惭。

女兵们哈哈大笑。

"这蝎子也不愧是蝎子啊，屁股中弹了还能跑！"孙守江接着绘声绘色，"我是打了一枪又一枪，打了一枪又一枪……"

女兵们都惊讶地看着。

"他比泥鳅还狡猾啊！"孙守江说，"最后——我一枪锁定了他……"

"哎哎！"上面有人喊。

孙守江抬头。

雷鸟跟蔡晓春等几个队员在上面的船舷站着乐。

"干吗啊？"孙守江有点不好意思。

"没事儿，你该换个弹匣了。"雷鸟眨巴眨巴眼，"我数了，你打了十一枪了。"

孙守江不好意思地笑："你们是不是早就跟上面偷听了？"

"就你那点光辉事迹，我们还用偷听？"蔡晓春在上面笑，"苏雅多好一姑娘，怎么那么不开眼跟了你呢？"

"你什么意思啊？"孙守江不乐意了，"敢情我就不是最好的狙击手了？"

"你是'吹客'，比'刺客'牛！"蔡晓春笑，"我们都服你！"

苏雅好奇地问："'吹客'？是哪个部门颁发的？什么荣誉称号啊？有什么来历？"

"我们狙击手连民主评选的，只有孙守江有资格得。"蔡晓春笑道，"我们都不行，狙击手连全连加起来，也不如他一个。走吧，咱们快集合了！"

他带着队员们跳下来，跑向甲板那边。

苏雅问："守江，这'吹客'是什么意思啊？"

其余的女兵已经捂着嘴乐。

孙守江硬着头皮："啊？这'吹客'啊？也是狙击手的一种啊！你看过美国西部电影没？那印第安人，拿着吹筒，对准牛仔就是——噗噗噗！那箭是吹出去的，嗖嗖老远！能飞一千多米呢！"

"啊？真的啊？"苏雅崇拜地看他，"那不是比'刺客'还厉害？"

其余的女兵忍不住了，捂着嘴笑着跑远了。

"你们跑什么啊？"苏雅着急地喊。

"她们……可能是让咱俩多待会儿吧！"孙守江嘿嘿乐，"这不是咱俩刚成吗？"

"你干吗这么看着我？"苏雅害怕了，"大早上的，这有人……哎呀！你早饭吃的什么啊？大蒜……嗯嗯……"

孙守江抱着苏雅狂吻。

甲板上，部队在陆续集合。八一军旗在飘舞，从医院船的甲板上，可以看见各个军舰的水兵们都在陆续列队。两栖登陆舰上的海军陆战队员们穿着海洋迷彩服，手持武器在军旗下列队。直升机编队在舰队上空航行，都是超低空保持和舰队一样的速度。

"我们已经进入中国领海。"林锐低声说。

王斌点点头。

四名穿着白色礼服的水兵肩上抬着一副担架，上面是裹着五星红旗的9021。他的眼睛紧闭着，仿佛带着微笑。

各个军舰拉响了战斗的警报，汽笛一起在大海上空长鸣。

总指挥在两栖登陆舰的舰桥上高喊："全体集合！"

更多的水兵和陆战队员们跑上甲板，迅速列队。

陆军特种兵们在林锐的身后列队，都是穿着迷彩服戴着黑色贝雷帽。

王斌看着9021的脸："你是一个水手……我们把你安葬在祖国的大海，希望你的灵魂陪伴着祖国的大海……"

"鸣响礼炮！"总指挥高声命令。

各个军舰上的舰炮对准天空，开始有节奏地打炮。

轰，轰……

赵百合推着担架上的韩光，出现在舱门。穿着病号服的韩光被推到陆军特种兵的队尾，站在队尾的蔡晓春偏头："你怎么上来了？"

"他非要来。"赵百合躲开蔡晓春的眼，"他说你们都在，他不能不在……你们是战友，是兄弟，是要同生共死的……"

蔡晓春意识到什么，看韩光。

韩光不说话，也不看他，只是看着前方。

蔡晓春无奈地苦笑一下，注视着前方。

赵百合不看他们两个，仿佛在想着什么心事。

四名水兵在礼炮中缓步向前，抬着9021裹着国旗的遗体走向船边。

"扶我起来。"韩光说。

赵百合和蔡晓春一人一边扶起来他，韩光坚持站直了。

蔡晓春松开手，重新面对四个缓缓前行的水兵和9021的遗体肃立。

赵百合左手扶着韩光，右手贴在自己迷彩服的裤缝上，也是目光肃穆。

四名水兵走到船舷边，举起了9021的遗体。他的脸在红色国旗的衬托下显得那么安详，睡得很熟。

"敬礼——"总指挥的声音从喇叭当中传出。

唰——王斌和林锐举起右手敬礼。

唰——他们身后的陆军特种兵和水兵们举手敬礼。

唰——韩光举手敬礼，贴在自己没戴帽子的太阳穴上。

唰——五十多名被营救出来的中国船员敬礼。

唰——全体海军陆战队员行持枪礼。

苏27战斗机四机菱形编队从高空俯冲下来，减速通场。随即再次拉高，消失在舰队上空。

然后，没有悼词，没有语言。四名水兵把担架倾斜，9021裹着国旗的遗体缓缓从担架滑落下去，落入了大海。波浪卷走了他，在一瞬间他就消失在中国领海……

王斌还在敬礼，他的眼泪慢慢流下来。

所有军舰上的信号兵一起打亮灯语：

"祖国——不会忘记你！"

12

3个月以后，巴黎街头。

咖啡厅里，戴着口罩的阮文雄把一个信封塞入阿红的提包。衣着入时的阿红诧异地看他："怎么了？"

阮文雄笑笑："我要去见一个朋友，你在这里等我。信封里面是我刚刚拿到的巴拿马护照，是你的，花高价买的。是真护照，你可以放心大胆地使用。信用卡的名字也改成了你的，有300万美元的存款，足够你用的。"

"你要干吗去？"阿红抓住阮文雄的手。

"我要去见一个朋友。"阮文雄掰开她的手，"你在这里等我。"

"我不！"阿红着急了，"你不是说过，我们重新开始吗？"

"你是我的女人吗？"阮文雄问。

"是。"阿红回答得很干脆。

"那你就在这里等我。"阮文雄再次掰开她的手，"男人要去做事，女人不要多嘴。"

阿红眼巴巴看着他，流出眼泪。

"如果我不回来，你就自己走吧。"阮文雄的内心很酸楚。

"我会等你，一直等你回来。"阿红坚定地说，"你不回来，我就一直等下去……"

阮文雄复杂地看着她，转身出去了。

阿红默默流泪，却一声不吭，坐在那里等待。

阮文雄大步走在街上，戴上了夹克的风帽和墨镜。他的半张脸已经面目全非，看上去阴森可怖，他可不想引起警察的注意。他走向那栋熟悉的写字楼，双手插在夹克里面，握紧了两把装着消音器的P228手枪。

写字楼门口跟别的大厦没有任何不同，但是阮文雄知道这里不仅安装着摄像头，那些穿着保安服装的可不是简单的保安，都是AO的雇佣兵。他熟悉他们，如同熟悉自己一样。所以他没有走正门，而是拐弯走向了后门。那里是车库，相对的戒备要松懈很多。

阮文雄走到车库门口，径直走向车库里面。

保安起身喊他："喂！"

阮文雄抬起夹克里的枪口，噗噗就是两枪。保安倒在岗亭里面，阮文雄拔出双枪，快步小跑进入。他丢掉了墨镜，摘去了口罩，面目全非的半张脸……但是双目依然坚毅，甚至比任何时候都坚毅。

阮文雄跑到电梯跟前，按下电梯键。电梯不一会儿就开了，阮文雄的双枪伸进去。里面执勤的雇佣兵大惊，伸手去拔自己腰间的手枪。但是噗噗两声，他的脑门开花，瘫在地上。阮文雄进去，按下12楼。他两枪打坏了电梯里面的键盘，让外面的人无法上来。

　　阮文雄手持双枪利索地更换弹匣，下面是他的个人表演时间。

　　12楼很快就到了，阮文雄举起双枪。电梯门打开，走廊里面没人。阮文雄手持双枪径直走进去，他看见了摄像头，一枪就打碎了。

　　值班室的雇佣兵大惊，按下警报高喊："入侵者——"

　　手持武器的雇佣兵冲出值班室，跑向电梯的方向。阮文雄迎着他们上去，躲闪都不躲闪，连续开枪。噗噗噗噗……5个冲过来的雇佣兵连枪都没来得及开，全部倒在地上。阮文雄对着他们连连补枪，一直到打光手里的子弹，就丢掉手枪捡起地上的一把M4A1卡宾枪。

　　警报还在凌厉地响着。

　　对面出现两个雇佣兵，阮文雄利索地两枪结果他们。后面传来脚步声，阮文雄一个侧空翻在空中，连看都不看，对着后面就扫去一排子弹。随着一声惨叫，一个雇佣兵捂着自己的腿倒下来。

　　阮文雄对着他打光这个弹匣。

　　雇佣兵倒下了。

　　阮文雄丢掉卡宾枪，走到前面捡起了又一把M4A1卡宾枪，径直走向尽头的会议室。

　　会议室里面，利特维年科上校站在首席，AO公司的董事们都坐在那里，谁都没有害怕，也都没有躲闪。

　　咣当！门被阮文雄一脚踹开，他冲进来举起M4A1卡宾枪："你们——这群猪！"他的眼睛冒火，食指扣在扳机上，对着这群董事们。

　　"你们——出卖我们！出卖我们这些为你们卖命的人！"阮文雄怒吼，"今天，我要让你们付出代价！"

　　"蝎子，你冷静点。"利特维年科上校说。

　　"不！你也出卖了我们——"阮文雄恐怖的脸扭曲着，"我信任你，你却出卖我们——今天，我要让你们所有人……所有人都付出代价！让你们知道，战士是不能被出卖的。"

　　董事们连害怕都不害怕。

　　利特维年科上校拿起遥控器，打开投影。他背后的投影出现了咖啡厅里面的阿红，阮文雄一愣，枪口开始颤抖。

　　"蝎子，还需要我说什么吗？"利特维年科上校很冷峻，"你不了解我吗？"

"浑蛋！"阮文雄的枪口对准他，"你这个畜生！"

"蝎子，如果我想杀你，你根本就不会走到巴黎。"利特维年科上校冷冷地说，"想看看一路上，我们给你拍的留影纪念吗？"

投影上变换着偷拍的照片，都是各种装束的蝎子和阿红。

曼谷……台北……东京……利物浦……马赛……十多个城市一一排列开。

一条完整的逃亡和渗透路线。

"蝎子，放下武器。"利特维年科上校冷峻地说，"你的女人在我们手上。"

"她是我的女人……"阮文雄的眼中涌出热泪，却还是举起了枪口："如果真的要为了我去死，就是我欠她的……她会愿意的……但是，我要杀了你们……

"Simon……Alex……Brown……Wairado……Ivan……James……David……Les……Bobby……Leon……"

他一一说出那十个部下的名字。

"你们杀了他们……"阮文雄的声音颤抖，"我们为你们卖命……付出了一切，你们却出卖我们……出卖了他们，让他们白白地送死……今天，我就告诉你们……雇佣兵的血，也不是白流的……"

利特维年科上校再次举起遥控器。

投影上变换着监视器的画面。

阮文雄呆住了。

黑人小女孩笑着在跟母亲在花园里面逗狗，这是 Brown 的女儿……

白人小女孩在卧室看迪斯尼，这是……Simon……的女儿……

……

"蝎子，我的十个小组，就在监控他们的家人。"利特维年科上校说，"只要你敢动手，他们的家人全部都完蛋。"

阮文雄呆呆看着。

"你可以牺牲你的女人，但是你能牺牲他们的家人吗？"利特维年科上校的声音很冷酷。

阮文雄呆呆地看着。

"放下武器，我跟你单独谈谈。"利特维年科上校说，"或者，我命令这十个小组同时动手。"

"不——"阮文雄的眼泪流出来，"利特维年科，你这个卑鄙的杂种！你这头凶残的北极熊！"

利特维年科上校迎着枪口走到阮文雄的面前，慢慢接过他的卡宾枪："蝎子，你是个聪明人——我要和他单独谈谈。"

董事们起身出去，鄙夷地看着满脸泪水的蝎子。

门关上了，利特维年科上校把卡宾枪丢在桌子上："如果我要杀你，你不会活着离开月牙岛。"

"为什么？为什么你不杀我？你让我跟他们一起去！"阮文雄嘶哑地说。

"因为——你确实很出色。"利特维年科上校冷峻地说，"整个战斗的过程，我都了解了。在乱军当中，你的举措始终是正确的。你们最后没有能够出来，是命运的安排。但是，你表现出来作为一个雇佣兵头目的聪明、智慧和狡诈！你天生就是雇佣兵的材料，蝎子！"

"我不干了……"阮文雄摇头。

"我给你时间考虑。"利特维年科上校的声音缓和下来，露出一丝柔情："蝎子，我记得你很爱看中国的武侠小说。你曾经跟我说过一句诗，我还有印象。"

"自古英雄……出我辈，一入江湖……岁月摧……"阮文雄的声音颤抖。

"这就是江湖，蝎子。"利特维年科上校看着他，"你已经进了江湖，没有回头路。我也进了江湖，所以我也身不由己。什么是江湖？人心就是江湖——你走得出去吗？"

阮文雄痛苦地闭上眼。

"其实，每个人的敌人都是自己。"利特维年科上校缓缓地说，"你要战胜自己，蝎子。你是个天生的雇佣兵，你的敌人——就是你内心的柔弱，情感……对于我们来说，这是生意，不是情感。你要学会这一点，蝎子。"

"我永远都学不会……"

"那就永远面临你自己这个敌人！"利特维年科上校提高声调，"或者你杀死自己，或者自己杀死你！你没有选择——因为，这个敌人不是别人，就是你自己！"

阮文雄呆呆看着利特维年科上校。

"回去休息几天，考虑清楚。"利特维年科上校柔和地说，"我等你的答复，不着急。"

阮文雄木然地转身，走向外面。

"你记住，我只要我想要的答复。"利特维年科上校在后面强调说。

阮文雄没有表情，没有说话，往外走去。

咖啡厅里面，阿红还在等待着。

阮文雄慢慢地走进来，阿红一下子站起来，眼泪涌出来："你回来了？"

阮文雄看着她，点头。

阿红扑上去，抱住阮文雄哭泣着："我知道……你会回来的……"

"我们走吧，阿红。"阮文雄揽住她的肩膀。

"去哪儿？"阿红眼巴巴看着他，"我们是重新开始吗？"

阮文雄复杂地看着她，最后说："男人的事情，女人不要多问。"

阿红看着他，眼泪又流出来："只要能和你在一起，我什么都不问……"

阮文雄揽着阿红的肩膀，走在巴黎繁华的人群当中。人潮人海当中，阿红幸福地偎依在阮文雄的肩膀上。而阮文雄面目全非的脸上，没有任何表情。

他们就这样走着，走着……

仿佛一对普通的情侣一样，走在美丽的巴黎大街上。这里没有战争，没有武器，没有死亡，没有恐惧……

阮文雄面目全非的脸上却没有表情，仿佛对这一切都视而不见。